FOREIGN LITERATURE
长江译文馆

COUNTRY ROAD IN VLADIMIR

弗拉基米尔州的乡间小路

[苏]弗·索洛乌欣／著　张铁夫／译

长江出版传媒
长江文艺出版社

抒情现实主义文学佳作
饱含诗意的故乡日记

图书在版编目（CIP）数据

弗拉基米尔州的乡间小路 / （苏）弗·索洛乌欣著 ；
张铁夫译. -- 武汉：长江文艺出版社， 2020.10
（长江译文馆）
ISBN 978-7-5702-1216-3

Ⅰ. ①弗… Ⅱ. ①弗… ②张… Ⅲ. ①中篇小说－俄
罗斯－现代 Ⅳ. ①I512.45

中国版本图书馆 CIP 数据核字(2019)第 214322 号

责任编辑：雷 蕾 卢晓倩　　　　　　　责任校对：毛 娟
封面设计：贺春雷　　　　　　　　　　　责任印制：邱 莉 杨 帆

出版：长江出版传媒 长江文艺出版社
地址：武汉市雄楚大街 268 号　　　　邮编：430070
发行：长江文艺出版社
http://www.cjlap.com
印刷：武汉珞珈山学苑印刷有限公司

开本：880 毫米×1230 毫米　　　1/32　　印张：11　　　　插页：1 页
版次：2020 年 10 月第 1 版　　　2020 年 10 月第 1 次印刷
字数：239 千字

定价：36.00 元

目　录

序一

对现代发展中生态环境与传统文化的忧虑

俄国当代作家索洛乌欣（1924—1997）的《弗拉基米尔州的乡间小路》（1957）是其代表作之一，它和它的姊妹篇《一滴露水》（1960）在当时产生了巨大的影响，被称为"50—60年代文学中颇为重要而又独具一格的现象"①，作家也因此被誉为"敏锐的、善于观察的艺术家，出色的修辞家"②。但当时人们关注的主要是作家在艺术方面的创新，评论界把这两部作品的创新称之为"抒情中篇小说"（这一说法也得到了作家本人的认可，他在自己的两卷集的目录中把这两部作品列为"抒情中篇小说"），更重要的是，这两部抒情中篇小说和女作家、诗人别尔戈利茨（1910—1975）的代表作《白天的星星》（1959）一起在当时的苏联掀起了一股"抒情浪潮"，以致俄国学者维霍采夫宣称："这些作品对当代人的影响是如此之大，甚至某些评论家开始断言，抒情散文似乎应该而且已经代替了一般

---

① 维霍采夫. 五十—六十年代的苏联文学 [M]. 北京：北京大学出版社，1981：27.

② 维霍采夫. 五十—六十年代的苏联文学 [M]. 北京：北京大学出版社，1981：27.

的叙事散文。"①

《弗拉基米尔州的乡间小路》不愧为具有创新性的小说经典,它是一部经得起时间考验的名作,不仅在艺术上独具特色,而且在思想内容方面也具有植根于时代同时又远远超越其时代的深远意义,也就是说从今天的眼光来看,它依旧具有很高的现实意义和文化意义,具体表现为:对现代发展中生态环境与传统文化的忧虑,而这不仅对于世界各国,尤其是对于正在进行城镇化建设的中国来说,具有较好的警醒意义与借鉴价值。

一般认为,西方的生态文学是由美国女作家蕾切尔·卡逊(1907—1964)的《寂静的春天》(1962)拉开序幕的,但 20 世纪俄罗斯关注生态问题并在其国内产生较大影响的,至少有三位作家要早于卡逊。

一位是普里什文(1873—1954),他可以说是 20 世纪俄罗斯生态文学的鼻祖,其死后出版的《大地的眼睛》(1946—1950)比卡逊的《寂静的春天》早十几年表达了超前的生态环境关怀与前瞻性的生态危机意识。普里什文认为万物有灵,大自然的一切都是生命的奇迹,因此应该尊重生命,肯定生命,人类对自然万物的蔑视与伤害,反过来必将受到自然界的惩罚;与此同时,万物一体,众生平等,所以,人与自然是平等的、和谐共存的,最高的境界是"我在自然之中,自然在我之中"。只要人对自然充满深情,热爱自然,关心自然,便能够通过自然认识人自身,并在自然中寻找到人类美好的心灵。

另一位是列昂诺夫(1899—1994),其代表作长篇小说《俄罗斯

---

① 维霍采夫. 五十—六十年代的苏联文学 [M]. 北京:北京大学出版社,1981:27.

森林》（1953），继承并发展了普里什文关心自然的传统。小说通过林学教授维赫洛夫的身世及其为保护森林而进行的努力等，反映了俄罗斯森林的盛衰历史。小说指出，俄罗斯森林既是大自然的代表，又是俄罗斯民族的象征，保护俄罗斯森林是关系到俄罗斯民族存亡的大问题，进而明确提出要保护人类的绿色朋友——森林，并且从哲理的高度思考了生态环境问题。

还有一位就是索洛乌欣，其《弗拉基米尔州的乡间小路》不仅在时间上早于卡逊的《寂静的春天》五年，内容上也较之更为丰富。这部小说诞生于上述普里什文、列昂诺夫两位作家营造的关注生态、保护自然环境的氛围之中，并且受到了他们的影响，但又有新的发展，表现为不仅关注生态环境问题，进而还关心传统文化在现代发展中的存亡或命运问题。

关注生态环境问题在《弗拉基米尔州的乡间小路》中是一个重要的主题。

索洛乌欣跟普里什文一样，有万物有灵的观念，在他看来，大自然的一切都是有生命有灵性的，甚至"每条河都有自己的灵魂，而且这灵魂里有很多神秘莫测的东西"。即便是人们普遍认为没有生命毫无灵气的房子，他都认为："同人一样，每幢房子也有自己的表情、自己的目光、自己的性格。有的兴高采烈，有的愁眉苦脸，有的表情淡漠，有的目光近视。"正因为如此，他在自己的小说中用生花妙笔，描写了富有生命和灵气的大自然，描写了大自然的美，如："大地又迎着我们缓缓移动起来。它是美丽的。冲破云层的阳光扫去了像绷紧的桌布一样平坦的、碧绿如茵的草地上的阴影。草地上阳光灿烂，喜气洋洋，仿佛就是它把四周都照亮了。一条河蜿蜒在草地上，绕了几个急弯。奇怪的是，它居然在这样平坦的地方流动。一群玩具般的母牛沐浴着阳光，在河湾中间走来走去。这幅画面的背景是一座弯成弓形、长满树木的小丘。黑黝黝、阴沉沉的森林环绕在碧绿娇嫩、阳光灿烂的草地四周。"又如:"苍翠的橡树和椴树密密麻麻地长在湖岸上,清晰地倒映在纹丝不动的水里,湖水和树木之间是一带闪闪发光、碧绿如茵的岸边草地。白生生的百合花宛如疏朗的星星映在水里,寒意盎然。每朵小花都被黑镜般的湖水衬托得格外分明,我们一般在两三百公尺之外都能发现它。"以及人与自然的和谐:"地上烟气氤氲,青草晶莹闪光。城里的房子都是用木头盖的,街上静悄悄的,家家户户炊烟袅袅。一条小河穿城而过,河水涨到了岸边,眼看就要漫出来了。就在市中心,整个河面上长满了睡莲,黄灿灿一片,在早晨静静的水面上闪烁。小河上面到处是木板小桥。身体健壮的娘儿们蹲在桥上,小腿肚雪亮雪亮,她们正在用棒槌捶衣服。四周鸡啼声此起彼伏。好一派佛兰德斯的田园风光!这就是尤里耶夫-波利斯基的景色!"同时也描写了人对以土地为标志的纯净美丽的大自然的爱恋:"一阵微风吹来,橙黄色的草地随风荡漾,草地上滚过一股蔚蓝色的波浪,仿佛是青草在向老汉鞠躬致谢,感谢他的关注。只要吸一口气,整个身心都会感觉到,从橙黄色的草地到蔚蓝色的天空,空气里没有一粒尘屑,没有一粒沙子,没有任何有害于身体的东西。'撇下这儿的空气往哪儿去啊!不能撇下土地啊。'老汉突然激动起来。"

不过,正因为对大自然热爱,也由于当时人们还普遍没有保护大自然保护生态环境的意识,作家更多地关注的是生态环境问题。具体表现为以下几个方面。

一是人们不关注身边的自然,任其被杂草、淤泥和人类活动一天天蚕食。杂草、淤泥蚕食大自然的最典型例证,是拉季斯洛沃村:"这个村子有很多池塘。它们两列并排,要不是长满芦苇和浮萍,要不是积满淤泥,要不是正逐渐缩小和消失的话,它们本来会显得非常漂亮，而且盛产鲜鱼。"这个村子里的人，由于对自然环境漠不关心，在某种程度上也由于缺乏工具（整个"区里连一台掘土机也没有"），结果导致美丽的大自然被杂草、淤泥一天天蚕食。

当然，更主要的是人类的活动。人类的活动不仅导致大自然的面积越来越小，同时还使许多物种正在绝种或濒临灭绝，为此有关专家大声呼吁甚至亲自动手，建立了自然资源保护区，如在克里亚奇科沃村附近的湖区早在二战之前就曾建起过河狸-麝鼠保护区，但战后有关部门考虑到这要花钱，就以"现在的人都变得自觉了，他们自己能够保护自己的财富"为借口，撤销了自然资源保护区，从而导致不仅大自然遭到破坏，自然生物也不再得到应有的保护。

二是对森林的过度砍伐。这是对生态环境最大的破坏。小说通过科利丘基诺市一位林业工程师满怀激情的介绍，从专业的角度指出，为了完成官僚机构坐在办公室里炮制出来的计划或指标，他们这个林区已经超伐百分之三十：长出一百棵树，却要砍掉一百三十棵，因此出现了衰竭的趋势。更为可怕的是，最近竟出乎意料地下达了一个指示，要在真正禁止砍伐的护林带进行砍伐。最为可怕的是："瞧，一棵粗壮的大树倾斜了，它呼呼生风，轰的一声倒在地上。伐木工人把一只脚踏在战败的勇士身上，他自己也像一个勇士。简直可以画成一幅画呢。"而且乱砍滥伐者确实成为了现实中的勇士和英雄，"有高工资、奖金、疗养证、勋章和英雄称号，他们的事迹被登在报上，写进书里，拍成电影，他们的名字响彻太空"。而真正懂得森林的重要性的林业专家，却一天到晚被强迫坐在办公室里，浏览、办理那些多如牛毛然而谁也不需要的文件，没有时间到林子里去。那些林业工人待遇更差，更加艰苦，他们需要刨地，用各种杀虫粉杀金龟子，跟毛虫作战。跟毛虫作战的场面哪里又谈得上什么壮观呢！女林业工作者甚至整天冒着酷暑进行检查，每根树枝都不放过，并且把那些毛虫直接捻死在手掌上。她们的手上直到肘部都溅满了绿汁。"可是这些妇女挣多少钱呢？每人每天三卢布。"然而，森林被乱砍滥伐的后果是："一旦它破坏殆尽，人类的日子就不好过了。"

三是工业污染。这是生态环境又一最为严重的问题。小说以科利丘基诺的工厂为例，触目惊心地表达了这一主题："三厂又向河里排水啦，于是就出了这种怪事儿：污水一来，青蛙就往两边岸上跳，好像有人一把把地扔似的。有的青蛙蹲在树叶上喘气，怎么也回不过神来。鱼当然也完蛋啦。鱼可跳不上岸呀。""我们每天睡觉、工作，可是在这段时间里，数百股有毒的水日夜不停地哗哗流入清澈的、盛产鱼虾的河里，杀害一切有生命的东西。"

小说在当时最为新颖、对当今也很有意义的主题，就是关心传统文化在现代发展中的存亡或命运问题，具体表现为对历史名人的不尊重、对历史建筑的冷漠甚至破坏、对传统民间艺术的漠视等几个方面。

第一，对历史名人的不尊重。对历史文化名人的不尊重，在某种程度上就是对历史的不尊重，无视历史，这在小说有几种表现。

一是对历史文化名人的故居及其环境不加保护，任其毁坏甚至消失，更不懂得让其作为历史文化资源和旅游资源加以利用。如瓦尔瓦利诺村，在19世纪后期，著名的俄国思想家、文学家伊凡·谢尔盖耶维奇·阿克萨科夫（著名作家谢尔盖·阿克萨科夫的小儿子）曾流放这里，住在妻妹叶卡捷琳娜·丘特切娃家一个"可爱的小玩具"般的小房子里，并在十七年停顿之后又开始写起诗来，其中还有描写当地的《瓦尔瓦利诺》一诗，而且著名画家列宾也在当时来到这里，"对瓦尔瓦利诺和它的风光极为赞赏"，并且画了"一幅迷人的风景画"，标题是《瓦尔瓦利诺村一景》。然而，由于人们缺乏保护，甚至人为破坏，阿克萨科夫写过、列宾画过的许多景物现在早已荡然无存："既没有跳板，也没有浴场；既没有磨坊，也没有依山而上的小树林；既没有花园，也没有花楸树。"作家不由得感慨："有一天，我在保加利亚首都街头漫步，举目四望，突然发现这条街名为伊凡·阿克萨科夫大街，这是索非亚的一条中心大街。我感到十分高兴，因为保加利亚人没有忘记自己的一位俄国朋友和辩护者，甚至为他留下了永久的纪念。也许瓦尔瓦利诺村的人脑子也会开窍，把那座曾经像一个'可爱的小玩具'的小房子修缮一番以后，用他的名字来命名乡村俱乐部。为什么他们不这样命名呢？阿克萨科夫可用自己的诗使他们的村子流芳百世啊。"

弗拉基米尔省尤里耶夫县西玛村有鲍利斯·安德烈耶维奇·戈利岑公爵故居，戈利岑家族是俄国的名门望族，在俄国历史上多有贡献，更重要的是俄国著名将领、1812年的卫国英雄巴格拉齐昂（1765—1812）在波罗金诺附近负伤之后在这里伤重而死，并且埋葬在当地。像这样具有历史文化意义的地方，应该是重点保护的，然而，"我们原指望，里面的一个具有历史意义的房间会原封不动得到保存，可是我们错了"，"室内已经没有什么东西可看了"，而且"谁也说不清当初陵墓在什么地方"，甚至就连作为当地人的向导也是"破天荒第一次从我们嘴里听到，1812年，巴格拉齐昂在波罗金诺附近负伤之后就死在这儿，死在这间向导目前正在学习农艺和酿酒基本知识的房子里"。

二是对历史文化名人的墓地（或曰古墓群）不但毫无保护，甚至还为我所需肆意践踏。卡拉瓦耶沃村是触目惊心的例子。这个村是历史悠久的一个村庄，而且不少历史文化名人安葬于此，有不少古墓群。然而，人们对这些古墓群毫无保护，甚至人为破坏，可谓触目惊心："教堂旁边的草地上白骨狼藉，我们时而踩到一块颅骨，时而踩到一块股骨，时而踩到一块骨盆碎片。深草丛里翻倒的石碑随处可见。我们好不容易才看清几块陷进地里、已经磨损的碑铭：'准少校安德烈·阿列克谢耶维奇·库兹明-卡拉瓦耶夫，弗拉基米尔省首席贵族。从 1797 年至 1802 年……''四品文官尼古拉·彼得罗维奇·阿普拉克辛伯爵……''康斯坦丁·费奥多罗维奇·戈利岑公爵之墓，彼魂归天国之日，祈上帝佑其安息……'"更为可怕的是，传说这里有参加了 1806—1815 年俄国对拿破仑的历次战争，在克里米亚和高加索以杰出的行政才能稳定、巩固并拓展了俄国领土的著名元帅沃龙佐夫（1782—1856）的墓地，当地人还有所敬畏，但几个外来的电影放映师为了自己的好奇和拍电影所需，竟胆大包天："夜里他们开始掘土，碰到了一个砖砌的墓室。后来在砖砌墓石里发现一扇上了锁的铁皮大门。锁当然被敲下来了，发现了一条暗道。原来的传闻的确不假。躺在墓穴中的果然是沃龙佐夫元帅"。墓地被掘开后，"元帅的肩章和佩剑被民警收走，而长靴却被扔在原地，一任村里的顽童随意试穿"。

　　其实，在俄国历史上早就有妥善保护历史文化名人的一切的传统，其中最突出的例子，就是关于如何迁运领导俄国人民在同日耳曼骑士、瑞典人、鞑靼人的斗争中作出过卓越贡献的亚历山大·涅夫斯基大公（1220—1263）的遗骸。小说写道：

　　　　迄今仍保存着一份沙皇在决定将这位大公和军人的遗骸从衰落的省城弗拉基米尔运往京城彼得堡时，关于如何运送遗骸的上谕。也许当初就该把亚历山大大公安葬在彼得堡，问题在于，他去世那年弗拉基米尔是个大城市，而彼得堡却还没有一点影儿。这份上谕写道："安放圣体之灵梓，应以恭谨虔敬之诚抬离原地，并以相应礼仪抬出灵穴……置灵车之内，张华盖其上……护送时应遵圣驾出殡礼制，以通行之教堂唱颂仪式及钟声伴送之。灵车之护送应循所定路线，速度适中，视沿途情况而定。道路顺利时不得擅自迟缓，稍有延误；如遇路面难行，则宜斟酌行速，庶免差池。"

诚如译者张铁夫先生指出的那样："这份上谕对运送遗骸规定得如此明确，如此细致，如此具体，这同卡拉瓦耶沃村随意破坏古墓的行为相比，岂不令人深思吗？"①

第二，对历史建筑或曰名胜古迹的冷漠甚至破坏。弗拉基米尔州被作家称为"俄罗斯的根"，因为它历史悠久，据历史记载，俄罗斯帝国就是由弗拉基米尔-苏兹达尔大公国和后来的莫斯科大公国发展而成的。因此，弗拉基米尔州的名胜古迹非常多。可由于不尊重历史，缺少管理或者管理不善，各处的古墓、寺院、教堂大多年久失修，甚至遭到人为的破坏。

尤里耶夫-波利斯基城也是俄罗斯帝国最早的根基之一，其著名的石头教堂——乔治大教堂，历史悠久，极富艺术性："线条端庄，没有任何构成虚假美的涡纹的小饰物，外墙上还有精美的石雕，凡此种种，说明 12 世纪的建筑师们趣味高雅。"而且，很多学者的一致意见是：即或不用玻璃罩把这个大教堂罩起来，那么至少也值得加以保护，因为尤里·多尔戈鲁基不会再盖第二个啦！可是，"尤里耶夫-波利斯基城的乔治大教堂，可以说已经摇摇欲坠。它的一个角已经裂缝，眼看就会倒塌。任何修复工程或加固工程都没有进行，也许我们是能够亲眼见到在科洛克沙河郁郁葱葱的岸上摆了八百年

---

① 张铁夫.《弗拉基米尔州的乡间小路》译后记 [J]. 湘潭大学学报，1985（2）.

的这颗真正珍珠的最后一代人"。格洛托沃村建于 17 世纪的木教堂也是如此:"穿过世纪的黑暗,穿过一个个神话,一座木质小教堂突然来到眼前,小教堂屹立在墓地十字架和树木丛中。屹立在我们面前的不仅仅是一座教堂,而是一件艺术品,一个木质建筑的杰作。"然而,"连绵的秋雨渗透了格洛托沃村教堂那被黄色苔藓腐蚀了的屋顶,它正在慢慢腐烂。一旦彻底腐烂,全俄罗斯就不会再有第二个这样的教堂",而且,"如果谁也不管,那么教堂只能维持上十年,以后就会倒塌。因为它是 17 世纪盖的,也就是 16××年盖的"。

而在复活村,作家发现:"教堂的院墙已经坏了一半,只剩下一些石柱,而废铁多半是被送到村里的打铁坊打马掌去了。院墙外面长满了没有割过的深草。"前述之卡拉瓦耶沃村更是可怕。

当然,小说也描写人们已经开始觉醒,已经有意识地保护历史文物和名胜古迹。如克利雷村曾经是罗曼诺夫家族的世袭领地,这个家族产生了俄国的王朝,第一个俄国沙皇米哈伊尔·罗曼诺夫似乎就是生于克利雷村。村口保存着一座小教堂,起初人们想拆毁它,后来突然开了窍,并且用刷字板在白墙上刷了一行字:"古代建筑,依法保护。"比其他俄罗斯城市历史更为悠久的小城苏兹达尔,共有五十八座石头教堂,在瓦尔加诺夫等专家学者的努力下,正在修复之中,已经决定把它的各种屋宇和寺庙恢复如初。瓦尔加诺夫叙说了自己获得成功的原因:"整个苏兹达尔完全是一部民间创作,只不过表现为建筑学的形式而已。整个苏兹达尔就是一支石头的歌。顺便说说,这种信念帮助我把苏兹达尔从破坏中拯救出来。有人曾经打算拆毁所有的教堂,只留下几座最古老的建筑物。这怎么行呢!既然一座教堂建于 18 世纪,那你就试一试证明它的历史价值吧。也许它本身的确毫无价值,但把它拆毁,城市的格局就会遭到破坏,整个格局就会出现破绽。我正是用这一点才使他们信服:苏兹达尔之所以可取，不是由于一座座教堂，而是在于整体布局。整个城市就是一支石头的歌，而歌里的词是一个字也不能删的。"而在作家的这部作品发表后，有关部门终于把格洛托沃村的木教堂从穷乡僻壤迁往一个交通较为便利的地方——苏兹达尔市保护起来。

第三，对民间传统艺术的漠视。民间传统艺术是人民智慧和艺术才能的结晶，历史上的民间艺术更能体现不同时期人民的思想、感情和风俗习惯，是这方面的生动形象的历史呈现，保护甚至弘扬民间传统艺术，对一个民族的健康发展，意义重大。然而，当时的人们缺乏这方面的意识，对民间艺术十分漠视。

首先，过于重视实用，因而漠视民间传统工艺。如扎雷村陶艺远近闻名，尤其"以生产瓦盆出名"，而且这一行业历史悠久："从老祖宗起就开始了"。然而，集体农庄领导为了实用，一位领导人决定用根本不适合做瓦的本地黏土制瓦，从而既浪费了宝贵的资源，又使这一传统的陶艺完全停止，最后只剩下一个用几根柱子撑着的又矮又长的棚子、一个焙烧炉架子和满地皆是的一堆堆碎瓦。又如姆斯乔拉镇在历史上一向以白绣著称。然而，为了实用，为了完成上级制订的计划，规定了实用生产的产量，而且产值计划还逐年增加，比方说，头一年是一千四百万，第二年却下达一千七百万；去年是一千七百万，今年却下达两千一百万，"必须尽量赶出更多的产品。靠什么来达到这一点呢？靠唯一的、最可怕的方法——简化。一块独特的桌布不行，那就做他几千床被单，每床被单上只有两三朵小花。一件用真正的白绣法绣的女短衫不行，那就做他几十件缀有蓝鸡爪的女短衫"，这样产量就吞噬了艺术，"如果不及时采取措施，姆斯乔拉镇独一无二的白绣艺术就会逐渐失传，并且彻底消亡"。

其次，是对民间艺术的无视。如自古以来，涅贝洛耶区被称为

"世袭牧人区",直到如今报纸上也这样称呼它。而牧人更为著名的是其吹号角的艺术,涅贝洛耶区住着许多享有盛名的弗拉基米尔号角手。然而,由于现代生活的发展,人们娱乐趋于多样,再加上对这一传统艺术的无视,号角手们"很久都没有人吹过啦,牙齿也掉啦",年轻人则"谁也不会",甚至连号角都绝迹了。这一著名的民间艺术已有失传的可能。还有些民间艺术,受到有身份地位和较大影响的人物的鄙视,从而生存和发展受到影响。如一位著名的作家嘲笑弗拉基米尔地区颇为流行的民间舞蹈"叶列茨基舞",把它称为"搅油器"。他在文章中说,姑娘们在跳"叶列茨基舞"时似乎面部表情呆板,无精打采地垂着双手。他想让读者得出一个结论:这一切是农村青年文化太低使然,他们之所以跳"叶列茨基舞",仅仅是因为他们除此以外无事可干。作家经过实地考察后,指出事实并非如此。首先,很多姑娘跳"叶列茨基舞"跳得非常灵活,很有节奏。这完全取决于跳舞者起舞时的特殊步伐和他们的热情;其次,如果没有"叶列茨基舞",也就不会产生"四句头"。姑娘们创作"四句头",是为了在文娱晚会上唱。民间口头创作就是这样形成的。而且很多"四句头"就是真正的诗歌,这一点谁不知道呢!

综上所述,《弗拉基米尔州的乡间小路》不仅颇为全面地表现了对生态环境的忧虑,而且颇为全面而深入地表现了对现代发展中传统文化的忧虑,在这方面可以说索洛乌欣是俄国当代文学中最早的先驱之一,为拉斯普京的《告别马焦拉》起了先导作用。

值得一提的是,作为一部抒情中篇小说,《弗拉基米尔州的乡间小路》在艺术上淡化情节,而着重写景、抒情,在优美生动的大自然环境的衬托下表现社会问题,显得更令人读后难忘,这和作家最初作为苏联时代"悄声细语派"诗人关系密切,也就是说他把"悄声细语派"钟情于自然风光、故乡回忆和童年时光以及由此产生的哀婉之情以及诗人那生动优美的语言融会于小说的创作之中，如："朝霞升起来了，天空宛如一杯洒满阳光的金色的酒。大地万籁俱寂，近景是一些灰色的房舍，中间是一片雾蒙蒙的森林，远处是一抹霞光。森林位于一块低地，想必有一条小河流经其中，因为只有它才能形成这种切入黑黝黝的森林、呈'之'字形飘动的乳白色大雾。透过雾霭，可以看到远处教堂上面的小十字架。"又如："小路时而经过图姆卡河边的草地，时而经过茂密的森林，时而经过荞麦田。走到哪儿都感到畅快。草地里有许多覆盖着密密麻麻的石竹花的土墩，这是万绿丛中的一些紫红色小岛。森林里的小路边，长着许多大风铃草。每个铃铛差不多都跟鸡蛋一样大。至于荞麦田，那就更不用说了。如今正是荞麦开花时节，连荞麦田上空的空气似乎都是粉红色的。"再如："溪水把我们引到一个地方，那儿的黑麦和三叶草丛中隐没着我那一去不复返的金色的童年。"还像诗歌一样，善于用拟人手法把静物写活，如"茶炊轻轻地唱了起来"，又如"傍晚，森林小路向下来到一个深谷，它猛地向右一转，又急速沿坡而上，还没有弄清树林后面的情况，就闯入了一个大村子——卡拉瓦耶沃村，然后从一个栅栏到另一个栅栏，穿过整个村子。"

而张铁夫先生文学翻译的特点是简洁明晰，优美典雅，细腻传神[1]，特别适合翻译这部作品。

俄国作家在语言上大体可以分为两类。一类是简洁明晰，一类是繁复含混，前者以普希金、屠格涅夫、契诃夫等为代表，后者以托尔斯泰、陀思妥耶夫斯基等为代表。索洛乌欣的作品属于前一类，《弗拉基米尔州的乡间小路》总体语言风格简洁明晰，生动优美。

---

[1] 曾思艺. 甜蜜的苦役——试论张铁夫先生的文学翻译 [J]. 邵阳学院学报，2014（2）.

　　张铁夫先生的译文简洁明晰，在这部小说中随处可见，最典型的如描写沃斯普什基村农民完善和新建房屋的一段："这家修了一个台阶，那家建了一个凉台，这家的木墙换了三排新圆木，那家盖了一个新屋顶，这家新修了门框，那家新建了篱笆，这家盖了院子，那家做了大门，还有的人家整幢房子都是新的。"其优美典雅，也俯拾即是，如："农夫们从自己那昏暗的、散发着牛粪味的茅舍突然走进一个金碧辉煌、芬芳馥郁、烛光摇曳、歌声悠扬的世界，不由得他不头晕目眩，心灵震颤"，又如："各种红菇，它们有的像越橘野果一样红艳艳，有的黄灿灿，有的白生生"。其细腻传神，也比比皆是，如："大伙一起围锅而坐，蘑菇吱吱叫，叉子叮叮响，眼睛闪闪亮"，又如："当我们坐在室内的煤油灯下时，月亮升起来了，碧绿，清新，仿佛刚刚在清澈的水里洗过似的。沟里的雾更浓了，在月光下变成了蔚蓝色，而且泛着银光"。即使是哲理性的文字，也能翻译得简洁明晰，优美典雅，细腻传神："嘿嘿，咱们还在游啊，那就游下去吧，老伙计！靠在我的肩膀上吧，我还有的是力气。如果你愿意，就靠在我的肩膀上吧，但只要你还看得见千里之外灯塔的金色火光，你就得游啊，游啊，自始至终地向前游去。生活会把你扭到另一边去，又会把你扭过来，时而把你扔到右边，时而又扔到左边，再不就干脆把你扔到后边，但不管大自然把你带到何方，你必须始终面向前方，面向阳光，不让它从你的视野中哪怕消失一秒钟，好让你鼓足干劲，战胜惊涛骇浪，重新开始你那顽强的、狂热的、一个劲地拼搏……"

　　抒情中篇俄语小说《弗拉基米尔州的乡间小路》，变成了张铁夫先生简洁明晰，优美典雅，细腻传神的中文译本，相当出色地实现了中俄文字的翻译和文化的传达。可以说这部作品是用美文翻译美文的一个典范，经得起时间检验，并且将长时间受到广大读者的衷心喜爱。

有必要说明的是，自从张铁夫先生在 2012 年 11 月驾鹤西游之后，作为弟子的我，默默地自觉担负起出版老师还没有出版的译著以及把老师曾经出版的译著进一步推广出版的重任，六七年时间以来，托过不少朋友，找过不少出版社商谈，好在皇天不负苦心人，总算做成了几件事：第一，前几年在柳鸣九、汪剑钊等师友的帮助下，出版了老师以前没有出版过的《金蔷薇》并重新出版了《父与子》，今年又蒙尹志勇、耿会芬等朋友的慧眼，将出版老师的三本译著：《金蔷薇》《面向秋野》《弗拉基米尔州的乡间小路》；第二，老师还有几本译著尚未问世，其中索洛乌欣的抒情中篇小说《弗拉基米尔州的乡间小路》和著名散文集《手掌上的小石子》，因为作家去世不到五十年，还需要洽谈和购买版权，这六七年里我分别请在俄国工作和访学的内蒙古大学的王业副教授、安徽师范大学的邱静娟副教授、辽宁大学的顾宏哲副教授想方设法寻找并联络索洛乌欣女儿，最后终于在去年秋天，顾宏哲成功与作家的小女儿联系上了，她慷慨授权并大力支持父亲的作品在中国出版，而长江文艺出版社社长尹志勇先生慧眼识珠，极富魄力地首次向我国读者推出这一经典作品和美文译本。所以，在此，我谨代表先师的家人，更代表我自己，向以上所有为先师译著的出版付出过劳动和心血的师友们表示衷心的感谢！我认为，这不仅是爱护文学和文化的事业，更是爱心的传递！其实，世界要变得美好也很简单，借用一句流行歌词可以非常生动形象地说清："只要人人都献出一点爱，世界将变成美好的人间！"

曾思艺

2019 年 7 月 28 日完成于天津小站别墅

序二

我走过故乡的土地①

　　在电影中有时可以看到摄影机向拍摄物体缓缓移动。起先，银幕上是城市街道的远景，接着来了一个叠化镜头，于是我们看到的已经不是整条街道，而是一座单独的多层大厦的正面图，现在它独个儿占据了整个银幕。镜头继续叠化，布满银幕的起先是一个窗户，继而是房间的内部陈设，最后是房间里的一个人，比方说，一个正在梳头的女人。

　　我在创作我的三部最"长"的作品——《弗拉基米尔州的乡间小路》《一滴露水》和长篇小说《款冬》的过程中，大体上采用了上面粗略介绍的这种方法。

　　诚然，如果说在《弗拉基米尔州的乡间小路》里，所谓作家考察的对象是弗拉基米尔州和它的道路与田野、河流与池塘、乡村与城市，以及它的居民，那么在第二部中篇小说《一滴露水》里，景物的范围便缩小了，而画面却扩大了（来了一个叠化镜头）。视野里出现的已经不是整个弗拉基米尔州，而只是一个小小的村子和它那为数不多的居民，它就是进行考察的作家的故乡。

---

　　①　本文系作者为自己的中短篇小说集（两卷集）写的前言。

后来，摄影机移得更近了，它的对象变成了该村的一个青年（在长篇小说里，该村换了一个名字）。青年的命运构成了《款冬》一书的内容。在作者的心目中，两部抒情中篇小说（批评家们有时这样称呼它们）和一部长篇小说似乎是一个统一的、构思各不相同的整体。

我想更详细地谈谈《弗拉基米尔州的乡间小路》。在写这本书之前不久，我创作了一部关于别的国家的散文作品。这两本书，正如人们有时所说，是在基本条件相同的情况下写的，然而它们之间却有着天壤之别。

首先，那些应当认为相同的条件是怎样的呢？两本书都是游记，第一次游历的是亚得里亚海的一个小国，第二次游历的是弗拉基米尔州。两次游历都持续了四十天，写两本书所花的时间也大致相同，文学才能（如果它们存在的话）也是一样。不过既然两部作品之间没有什么大的突破，就谈不上什么经验的积累和创作技巧的新阶段了。作为作者，我能够补充的是，两部作品都是用同样的气力写成的。写《在蓝色的大海那边》时所花的气力甚至更大。相比之下，《弗拉基米尔州的乡间小路》则显得轻松愉快，无忧无虑。

第一本书较之第二本书似乎应该具有一种优势，因为它的内容非常新奇。关于亚得里亚海岸的情况，我们知之甚少。而第二本书写的是什么呢？一个区里的茶馆呀，一个集体农庄的主席呀，沼泽呀，长满野菊的草地呀，小桥流水呀。一切都是熟悉的，都是读者司空见惯的。一种兴趣可能是对橄榄林的描述所引起的，另一种兴趣却是对松树林的。谈到那儿的城市，就是斯库台①，可我们这儿总

---

① 阿尔巴尼亚西北部城市。

共才那么一个维亚兹尼基①。

　　总之，两本书都写成了，出版了，在读者中传开了。第一本书引来了两封读者来信，第二本书却引来了几千封信。我沉思起来了。究竟第二本书增添了哪些补充条件呢？为什么它能够找到通向读者心灵的捷径呢？

　　在第二本书里，我触及了许多社会问题，我认为这当然是有关系的。俄罗斯文学向来就是富于社会性的。

　　当然，我进一步想到，一种是兴趣，一种是利害关系，这是两个完全不同的概念。我国读者对亚得里亚海的这种异国情调怀着一种巨大的兴趣，但同维亚兹尼基或佩图什基的事业却是一种切身的利害关系。

　　这一切都是不错的。但据我发现和了解，关于弗拉基米尔州的那部作品在客观上比那部描写遥远的异国的作品更为成功；对长满蝌蚪的池塘的描写，比对克拉瓦斯托湖的描写更为鲜明；描写苏兹达尔②时所用的语言较之描写费里市③时也略有不同。

　　归根结底，我认为在我花费同样的气力、采用同样的技巧的情况下，最主要的条件就是爱。在一种情况下，我所描写的是一块我对它怀着友好感情的土地，在另一种情况下，文学考察的对象是一块我心爱的土地。

　　当然，没有必要每走一步就喋喋不休地说："啊！可爱的土地！啊，人们，我多么热爱你们！"但假若你真地热爱，那么这种爱就不以意识为转移，它会照亮和温暖你所写的篇页。它会使你文思泉涌，

---

① 苏联弗拉基米尔州的一个城市。
② 弗拉基米尔州的一个区中心。
③ 阿尔巴尼亚西南部的一个城市。

使你的作品溢彩流金，乐声悠扬。最主要的是，它必定为读者所感觉到。它将像看不见、摸不着的花的香味一样存在。

在大量来函中也可以遇到这样一些信件，它们要求立即把作家们派往各州，让他们在短期内写出《梁赞州的乡间小路》《斯摩棱克斯州的乡间小路》《唐波夫州的乡间小路》之类的作品。这个办法倒也非常简单。随便哪个作家前往随便哪个州，一部新作品，比方说，《萨拉托夫州的乡间小路》就写成了。不，给我写信的亲爱的读者们，遗憾的是，连我本人也无法再写出第二部《乡间小路》来，哪怕再写弗拉基米尔州。当然，可以对这个州的另一半地区巡视一番，然后把这次游历记述下来，送去出版。这样做会得到什么结果呢？一部新的《弗拉基米尔州的乡间小路》吗？否，只不过是一部篇幅增加一倍的老的《乡间小路》而已。

在酿造葡萄酒或培育苹果和花卉品种时，这个新品种的数量有多少——是一公升还是一千桶，是一棵苹果树还是一百棵苹果树，这难道重要吗？从消费者的观点来看，当然是重要的，但从酿酒师和园艺家的观点来看却毫无意义。他创造了一个品种，还需要什么更多的东西呢？

有些来信流露出一种自信的看法，认为我在弗拉基米尔州徒步旅行时完全受旅行的支配。徒步旅行这种方法当然是最理想的。见树写树，见猪写猪，遇到一个赶车的集体农庄庄员，就写赶车的集体农庄庄员。但是，假若认为作家是采用这种方法来写作的，那么用我们现在的话来说，那就意味着认为他完全没有什么倾向；用过去的话来说，就是他的创作完全没有什么方向。

我同时看到，在一座老公园上空盘旋着一群白嘴鸦，而在公园里则有四个新砍的树墩；我同时听说，村子上空今天早晨飞过一架飞机，而村里有一头猪也在早晨掉进粪窖淹死了；在城里又同时毁掉了一根工厂的烟囱和一座古老的教堂。我信口一说，就是六个各不相同的印象。每两个印象可以任意挑选一个。可是，在事实和影响成千上万的情况下，究竟说哪一件呢？办得糟糕和中不溜儿的集体农庄，茂密的森林和昔日的地主庄园，采集松脂和捕鱼，人们在过去几十年里表现出来的疑心和他们天真善良的心灵，乡村的解体和城市对它的影响，人们对过去的回忆和对未来的展望，民间文学的贫困化和深刻的民间幽默，各教堂特有的节日和各种农活，道路的状况和我们池塘里的各种水产，鲜花和晚霞，民间创作和工业生产……可写的东西真不少啊。这一切必须安排得毫无做作的痕迹，毫不刺眼和刺耳，从而透过书页展示故乡的真实面貌。

我不敢说我已经完全做到了这点，但我却力求这样做。

在《一滴露水》里，支配着我的是同一个意图。在那部作品里，我所描绘的不是整个弗拉基米尔州的面貌，而是通过一个农村孩子一去不返的童年的金色银幕反映出来的一个小小的俄罗斯村庄。

挨户访问只能在表面上显得全面和客观。实际上，"作战部署"是事先就制定了的，至少是在脑子里做过一番考虑的。

至于创作手法，它清晰地反映在置于《一滴露水》卷首的阿克萨科夫①的一句题词中："……准确鲜明地把自己的印象传达给别人，使听众对被描写的事物得到和我本人相同的概念。"

下面我想谈谈自己的短篇小说。作家不仅有好坏之分，还可按两个特征分类。一些作家具有令人羡慕的想象力，他们对生活的了解十分深广，但他们还是对自己的短篇、中篇和长篇小说的情节进行虚构和创作。情节逐渐得到发展、扩充、展开并相互发生作用，

---

① 谢·阿克萨科夫（1791—1859），俄国作家，主要作品有《家庭纪事》《孙子巴格罗夫的童年》《钓鱼笔记》《奥伦堡猎人笔记》等。

共同创作出一幅生活的图画。这样的作家有契诃夫、巴尔扎克、莫泊桑、托尔斯泰、陀思妥耶夫斯基……严格地说，大部分作家都属此类。然而也有这样的情况：作家在自己的创作中往往直接利用事实作为出发点，从生活中撷取几乎是现成的情节，用适当的方式对它进行加工，使之成为艺术作品。这并不是说，作家必定是一个纪实者，但在作家的想象力前面毕竟是有根据和事实的。至于从生活中撷取什么，这取决于作家，取决于他的基本哲学观点和道德、思想倾向。属于第二类的大概有阿克萨科夫、柯罗连科、蒲宁、库普林、普里什文、帕乌斯托夫斯基……

第一类作家根据观察得来的大量事实写出概括的情节，塑造概括的形象；第二类作家根据同样的生活经验撷取一段本身具有概括性因素的生活。第一类作家塑造典型化的形象；第二类作家则在现实生活中寻找典型化的形象。第一类作家一般都是多产作家，第二类作家作品数量较少。因为第一类作家似乎是用化学方法提炼金子，而第二类作家是在地下的天然矿里一点一点地寻找金子。这就是他们的文学才能的特点。

当然，这两类作家未必以纯粹的形态存在。如同第一类作家可以利用事实一样，第二类作家也可以发挥想象。问题仅仅在于起主导作用的是什么。

然而，不管艺术家怎样塑造自己的主人公，不论他是用自己的经验来使他们具体化，还是从生活中照搬几乎现成的人物（仅仅稍加砍削，稍加修改），在两种情况下他都是按照自己的思想、自己的意图来塑造他们，其目的仅仅是为了向人们灌输自己对生活的看法。

本文的作者属于第二类作家。

除了最接近于艺术散文的作品——中短篇小说之外，两卷集中还收有一些关于大自然的速写。当然不是全部短篇和全部速写，而是那些经过选择、完全符合本书性质的作品。未收入本集的则有诗歌（因为这是一部中短篇小说作品的两卷集），以及《寄自一个俄罗斯博物馆的书信》《黑榜》《斯拉夫笔记》《寄自越南的明信》《乌荆子》《房子与花园》《秋叶》，以及全部特写和全部政论文。

同读者的每次新的会见都使作者感到激动，但和往常一样，作者期望得到他们的关心和体谅。

弗·索洛乌欣

弗拉基米尔州的乡间小路

我几乎走遍了半个世界，
我匆匆追随着时代的脚步，
可是多少个年头已经逝去，
我还没有走完这条大路。
虽说我一直把这条大路
藏在自己的心底深处，
就好像珍藏着一本好书，
老是想读，却一再耽误。

——A. 特瓦尔多夫斯基①

"啊，弗拉基米尔的土地，你是多么美丽！"

——摘自一篇古代手稿

不，为了纠正你们关于人生的宏论崇议，我要呼吁你们到俄罗斯的乡间小路去游历。

—— 维亚泽姆斯基②

---

① 选自特瓦尔多夫斯基的《山外青山天外天》，飞白、罗昕译，作家出版社1961年版，第1页。译文略有改动。

② 维亚泽姆斯基（1792—1878），俄国19世纪著名诗人、批评家。

如果你从远方游历归来，你肯定会经常吹嘘那些奇闻趣事。这并非全是指一枪打死七只野鸭之类的事；不过你会说，我们的确用涅涅茨人的套马索套过白天鹅骄傲的脖子。

你肯定还会添枝加叶地描绘，在这一刹那，天鹅是怎样用翅膀拍击寒原湖泊那黑漆漆的、平静如镜的水面的，它不断地拍击，弄得水花四溅。

此时，当你望着那些对你的每一句话都将信将疑的听众的惊异面孔时，你内心里会感到一种极大的满足。假如游历归来没啥可讲，那它就会失去一半意义。

有一次，我就这样向一位朋友吹嘘了一番。接着我突然问道：

"喂，你有什么新闻吗？你这段时间到过哪儿呢？"

"唉，我们有什么好说的……我们上哪儿去捉天鹅呀！顺便说说，我为了采访一个日常生活题材，到你的故乡弗拉基米尔州去过一趟。老弟，你们那个地方可真棒！你还记得吗，一出卡梅什基，右边就是一片小树林……"

于是他开始给我讲这片小树林，仿佛我刚刚从这些地方归来似的。我不禁面红耳赤，惭愧地打断他的话："可我并没有到过卡梅什基，也没见过你说的那片小树林，佩列谢基诺我也是第一次听说呢。”

另一位朋友讲的话更令人伤心，叫我坐立不安。

“那一次我们一清早就到了尤里耶夫-波利斯基。刚刚下了一场雨：地上烟气氤氲，青草晶莹闪光。城里的房子都是用木头盖的，街上静悄悄的，家家户户炊烟袅袅。一条小河穿城而过，河水涨到了岸边，眼看就要漫出来了。就在市中心，整个河面上长满了睡莲，黄灿灿一片，在早晨静静的水面上闪烁。小河上面到处是木板小桥。身体健壮的娘儿们蹲在桥上，小腿肚雪亮雪亮，她们正在用棒槌捶衣服。四周鸡啼声此起彼伏。好一派佛兰德斯①的田园风光！这就是尤里耶夫-波利斯基的景色！这条河是叫……科洛奇卡吧?”

“对，对，叫科洛奇卡。”

“不对，是科洛克沙！据说这条河里有很多鱼呢。”

这一下我不单是面红耳赤，而是简直感到无地自容了。“哪来的什么科洛奇卡呀！你自己才是科洛奇卡呢！没到过卡梅什基倒也罢了，可你竟然不知道尤里耶夫-波利斯基就坐落在那条离你家只有六俄里②的科洛克沙河上。而你家到尤里耶夫也不过三十俄里。可是你却没去过，没见过，不知道。你连北极圈、巴尔干半岛和亚得里亚海这些地方都游历过，可是你却把故乡的土地抛在脑后，故乡的美丽风光却要由别人来给你介绍。”

于是，一种美好的激情在心中逐渐萌生，而且与日俱增；与此同时，作者逐渐意识到他对弗拉基米尔州的某种道德义务。世界上

---

①　欧洲旧地名，位于今法国西北部和比利时西部，是欧洲中世纪时经济最发达的地区之一。

②　一俄里等于 1.06 公里。

没有比它更美丽的地方（我对这一点从来是坚信不疑的），因为没有哪一块土地比它更亲切。

于是，尽量仔细、尽量接近地看看它的全貌，这样一个无法遏制的愿望便在心中油然而生。

正好这时，我通过一件小事懂得了异国风味的真正价值。这就是阅读布莱姆①的作品。这位充满智慧的大自然的探索者描写过生长在北美高原的一种小野兽。顺便说说，这种小兽的肉质据说非常细嫩，味道鲜美，有些欧洲人远涉重洋，历经艰辛，其目的就是为了弄到这样一头小兽，尝一尝它那芳香的肉味。

老实说，写到这里，连我都馋涎欲滴，而且未免怜惜自己，因为我也许一直到死都尝不到这种罕见的野味。"如果用炭火把它烤熟，或者用烤炉把它炖熟，"该书残忍地继续写道，"这种肉无疑会成为一种佳肴美馔。按照味觉特别精细的美食家们的意见，其味道之鲜美、肉质之细嫩、营养之丰富，不亚于小牛肉。"

"小牛肉"是一个有点粗俗的词，似乎很难从这个词转入美学方面的话题，但是我却感到茅塞顿开，豁然醒悟了，觉得下面这种想法并不粗俗："当然啰，说得对！就连棕榈或者什么悬铃木之类也是美的，原因就在于其美丽的程度并不亚于白桦。"

我记得我们曾经漫步在高加索的一个植物园里，一块块小标牌上写着许多奇怪的名称：海桐花、花边丝兰、桉树、桂樱……到了傍晚，不论是枝叶繁茂的树冠，粗壮高大的树干，还是奇形怪状的树叶，我们都不以为奇了。

突然，我们看见了一棵十分罕见的树，类似的树整个植物园一

① 阿·布莱姆（1829—1884），德国动物学家和旅行家，著有《动物生活》一书。

棵也没有。它像雪一样洁白，像刚长出的小草一样嫩绿，在色彩单调的总背景衬托下特别引人注目。这一次，我们是用新的眼光观察它，按新的方式评价它。标牌上说，我们面前是一棵普通的白桦树。

你试一试躺在白桦树下柔软、凉爽的草地上，只让太阳和中午灿烂的碧空的点点光斑透过树叶洒在你的身上。白桦树悄悄地俯身在你的头顶，在你耳边絮絮低语，向你倾诉了多少衷情，讲述了多少美妙的故事，唤起你心中多么美好的感情啊！

棕榈树又算得了什么？在它下面简直连躺一躺都不行，因为树下不是没有任何青草，就是长着干枯的、满是尘土的、带刺的小草。风一吹，棕榈树叶就发出像白铁皮或胶合板一样的响声。这种声音里既没有灵魂，也没有爱抚。

也许，外洋各国的所有旖旎风光也只能同列维坦[1]、希什金[2]和波列诺夫[3]笔下的俄罗斯中部风景的静谧的魅力相媲美吧？

此外，并非一切醒目和鲜艳的东西都是美的。

我听说过一个很有教益的故事。从前，在一个位于一条小溪旁边的萧索的小村子里，也许就是在这个弗拉基米尔州，住着一个名叫扎哈尔卡的小伙子。他不知怎么对绘画产生了强烈兴趣，刚刚弄到一些贴在硬纸盒上的扣状颜料，就整天整天地在森林里和小河边转悠。他喜爱那儿的许多地方，便打算把它们画到纸上。

这个村子里还住着一位行将就木的老教师。在即将辞世的时候，他经常喝得醉醺醺的，这既给他的外表，也给他作为教师的威望带

---

① 列维坦（1861—1900），俄国著名风景画家。
② 希什金（1832—1898），俄国著名风景画家。
③ 波列诺夫（1844—1927），俄国著名风景画家。

来损害。据说，他曾经有过一段黄金时代，并且似乎在彼得堡同列宾①本人一起学习过，但是后来不走运，一切都完蛋了。这种事在俄罗斯人中是经常发生的，特别是多少有一些才能的人。

有一次，扎哈尔卡正在画鲜红的晚霞，突然听到耳边有人说道：

"怎么样，喜欢吗？"

他回头一看，只见老教师站在后面，这一次他的神志是清醒的。

"喜欢，"扎哈尔卡回答道。"似乎很像"。

"好啊。咱们来研究一下，你的什么东西画得很像。那一小块是什么颜色？"

"绿色。既然它是一棵赤杨树，那还会是别的什么颜色吗？"

"不，你要忘记它的本色。你说，它现在是什么颜色？"

"黑——色，"扎哈尔卡一面仔细观看，一面犹豫不决地说。

"对了，是黑色，因为光线是从后面射来的，可是你却仍然把它画成绿色。这么说来，不像了吧？瞧，你画的小路是黄色的。你以为沙子必定是黄色的吧？可它现在完全是灰色的，就像灰烬一样。难道你没有眼睛吗？晚上到我家里来，我给你安一双新的眼睛。"

从此以后，扎哈尔卡经常去教师家里。老汉给小伙子讲了些什么，不得而知，不过小伙子的眼睛真的睁开了：他学会了发现美。你瞧，这里头原来还有这么些学问呢！

扎哈尔卡顿时变得兴高采烈。他想："我马上就到所有心爱的地方去，用新的眼光去观察一番。"他从篱笆门里面跑出来，顿时呆住了。房子前面挺立着一棵小白杨树，这棵树他也许见过一千次，但却从来没有注意过它，此刻，天空是潮湿的、灰色的，就像一块用

① 列宾（1844—1930），俄国著名现实主义画家，重要作品有《伏尔加河上的纤夫》等。

刀子切开的铅，而小白杨树却在铅灰色的背景上亭亭玉立，色如玫瑰，给人一种静谧而温馨的感觉，因为天的另一边，在扎哈尔卡的背后，的确是玫瑰色。正是这种颜色照亮了小白杨树。

这一次，扎哈尔卡没有离开小白杨树到任何地方去，他就站在那儿观赏。他的灵魂陶醉在小白杨树的美中。他曾经成百上千次从这种美旁边经过，可是别说没有把它当作美，而且压根儿就没有把它当一回事。

这就是一位善良而聪明的朋友有一次给我讲的那个很有教益的故事。

简言之，我下定决心，把来年夏天全部献给弗拉基米尔州。然而，"献给"是什么意思呢？是在州里旅行吗？那又用什么交通工具呢？

我一生中曾经用多种交通工具旅行过：货运列车（躲在所谓制动台里作无票乘客）、客运列车、全金属软席车、一小时行驶五公里的窄轨列车、不带任何车厢的机车、煤水车（而且机车是背向行驶的）、普通机车（坐在驾驶室里）、架空索道车（小斗车的车顶悬吊在索道上）、夏季寒原上的鹿拉雪橇、冬季寒原上的狗拉雪橇、骆驼、吉尔吉斯的坐骑、卡巴尔达的骏马、无座雪橇、四轮大车、库班的敞篷马车、"波—2"飞机、双引擎、三引擎和四引擎飞机、骡子、直升飞机、各种式样和牌子的汽车——从"梅尔塞德斯"到"小山羊"、小渔船、渔轮、水上快艇、远洋轮船、内河轮船、木排、犍牛、破水船、摩托雪橇、浮冰、有全套套车挽具的驼鹿……

如果对事情采取严肃认真的态度，那么应该说，我上面列举的各种交通工具中最舒适平稳的要算江轮了，但它与这一次的情况根本不合。

"是否可以步行去呢？"我心中突然冒出一个莽撞的念头。钻出汽车，置身于空旷的原野，沿着眼前的小路信步走去。也许小路会把你带进一个村庄。什么村庄呢？反正都一样。一个村庄会有路通向另一个村庄，那儿又有路通向第三个村庄……夜幕降临时就地过夜。敲开村边小木房的门，借住一宿。到了早晨，又继续往前走。一天哪怕平均走十公里，毫不费力，简直就像散步一样，那么一个半月该走多少路啊！

整整一个星期我都像一个醉汉似的，心里老是怀着这个念头。一闭上眼我就看见：一条小路通向一个长满白色三叶草的陡峭的小丘，在小丘上，小路又从左边拐到一片小松林后面。和它一起拐到松林后面的还有一片幼嫩的黑麦田……在这儿你得沿着一根刨过的松木渡过一条湍急的小河。井边一位妇女给你一碗凉水，于是清澈的井水甜丝丝地流进了喉咙……一个遇事审慎的农民详细告诉你，到弗洛里夏修道院该怎样走……

倒霉的是，这个念头是 12 月份产生的，而要进行这种旅行只能在 5 月份以后。

从这时起，伏案研究地图就成了我最喜爱的事情。起初是研究苏联大地图，可是弗拉基米尔州在大地图上所占的面积却可以用一个五戈比的硬币遮住。不管我对着五戈比硬币这么大一块地图动了多少脑筋，地图却什么也不能告诉我。诚然，在这张地图上可以清楚地看到，如果乘车由西向东去，那么，弗拉基米尔州位于莫斯科州和高尔基州之间。我顿时想起了一本书上的一段话："它（即弗拉基米尔州）位于奥卡河与伏尔加河之间的地区，在这个地区里，起先由弗拉基米尔—苏兹达尔大公国，继而由莫斯科大公国产生了莫斯科国家，后来这个国家发展成伟大的俄罗斯帝国，它的面积超过世界各国。"

　　如此说来，它就是俄罗斯的根。

　　不久，我弄到了一张详细的州地图。在这张地图上，一厘米只表示五公里。地图上有很多表示森林的绿色，还有很多画着细线、表示沼泽的地区，而白色的斑点则表示辽阔的田野和草地。

　　白色最多的是地图的上半部，也就是北方，这就是所谓弗拉基米尔盆地。全部绿色仿佛流向下面，形成著名的美肖拉森林和沼泽。弗拉基米尔州由盆地和美肖拉森林两部分组成。这是地图首先告诉我的情况。

　　同这张地图可以通宵进行谈话：

　　"弗拉基米尔地区以前有些什么野兽呢?"我问地图。

　　它回答道："这儿有过原牛①。你念一念下面的村名吧：'图林诺庄、图林纳村、图罗沃、图雷吉诺……'还有黑貂②。你难道没看见下面的村名吗——索波里、索波列沃、索波利、索波里采沃、索波里亚塔?……还有洛谢沃、洛西约、博布罗沃、古西③……"

　　"那么从前什么人住在弗拉基米尔地区呢?"我问地图。

　　"从前这儿住着一些起源于芬兰的部落——穆罗马人、默里亚人和韦西人。是的，他们已经完全消失，但并非无迹可寻。至今还保留着一些神秘的、谁也不懂的河流、城镇、湖泊和地区的名称——穆罗姆、苏兹达尔、涅尔利、佩克沙、沃尔夏、科洛克沙、克里亚兹玛、苏多格达、格扎、捷扎、涅列赫塔、苏沃罗希、桑哈尔、克夏拉、伊西赫拉……"

　　但是后来出现了斯拉夫人。他们在离芬兰人村落不远的地方盖

---

①　俄文为 тур。下文的几个地名均由 тур 派生而来。
②　俄文为 соболь。下文的几个村名均由 соболь 派生而来。
③　洛谢沃、洛西约意为驼鹿；博布罗沃意为海狸；古西意为鹅。

起了自己的小木房，并且开始安安静静地耕种土地。土地辽阔宽广，谁也不碍谁的事。于是除基杰克沙一类村名以外，又出现了克拉斯诺耶村、多布伦斯科耶村、波列茨科耶村……根据名称就可以知道斯拉夫人来自何方。什么雷别季呀，什么加里奇呀，什么维什戈罗德呀，这都是基辅人的用语。

地图还说明人民富有诗意的性情，因为一个冷酷的、干巴巴的人是永远也不会给一个村子取"小樱桃""小湖"或"花冠"这样的名字的。

斯拉夫人的文化水平比当地居民要高一些，后来他们的人数增加了。斯拉夫人没有驱逐和消灭穆罗马人、默里亚人和韦西人，而是把他们吞没了，把他们融合在自己之中，或者如学者们所说，把他们同化了。这儿至今只留下一些名称，这些名称能够使一个陌生的外来人感到莫名其妙，却丝毫不会使一个最差劲的毛孩子感到困惑莫解：沃尔夏就是沃尔夏，只要能在里面洗澡和钓鱼就行了。

这就是地图告诉我的情况。

或者，你在均匀的绿色中还可看到一个小圆圈，它甚至离一条土路大约还有三十公里，于是你的想象中就会出现上十幢阴暗的圆木房子，紧挨房子立着许多一声不响的棕褐色的松树树干。或许你在沼泽正中间也可以看到这样一个小圆圈，于是寻思道："真糟糕，它们到哪儿去啦！那儿的月夜想必非常可怕，不过霞光也肯定美极了！"

霞光归霞光，而森林和沼泽里的庄稼却长得不好。弗拉基米尔人早就懂得，光靠土地是无法生存的，因此他们在农闲季节纷纷离乡背井，以打短工为生，因此也就出现了弗拉基米尔的各种工匠——圣像画匠、树皮鞋匠、熟羊皮匠、弹毛匠、擀毡匠、马具匠、绣花女工、烧炭匠、干馏树脂匠、镰刀匠、玩具制造匠、编筐匠、号角手、席匠、干馏柏油匠、细木匠、制鬃匠、制轮匠、制箱匠、箍桶匠、木匠、陶器匠、烧砖匠、铜匠、铁匠、石匠……

每门手艺都有自己的气味。马具匠身上有皮革味，烧炭匠有桦木烟味，熟羊皮匠和擀毡匠有羊毛味，席匠有小椴树内皮的香味，圣像画匠有干性油味，箍桶匠和制轮匠有橡木刨花味，陶器匠和烧砖匠有干泥巴味，编筐匠有苦柳味，至于干馏树脂匠和干馏柏油匠，那就更不用说了。

开春之前，接二连三地发生了几件有诱惑力的事。一个同事到越南去了，另一个同事不知是去了叙利亚还是去了黎巴嫩，还有一个同事干脆去了非洲。这样的机会也可能轮到我的头上。我心里犯疑了。嗨，如果突然要你出国，难道你会拒绝吗？难道你会这样说："不，亲爱的同志们，我当然愿意去新加坡，但是很遗憾，我必须去佩图什基和沃斯普什基。"

然而，就在这时真的给我分配了出国任务。不过不是去新加坡，而是近得多，这是一个我从小就幻想去游历一番的国家。

我跑去征求朋友们的意见，他们对这个问题的态度各不相同。第一位朋友对待问题很冷静，他说："弗拉基米尔州的乡间小路是不会从你手里跑掉的，你可以来年夏天再去。"第二位朋友还保留着军官风度，他毫不犹豫地大声说道："打定了主意，就别再犹豫。任何时候都不应该改变已经做出的决定。"第三位朋友是个哲学家，他深思熟虑地说："你别忘了，去别国游历可以弄清某些事情，而去故乡游历却可以认识自己。"第四位朋友是个诗人和幻想家，他用譬喻说："是坐在汽车里跑上一个月，从一群美女中间穿过好呢，还是只跟一个女人，但却是自己心爱的女人一起待一个月好呢？"最后碰到一位朋友，他在一秒钟内就解决了这个难题。

"你是怎么想的呢？你去要求把出国改到秋天嘛。这样就两全其美啦。"

朋友多真是一件好事啊。

　　古代的旅行手册，或如人们所说的旅行指南，往往力劝人们去弗拉基米尔地区旅行。手册里面详细描绘了从弗拉基米尔城到苏兹达尔城的道路，即所谓斯特罗门卡大路。这是一条从莫斯科经由亚历山大镇到尤里耶夫-波利斯基的大道，从那儿便可到苏兹达尔城和弗拉基米尔城。之所以竭力劝人们去游览，是因为弗拉基米尔地区有很多各种不同的寺院、古老的教堂和出自鲁布廖夫①或乌沙科夫②手笔的极其罕见的圣像作品，还有一些历代君王巡幸的地方。伊凡雷帝③在那儿做过祈祷，并且囚禁过自己的妻子；彼得大帝的失宠的妻子在那儿住过；当下诺夫戈罗德人前来拜请德米特里·波扎尔斯基④去拯救俄罗斯时，他就待在那儿的一个村庄里；那儿有亚历山大·涅夫斯基⑤的陵墓。迄今仍保存着一份沙皇在决定将这位大公和军人的遗骸从衰落的省城弗拉基米尔运往京城彼得堡时，关于如何运送遗骸的上谕。也许当初就该把亚历山大大公安葬在彼得堡，问题在于，他去世那年弗拉基米尔是个大城市，而彼得堡却还没有一

---

　　① 安·鲁布廖夫（约1360至1370—约1430），俄国著名画家。
　　② 西·乌沙科夫（1626—1686），俄国著名画家和雕刻家。
　　③ 即伊凡四世（1530—1584），1533年起为俄罗斯大公，1547年起为俄国沙皇。
　　④ 德米特里·波扎尔斯基（1578—约1641），17世纪初俄国人民反对波兰、瑞典武装干涉的解放斗争的领导者之一。
　　⑤ 亚历山大·涅夫斯基（1220—1263），先后任诺夫戈罗德、基辅和弗拉基米尔大公，在领导俄国人民同日耳曼骑士、瑞典人、鞑靼人的斗争中做出过卓越贡献。

点影儿。这份上谕写道："安放圣体之灵梓，应以恭谨虔敬之诚抬离原地，并以相应礼仪抬出灵穴……置灵车之内，张华盖其上……护送时应遵圣驾出殡礼制，以通行之教堂唱颂仪式及钟声伴送之。灵车之护送应循所定路线，速度适中，视沿途情况而定。道路顺利时不得擅自迟缓，稍有延误；如遇路面难行，则宜斟酌行速，庶免差池。"

至于德米特里·波扎尔斯基，从他的墓园运走的仅仅是大理石陵墓，这位大公的遗骸至今仍在苏兹达尔。不过我们还会来拜谒他的陵墓，而且我们将有时间对这件事进行详细介绍。

总之，古代旅行指南竭力劝人们游览弗拉基米尔地区。新编的旅行路线集一无例外，总要提到格鲁吉亚军用公路、阿尔汉格尔镇和伊塞克湖，却既不提尤里耶夫-波利斯基，也不提苏兹达尔、穆罗姆、姆斯乔拉、古西赫鲁斯塔利内、博戈柳博沃和弗拉基米尔本身，这是毫无道理的。因此，这种手册我只看上一眼就马上合起来。

"那么，帐篷、暖水瓶等东西你都买了吗？"富有经验的旅行者们问我。

"我不打算买。"

"那哪儿成，没有帐篷算什么旅行呢？旅行的魅力全在于用篝火煮煮红嘴鸥，做做鲜鱼汤，因此钓竿可是少不了的。"

"不，在农民的小木房里吃住更方便，因此我什么也不需要。既不要带一块面包，也不要带一小块方糖。我不明白，既然在这儿便于跟人们谈话，可以了解他们靠什么为生，心里想些什么……那干吗躲开他们另找地方过夜呢？"

总之，万事俱备。现在碍事的只有一样东西，那就是不受任何文件管束、经常不如人愿的天气。大家知道，关于天气预报流传着很多笑话，相信它的人为数甚少。然而，成千成万的人每天仍然聚精会神、兴致勃勃地收听天气预报。当我们非常需要时，我们宁可相信一株普通的、极为寻常的菊花的预兆，而不愿相信一个堂堂的科学机关。

飞行天气预报是最准确的天气预报，通过一家内容丰富的杂志的编辑部正式查询，答复如下："6月27日以前有雨而天寒，6月27日以后寒冷而无雨……"

第一天

对本书作者及其旅伴们在弗拉基米尔州旅行期间发生的种种事情的翔实而连续的描绘就从这儿开始。这次旅行是 1956 年 6 月 7 日中午从基尔查奇河上的一座木板桥开始的。在当地，这条河是莫斯科州和弗拉基米尔州的界河。事情是这样的。

一辆挂着"莫斯科—弗拉基米尔，客满"牌子的小轿车终于开出了街道纵横、砖楼林立的首都。加速之后，它就沿着笔直、宽阔的公路干线奔驰起来。不错，这是一条有的地方用混凝土浇灌、只许单向行驶，甚至中间种有树木的现成公路干线，而有的地方，汽车又被路上的一座座沙丘、一个个土堆、一辆辆掘土机所阻断。据说，这不仅仅是为了改善那条旧的、质量不错的高尔基公路，而且也是为了建设伟大的"莫斯科—北京"公路。

汽车时而以每小时一百公里的速度向前飞奔，时而左摇右晃，从公路这边晃到公路那边，沿着被汽车轧出一道道车辙的沙土路面向前开去，速度不比步行者更快。

天气酷热，就连把微微开着的车窗玻璃吹得砰砰作响的呼呼的风也没有带来一丝凉意。车上的旅客共有三人。假如早晨在莫斯科我的妻子不坚持己见，不来送我进行这次"可怕的"旅行的话，那么旅客可能就只有两人了。

你永远无法预料，事件的进程将怎样变化，因此，以防万一，我向你们介绍一下我的妻子。她叫萝莎，乌黑的头发，黝黑的皮肤……不过，一位天才的法国人说得好，妻子的外表是无关紧要的，至少描绘妻子的外表不是丈夫的事。

第三位旅客是一个头上剃得光光、方形的下巴上蓄着火红色胡子、戴着直角玻璃夹鼻眼镜的少校。三人之中只有他一人有明确的目的地，他的车票就是买到那个地方的。

突然，我的心中升起一股轻微的、却又无法遏止的惆怅之情。这种激动是有原因的。整个冬季我都在焦急地等待这一天，现在它终于来了。凭这一点，我就有充分的理由感到激动。不过这些都不值一提。我对自己都隐瞒了最主要的东西。最主要的东西就是我那即将到来的孤寂生活。眼看马上就要下车，走到路边六月的深草丛中，独自在辽阔的绿色原野上度过许多日子，这使我惴惴不安。人们在前景渺茫时总是感到惴惴不安的。我连今天将在哪儿吃午饭、吃些什么，在哪过夜、怎样过夜都不知道。肯定会遇到一些不知名的村庄，可是那儿并没有任何人在等我，这一切难道不是冒险行为吗？很多旅游路线沿途都有设备完善的招待所。大量装备齐全的旅游小组正沿着这种旅游路线前进。这一切都是可以理解的。

然而，想到这点为时已晚，而且也没有工夫多想。

"请停一下车。"

汽车轻轻往上一跳，然后滑到一边，停了下来，仿佛撞在一堵看不见的墙上。司机担心地掉过头来。

"是谁不舒服吗？"

"不，我们想下车。谢谢您把我们送来。"

"可你们的票是到弗拉基米尔市的呀。到那儿差不多还有一百公里呢!"

"那更好。我们就留在这儿。我们喜欢这个地方。"

"随您的便吧,"司机喃喃地说,然后汽车就消失了。

我感到背囊比我在莫斯科掂量它时重多了。

"走吧。你送我到河对面,然后搭回程汽车。"

木板桥下矗立着几个年久失修的圆木桥墩。浅浅的褐色河水从桥墩旁边静静地流过。一个个白得像砂糖一样的浅沙滩一进入水底就变成赤金色。随后它们又像小岛似的重新露出水面,恢复自己那白光闪闪的本色。河的一侧堤岸并不陡,一片幼嫩的柳树林长在离水面两公尺远的地方,枝条是这样蓬松,这样翠绿,连下面的沙子都似乎变成了浅绿色。河的另一岸很陡,却并不高。那儿的堤坡上看来经常有些泥土扑通扑通地掉到水里,因此堤岸不断坍塌,不断受到冲刷。一排排整齐稠密的小松树一直伸展到陡岸边,俯视着河面。然而河水奔流不息,水波荡漾,把树的倒影都搅乱了。

走到桥的尽头,我们就置身于弗拉基米尔州了。我和妻子告别,跑到堤岸左边,然后溯流而上。周围没有任何引人注目的东西。一个断腿的残疾人把衣服和拐杖放到草地上,正沿着沙滩爬到水里去洗澡。一位妇女撩起裙子,走到齐膝的水里涮衣服。稍远处停着一辆"胜利"牌轿车,乘车而来的那一家人正在休息,撑着一块白光闪闪的床单当遮阳篷。

我选定的那条小路绕过一个满是轮胎和履带痕迹的采砂场,通向一块宽阔平坦的草地。草地上这里那里,或三五成群,或孤零零地长着一些树木。这当儿我听到背后有个奔跑的人急促的呼吸声。转身一看,原来是萝莎。

"是我忘了什么吗?"

"你什么也没忘。我要跟你一起去。"

"上哪儿去？"

"你上哪儿，我也上哪儿。你别反对啦。当初你一个人要去，我不是也让你去了！请你别用这样的目光看着我的鞋子。咱们马上把鞋后跟敲掉，要不就到商店里去买一双帆布鞋。"

"什么商店？"

"供销社。你以为我对农村生活的了解不如你吗？每个村子都有供销社，咱们就上那儿买去。别多说了，给我一半东西，咱们往前走吧。"

"你可拿得了一半吗？"

"好吧，你不愿给一半，那就把照相机给我。"

我还没来得及充分领略我的孤寂生活，就这样把它失去了。

我们溯流而上的那条河时而急转向右，时而急转向左，它那闪闪发光、平静如镜的流水在远处时而遇到一丛丛垂柳，时而遇到陡峭的沙岸。最后我们转腻了，于是决定离开河边，沿着眼前的小路前进。不一会，只见小路向右通往一座橡树丛生、相当陡峭的小丘。沿着小路往前走去，半小时以后，我们被一片茂密的松林包围了。树林里寂静无声。在很高很高的地方，光灿灿、绿莹莹的树冠在光灿灿的白云衬托下显得格外分明。也许那儿还有阵阵微风，但我们下面却是静悄悄的。静止的、晒热了的空气中弥漫着一股浓郁的蜜香，我们有好一阵无法断定，这股蜜香是从哪儿来的。

大家知道，每到秋后，越橘那鲜艳的总状花序就从光亮、墨绿的树叶中露出来，宛如一滴滴鲜血，特别漂亮，特别诱人。可是很少有人注意到，这种常青的针叶灌木是怎样开花的。我们简直想象不出，就是这种不好看的、开花的小植物能够使大片的松林香气弥漫。我说它是一种"不好看的、开花的小植物"，这是冤枉它、委屈它了，实则它是最优雅、最美丽的鲜花之一。只要不怕麻烦，摘下几根小枝子就行了，最好是双膝跪下，仔细地观察一番。

有些东西远看并无差别，实则各呈异彩，往往会使你感到惊讶。

一些乍看为白色、实则为玫瑰色的小铃形花朵在墨绿色的枝头汇成低垂的总状花序。每个小铃铛都不比火柴头大，却香气四溢！这就是越橘的花。

瞧，这也是一个小铃铛，但样子却很奇怪。它的外形滚圆，更像一个红了一边的成熟的浆果。它也像一个小小的瓷灯罩，却又嫩又脆，人的双手未必做得出来。不论是对孩子们还是对野乌鸡来说，它都是一种佳肴。因为在每个有小灯罩的地方都将长出一颗有一层蓝色薄皮的、水灵灵、黑黝黝的欧洲越橘的野果。

瞧，这一束总状花序里汇集了很多带有鲜红的瓶颈状花的白色小罐儿。这些小罐儿颈口朝下，倒悬枝头，从早到晚香气四溢。这是一种药草，名为熊果。不，松林里的花只有远看才彼此相似。如果仔细看，状如小铃铛的越橘花，就其外形之玲珑、优美和脆嫩而言，绝不亚于别的大花。这就好比首饰匠，制品虽然小，价值却很大。

有时，在土墩和树墩之间可以看到一片片像地毯一样铺得平平整整的浅豆沙色金发藓，这是干燥松林里的居民。

在灰色的林地上，在坚实的、绿茵茵的草皮地上，到处闪耀着许多雪白雪白的小角锥形物体。这是田鼠的痕迹，它们暴露了森林的秘密——这片森林位于纯粹的河沙上。

还可以遇到大片大片树木砍伐殆尽的空地。在这种空地上，一些小松树沐浴在阳光中，仿佛是大树把自己的孩子们放出来玩一玩，闹一闹，黄昏一到，就呼唤它们回到自己那黑暗幽深的怀里去。

有一件事我们琢磨不透。大路两边并排伸展着许多得到精心养护、打扫得干干净净的小路，好像还撒了一层沙子。我们绞尽脑汁，还是不得其解。

当时正是松树开花的时节。只要用一根棍子敲一敲树枝，我们立即会被黄色的浓雾笼罩起来。在无风的日子里，金色的花粉也会徐徐飘落。

就在昨天，就在今天早晨，我们还被迫住在彼此相距不过五公尺的四壁之内，曾几何时，我们却已陶醉在松林的鲜花、漫溢着松香和针叶味的阳光和我们蓦然得来的一片绚丽多姿的天地之中。我受着背囊的拖累，可是萝莎却时而跑到前面，叫嚷说她在那儿见到了铃兰，时而钻进树林深处，然后又被脚底下蓦地飞出的什么"大鸟"吓了回来。

这时，透过树林，前面突然水光一闪。不一会，小路把我们引向一个大湖。可以说，这是一个没有岸的湖。林中空地上茂密多汁的青草，一个劲地往前延伸，突然间，在和草地一样高的地方出现了水，仿佛是一片水洼灌满了雨水。我不禁想到，草地在水下也在继续延伸，它是不久前才被淹没的，而且只会淹没一个短时期。可是透过略显黄色的水却可以看到坚实的沙底。越往前湖水越深，而且随着它向深处延伸，湖水变得越来越黑。

湖边有几座又长又窄的小木桥，在离木桥不远的水中，有一只系在树上、一动不动的平底船。它清晰地映在平静如镜的褐色湖水里，宛如一幅水墨画。离湖岸约三十步远的林中空地上有一座带凉台的半新不旧的圆木房子。湖的另一岸有许多闪着白光的砖房。从那儿传来阵阵说话声、断断续续的歌声和姑娘们的笑声。

有个人悄没声儿地走到我们身边，站在我们背后。他咳嗽了一声，我们回头一看，不知他是否默默地站了很久。他约莫六十岁光景，脸上刮得光光的，面庞瘦削，满是皱纹。头上乱发蓬松，不知是天生的鬈发，还是没有梳好。但首先映入眼帘的是一双沼地用的长筒胶鞋。

"宫殿是您的吗？"我朝那座带凉台的房子点了一下头，问道。

"不，亲爱的，我是这儿的护林员，护林员哪有什么宫殿呀。总务主任是个单身汉，就在那个垦荒营里工作，"老汉指了指湖对岸，"可不是吗，干了四十年啦。上头准他在这儿盖一座房子。于是他就盖了一座。这房子可说是盖在风水宝地上，可是到头来总务主任还是死了。"

"您担任护林员很久了吗？"

"四十年啦，怎能说不久呢？东家在世的时候我就在这儿当伐木工。这儿全是伊凡·尼古拉耶维奇·舍列霍夫的领地。舍列霍夫可是个财主呀。"

"那他住在哪儿呢？是住在湖对面那些砖房里吗？"

"不是，亲爱的，那些房子是韦坚斯基修道院，因此这个湖也叫韦坚斯科耶湖。这湖可好啦，里面的鱼可多啦。瞧那水里头钉着一根桩子。天亮时带着钓竿上那儿去，把船系在桩子上，你猜怎么着，一个小时可以钓满满一桶鲈鱼。桶可是干的呀，里头没装水。再说这湖水也挺有意思，一到傍晚就变得像开水一样。我因为老穿胶靴，关节酸痛，因此我每天晚上总要光着脚在水里泡上两三个小时，我这两条腿就又能跑了。别人根本想不到，还可以用这种办法。有时为了不让时间白白溜掉，就带上一张拉网。这么着腿也松快了，还可弄两筐鳊鱼。如今鳊鱼慢慢儿少了。泥灰水对鳊鱼有害。我们这湖水差不多每年冬天都不透气儿，这对鱼有害。当然啦，水并不太深，最深的地方也只有六米。你看，旁边那个湖是白湖，那个湖性子可不一样。湖水可不像眼泪！有三十米深。它像一个坑，这白湖呀，像个大坑。不过那水可就冷了。鱼儿不喜欢冷水，统统游走了。那湖底下看来跟河水相通，再不就跟哪个海相通……"说着，他用询问的眼光朝我们瞥了一眼，看我们对他说的海有什么反应。也许他想通过新来的人检验一下，看看他津津乐道而又叫人难以置信的那个假设本身是否合乎情理。"可不是吗，那儿的水是泡不得的，要不两条腿还会酸痛。"

想一想这位老汉傍晚时分要在寂静的湖水里泡上两个小时，这倒是挺有趣的，可是不管怎么说，还得让他回到原先的话题上来。

"你那位舍列霍夫既然不是住在那些砖房里，那他究竟住在哪儿呢？难道住在弗拉基米尔市不成？"

"住在弗拉基米尔市?！您扯到哪儿去啦。舍列霍夫才不肯住在弗拉基米尔市呢。在华沙，这才是他住的地方呢。不过得告诉你，他不是住在那儿，而是全身瘫痪，躺在床上。至于自己的森林，他身子骨好的时候也一次都没来过。"

"怎么会这样呢？他有这样一笔财富，这么美的地方，难道完全不享用吗？"

"谁说他不享用？钱像水那样往他那儿流去。至于说这地方美嘛，那只有我们这些护林员才真正看重它，因为我们一辈子都待在林子里。猫跟狗也可以混熟，只要让它们从小待在一起，长期养成习惯的话；至于人跟森林，那就更别说了。也就是说，你会慢慢跟它混熟，就像跟妻子或者一般活的东西一样。你看那棵松树，它就是活的，简直可以跟它交谈交谈呢。"

我们正打算离开湖边，但这时我想起大路两旁那些令人纳闷的小路，于是又折了回来。老汉亲热地望了我一眼。

"亲爱的，这是我们防火用的。比方说，你在松树林子里走路，扔下一根火柴或一个烟头，那就会起火。不用说，肯定会起火！可是这条小路却把火拦住，不让它烧到林子里去。亲爱的，我们护着林子呢，可不是吗，护得可认真呢。"

　　这时我们面临着一个事关重大的问题：眼看落日西沉，现在究竟该上哪儿去呢？

　　记得我们离开河边，刚刚踏上旅途的时候，路旁闪过一个小村子。那么，哪怕走到这个村子也好啊。此时此刻，森林的美景对我们再也没有吸引力了，迅速降临的黄昏正在向我们逼近。当我们到达那个村子时，已是暮色苍茫了。有一幢房子亮着灯。我们鼓起勇气，朝灯光走去。

　　旅途生活的第一天到此结束。

第二天

　　清晨走到大地上简直令人心旷神怡。尚未变热的空气使喉头和胸脯感到十分清爽、舒适，尚未开始逞威的太阳暖烘烘的，显得慈祥而亲切。在早晨斜阳的照射下，一切都显得格外明显，格外突出，格外鲜艳：不管是沟渠上的小桥还是树木。树的下部还笼罩在阴影中，而树尖却晶莹闪光，又红又亮。连大路上和大路两旁的小坑也投下自己小小的身影，这种景象中午是不会有的。

　　森林里常常可以见到又黑又亮的小沼地。它们附近的草长得格外绿。有时从森林深处奔出一条小溪。它穿过大路，又匆匆隐入森林。有一个地方，一片水灵蓬松、亮得令人炫目的青苔犹如一条巨蟒，从昏暗的森林里爬到我们脚下。在绿得几乎过分的青苔中间流着一条咖啡色的小溪。

　　应该说，这些地方的那种褐色的水一点也不浑，如果舀取一杯，它还是透明的，但杯里的水却依然保持着金黄色。看来，泥炭的悬浮成分很细，就是它赋予溪水这种美丽的颜色。我们用手掌从奔流在松软的、绿茵茵的河床的小溪里掬了一捧水，它给人的印象非常干净。

　　松树的阴影散作扇形，投射在森林里的小路上。这片森林比较年轻，清一色都是松树，没有林下灌木丛。这是一片船用松林。路旁突然出现了一条用窄板钉成的、又宽又平的长椅。上面刻满了题词，大部分是那些妄想借此使自己永垂不朽的人的名字。

我们在长椅上休息了一阵，观看一只小䴕鸟在一棵松树的树干上像幼鼠一样迅速灵活地蹿上蹿下。

不一会我们见到了"松林疗养院"的白漆大门，这才明白林中设置这条长椅的原因和长椅上题词的来历。我们没有必要去疗养院，便向附近的一条小路拐去。

走了大约两公里以后，左面向前延伸着一片灌木林，这种灌木林通常只长在小河两岸。一个身材魁梧、面颊红润的小伙子从灌木丛中出来，走到一块空地上。他穿着一条卷到膝盖的裤子和一件宽大的、下摆垂在裤子外面的白衬衣，两条腿光光的。他一手拿着一根钓竿，另一只手拎着穿着许多小鱼的绳子。钓鱼人在穿过灌木林时沾了一身露水，现在他头发上的露水还在闪闪发光。小伙子的脸上也是光闪闪的，他对自己的收获和旁人见到他的收获感到满意，也许仅仅对一清早就能在河边垂钓感到惬意。

"这条河叫什么名字呀？"我们好奇地问道。

"这是我们的舍利达里河，"小伙子回答道，"跟它可开不得玩笑，不跑几步绝对跳不过去。"

"你们舍利达里河里有什么鱼呢？"

"嘿，各种鱼都有，多的是。有狗鱼、鲈鱼、斜齿鳊、鮰鱼、圆腹鯳、红眼鱼和大头鲅。"

"难道没有江鳕吗？"

"哪能呢？当然也有江鳕，可我压根儿就忘了。没有江鳕那哪儿成呀。"

"也许还有鲹鱼吧？"

"有，"这个舍利达里河的崇拜者对我的提示感到非常高兴。

"瞧，绳子上就有一条鲹鱼呢。这是刚才我在库库耶夫别墅附近用抛线钓竿钓的，鲹鱼甚至还很多呢。"

"好，祝您成功。您别为我们浪费时间了，现在正是咬鱼钩的时候。"

"不，老婆只怕已经闹翻天了呢。我是偷偷溜出来的。本来该送小猪到市场上去，可我却跑到舍利达里河来了。不过，没关系，她想必也喜欢喝鱼汤呢。"

我们夸了小伙子几句就走了。已经走得很远了，突然又听到他在追赶和呼唤我们。

"真糟糕，我压根儿就忘了……"

"忘了什么？"

"棘鲈！我把棘鲈忘啦！舍利达里河还有棘鲈呢。好，祝你们健康。幸好赶上了，要不然可真糟糕，我竟把棘鲈忘啦！"

突然走到树林尽头了，一片露水晶莹的草地扑入眼帘，它一直伸展到遥远的、蓝色的天际。密密层层的毛茛丛给它镀上了一层浓郁的金黄色。在伸向远方和几乎连绵不绝的金黄色毛茛丛里，这里那里矗立着大丛大丛围成圆形的白柳树。

沿着一条用三根圆木拼成的摇摇晃晃的小长桥，我们终于越过了舍利达里河，然后朝右边走去，始终与河岸保持不远的距离。起初长得非常茂盛的草地渐渐变得满是土墩，了无生气。因为草地同一切生物一样，也有自己的青年时期、壮年时期和衰亡时期。这儿的米芒草和硬毛草（它们是百花盛开的草地的顽敌）长得遍地都是，它们用现在已经像毡子一样连在一起的坚实的草皮把土地封住了。草皮下面是长不出花来的。

太阳晒得炽热起来，两条腿也走热了，我们想找一个地方洗洗澡。但是河岸很糟糕，离水边两公尺远的地方满是水洼和泥泞，而且河水也令人担心。河面上有的地方漂着一层像蛛丝一样的白色物质，浮着许多棍棍棒棒，水黾灵活地跑来跑去。最后我们来到了一个十至十五米宽的圆形水潭。浅沙滩又陡又斜地伸入水中，水肯定很深。小河里这类深水潭往往又深又冷，底部往往有泉水在水藻中涌流。果然，河水是冰冷的，可是光着一双发热的腿在这种水里扑通扑通地走路是多么令人惬意啊。我不由得想起了一位诗人的几句美妙的诗：

> 甜蜜的战栗有如一股流水，
> 奔跑在大自然的血管之内，
> 仿佛它那发热的双腿，
> 碰到了冰凉的泉水！①

跳进未曾涉足的水里，总是令人提心吊胆的，舍利达里河也不例外。至少比走进一个陌生的森林和城里更令人提心吊胆。

每条河都有自己的灵魂，而且这灵魂里有很多神秘莫测的东西。当你还不了解它，没有感觉到它时，你往往提心吊胆。我觉得对岸的灌木丛下面肯定藏有虾。我泅了过去，在一个洞里摸了一阵，里面果然有虾。这些虾使我觉得舍利达里河变得更亲切、更容易了解了：就像我们家乡的沃尔夏河一样，你猜到那儿应该有虾，那就必然会有。

我们稍事休息后就离开了河边，路上碰到了一大群男孩。我们

---

① 这是俄国 19 世纪天才诗人丘特切夫（1803—1873）《夏晚》一诗中的最后一节。

问他们水潭是不是很深。

"哪能呢？叔叔，还不到您的脖子那么深呢。最深的地方也只到胸前。"

假如我事先知道水潭还不到脖子那么深，那我脑子里也就不会出现关于河神的各种古怪念头了。既然河水有底，也就不会有任何神灵，任何神话故事了。

在我们即将登临的那座山上，在绿树丛中露出了一座白墙绿瓦的小教堂。我们从孩子们那儿得知，这是复活村。

进村的路位于教堂和少先队夏令营之间。左边是夏令营，在它那整齐的篱笆外面可以看见各种木架、秋千和单杠。少先队员却一个也看不见。也许，我们走过草地时远远地看见的那些人就是他们。

教堂的院墙已经坏了一半，只剩下一些石柱，而废铁多半是被送到村里的打铁坊打马掌去了。院墙外面长满了没有割过的深草。可是教堂本身和它的屋顶却在不久之前粉刷过，看上去像新的一样。

复活村给我们的第一印象是没有花园和菜园。人们早就发现，在农民不得不经常同森林作斗争的林区，村子里既没有树木，也没有花园。

就拿科米共和国①来说吧。你在那儿的房前屋后很少见到树木。既然周围就是原始森林，还要树木干吗呢！在一定程度上，中部森林最多的地区也是如此。然而，一个俄罗斯村子里连菜园都没有，这就太奇怪了。复活村的每幢房子都似乎位于草地上，四周长满很深的青草和各种鲜花，主要是毛茛和蒲公英。

我们在一幢有五面墙的农舍窗前的老杨树树荫里坐下小憩。

---

① 当时它的全称为"科米苏维埃社会主义自治共和国"，位于俄罗斯苏维埃联邦社会主义共和国欧洲部分的东北部。

"要是现在有个老汉来聊聊天该多好啊。"萝莎充满幻想地说。

果然，有一个老汉沿着村子走来。他一手放在背后，另一只手拄着一根拐杖。他故意把身子挺直，显得很不自然。总之，老汉走路时除了两条腿迈着碎步之外，身子的其余部位一动也不动。给人留下的印象是，如果老汉绊一跤，那他就会直挺挺地倒在地上。

"老大爷，您是本村人吗？"

"是本村人，"老汉答道。他继续迈着碎步，既不放慢速度，也不回头张望，俨然是一个上了发条的玩具。

"您在这儿住了很久吗？"

"从生下来那天起。"他继续急忙向前走去。

"跟我们一块儿坐一坐，歇歇气吧。"

老汉站住了。

"站一会儿倒可以，坐我可是不行呀。"

"您多大年纪啦？"

"年纪倒不算大，七十六啦，就是两条腿不听使唤。我做了一辈子皮靴，给别人穿在脚上，可自个儿的腿却不行啦。"

老大爷是个健谈的人。

"我们这村子是个木匠村。所有的男人都走光啦，有的去了莫斯科，有的去了彼得堡，剩下的都是娘儿们。这儿没有种菜园、修花园的习惯。土豆、大葱、黄瓜和别的蔬菜都是从波克罗夫的市场上运来的。说实话，娘儿们被别人的钱娇养惯了，没种惯地，种的主要是'荞麦'。后来，革命以后，所有的木匠也就定居在莫斯科了。每一个人都在那儿有个靠山，而这儿又扬言要没收富农财产。半个村子的人都走啦。你瞧，白柳树还在那儿，可房子却没有啦。如今，年轻人动不动又要上技校或别的学校。留下来的人很少了，唉，太少啦！好啦，我要走啦，有什么说的不对，请别见怪。我一站，腿就疼，走着好像要松快一些。"

老汉迈着碎步沿街走去。

我们在村口发现一个森林疗养学校，现在正值暑假，没有上课。大路引着我们继续前进——时而走过草地，时而越过田野，时而穿过黑黝黝的森林。

"这个村子叫什么名字?"一个半小时以后，我们问一个骑着自行车在窄小的路上吃力地行驶的姑娘。

"佩尔诺沃。"姑娘边骑车边点头答道。

假如我们没有产生在这儿好好喝一顿牛奶的念头，也许这个村子除名字以外不会给我们留下任何记忆了。之后我们在每个村子都喝了牛奶，因此到了傍晚，粗略地算了一下，每人喝的数量竟达三四公升之多。在佩尔诺沃村，我们第一次鼓起勇气买牛奶喝。

我们敲了敲一户人家的窗子，这家的大婶扔下活计（她正在用缝纫机缝衣服），打发我们去找她的邻居。

"她们家也许有，我们家连奶牛都没喂呢。"

女邻居则伤心地摇了摇头。

"没有，亲爱的，我们家有六张嘴，全都喝光啦。你们去向那一家要吧。这栋木板房是第一家，有红屋顶的是第二家，再过去四家，到了第七家再问一问，那家又有奶牛，家里人又少。"

尽管这一家是第七家，但我们仍然不走运。家里一个人也没有。于是我们开始挨家挨户问，终于在一个地方弄到了。一位结实肥胖、约莫六十岁光景的老大娘端坐在镶着花框的窗户内，仿佛嵌在精致的窗框里似的。

"要得多吗?"

"有半公升也行啊。"

"嗨，你们也太小气了，半公升牛奶也值得我去开罐吗，都拿去吧。”

她从窗边消失了，去了 10 分钟光景还不见踪影。后来她给我们带来两只通常用来卖醋渍黄瓜的一公升容量的罐子。我喝了一口就明白了，这牛奶即使没有掺一半水，至少也掺了三分之一的水。要是掺的开水，那就算不错了。没有味道的稀牛奶怎么也喝不下去，宁可倒掉。萝莎小声地、自言自语地说道：

“这老大娘心肠真好，卖给我们的牛奶油脂可真浓。有些昧良心的老太婆卖的牛奶不仅去了油，而且掺了水。你把罐子晃荡晃荡，罐子边儿上干干净净。”她说话时把罐子晃了一晃，那边儿上自然也是干干净净的。

老大娘的脸唰地红了。

“你们以为我很看得中你们的钱吧？把你们的钱拿去。”说着她把钱扔到地上，但她看到萝莎对着那钱做了一个动作，马上又把钱捡起来了。

“老大娘，我们讲的可不是您呀，我们讲的是那些昧良心的家伙呢……”

我假装失手，把牛奶泼到地上。它既不渗进土里，也不流向别处，而是久久地留在那儿，形成一个蓝色的小水洼。一个手持钓竿、年约七岁的小男孩，也许是她的小孙子，聚精会神地注视着这个场面。

老大娘家斜对面是一家小商店。我们走了进去，部分是出于需要，但主要是出于好奇。下面是我认真记下来的小商店简单的商品品种：碎块糖、奶瓶、果子酱、油焖鳕鱼、浓缩小麦饭、浓缩大米饭、味道辛香的腌大西洋鲱鱼、大豆蛋白、面包干（黑面做的）、糖果和蜜糖饼干。这家商店和我们后来看到的一些商店的不同之处，还在于店里的果子酱不冒泡，而且柜台里没有溶化了的酥糖。

售货员是一位年轻妇女，她说这家乡村小店每天都有面包，是从波克罗夫，也就是从距离最近的城市运来的。我们把老大娘和牛奶的事告诉了她。

"哎呀，这个老妖婆！"女售货员气愤地说，"咳，这个贪财的女人！你们最好别跟她打交道。也许，我们商店该多进点儿货，不过我不是售货员，而是俱乐部主任。"

"那您干吗在这儿卖东西呢？"

"老售货员干的事就和那老太婆一样。面粉本来卖两卢布四十五戈比①，而他却卖三卢布十戈比。因此就把他抓起来了。现在只好暂时由我代替。"

……我们从第一天起就明白了：只能早晚走路，因为快到十一点钟时气温已经高达三十度，而且没有风。呼吸起来困难，全身热汗涔涔。你一取下背囊，背上就热气直冒，仿佛用熨斗熨过一样。我们决定从上午十一点到下午四点，甚至到下午五点，躺在树荫下休息，而且尽可能选在小河附近。

我们在佩尔诺沃第一次尝试畅饮牛奶遭到失败以后，刚出村口，一条小河便不知从哪儿直接奔到我们脚下，它有一个美丽的名字——沃尔加。只要改一个字，好！那就成了俄罗斯一条伟大的河了。不过，要想成为伏尔加河，我们的沃尔加河还缺点什么呢。但这已经是另一回事了。

褐色的河水穿过一丛丛灌木丛，经过一棵棵小心地为它遮挡强烈阳光的、枝繁叶茂的柳树和爆竹柳，在鲜花盛开的草地上奔流。我们在沃尔加河畔坐了一会，没有什么事值得特别记上一笔，只看见六个小伙子在一个小水潭里用拉网捕鱼。经过半个小时的努力，

---

① 此处和下文所说的金额是指旧的价格标准。——原注

他们终于捕到了四百克小狗鱼和一些小斜齿鳊。这时走来两个男人，他们看了看捕到的鱼，一本正经地说："哎呀，不少啊。"应该说，这句话并非出于礼貌，它既是对小河本身的规模，也是对小河渔业资源规模的一种评价。

我们热得四肢疲软、浑身酸痛（此时我们对旅行还没有适应），步履艰难地朝前走去。在地图上，前方出现了一个小长方形——一个名叫戈洛维诺的村子。于是它就成了我们今天的奋斗目标。

我们巴望着傍晚时分能够走到戈洛维诺村，就在那儿过夜。首先要美美地喝一顿茶，然后躺下好好休息一番。

这当儿，从后面传来一阵响声。不用费力就可以听清，这是在乡间道路上行驶的卡车的轰隆声。不过应该肯定，我们当时是够坚强的——我们俩谁也没有挥手拦车。

驾驶室里探出一张长着雀斑的笑容可掬的圆脸，这种笑就是通常所谓的"咧嘴大笑"。

"上来吧，干吗要受这个罪，我一阵风就把你们送到啦。"

我们上了车，一眨眼工夫就到了戈洛维诺村。一路上只对一个地方留下了印象。一片有毒的、绿色的圆形泥沼从大路边一直延伸到森林深处，它的四周都是死树。靠里面是一些小云杉，后面的树越来越高，最后是一些已经发黑、已被毒死的大云杉和大松树。前面几排小云杉已经倒在泥沼里，并且被淹没了，其他的树齐腰立在泥沼里，好像跪着一样。泥沼里是绿色的毒物，四周镶着一框黑边，给人一种十分可怕的印象。这泥沼好像是位于从佩尔诺沃村到戈洛维诺村的大路中段。我们以为前面还会有许多泥沼，因此对未能仔细看看它也并不特别惋惜，可是后来我们再也没有遇到这类泥沼了。

在戈洛维诺村口的一幢房子旁边，我们付了司机车费（他向我们要了两卢布），然后沿着村子走去。一个上了年纪、穿着相当随便的妇女从村子的另一头迎面朝我们跑来，她光着两只脚，而且看上去披头散发。她一面跑一面拼命摇着铃，这种铃通常是学校招呼学生上课时用的。

我们选了一幢比较整洁的房子，敲了敲窗子。

"能在这儿过夜吗?"

"你们是什么人?"

"旅游者，是从外地回故乡去的。"

"愿上帝保佑你们!"

上帝指引我们来到集体农庄管委会。

我们沿着一个又小又窄的梯子上了楼，发现主席办公室的门上了锁。一个房间右边坐着会计员和记账员。这间房子看上去不怎么样，墙壁被熏黑了，浅蓝色的糊墙纸东吊一块，西吊一块。天花板的中间被烤焦了，上面的纸剥落得精光。想必天花板上曾经吊过一盏灯，而且险些引起一场火灾。葵花子壳在地板上被踩得吱呀作响。

没有人请我们坐。我们略一思忖，不请自坐。

这时从楼下传来了叫骂声。骂人的是一位妇女。不一会，她自己上来了。我们认出她就是手拿铃铛沿村奔跑的那一位。她是来送我们上过夜的地方去的。

"您在集体农庄干什么工作呢?"我们好奇地问这位妇女。

"当队长。你瞧，村子拉得太长。得沿街奔跑，求每个人出工。不过，现在他们自愿出工了，你要是忘了派工，他们还骂人呢。"

"为什么会这样呢?"

"开始按劳动日付钱啦，人也开始变啦。可是以前呢——只有眼泪，光知道哭! 你们明儿个跟主席聊一聊，他会一五一十都告诉你们的。"

"那您干吗要拿着铃跑呢?"

"叫庄员们出工。早晨也跑，中午也跑，一有事就该我跑。"

"别的村子里办法要简单些——在柱子上吊一截铁轨或别的铁器。队长走到跟前，用铁棍敲它几下就行了。"

"不知道我们这儿的人是怎么想的，那办法自然更好啰。"

"您自己怎么想的呢？您可是队长啊！只要您吩咐一声，大伙就会照办。"

说着我们走到了目的地。

我们被安排到一幢宽敞的房子里过夜，房子里有一种被冲洗过墙壁的清新气味。

年轻的女房东还让我们看了干草棚。但里面的干草是去年的，已经腐烂了。此外，从地窖里飘来一股带霉味的湿气。我们便留在小木房里了。

房间的天花板上吊着一些装饰新年松树用的玩具，墙上有一个扬声器的纸盘，堂屋里迎面挂着圣像，五抽屉上有一个留声机和几张唱片。旁边是一架缝纫机。整个地面铺满用五颜六色的废布头缝成的柔软的小地毯。碗橱的玻璃门里面嵌着几张小画，上面画的是不同品种的母鸡。为了美化房间，墙上贴着几张宣传画：一匹名为萨堤罗斯①的比曲格大牡马，一只粉红色的大公猪。一张宣传画号召人们参加红十字会，另一张画上有三个少先队员，他们手拿书本，面带微笑，还有一张印着"打排球去！"的口号。透过窗子可以看到一片宽阔的草地、一条小河和小河后面的一片树林。

年轻的女房东开始张罗茶炊，她不在集体农庄里工作，而是在家带孩子。在集体农庄里工作的是她的婆婆娜斯佳大婶。

"那么您丈夫在哪儿呢？"

---

① 希腊神话中的森林之神。

"他一般在木工队，他们正在盖猪圈和羊圈。现在集体农庄正在大搞建设。不过，今天全队的人都钓鱼去了。"

"莫非是休息日不成？"

"主席到波克罗夫去了，今儿个干活又很热，因此他们就钓鱼去了。马上就要回来，一进屋就开始喝酒，然后就逛到深更半夜。"

桌子上摆上了一把茶炊、一只装有精致块糖的糖罐和一盘黑面包。

我的祖父喜欢围毛巾喝茶，也就是说在他的脖子上挂一条毛巾，一边喝一边擦汗，一喝就是十五杯。看来我从祖父身上也继承了一些习惯，因为不一会我就用上毛巾了。还要说明的是，我们冒着酷暑走了一整天，而最主要的是，那茶格外芳香可口。我们试图向女房东问明这是什么茶，是用什么沏的、怎样沏的，但不管我们怎么问，她却什么也说不出来。她只是翻来覆去地说，茶是她婆婆沏的。她待会儿就来，要是她愿意的话，她会告诉我们的。

天色开始黑了，屋里出现了一个又高又瘦的老大娘，这是娜斯佳大婶。我们连忙向她奔去，询问那茶是怎么做的，她矜持地笑着，对别人夸她的茶感到非常满意。她谦虚地说：

"这哪是什么好东西呀，我们喝的是树叶子呢。"

"什么树叶子呢？"

"草莓叶子也可以沏，马林果叶子也可以沏，有的人喜欢越橘叶子，也有的人把它们拌到一起。"

"那么，把它们放在炉子上烤干就行了吗？……"

"办法很简单。还得了解什么时候摘叶子……"

"那么请问，究竟是什么时候呢？"

然而老大娘却怎么也不肯讲，她是怎样做出味道这么可口的茶的。她从一个很大的口袋里把剩下的茶叶抖了出来，甚至给了我们一把在路上用，可是却不肯把制作方法告诉我们。

后来我在韦尔济林①的一本书里看到了一个用草莓叶子和马林果叶子制茶的配方，但我并不认为那位老大娘用的就是这个配方。

用韦尔济林的配方沏的茶我们未能尝到，但我应当毫不夸大地说，我没有喝过比那位老大娘的茶更好的茶。我还要指出，这种茶呈浓郁的金黄色，非常漂亮。

十一点钟左右，我们正要入睡，男房东钓完鱼回来了。他把扬声器开到最大音量，然后喝酒去了。夜里两点钟他又来了，到拂晓时他开始呻吟起来，原来头痛了。可是我们起床时他已经不见了，因此我们始终没有看见那位男房东。

---

① 尼·韦尔济林（1903—1984），苏联教育家、作家，写过一些有关生物学的青少年科普读物。

第三天

充满事件和印象的日子过得飞快，但以后回忆起来却很有意义。

无所事事的日子（比方说，从早到晚躺在沙发上）拖得像一年那么长，可是回忆起来却空空如也，仿佛未曾有过这么一天似的。

我们在旅行中度过的日子都是充满事件和印象的，如今时过境迁，似乎这次旅行不只持续了四十天，而是要长得多。

一清早，我们吃完牛奶、面包和溏心鸡蛋（这是我们一日三餐常吃的食品）以后，便去找农庄主席。

在他家门口的绿草丛里，有二十来只漂亮的小黄鸡。我们之所以记得这些小鸡，也许是因为农庄主席当时正在喝茶，而我们却在墙脚边的土阶上等了他一刻钟。后来他出来了。这是一个年约三十八岁的男子，脸上没有胡子，生着一张粉红色的面庞。上嘴唇下面看起来好像还有一片嘴唇，特别是当他笑的时候。主席是个健谈的人。

"对你们有什么好说的呢？我当主席的时间还不长，只有一年多。我们农庄是个联合农庄，工作真是糟透了。各种错误啊，个人崇拜啊，等等，这些你们都很清楚。庄员们一个劳动日的收入很低，因此他们都往城里跑，具体说来，就是到波克罗夫、奥列霍沃－祖耶沃、诺金斯克那些地方去了。而那些没有地方可去的人就靠蘑菇、浆果和菜园里的土豆度日。农庄的活他们才不去干呢。地里多年没有上粪，牲口全部在邻村寄养，那儿牲口棚里的粪堆得屋顶那么高，可是这儿的土地却饿瘦了。每头奶牛一年只产四百公升奶，简直好笑……为了发展农村，后来开始采取一些果断的措施，这些你们也很清楚。这里必须特别注意最主要的东西。而最主要的东西，依我看来就是改变税收政策，这是一；提高收购价格，这是二；免除庄员的债务并给他们贷款，这是三。就拿刚才说的收购价格来说吧。过去一百公斤粮食国家只付给集体农庄八卢布，而现在呢，不管怎么说也要付二十卢布。去年把联合农庄拆开了，这件事做得对。因为联合的任务是建立大块田地，在我们这个地区反正搞不成：这儿一条小沟，那儿一块洼地，这儿一排树，那儿一片林。领导起来更难，一切都隔得老远，一切都管不了。联合农庄分家时对戈洛维诺村做得不公平：分给我们的是最差的奶牛、最老的母鸡、最瘦的猪。那些猪长得精瘦，跑起来像狗一样快。

"没关系，我们开始整顿农庄。谁也不去干活，我们就搞预支：干一天三个卢布。庄员们动起来了。以前总是赶着大伙儿去采伐木材，而我们却说：'绝对不行！'一年过完了，每个劳动日合五卢布。嚯，大伙儿别提有多激动啦！一位老大娘八十五岁了，也跑来大声嚷道：'干吗不给我活干？'我说：'好哇，你把小鸡拿去喂吧。我付饲养费。'老大娘二话没说就领了六百只小鸡。去年每个劳动日是五卢布，可今年我们却预支六卢布，而计划则要达到十卢布。我们要一步登天！我们对大伙儿就是这么鼓动的……

"牲口棚盖了一间，是个羊圈，现在轮到盖猪圈了。三叶草呢，大伙本来都忘记了它是个什么样子，可是现在我们到处都种上三叶草啦……我们开垦了十公顷荒地，用来种这种……它叫什么来着……梯牧草。奶牛的产奶量年年都在增加，虽然增加得不多，但总算是在增加啊，这些该死的畜生！眼下已经有九户人家从梁赞州迁到我们农庄来了。这就是说，人口也在增长。去年，我们花了八千卢布供养来给我们帮忙的城里人，如今我们用自己的力量就能对付了。"

"梁赞人为什么要来呢？"

"是我去招来的。我去如此这般地鼓励了一番，对他们说：'上我们农庄去吧！'"

这时我们来到了机械车间。对这个车间，主席肯定是要炫耀一番的。

"我们在这儿做盖屋顶用的板条，一立方值三百卢布。如果不加工，光卖白杨树，一立方只值五十卢布。因此，我们是用主人翁精神对待白杨树的。我们这儿有一个圆锯。"

"你们是不是有时也做一点木材买卖呢？"

主席愉快地对我挤了挤眼，一言未答。

"这儿原来是个磨坊，以前是能转的。"

磨坊的拦河坝已经冲毁了（还是在那条沃尔加河上），呈现出一副可怜巴巴的样子。棚子也快要倒塌了，里面的楼板上还积着一层厚厚的、已经发黑的面粉。然而，一般磨坊里常有的那种醉人的、好闻的面粉香味早就消失了。

"来年我们要把它恢复，使这个玩意儿开工。磨盘一转，日子就会过得更痛快。"

不用说，主席在某些方面有所夸大，他把那些根本不是靠他决定的事也记在自己的功劳簿上。禁止采伐木材是上面的命令，而不是"我们说绝对不行"；给庄员们预付劳动报酬是在全国范围内实行的；梁赞的几户人家不是他招募的，而是自己来的；各项建设之所以能搞起来，多亏国家贷款，而绝不是由于主席有什么板眼。不过这些都是小事，最主要的是，集体农庄的确得到了巩固。

我们踏上旅程之日，正是国家的各项措施和决议开始在农村见效之时。写到这儿，我想打乱一下顺序。应该说，我们在每个村子都看到了新的牲口棚、猪圈、羊圈、粮仓……在每个农庄，甚至在很差的农庄（我们很快就会碰到一个），都可以感受到一种生气。积了几十年的粪肥运到了田里，奶牛的产奶量提高了。我设想过这样一种情形。假定一百年以后，一位历史学家拿出我们这个时期的报纸，并且只从中摘录关于集体农庄产奶量的报道。那么，仅仅凭这些报道（即使不知道别的事情），他也可以得出结论：1953 至 1954 年前后，国家生活中发生了一件使（全国的！）奶牛开始提高产奶量的事。

我们有意不放过一个村子，到处打听情况是否如此。是的，情况就是如此。

……我们打开地图，发现从戈洛维诺村到我们急于前去的盆地深处没有任何大路和小路，而从它那儿出来的大路却是通向波克罗夫城的，也就是朝后的，几乎通向我们来的那个地方。

在地图上，离戈洛维诺村几公分的地方有一个村子——扎雷村，它引诱着我们。但这两个村子之间是一片均匀的绿色，只有一条表示库切布扎河的很细很细的蓝线横贯这片森林地带。

然而，一看地图就很清楚：扎雷村是我们通往盆地的必经之路，我们在那儿将见到几条通往科利丘基诺城的乡间小路。而到了那里，弗拉基米尔盆地的"首府"——尤里耶夫-波利斯基也就不远了。这是一条通往盆地深处的路；倘若返回波克罗夫，我们又会重新走上莫斯科—高尔基公路干线，也就是还没来得及潜入水里，就要露出水面。

尽管戈洛维诺村的农庄主席答应派车送我们到波克罗夫，但我们却决定强行通过辽阔的森林地带，一定到达扎雷村，其原因就在于此。

"我可不主张你们走这条路，"主席连连摇头说，"马霍夫的护林室倒还勉强可以走到，可是再往前你们准会迷路。到扎雷村没有大路，对于我们来说，这是一个车船不通的地方。你们马上就要进森林，那儿倒是有一条小路，虽然杂草丛生，但毕竟有条路。可是再往前去，小路不止一条，时左时右，你们可怎么办呢？走到库切布扎河边，再沿着岸边走到扎雷村吧，那又很吃力，因为必须穿过灌木丛，穿过马路丛，穿过荨麻丛，穿过沼泽地。小河曲曲弯弯，路要长两倍。我倒是可以给你们一匹马，可是骑马也压根儿过不去。有些地方尽是烂泥，简直无法通行。"

但我们还是决定动身。

主席派人叫来一个叫彼得罗维奇的人，只有他一人认得路，沿途还能指点一切。彼得罗维奇是个满脸胡茬、眼睛红肿的黑发农民，他竭力要把所有转弯的地方都告诉我们，但讲到后来他自己也弄糊涂了。他突然说：

"得了，我送你们四俄里，到了那儿我再把路线告诉你们。在这儿讲来讲去只会把你们弄糊涂！"

我们在彼得罗维奇陪同下走进了森林深处。

一个人只要仔细观察过一次森林，他马上就能把集体农庄的森林和国有的森林区别开来。集体农庄的森林里垃圾成堆，横七竖八地乱堆着许多腐烂和枯萎的树枝，还有许多树梢（能把树干运走就不错了），到处竖着过高的树墩（走路时必须踏过雪地，腰一直弯到地面），到处是完全腐烂的树木，这些树木锯倒是锯断了，但却不知为什么没有运走。集体农庄森林里的树乱砍滥伐，没有定规，幼林也不间苗。

至于我们在韦坚斯科耶湖畔看见的那一类撒了沙子的防火小路，那就更不用说了。

与此相反，你走进国家森林，就像走进一个精心收拾的房间，里面宽敞、漂亮、庄重。树枝不是横七竖八，随地乱放。即使有，也堆得整整齐齐，准备烧掉或者运走。你在这儿也看不到高树墩，即使有树墩，整块整块的采林区也是砍得整整齐齐。随即栽上幼树，这些幼树都排成一行一行。

起初，彼得罗维奇领我们走的是集体农庄的森林，这是毫无疑问的。不过，我们主要听彼得罗维奇讲，很少观看两旁的情况，因为跟向导一起走路，往往不会注意路上的情况。

通过同彼得罗维奇的谈话，我们逐渐看出了一种男子的典型。对于这种人来说，世界像一个窄小的楔形物。而在楔形物的狭窄处，在它透光的狭孔处，显现的不是别的东西，而是一个圆圆的铜戈比。不管谈什么，彼得罗维奇都善于立即把话题引到同一件事情上去。

在进入僻静的森林时，我估计萝莎会提出一个自然而然的问题，不久她果然提了出来：

"怎么样，这片森林有狼吗？"

"多的是，"彼得罗维奇安慰她说，"不过很难捉到。去年有一只跑进了我的棚子，于是我把它给结果了。这条狼真不赖，自己送钱上门，卖了五百卢布呢！"

"这儿大概有蘑菇吧？……"我竭力想把谈话从关于狼的令人不快的话题上引开。

"那可不少！有一年，是在战后不久，我腌了十八桶乳蘑，后来我把它卖给一个供给机关，换了九公升伏特加酒。"

"您干吗需要这么多酒呢？价钱卖得很贱呀……"

"卖得很贱……当时市场上的伏特加酒每公升值六十卢布呢。你算一算吧……"

"您现在还腌乳蘑吗?"

"腌的。司机们每次都到我家里来。他们需要下酒菜。没有哪一种下酒菜能赶得上腌乳蘑。因此,我就用那些乳蘑同司机换香肠。"

我们沉默了一会儿。在寂静中,彼得罗维奇突然叹了口气,幻想着说:

"要能打到一只大雷鸟该多好啊!"

"您喜欢打这种鸟吗?"

"怎么不喜欢呢,一只就有四公斤净肉,一公斤至少也可以卖上十卢布……"

我们经过村子附近一块不大的草地时,萝莎曾经顺手采了一些水灵灵的大酸模,这会儿她从衣袋里拿出一个酸模吃了起来。彼得罗维奇瞟了一眼,说:

"就说酸模吧,那也……有的娘儿们一采就是一袋,满满一袋就是四百卢布。再比如说,佩罗夫有个猎人真走运……"

"是发现了地下宝物吗?"

"不是发现地下宝物,是碰上了一只大山猫。前面有一块林中空地,就是在那儿附近碰上的。"

"好运气!"

"可不是吗,他打死的可是大山猫啊。照规矩他该得奖金,那张皮子也挺值钱呢。"

"彼得罗维奇,您为什么最熟悉这条路呢?"我又把话题从大山猫引开。

"有一段时间我经常到这儿的科斯季诺村运货,有一年光景。瞧这条路(他指了指杂草丛生、隐约可见的车辙),这是我开出来的。

我常常是跑一趟就带回一块木柴，一年的工夫，我运来的木柴堆了一大垛，要是把它卖掉的话……"

但是这当儿出现了一个重要的岔道口，因此我们来不及听他讲，卖掉这一垛木柴他能捞到多少……

"是这样，"彼得罗维奇解释说，"一直往左走，就可到马霍夫的护林室，到那儿再问护林员吧。从马霍夫的护林室算起，你们剩下的路就只有一半多一点儿了。要是碰到驯鹿，或是听到灌木丛里噼噼啪啪响，你们别害怕。驯鹿这东西性子挺温顺。要能打死一只，光肉就有好几普特①，还有角和皮呢……"

我们对彼得罗维奇表示谢意，然后就让他独个儿去幻想如何收拾驯鹿了，不过他必须冒每头罚款一万卢布的危险。我想，要说坐牢的话，他倒甘愿冒这个风险——那有什么大不了的；可这是罚款一万卢布啊！——他的手一定会禁不住发抖。

彼得罗维奇往回走了，这时我们才第一次仔细打量了一下周围的景物。我们倒没觉得每根树枝上都有大山猫，可是密密麻麻的树木包围了我们，森林深处是这样昏暗，而且这种昏暗离我们是这样近，叫人不由得踌躇起来："也许农庄主席说得对，犯不着钻进这样的密林！"使人提心吊胆的并非密林本身或者它的昏暗，而是小路只能隐约可辨，有时它又变得无影无踪，我们不得不试着走上十五六步，于是前面似乎又现出了那条小路。

几乎跟彼得罗维奇刚一分手，就碰到了一个大泥潭。我们从一个土墩跳到一根滑溜溜的圆木上，从圆木上跳到一块不知什么人扔下的木柴上，又从木柴上跳到一个粉腐了的树墩上，终于越过了这个泥潭。越过泥潭之后，有好一阵我们不得不寻找继续前进的路。

---

① 一普特等于 16.38 公斤。

这时我们发现，除了一条被偶蹄目动物踏出来的小路之外，前面没有任何道路。那条小路是从一个泥沼直接通出来的。

"好嘛，"萝莎伤心地说，"咱们走的这条路是驼鹿走的路，它肯定不会把我们带到马霍夫的护林室！"

"等一等，说不定这是牛走的路。人们经常在森林里放牧牲口，现在你在小路上找一找粪，一看粪就知道这是什么动物走的路。如果你看见那种椭圆形的大坨坨（出发前我查阅过福尔莫佐夫的书），那就真的是驼鹿走的路。"

椭圆形坨坨很快就出现了，小路上遍地皆是。我们竭力想找到其他足迹，哪怕是找到人足或马蹄的一丝痕迹也好，可是地上却什么也没发现。说实在的，我希望这条鹿走的路把我们带到水边，也许可以带到库切布扎河边，到了那儿，不管愿意不愿意，都得沿着河岸走。

"瞧，新的脚印，"萝莎惊慌失措地喊道，"这脚印多大啊！"

"这是狗的爪印，"我宽了宽她的心，可我自己心里明白，这是只什么样的"狗"，湿地上留下的爪印竟跟人的手掌一样大。那是一只强壮的灰色猛兽跟在鹿群后面慢慢走着：说不定哪一只傻乎乎的小鹿会掉队落在后面呢。

"最好让我给你读一首诗吧，"为了给妻子消愁解闷，让她开开心，我对她说。我稍加思索，挑了一首最适合当时情况的诗：

> 你不知疲倦地走在路上，
> 青春焕发，喜气洋洋，
> 坚信每一条乡间小路
> 都通向铁路纵横的地方。

> 你满怀信心地走在路上，
> 坚信旅途中必将安然无恙，
> 坚信每一条森林小路
> 都通向人烟稠密的地方。
>
> 然而，当你漫游天下之际，
> 也会碰到荒漠和沼地，
> 有时，那地上的小路
> 会突然变得杳无踪迹……

"下面呢？"萝莎激动地问道。

"完了，再没有了……"

"谢谢，你为我解除了心中的忧愁。"

我自己也知道，这首诗非常适合当时的情况，要是早点儿念出来就更好了。就在这时，我们那条鹿走的路被一条窄小的、曲曲弯弯的路切断了。它长满了密密麻麻的杂草，车辙里长满了比杂草稍高的小白桦树。它们排成两行伸向远方。光线和阳光变得充足一些了，心情也变得愉快起来了。现在总算有了一条路，我们可以走出去。既然我们已经变成了跟踪追捕野兽的猎人，我们索性拨开杂草，当即开始寻找人和车的踪迹。皇天不负有心人，不久我们便发现了一个相当清晰的自行车印。没有杂草的地方，自行车轮胎的凸纹印非常明显；遇到湿地时，轮胎印就像用模子铸出来的一样清晰。不过，我们还无从判断骑自行车的人所去的方向，也无从了解他是什么时候路过此地，更无从确定自行车的型号或骑车人的职业。凡此种种，一个有经验的猎人，特别是惊险小说中的猎人，是准能做到的。

随后开始出现一片灌木丛长得像羊毛一样密的老砍伐地。一些在砍伐中幸存下来，或者也许是留下来给大地播种的稀稀落落的红铜色松树，从灌木丛中挺拔而出。此刻，风儿正在它们那高耸的绿色树冠上自由自在地游荡，种子毫无阻碍地随风飘向远方。这些松树彼此相隔很远，显出一副若有所思的样子，宛如一批从一支起先非常强大、后来遭到歼灭的军队中奇迹般幸存下来的老兵所表现的那种若有所思的姿态。根据这些幸存的漂亮的树木判断，这儿曾经有过一片精心培植的船用松林，它们常常迎风摇曳，发出一阵阵沙沙声和嗡嗡声。

我们刚走到这片砍伐地，天气一下子就变得闷热起来。树荫没有了。中午的太阳火辣辣地照在路上。老高老高的、汁多花大的金梅草仿佛有意跟阳光媲美似的，在阳光下闪闪发亮。每朵花都像一朵黄灿灿的玫瑰。一束束金梅草散发出阵阵凉气与河雾的气息。有时，道路被大片大片展蕊怒放、光彩夺目的铃兰花丛切断。在三四十步开外，我们就可以根据香味判断这种花丛即将出现。跟金梅草一样，这儿的铃兰长得特别粗壮，水分也特别多。它们的叶子几乎有手掌那样宽，花朵几乎有榛子那样大，使人觉得这不是一种本地植物，而是来自遥远的异国。我们就这样走了两小时光景或者更长一些时间，不知道这是不是我们该去的方向，是不是离真正的道路越来越远，远得无法补救了。

哥伦布的一位水手曾经在船上突然大声叫道："大陆！"可惜他那具有历史意义的喊声没有录成唱片保存下来。我们永远无法知道，他那渴得嘶哑的声音里饱含着多少激情和欢乐。假如我们身边当时有一台录音机，那我们就不会重演这个故事了。喊出来的是另一个词，这倒没有什么关系。萝莎甚至还没来得及想到前面应该出现马霍夫的护林室，便脱口而出："小木房！"喊声一出口，她就跳着拍起巴掌来，这动作也许是哥伦布的那位水手未曾做过的。不过，又有谁知道呢！

　　马霍夫的护林室果然是一间围着篱笆的圆木房子。它的一面连着森林，另一面展现出一片辽阔的、鲜花盛开的草地，草地的遥远的尽头仿佛是一条小河。极目远眺，草地左右两边都随着小河隐入森林。离小木房百十步的一块空地上矗立着一棵高大的白桦树。这棵树的树荫下面简直可以容纳一个连的士兵。我们俩站在下面就更是自由自在了。

　　在森林里不仅不能坐下休息，而且连走路也不能停步，因为马上就会出现一群黄乎乎的、不知吃什么长肥的大蚊子。可是这儿的草地上却是微风荡漾。我们休息的时候，耳边没有一只蚊子嗡嗡叫。光凭这一点就令人心旷神怡了。

　　把休息地点安排停当之后，也就是把一切能够铺的东西铺在鲜花盛开的草地上之后，我们就上小木房那儿去进行侦察。我向窗内看了一眼，看见桌旁有七个人（不，那可不是强盗兄弟①），那是几个身材魁梧的庄稼汉。他们面前摆着两个装满通心粉的铝盘，说得更准确些，是两个铝盆，还有几个牛奶壶。桌子边上摆着许多面包。

　　小木房旁边的菜园里有个姑娘在干活，想必是护林员的女儿。我们开始跟她进行商谈。原来，马霍夫本人和他的妻子都不在家，他们凌晨三点钟就出去了，不知是种树还是给云杉培土去了，直到这时还没回来。

　　"能不能买点牛奶和面包呢？"

　　"所有的牛奶吃午饭时都给工人们（也就是坐在小木房里的那些人）喝了，你们想喝还得去挤。"

---

　　①　格林的童话《白雪公主》中，在森林的一幢小房里住着七个矮人。

"什么时候可以挤奶呢？"

"马上就可以挤，不过天气这么热，刚挤出来的牛奶你们会不会喝呢？"

"放到井里浸一浸就凉了。"

"如果你们不急，那我就这么办。"说着姑娘跑进树林，从那儿传来了她的声音："卓利卡！卓利卡，卓利卡！你跑到哪儿去啦，该死的！"

接着响起了铃铛的声音，于是卓利卡——一条膘肥体壮、神气十足的奶牛来到林中空地。它举止傲慢，仿佛深知自己在人们生活中的伟大意义。记得一位机智的冰岛作家拉克斯内斯①说过，同喷气式飞机相比，奶牛仍然是一台更珍贵的联动机。

"它是我们这儿的阔太太啊，"姑娘说道。就在这时，牛奶开始嘶嘶响着落到桶底。"瞧它有些什么好德行。你们以为，它吃起草来准是吃个不停吧？哪有的事！它整天转悠，在草地上挑来挑去。东吃一把草，西吃一片叶子，可骄傲呢，简直是自高自大！要是让它吃上一个月干草，恐怕马上就不会这么自高自大了！"

奶牛一面听着年轻的女主人唠叨，一面老实地倒嚼着。这时，黄澄澄的油泡越升越高，满桶都是，这就是刚挤出来的牛奶，里面含有维持人的生命所需要的一切。如果你每天喝它，它能够保证你具有钢筋铁骨似的体魄。据说，牛奶的味道和营养也取决于奶牛所吃的草。那么，卓利卡是懂得该在森林里选择什么草的，因为它的奶不仅甜美可口，而且似乎气味芳香。

我们在白桦树下坐了四个小时，一边休息，一边尽情地享受着

---

① 拉克斯内斯（1902—1998），冰岛小说家、剧作家，1955 年获诺贝尔文学奖。

休息的快乐。不过，我还到小河边去了一趟，花了四十分钟。草地上有一些黄灿灿的斑点，走近一看，原来是一丛丛金梅草、鸦葱和婆罗门参。我记得小时候我们把婆罗门参叫作"军粮"。它那多汁的茎味道很甜，能够涌流出一种又白又浓的汁，弄到脸上、手上和衬衫上，往往会留下点点黑斑。

草地上点缀着一片柔嫩的淡淡的粉红色，这是因为翠绿的青草中嵌有一丛丛拳参的重瓣花的缘故。

快要靠近水边时，植物的种类也起了变化。瞧，森林水苏从草丛中露出了它那鲜红的小塔，千屈菜射出了一支支紫红色的箭，野芝麻的白花在灌木丛里闪着飘忽的光。水面上弥漫着强烈的独活草味和薄荷味。伞形科植物那又高又硬的茎比河岸的灌木林长得更高，现在它们成了这儿的主宰，形成了一大景观。

不出所料，库切布扎河是一条很小的森林河，河水是冰冷的，几乎是黑色的。我一下水，一条腿便陷进了没膝的淤泥中，很多气泡咕嘟咕嘟响着冲到水面。

护林员的女儿卖力地把该走哪条路给我们讲了半天，她东拉西扯，说得天花乱坠，话题却老是离不开森林，末了她这样宽我们的心：

"不过光你们俩是走不到的，你们会迷路的。"

于是我们去找那些工人，他们早就吃完了饭，正在一面抽马合烟，一面乘凉。

"那说不清！得等马霍夫回来，他会详详细细告诉你们的，我们可不知道。我们是波克罗夫人，是从林务区来的。我们只知道前面有波塔佩切夫的护林室。"

没有工夫等马霍夫了。在森林里过夜吧，前景又并不诱人。

于是我们又跟在自行车印后面出发了。我们已经习惯了它。后来走到一个岔路口，必须作出选择了：左边没有车印，右边有车印，我们便向右边走去。

走了一公里半光景，我们看见一个穿浅蓝色衬衣的小伙子坐在路当中，他的旁边摆着一辆自行车。小伙子汗流浃背，正在挑选去年的干草，使劲地往外胎里面塞。

"坏了吗？"

"是的，外胎扎破了，没有东西补，只好碰到什么用什么了。"

"我们上扎雷村没走错路吧？"

"扎雷村？我可不知道。这条路是通科斯季诺村的，通扎雷村的路我可不知道。"

"那你知道波塔佩切夫的护林室吗？"

"到护林室去该往左走。你们冤枉转到这儿来了。这条路通科斯季诺村。"

只好返回原地。好吧，不过我们倒是把那神秘的自行车印弄清楚了，这是一位畜牧学家、也就是那个穿浅蓝色衬衣的机灵小伙子留下的。有趣的是，难道干草能对他有什么帮助吗？

"当我们到达扎雷村时，也许那儿并没有什么有趣的东西，"萝莎沉思地说。

"咱们并不需要扎雷村有什么有趣的东西。"

"为什么呢？"

"因为我们是在用斧头煮汤呀。我们的整个旅行就是用斧头煮汤。"

"哪来的什么汤呀，"她气愤地说。她是一个做汤的女行家，这三天来，我们倒真想喝一顿热汤呢。

"难道你不知道《大兵是怎样用斧头煮汤的》这个故事吗？那你就听我说吧。

"从前有一个大兵，他在一个老大娘家里过夜。他对老大娘说：'大娘，大娘，你煮一锅汤吧。''看你说的，先生，没有东西做呀，啥也没有呀，屋子里空荡荡的，一无所有呀。''啥也不需要，我们马上用斧头来煮。你把这把斧头拿去，把它洗干净。'老大娘觉得好生奇怪：这个老总究竟怎样用斧头煮汤呢？只见这个大兵把斧头放到瓦盆里，把水烧开，不时搅拌一下，尝尝味道。'大娘，这汤肯定好喝，油腻腻的，就是盐放少了点儿。'人一好奇，什么事不会干啊——老大娘把盐给了他。大兵又吹了吹汤，说：'大娘，这盆汤肯定好喝，油腻腻的，就是还得加点米。'老大娘不知不觉地把麦米也给他了。大兵又吹了吹汤，尝了尝味道。'这盆汤肯定好喝，油腻腻的，要是再加一匙油就好了。'于是油也加进去了。'现在就来吃吧，'大兵说着拿出斧头，把它放回袋子里……咱们俩也是一样呀。也许扎雷村并没有什么有趣的东西，可是在前往扎雷村或科利丘基诺的途中，我们的见闻将是多么丰富啊！"

前面传来了忽高忽低的犬吠声。原来我们已经来到了波塔佩切夫的护林室跟前。一位系着黑头巾的老大娘告诉我们，很快就可到达科洛布罗多沃村，那儿离扎雷村很近。"森林马上就到头了。我们就住在森林边上，就在边儿上，你们放心好了。"

当最后几排树木闪开道路，森林终于把我们释放出来，眼前呈现出一片间或被欢快的小树林截断的辽阔田野时，我们简直是心花怒放。瞧，这就是科洛布罗多沃村。一位年约四十五岁的妇女正从河边走来，用扁担挑着满满两桶水。当她走到家门口时，我们也走到了她的房子跟前，向她要水喝。然而非常讨厌，河水是热的。气温一整天都保持在三十度左右。我们当即坐下来稍事休息。

那位妇女生着一张清秀的瓜子脸和一对灰色的大眼睛，但是她脸上的这种秀气和娇嫩仅仅留下一星半点痕迹，实际上她已是满脸皱纹、皮肤粗糙了。就像从一堆残砖断瓦里面会突然露出一幅金框名画的一角或一架钢琴的一翼一样。它们可以告诉人们，当房子尚未毁坏时，里面是一番什么景象。

"你们要走很远吗？"那妇女问道。

"还有八百俄里。"

"上帝呀！……"

科洛布罗多沃村房屋稀疏，在相邻的两幢房屋之间可以看到两三个长满牛蒡和荨麻的坑。有时两幢房屋之间立着一个带烟囱的完整的炉子，但更多的是摞得整整齐齐的砖堆。再不就什么也没有。这儿还有两棵有椋鸟巢的树和一些苦牛蒡，这景象很像因患败血症而脱落的牙齿。有些房子是完好的，但却钉得严严实实。

"剩下的房子不多啦，不多啦，"那位妇女也说道，"战后人们都跑了，人越来越少，有的去了波克罗夫，有的去了奥列霍沃，有的去了诺金斯克，再不就是去了莫斯科。那几年我们的情况可糟啦。洛沙基村总共只剩下一幢房子，住在那儿的是波利娅大婶，现在她想迁到扎雷村去。我们跟扎雷村是个联合农庄。路上尽是烂泥，要不早就把她迁到扎雷村去了。还有一件事，整个集体农庄都没有男人，没有人给她搬家。别的集体农庄听说正在好转，可我们这儿已经到了这个地步，我不知道该怎么整顿才好。主要的是没有人。好啦，到了扎雷村，有人会给你们讲得更清楚。主席干的就是这些事儿。"

此刻我们走在田间小路上。跟我们一起从森林中出来的还有库切布扎河。它从离大路不远的地方流过，现在它的两岸既没有独活，也没有薄荷，既没有千屈菜，也没有各种不同的伞形科植物。现在它两岸长的全是苔草。

当我们终于走进早晨还觉得可望而不可即的扎雷村时，已经是暮霭沉沉了。沿村竖着许多电线杆，电线通到村外，在一座孤零零的森林后面渐渐消失。映入眼帘的景象还有：所有的树木都还像树木的样子，可是白柳却褪色、发黄、枯萎了，在扎雷村的绿色树木中显得格外突出。如果站到白柳树下，每棵树都会滴下大量的雨水。树叶卷成一个个小筒。把小筒展开，里面是一团泡沫，而泡沫里面却蠕动着小虫子。扎雷村的白柳受到了某种脏物的侵袭，把它们全毁了。

一个老汉坐在台阶上，我们向他打听白柳的事，他回答道：

"谁知道怎么回事呀！全都像被开水烫过似的。"

管委会的房子是从前一位财主的住宅，这是一幢砖砌基脚、壁镶木板的木房子。在从前镶着玻璃的台阶上只剩下一块像镜子那么厚的毛玻璃，现在只有豪华宾馆里才安装这种玻璃。

这时已是傍晚时分，农庄管委会里阒无一人。我们在走廊上和未锁的房间里逛来逛去，寻找人生活的迹象。

最后，我们在最靠边的一个房间里发现了一个青年妇女。她躺在床上，正在跟一个小女孩亲热，母女俩谈得正起劲。

"我可倒了霉啦。嫁到这个村里，现在离了婚。我自己的家在科利丘基诺附近。我们那个集体农庄比这儿强得多。我本来打算跑回去，可主席劝我留下了。他正缺人手，便在管委会里给我拨了这间房子。我也不知该怎么办才好。"

我们没在空荡荡的管委会逗留。还得考虑在哪儿过夜呀，再说我们已经疲惫不堪了。

然而我们却久久不能入睡。眼睛刚一闭上，从黑暗中就会浮现出金梅草呀，铃兰花呀，还有驼鹿的脚印和郁郁葱葱的针叶树枝……

第四天

此刻，莫斯科的朋友们也许正聚在一起想念我们。"可不是吗，他们走啦，也不知道如今在哪儿。"有时，这种远离尘世的生活简直令人毛骨悚然：要是荒僻的森林里出点什么事，至少两个月连一个人影都找不到。

"他们不知怎么杳无音信。"

"正在路上。他们在辽阔的土地上消失了，有如石沉大海。"

"正在路上"是什么意思呢？这是一句泛泛的话。你们在莫斯科无法看见，此刻我们正坐在刮得干干净净的桌旁，同女房东多玛莎大婶一起品尝早茶。

多玛莎大婶（如果你愿意，也可以称她为多姆娜·格利戈里耶夫娜）是一位年约五十、身体健壮的妇女，穿一件红底白花的印花布连衣裙。她一本正经地把一只小碟子送到嘴边，用嘴吹一吹，然后用匙子舀着汤呼呼地喝了起来。我们一边喝一边交谈。

"现在管委会那幢房子里，从前住的是一个有钱的承包人戈尔什科夫。他在莫斯科承包建筑工程，建立了一个劳动组合，进行施工。他在这儿有一个漂亮的庄园，池塘里的水又深又清。常常有客人从莫斯科坐着车来找他。一个个都是干干净净的，看样子都是老爷，别看他自己是个庄稼人出身。天热的时候，也没有下雨，可他们却打着伞走路。这是为了好看呢，再不就是为了耍威风。他既然给人家盖房子，难道会给自己盖一间差的吗？还有自来水管和石头地窖。一句话，是个怪人。"

"既然弄到了一幢好房子，就该爱惜才是。"

"什么爱惜呀！我们农庄换过很多主席，人人都认为自己是临时的，说什么反正会赶下台的。每年换一个新主席。嗯，不过，倒是碰上了一个好的。"

"主席吗？"

"可不是吗！姓科奇涅夫。这个人本来是可以把秩序整顿好的。"

"为什么没整顿好呢？"

"他一上台就把我们管得死死的，我们都不喜欢。大伙开始到区里去告状，他跟区里的关系不大好。一句话，经常喜欢顶嘴。他说，既然你们了解得比我更清楚，那就请你们来干吧。他就这么被撤了！要不他本来可以把秩序整顿好的。说句老实话，那时的人也多。喊声去割草，人多得不得了！可是如今呢，小桥垮了，也没有人修。现在的农庄主席感到没脸见人，半夜里自个儿去修。起先，咱这农庄还算不错，很巩固，大伙的日子也过得挺好。以后越来越糟了，人也跑啦。后来连家也开始往外迁了，迁到波克罗夫，科利丘基诺。当时的主席是穆拉维约娃，她自己也跑啦。'主席在哪儿？在哪儿呢？'可她早就到城里去了。我有个儿子住在波克罗夫，可他在那儿又有什么甜头？又要付房租，又要付伙食费。要是集体农庄能给点儿什么，他也就马上回来了。听说别的农庄已经开始发钱啦，可我们这儿还是一团糟。你们去瞧瞧牲口棚吧。都看不见啦，整个棚子外面都堆满了粪。墙都被粪浸烂了，可是地里却饿瘦了。谁来送呢？用什么东西送呢？整个农庄才两部大车，而且不是缺轮子就是缺马肚带。不过今年还是送了几车。"

"新主席怎么样？好不好？"

"怎么对你们说呢？好像腿倒还勤快。"

茶喝完了。我们走出房子，坐在屋边阴处的草地上。我们打开地图仔细观看，盘算着走哪条路去科利丘基诺。邻家的一条长凳上坐着三位老大娘。她们正在议论我们。

"不是的，他们是顺着河边走来的。还在小灌木丛旁边歇过气。我还当他们是管牛奶和肉类的上级领导呢。"

一个年约三十五岁的男子骑着自行车向我们驶来，他一头黑发，脸上刮得光光的，身上穿着一件卷着袖子的衬衫。他下了车，开门见山地命令道：

"证件。"

"您自己的呢？"

这人身上没有证件。

"我是这儿的农庄主席。多玛莎大婶可以证明。"

我把两张公民证给他，但他连看都不看。

"这种证件我不需要。我想知道，你们是什么人。"

"里面全有：苏联公民、性别、年龄、婚姻状况，全都写上了。"

"到这儿来有何贵干？这是什么地图？"

"旅行。地图是经常要查的。难道禁止吗？"

"那么干吗要旅行？目的是什么？谁派来的？你们往本子上记些什么？"

为了了结这件事，我向主席出示了《星火》杂志的记者证和作家协会的会员证。

"嗯，不错！不过有没有波克罗夫的什么证明呢？这都不顶事儿。假的！必须有波克罗夫的证明。"

不过，我们很快就谈通了。主席跟我们坐到一起。

"瞧，你们正在旅行，见到什么都感兴趣，还往本子上记，"费多尔·雅科夫列维奇说，"你们看见一个糟糕的农庄，马上就记到本子上：'那个主席毫不中用！'你们自己要是处在我这个地位就好啦。我可是下乡支农的三万名先进工作者中的一员啊。我从城里来到这儿整顿工作。可你首先要给我人呀。跟谁一起整顿呢？集体农庄欠了国家三十万卢布的债，一年转一年。而现金却一个戈比也没有。国家发放贷款盖牲口棚，可是这笔钱得用来买农具，买种子，结果是牲口棚一个没盖，钱却花得精光。得给庄员们付预支款。四月份每人倒是付了三卢布。现在已经连续两个月没付了。无钱可付呀。我自己倒是有一万一千五百卢布存款。这是我在城里住时积蓄下来的，我把这笔钱交给了集体农庄。但这就好比用一粒豌豆喂一只大象，结果还是一样：我自己的钱花光了，集体农庄也没能留下。"

"以后怎么办呢？"

"不知道。能卖给谁一百立方木材也好啊。可是谁也不买。农庄有一部汽车，我把它派去挣别人的钱。它挣了一万五千卢布外快，可是自己的工作却搁下来了。地里五年没上粪了。多玛莎大婶是我最积极的劳动力，可以说是农庄的支柱。她的腿已经瘸了两三天了。因此我们这儿没什么值得注意，也没什么好记的。你们最好还是往前走吧！"

必须这样理解扎雷村集体农庄的事务：戈洛维诺村的农庄主席提到过的那些条件（改变税收政策、提高收购价格、发放国家贷款、自上而下地制订计划、给庄员预付现款），对全国所有的集体农庄来说，都是公平的、同样起作用的。然而集体农庄却是各不相同的。如果在干涸的地里均匀地浇水，那些比较强壮的植物将首先恢复元气，而那些比较虚弱的植物则很久都鼓不起劲来，它们生长和开花都要困难一些。扎雷村的集体农庄就是这样一株非常虚弱的植物。对于这样的农庄也许还得采取其他根本措施。

自然而然地还可得出一个结论：发展农业的措施采取的很及时，非常及时。

……多玛莎大婶无意中谈到，扎雷村以生产瓦盆出名。于是我想起了从前的事：父亲从市场上回来，常常把许多瓦盆摆到长凳上。它们又轻便，敲起来又响亮，上面可以看到麦秸的痕迹。瓦盆从最大的（可给全家煮汤）到最小的（给孩子煮稀饭），摆成一排，是这样纯净，又似乎这样脆弱，不仅怕把它们放到炉子上去，而且怕把它们拿在手里。"这是哪儿出的瓦盆？"母亲问道。"扎雷村出的……"

"这儿有一个老汉，他啥都记得。农庄主席就住在他家里，"多玛莎大婶给我们解释说。

我们沿村走去，顺便走进一家商店，看见一个简直可以入画的旧派老人。

他精神矍铄，脸上留着一把小白胡子，头戴一顶有漆帽檐的高便帽，身穿一件深色衬衣，腰系一根自搓的带子（腰带上只插一把小梳子）。他正在买一条腌鳕鱼，拎着尾巴吹毛求疵地翻过来看过去。我平常想象中的卡希林爷爷就是这副神态。

我们几乎没有怀疑，这就是"啥都知道"的安东爷爷，不过我们仍然问道：

"您认识主席的房东大爷吗?"

"你快去，他马上就要走啦。"

"我们不是找主席。是找他的房东。"

大爷茫然失措，马上直爽地承认说：

"我还以为，一直到我进棺材，谁也不再需要我啦。"

　　我们跟他一起沿村走去。安东大爷眼下七十六岁了。他给人的印象是一个很有修养、受过教育的人，他养成了既尊重别人、也要求别人尊重自己的习惯。不错，他曾经是陶器制造厂的工长，而扎雷村的工厂总共才五个，每年可生产三十万件各种产品：碟子、奶壶、点心模子、把杯、瓦盆、花钵……从事陶器制造的有六十五人。这个行业从老祖宗起就开始了。"年轻人，我们已经不记事儿啦，"他一个劲地自言自语，"年轻人，我们记不得啦！"村里从前有三个附设旅店的茶馆。为什么这个行业中断了呢？第一，需求量下降了。现在铝制品和铁制品越来越多，加之工厂数易其主，时而把它交给区里，时而又交给集体农庄。五年前，一位领导人决定用本地黏土制瓦。他让人把安东大爷叫去。"你说，这黏土行不行？"安东大爷闭上双眼，把一撮黏土捏成粉末，然后说："不行！"于是安东大爷被当作阻挡区里车轮前进的破坏分子。可是瓦还是没有做成。

　　这时我们来到了工厂的旧址。如今只剩下一个用几根柱子撑着的又矮又长的棚子、一个焙烧炉架子和满地皆是的一堆堆碎瓦。

　　转来的时候我们没有走村里，而是走房子后面，经过鲜花盛开的荒地。

　　"好吧，"安东大爷说，"这么说，你们是来旅行的。不错，不错……是来旅行的。你们有什么感想，咱可不知道，不过好像是来旅行的。"

　　他突然调转身子，摘下便帽，用手划了一个很大的圈子，说道："多么辽阔的土地啊，是吗？"

　　一阵微风吹来，橙黄色的草地随风荡漾，草地上滚过一股蔚蓝色的波浪，仿佛是青草在向老汉鞠躬致谢，感谢他的关注。只要吸一口气，整个身心都会感觉到，从橙黄色的草地到蔚蓝色的天空，空气里没有一粒尘屑，没有一粒沙子，没有任何有害于身体的东西。

"撒下这儿的空气往哪儿去啊！不能撒下土地啊。"老汉突然激动起来。他挺直身子，两眼炯炯有神，声音也变得坚定了。"不能撒下金子啊。这可是金子，是金子啊！"他又用手指着周围的荒地，左右一划。"人们总有一天会开窍的……会明白的……大伙都会回到地里来。不能撒下它……这是金子啊……"

接着他忽然想起了什么，戴上便帽，严肃地咳了几声，头也不回地朝前走去。我们告别的时候，他的眼睛里已经没有任何火花和任何激情了。

"那么，你们是在旅行啰？不错，不错，可你们有什么感想呢？……"

城市就像一块块磁铁。你到北方各州，到诺夫戈罗德、普斯科夫和沃洛格达去走一走吧。你在那儿听到的总是列宁格勒，列宁格勒，列宁格勒！在列宁格勒就业，到列宁格勒去买东西，到列宁格勒的专科大学学习……我国辽阔的土地被无形地划分为一些大城市的引力场。正如磁铁能够吸引铁屑一样，城市能够把住在邻近土地上的人们吸引过来。

然而，每个受到吸引的小城市本身也是一块磁铁。尽管波克罗夫非常小，可是当我们走过它的"磁场"时，我们听到了多少关于它的话啊：人都跑到波克罗夫去了；儿子住在波克罗夫；主席马上就会从波克罗夫回来；商店里的面包从波克罗夫运来了……

可是到了扎雷村，我们初次听到了一个新地名——科利丘基诺，而且听到它的次数越来越多。这就是说，我们就在这儿的某个地方跨越了一条看不见的界线。逐渐形成了这样一个印象：不管我们走的是哪条路，反正条条道路都通科利丘基诺。

其中一条路又宽又直，把一片新植的白桦林分成两半。此时哪怕有一片小白桦树叶动一动，哪怕有一丝微风从一旁飘过，哪怕有一块云把晒得人头昏脑涨的太阳遮一遮也好啊！很想躲到树荫下面，等待炎热过去。白桦树下，直射的阳光也许不那么灼人，可是那儿却很闷，氧气较少，湿气较重。蚊子一个劲地叮咬汗湿的身子，加之又飞来一群牛虻，而且多得不得了，你一边走一边挥手，手到之处都是这些妖孽，一挥手就会赶开一片。可是眼睛看了虽然惴惴不安，双脚却没有停步。转眼间白桦林走到了尽头，田野也快走到尽头了。炎热对森林来说倒不是什么致命的灾难。可是田野就更糟了。作物的生长暂时停止，转为高度节约水分。对于它们来说，这就像是一场围困，而且问题的解决也和人们受到围困时一样：就看是什么来得更早——是死亡呢，还是援军、救兵、生路。对植物来说那就是雨水。

我们在旅途中至今还没碰到一个茶馆。牛奶、面包和溏心鸡蛋开始吃腻了。盐拌生葱使我们的菜单变得略微多样化一些，但我们很想喝汤，很想喝极其简单的热土豆汤。当然，假如我们能在一个村子里待一星期，我们就既可以喝到汤，也可以吃到稀饭。像现在这样，你是不能到农舍里去要汤喝的。每个主妇一清早就在俄式炉子上熬汤，那仅仅是供自己一家人喝的。我们只好寄希望于茶馆了。听说沃斯普什基村有一家茶馆，于是我们急忙朝那儿赶去。急于去沃斯普什基村还有一个原因：萝莎动身时穿的是高跟鞋，因此大部分路程是光着脚走的，现在完全走不动了。一匹套着大车的老马成了萝莎的最高理想。

沃斯普什基村是个有两条街的长村子。可以看出，为了弥补它在最不景气的年份里失去的那些东西，它正在怎样匆匆忙忙地进行补缀、修复，更换木房的下层圆木。每幢房子都有一些新的东西。这家修了一个台阶，那家建了一个凉台，这家的木墙换了三排新圆木，那家盖了一个新屋顶，这家新修了门框，那家新建了篱笆，这家盖了院子，那家做了大门，还有的人家整幢房子都是新的。街上还竖着五六排木墙，这是准备盖房子的。有的地方摆着一些涂了树脂的白色圆木，这是准备做木墙的。这儿是一堆板子，明天用来修台阶；那儿是一堆薄板，明天用来镶房子。

街上十分热闹，跟扎雷村不太一样。打扮得花枝招展的姑娘们有的骑车，有的步行，三五成群来来往往。

也许只有茶馆是个例外：房子上没有任何新东西。我们急忙朝大门奔去，可是，唉，门上了闩。于是我绝望地爬上一扇打开的窗户，看见了一个铺着报纸的空房间。一个女人站在凳子上，正用一支大刷笔在天花板上刷来刷去。

我们在村苏维埃的台阶上坐了下来，心里盘算着，首先应该向当地居民要两份热汤或一匹马。但这当儿有个女人走了过来，边走边说道：

"坐这儿干吗呀？今儿个是星期天，没人。拖拉机站和农庄里今儿个都休息。明儿个再来吧。"

背囊顿时变重了，仿佛里面添了两块沉重的砖头。腿疼得更厉害了，心里一下子凉了半截。

出得村来，只见左右两边展现出一片绮丽的风光：几个长满青草、睡莲、苔草、香蒲、枸骨叶冬青的大池塘；池塘的岸上和池中的岛上有许多枝叶繁茂的树木。说得更准确些，这些池塘应该叫作沼池，但它们那没有遮挡的水域依然映照出光灿灿的白云和蓝天。

我们放慢步子，不一会儿，一位青年妇女便赶上了我们，她告诉我们，从前这个池塘里有瀑布、亭子和天鹅。地主老爷（瞧，他的房子就在山上）死后，池塘便归村里所有。还在战前，有一位村苏维埃主席做出了一项"最英明的"决定——毁坝放水。他是否有按新的格式修复这项设施的长远打算，历史避而不谈。不管怎么说，除了一片沼地以外，这儿已是一无所剩了。这位主席很少有人记得了（在这段时间里换了多少个主席啊！）可是他的"杰作"却依然存在。不过，如果那个拖拉机站现在着手清塘修坝，把它的美丽风光还给大地和人们，改善这儿的卫生条件，那么为时还不算晚，否则这儿马上就会变为疟疾的策源地。

池塘上面是一座公园。也没有人动手管一管，每个人都认为事不关己。公园里的树木来自全世界，据说达六十种之多。我们本想钻进公园里去，但不一会就陷进了荨麻丛里，只得转来。

拖拉机站所在的那幢地主的房子依然完好无损，但是几间对拖拉机站很有用处的石砌杂屋却被毁坏殆尽，仿佛遭到轰炸似的。它们本身是不会毁到这种程度的，显然是有意毁掉的。然而这是为什么呢？

这里必须把两种破坏加以区别。革命初期，农民经常放火焚烧地主的庄园。

例如，萨尔蒂科夫家庄园所在的斯涅吉廖沃村，村里连一块完整的砖都未能保留下来：一切都夷为瓦砾。如今那儿长满了密密麻麻的野丁香丛，连遗址都看不见了。

然而，仅仅由于当家人不会当家，房子慢慢地、逐渐地受到破坏，那就完全是另一回事了。

大商镇切尔库季诺在很长一段时间内看上去都像遭过轰炸似的。但后来来了一位精明能干的主席克列皮科夫，一幢幢没有屋顶、只剩下残垣断壁的两层砖楼开始得到修补和整顿。当我初次见到这种情况时，我在心里寻思：既然已经轮到修复这些房子，那就是说，这个农庄的事业真的开始欣欣向荣了。

为什么沃斯普什基村的拖拉机站不着手修复那些石砌杂屋呢？它们过去是地主的，这有什么要紧呢？对我们的事业也是有用的呀。

我们在途中一条名叫大利普纳的小河里洗了一个澡。尽管天气炎热，但河水却是冰凉的，因为大利普纳河的主要部分流经森林，在我们洗澡的这个地方，它刚从森林里流到草地上，因此水还没有晒热。

随后我们又上路了。一只狐狸从森林里蹿了出来，几乎钻到了我们脚下。它又瘦又丑，身上的毛东吊一团，西吊一块。它也觉得热呢。

傍晚，森林小路向下来到一个深谷，它猛地向右一转，又急速沿坡而上，还没有弄清树林后面的情况，就闯入了一个大村子——卡拉瓦耶沃村，然后从一个栅栏到另一个栅栏，穿过整个村子。这里家家户户都是砖瓦房，因为卡拉瓦耶沃从前是一个商业村。一户人家门前的长凳上坐着几个妇女，她们端详着我们，心里嘀咕着：这是谁呀？两个陌生人，好像不是本地的。

"大嫂们，哪儿可以安排住宿？"

"你们是什么人？"

"老百姓。"

"哪个单位的？"

嚯，有文化的人！她们倒有知识呢！

"就我们自己，没有单位。"

"怎么会没单位呢？没有的事。"

我们好不容易才找到集体农庄副主席，他把我们安排在一幢有两层冬用玻璃窗的小木房里过夜。房子里又闷又热。但萝莎马马虎虎把铺盖往地上一铺，马上就睡着了。可是后来在她这一天的日记里却发现了下面这段文字："今天是母菊开花的第一天。白色的花瓣已经绽开了，但它们仍然像是捏拢来的。明天也许就会盛开了。风铃草开花已是第二天了。我看见石竹，那一整朵星星似的花中，眼下还只升起一缕明亮的光线。"

第五天

清晨，当大家还在沉睡的时候，我就蹑手蹑脚地走出了闷热的屋子。仿佛我不是来到街上，而是走进了寂静无声、无比清澈和洒满阳光的水中——我全身都被清新的空气裹住了。被露水浸湿的青草还未干透，不过，青草上垂着大滴大滴的白色露珠时那种晶莹的闪光已经不复存在了。

一条小路从寂静的村子的正街通到山脚下的一条小胡同里。山变得越来越陡了，放眼望去，只见前面闪耀着一条白雾弥漫的大河。大河彼岸，一片伸向远方的辽阔草地溢彩流金。这是佩克沙河，它是我们旅途上的第一条大河！

我沿着河岸走着走着，好不容易才走到磨坊的拦河坝。它现在已经洞穿，一股河水冲泄在洞穿的坝体上兀立着的一丛垂柳上，坠落时撞在柳丛上四散飞溅，在坝下静静的水滩里溅起朵朵浪花。水潭岸边垂柳依依。面对种种情景，任何一个渔人都不会无动于衷。在有关钓鱼的书籍里，正是这种磨坊下的水潭被描写成鱼类最忠实、最可靠的栖身之所。

我还没来得及跳进水里，哪怕游他二十米也好，只见一个年轻小伙子来到河边。他一屁股坐到草地上就解起鞋带来。

"这儿的鱼大概多得不得了吧?"当小伙子游到我眼前时,我向他打听道。

"得了吧,一条鱼都没有。科利丘基诺就在上游,鱼都死光啦。"

我们一起穿上衣服。小伙子是村俱乐部主任,名叫沃洛佳·萨哈罗夫。

"我听说,你们对一切都感兴趣?"他问道,"那咱们去看看墓穴吧。"

"什么墓穴?"

"真正的墓穴,是阿普拉克辛伯爵和沃龙佐夫公爵家族的。"

教堂旁边的草地上白骨狼藉,我们时而踩到一块颅骨,时而踩到一块股骨,时而踩到一块骨盆碎片。深草丛里翻倒的石碑随处可见。我们好不容易才看清几块陷进地里、已经磨损的碑铭:"准少校①安德烈·阿列克谢耶维奇·库兹明-卡拉瓦耶夫,弗拉基米尔省首席贵族。从1797年至1802年……""四品文官尼古拉·彼得罗维奇·阿普拉克辛伯爵……""康斯坦丁·费奥多罗维奇·戈利岑公爵之墓,彼魂归天国之日,祈上帝佑其安息……"

"就是这儿,"当我们从深草中站起身来时,沃洛佳·萨哈罗夫解释道,"曾经立着沃龙佐夫公爵的墓碑。据说墓碑底下也有一个墓穴,而墓穴中埋葬的就是身佩金剑的沃龙佐夫元帅本人。不过我们村里的人脑子却没有开窍,也许是害怕吧,可是几个外来的电影放映师却不怕。夜里他们开始掘土,碰到了一个砖砌的墓室。后来在砖砌墓石里发现一扇上了锁的铁皮大门。锁当然被敲下来了,发现了一条暗道。原来的传闻的确不假。躺在墓穴中的果然是沃龙佐夫元帅。他身上只剩下两个带穗的肩章、一双脚尖又长又尖的骑兵长

---

① 18世纪帝俄陆军中上尉与少校之间的官衔。

靴和一柄佩剑，唉，可惜是钢的。马上来了一个民警。肩章和佩剑被他收走了，而长靴仍然丢在那儿。村里的孩子们纷纷拿来试穿。瞧，我们卡拉瓦耶沃村有多少古董啊。"沃洛佳最后说道，"而在邻村米季诺村，人们掘出了一个树墩，树根底下有一小桶酒呢。"

"喝了吗?"

"当然喝啦，不能倒掉啊。在那儿，在米季诺村有一个地主庄园，现在里面办了一个医院。从前的地主管家不久前还来纠缠。他说：'让我当总务主任吧，我已经习惯了这些地方。我在这儿度过了青年时代，也要死在这儿。'人家没有任用他，他从莫斯科来过四次，可是人家不要他，他们肯定是这样想的：他知道庄园的珍宝埋在哪儿。他熟悉那儿的每一个角落啊。看来，这是个狡猾的老头。他说他要当个仓库管理员，然后再把东西弄到手。"

"说不定他真的是向往度过青年时代的地方呢?"

"就算如此吧，可他的青年时代完全是在别的地方度过的。这地方不在我们苏联。当然啰，让他当个总务主任也可以，但对我们来说，他简直像个幽灵，他是从阴间来的。我们只从屠格涅夫的作品中听说过管家之类的人物。没想到这儿却钻出来一个！而且他在我们这些活生生的现代人中间又有什么事可干呢? 不管您怎么看，可是在我看来，不用他是对的。"

当我们忙于参观墓穴的各种陪葬物品时，早晨已经消失了。沃洛佳把我拖到俱乐部去参观建于 1898 年的村图书馆的各种档案。我们读了一些发黄的账单和支出报告，上面所记的图书馆各项支出毫厘不爽。

沃洛佳还展示了按月所进的图书的目录。上面既有文学书籍，也有政治书籍，但最多的还是农业书籍。顺便说说，在村子里，农业书籍是很少有人问津的。

"从那时起，你们的图书馆肯定有所发展吧？"

"那还用说！当你仔细研究这些支出报告时，你就会思绪万千。同我们现在相比，它们简直少得可怜，这话不假，但主要问题不在于少得可怜。您认为，他们老馆和我们新馆之间的主要区别是什么呢？"

"嗯，大概是书籍增多了吧……"

"书籍当然是增多了，但这还不是合乎规律的区别，而是一种偶然性。他们图书馆的规模也可能大一些。"

"那么，书籍想必也不是原来的那些了吧？从那时起，人们毕竟写了很多新书啊。"

"别在那方面费脑筋啦！"沃洛佳·萨哈罗夫笑着说，仍然不肯把自己的谜底告诉我们。

"这都不是合乎规律的区别。"

"那么合乎规律的区别究竟是什么呢？"

"最主要的问题是，我们的图书馆为什么而存在，区别就在于读者。以前图书馆的读者是什么人呢？全村才那么五六个人，绝不会再多。教士，还有牧师太太，还有乡文书，还有克拉申尼科夫的几个女儿，充其量就这么几位。其余的人全是文盲，而且压根儿就没心思借书。可是现在，全村男女老少都是我们的读者。老大娘也来借，白发苍苍的老大爷也来借，他把眼镜往鼻子上一戴，就要借刚到的新书。'你们这儿有没有描写英国各种生活的维纳·肖夫的作品？'就是说，你必须把肖①的作品借给他，简直没有商量的余地。这就是最主要的区别，"沃洛佳满意地笑了起来，"我们的读者增加

———————

① 指英国著名作家萧伯纳（1856—1950），文中提到的老大爷把萧伯纳的名字说错了。

了多少啊，而且已经不是原来那些人了。大概全国所有的图书馆都
是如此吧。"

与此同时，在我们下榻的那一户人家里正在进行一场有趣的谈
话。女房东，一位五十六岁的妇女，正带着疲倦、不幸和似乎在不
幸中麻木了的面容讲述自己的一生。她有三个孩子：大女儿在战争
期间牺牲了，如果至今还在，该有三十三岁了；小女儿是林业技术
员，住在伏尔日斯克；儿子在顿巴斯工作。

萝莎问女房东有没有丈夫，昨天坐在厨房里的那个男人是谁。
我也注意到了这个男人。他两只胳膊靠着膝盖，支着下巴，坐在
一条长凳上抽烟。他那鬓角和面颊凹陷的消瘦脸孔使我觉得他黏糊糊
的，像个结核病患者。他那仿佛粘在脑袋上的稀疏的头发使我的印
象更加深了。他有六十岁光景。

"我不知道怎么称呼他才好，"女人伤心地叹了口气说，"他以前
是我的丈夫，在一起和和美美地过了三十六年，后来他就瞎胡闹了，
跟邻村的一个姑娘鬼混在一起。"

"是年轻姑娘吗？"

"跟他的第一个女儿同年——1923 年生的。他朝三暮四地拖了
五年，一会儿去找她，一会儿又来找我。如今他彻底离开我两年了。
也许他是在追寻青春吧。那个女的又年轻又健康，我想不透她究竟
看中了他身上哪一点，因为我都不知道，他靠什么勉强活在世上。"

"他昨天是来看你的吗？"

"他现在是我的房客。他住在那个女的家里，可是在这儿，在卡
拉瓦耶沃村工作。他是面包房里一个出色的面包师。他要求让他住
在这儿，我没有拒绝他，这个该死的！"

说实在的，事情竟会这样转变，这使我们感到愕然。爱情和家
庭的悲剧形形色色，没有两出相似。然而在结婚三十八年之后，一

个人竟从丈夫变成了付房租的房客，你得承认，这种事并不是常有的。

我们在集体农庄管委会——一幢两层楼的砖房里找到了阿列克谢·斯捷潘诺维奇·格林金。

"好吧，既然女伴走不动了，我们就帮帮忙吧。"他立即下令套马。

这个管委会收拾得整整齐齐、干干净净，同戈洛维诺村或扎雷村简直不可同日而语。这儿离扎雷村并不很远，可是却有着天壤之别。

"我们的情况还不错，"主席也证实道，"当然，也没有什么特别值得吹的，但我们却在逐步发展。今年可望有六十万卢布进款。不过对我们来说，这还算不上发财，我们要的是一百万卢布。"

我不禁产生了一种文学联想，于是开玩笑地问道：

"你们打算分批夺取还是一步到位呢？"

也许阿列克谢·斯捷潘诺维奇读过《金牛犊》① 那本书，因此接过了这个戏语，也许是不谋而合。他回答道：

"我们本来可以分批夺取，但我们必须一步到位。您可别笑。一年以后我们就可以弄到这一百万卢布。如果从 1953 年算起，每头奶牛的产奶量已经达到六百多公升。此外，我们过去只有五十头奶牛，而现在有一百一十五头。"说到这儿，主席又叹了一口气。"可是我们需要二百二十五头。我们开辟了一个有一千棵树的果园，它也会带来收入。各项建设可以说全面完成了。羊圈、猪圈、粮仓、菜窖、

---

① 《金牛犊》（1931）是伊里亚·伊里夫和叶夫盖尼·彼得罗夫合著的一部长篇小说。

牲口棚……整个农庄都建立了无线电网。六个村子中有五个装了无线电收音机。应该说，联合使我们上了当。我们当时着了迷，死板板地凑在一起说：咱们建立大集体农庄吧！结果是我们的土地被佩克沙河隔开了。简直太不方便了，真想重新分开。是的……不过，预支款我们当然总是准时支付，每个劳动日两卢布。庄员们干得劲头十足，开始对自己的房子进行整修和装饰。"

"您刚才说，奶牛的产奶量已达到六百多公升，这是什么原因呢？"

"首先就是因为我们重视了，开始力争提高挤奶量。过去的情况是，任何时候都没人关心一头奶牛产多少奶。挤奶员从一头奶牛走到另一头奶牛，所有的奶都挤在一个桶里。如今不同了，如今我们要计算重量，并且为提高重量而斗争。积极性就调动起来。"

"你们种不种野豌豆作青饲料呢？"

"野豌豆！"主席的脸豁然亮了，仿佛想起了那一去不复返的金色童年的事情。"我们这儿再也没有野豌豆了。今年没有弄到种子，但我们一定要把它弄到。野豌豆！营养多丰富啊！它味道鲜美，又有多种维生素，同时又可以给土地作肥料，而不是相反。又不费任何力气。种子往地里一撒，就可获得收成。一年四季都可以补播，这是最好的青饲料轮作制，不需要任何……"讲到这儿主席不作声了，不知是呛住了，还是进来的一个庄员干扰了他。

因此我们未能知道，不需要的是什么东西。那个庄员说，马已套好，可以动身了。

地图上，一条曲曲弯弯的旅行路线古怪地蠕动在我们身后。它已经深深地插入了弗拉基米尔州的土地，而且一天天地愈插愈深。简直不可想象，我们仅在四天以前才离开莫斯科。我们仿佛觉得，从那时起已经过去两个多星期了。从开始旅行时跨过坐落在基尔查奇河上的那座木桥到眼下我们坐着大车，沿着卡拉瓦耶沃村向前驶去，在这段时间里我们已经积累了极其丰富的印象。

两个十二岁的少年给我们赶车。一个叫科利亚，另一个叫尼古拉。他们要求这样称呼他们，以免把两人搞混①。他们俩一样的身材，一样的亚麻色头发，一样活泼机灵。看来，他们之间的区别仅仅在于名字相同而叫法不同。看样子，科利亚和尼古拉两个人对路都不太熟，并且担心给别人带错了路。

"最要紧的是别走到特罗伊察去了，"科利亚喃喃地说，"走特罗伊察要远一倍呢。"

"不会的，"尼古拉低声回答道，"走右边就不会。驾！……在车上加点草吧，坐起来舒服些。"

两个小鬼走进灌木丛里，转来的时候带着两抱杂有鲜花的柔软多汁的青草。他们在大车上把草铺平。

"请你们坐好吧。"科利亚像个当家人一样对我们说。

大车不慌不忙地朝前驶去。上山时马感到吃力一些，我跳下车，跟在后面默默地走着。科利亚和尼古拉交换了一个眼色，也从车上爬了下来。他们俩絮絮低语了一阵。也许一个城里人的这种举动出乎他们的意外，他们正在及时修正对这个人的共同看法。他们哪儿知道，他们还未出世时我就已经会犁地了。我们一个劲地往前走着——平路坐车，上山步行，下山则一路小跑，这时尼古拉往往一边在头上挥舞缰绳，一边喊道："驾，瞧它，连沙皇都拉过呢！"马儿一边小跑向前，一边困惑莫解地耸动着竖起的耳朵。显然，它一辈子还未遇到过类似的情况。

几片小树林迎面缓缓而来，一片有教堂遗址的古老的橡树林留

---

① 两个少年都叫尼古拉，科利亚是尼古拉的小名。

在了后面，这座教堂似乎是伊凡雷帝前去攻打喀山时修建的。不一会，我们进入了一片最地道的集体农庄树林。里面盘根错节，乱七八糟，没有斧子简直无法通行。尽管长的都是有用的树，却也平平常常，最多的是白杨。很明显，这里每两棵树之间都在进行殊死的竞争。其实，我们面前不是一片寻常的树林，而是一个日夜交战的战场。

路变得越来越窄了。现在不把脚放到车上就无法前进：膝盖会被枝丫划破，还会夹在车架下的横杆和某个连根腐烂的白杨树桩中间，夹得你生痛。

我们沿着那条又小又窄的路走得越远（近两个月来未必有人在我们之前乘车走过这条路），科利亚和尼古拉就越是忐忑不安地小声嘀咕。

"总会到一个地方的。"传来了片言只语的声音。

"千万别落到特罗伊察啊！"

"眼下能到特罗伊察也不错啊，到底是个村子呀！"

路向山下伸去。车轮下面的土地变得更湿了。前面远远地闪现出一星亮光，科利亚和尼古拉顿时转忧为喜。

一条由鲜花和青草组成的宽约两百米的河流横贯森林。我们走到跟前，在它的岸边驻足。草丛里看不到任何路。

"不要紧，那也不会有路的，"尼古拉低声对科利亚说，"要能走到那边就好了。"

一条烂泥沟隔断了我们的去路，它把森林与花河分隔开了。沟里漂着三根圆木。我试图踩到其中一根上面，可是它却向烂泥里面下沉。两根断圆木的尖端从烂泥中露了出来。如果马儿打滑，就会被圆木尖端碰伤。一般来说，马儿在这种地方很容易弄断一条腿。我们的任务是这样分配的：我拉住衔铁旁边的缰绳，科利亚掌车，尼古拉用树条赶马，萝莎则站在远处一个安全的地方观看。马儿执拗着，后腿蹲了下来，而且脑袋从马轭里完全抽出来了。

"走开！"一个孩子突然用陌生的严厉粗鲁的声音喊了起来，我已听不出是谁的声音。

我本能地听从他的厉声呵斥，连忙跳到一旁，就在这一刹那，只见一只铁蹄在跟我的脸一样高、离我的脸两俄寸①远的空中一闪而过。马儿像只野兽一样跳过了烂泥沟。车杆把我撞到一边，马车从旁边隆隆滚过。必须像大人一样具有丰富的经验，才能预料到马的腾跃，并且及时发出警告。此时马儿已安静地站在草地中间，肚子没入了花草丛中。

在这儿，森林的花和草地的花完全混杂在一起了。在林边还可以找到粉红色的触须菊或白色的小三角形柴胡花，而旁边却是所谓的"狗皂花"，一到白天它就阖上花冠打盹。杜鹃泪的总状花序跟荟葱长在一起，王孙花在离毛茛不远的地方怒放，看麦娘的圆锥花序在长满鸡冠花的林中草地上空巍然耸立。还有红百合，还有一枝黄花，还有红门兰和双叶长距兰（它们是巴西兰花远在俄罗斯的亲戚），还有一串串金灿灿的鼠尾草，所有这些都在生长，开花，引来了嗡嗡叫的蜜蜂和丸花蜂，遮盖了我们前进的道路。

科利亚和尼古拉分头寻找车辙。他们那长着亚麻色头发的脑袋在深草丛中一闪一闪。哪儿也没有车辙，于是我们的大车沿着鲜花盛开的草地时左时右地向前走去。马儿性子很倔，不肯前进，不仅要用树条抽它，而且要拉笼头。

"应该回老地方去，让马自个儿走，"尼古拉想出了一个主意，"只要它到这儿来过一次，那它自己就会把路找到。"

———————————

① 一俄寸等于 4.4 厘米。

　　我们就这么办了。马的兴致高多了，它自个儿走着，不是走我们用力拉它去的右边，而是走左边。不一会，它就走完了潮湿的、踩上去吧嗒作响的地带，把大车拉到了车辙上。尼古拉得意扬扬，我们也十分高兴。尽管是在景色优美的花丛里迷了路，但不迷路却更好。

　　那条路又直又平，可是科利亚和尼古拉却越来越忐忑不安，神秘地使起眼色来了。他们显然被什么东西弄得失去了信心，甚至不像原先那样小声嘀咕："千万别落到特罗伊察去啊。"

　　出现了一个村子。在村边的一幢房子旁边，我们问一位大娘，这是什么村。

　　"特罗伊察，先生，特罗伊察，这就是它。"

　　"到杜布基村远吗？"

　　"怎么对你们说呢？魔鬼和塔拉斯在这儿量过，可是他们的绳子断了。一个说：'接起来吧'，可另一个却说：'随便报个数儿得啦'。往前走吧，会走到的。"

　　特罗伊察的情景只记得一幕——几个姑娘端着小碟子跑过大路。每只小碟子上都摆着饼干。有人告诉我们，这儿有一座养老院，这是他们中午的便餐。

　　右边是一片辽阔的、长满开花的羽扇豆的紫色田野。土地开裂了。路上积着一层又厚又松的尘土。当我们进入杜布基村，也就是驶上连接弗拉基米尔和科利丘基诺的石板路面时，一辆飞驰的卡车扬起了一道尘幕，我们只好把嘴闭上，以免尘土硌得牙齿作响。

　　杜布基村坐落在山上。回头一望，令人心旷神怡。一片片森林一直伸展到地平线上，前景黑黝黝的，远处蓝幽幽的，极目处则是一片迷茫。黑黝黝的森林里，有些地方隐约可见森林火灾留下的淡白色烟斑，有些地方绿茵茵的草地清晰可见。我们回头观看这片森林景色时之所以感到高兴，还因为那里面有一条我们走过的、看不见的、曲曲弯弯的小路。

我们站在路边，等候去科利丘基诺的便车。这里去那儿最多十二公里。科利亚和尼古拉赶着马车回去了。我们想给他们每人十个卢布买蜜糖饼干吃，但他们不仅拒绝收钱，而且还感到委屈。

"当心别再迷路呀，天快黑啦。"我们对他们说。

"不会的。我们现在直接去特罗伊察……"

三小时以后，也就是傍晚时分，我们才搭上一辆顺路卡车。车厢里挤满了人，大多是妇女。他们坐在地板上或自己的物品上。大约有十五个人站在车上，他们彼此搀扶着。卡车运的是砖，车厢底部有一层松软的红色砖灰。汽车猛烈颠簸时，砖灰升了起来，像一片红云裹住了汽车。车上的人全都变成了红色。当我们在科利丘基诺郊外一条小街下车时，不得不把背囊里的东西统统拿出来，一一抖净，至于身上的衣服就不必说了。头发上，耳朵里，鼻子里，到处都是红色的砖灰。

我父亲的妹妹——薇拉姑姑住在科利丘基诺一幢自己的木房子里。我们合计了好久，究竟住在哪儿，是住在她家里呢，还是住在旅馆里？不管亲戚的感情多么真挚，然而打地铺呀，房间窄小呀，你会感到挤了人家呀，这一切都使我们感到心里不安。

在旅馆里，一位年轻的女经理斩钉截铁地说："一个床位也没有。要是你们愿意，我给你们一个地址。科利丘基诺有些人出租房子，我们跟他们有联系。"她在一张纸条上写了几句话，然后把纸条给我。我走到街上一看，原来就是我从小就知道的那个地址。这么说，薇拉姑姑也在租房子呢。

我们推开木板小门，从满是灰尘、破烂不堪的街上来到一座寂静凉爽、绿草如茵的小花园。已经歪斜的木屋的台阶上站着一位瘦削的、上了年纪的，或者不如说年老的妇女，她正在一根绳子上晾破布。她一看到我们就连忙扔下破布，举起双手一拍。我们当然没有把已经去过旅馆的事情告诉她。

第六、七、八、九天

任何人都无法解释清楚，为什么当初在这儿（在这个当时非常荒凉、偏僻的林区，在这个骑马奔驰四年也无法到达距离最近的铜矿的地方）出现了一个炼铜场。也许盛产木材，亦即燃料丰富是个主要的原因，也许第一个厂主是个很有头脑的人，他做了一番正确的盘算：在偏僻的林区，工人要多少有多少，而且不用花钱。

不管情况如何，几十年前的一天，森林上空冒出了一种气味难闻、略带黄色的毒烟，这种毒烟既不会来自朽木，也不会来自针叶，既不会来自上年的树叶，也不会来自曼陀罗草。随着第一座炼铜炉的诞生，出现了一家酒馆（现已改为文化宫），于是炼铜业就顺利开展起来了。

小时候给我印象最深的东西之一就是漆黑的夜里远处森林上空那一动不动的黄色反光。人们说，那里是科利丘基诺，有个大工厂，是个大城市。我曾经听过很多故事，于是我的脑海里就老是浮现出这样一种场景：火鸟正从四面八方飞来啄食伊凡努什卡的黄灿灿的黍米①，因此黑黢黢的云杉林后面才这么亮。

……在工厂的出入口，说得更准确些，在两个工厂的出入口，有人对照身份证仔细检查了我们的通行证，然后我们就开始参观车间。我们来到的第一个车间是铸造车间。阳光灿烂的正午过去之后，我们觉得车间里光线半明半暗。昏暗中，有个地方忽隐忽现地闪着火光，时而呈红色，时而呈绿色，时而又呈蓝色。头顶上飞驰的天车响着令人不安的铃声，加上咝咝声、尖啸声和宛如响亮的叹息的机器轰鸣声，组成了这个车间的交响乐。只见一股金属溶液灌进了一个长方形的模子。模子的内壁上了涂料。此刻，涂料燃起了熊熊火焰，而金属本身却被闪烁不定、来回移动的绿色火舌不断地舔着。原来，五颜六色的闪光就是从那里发出来的。

一位身穿黑色工作服、胸部露出白色三角开口（因为里面穿着一件白色短上衣）、生着一张苍白的瓜子脸的青年妇女，代替慈善的菲亚②带领我们参观。原来她是车间副主任尼娜·格利戈里耶夫娜·雅科夫列娃。她是沃龙涅什人，十一年前毕业于莫斯科克里米亚桥附近的有色金属学院。

尼娜·格利戈里耶夫娜的讲解枯燥无味，一本正经。她非常卖力，看得出来，她想尽量讲得生动一些，然而并非所有的专家都具有普及工作的能力，正如并非所有的普及工作者都精通专业一样。

人们用合金制造各种不同的产品，一部分在科利丘基诺，一部分在国内其他工厂。我们从金黄色的铜屑（原来铜件也能用切削刀具加工）压成的巨大铜块旁边经过，目睹一块烧红的金属在几分钟

①　伊凡努什卡是俄罗斯民间故事中的王子。他家的花园里有一棵金苹果树，火鸟常常飞来啄食苹果。每当火鸟来到之时，整个花园就亮了起来，好像点了无数的灯火一样。

②　菲亚，西欧神话里的仙女，有的给人们带来幸福，有的带来灾祸。

内就变成了一根又长又细的管子。它从轧机中流出来（我找不到别的字眼）时是红彤彤的，随后慢慢冷却，变成一根普通的黄铜管。一个轧机里流出的管子简直像一股瀑布，这种管子以后连脑袋都伸得进去。那边一台轧机里流出来的不是管子，而是铜条；另一台轧机里流出来的却是弯弯曲曲的细铜带。

就是在这个车间里，我想起我们经过那些十室半空的村子时的情景。

"人在哪儿呢？"

"在科利丘基诺。"

"人们都上哪儿去啦？"

"到科利丘基诺去啦。"

我们面前坐着一位身穿白衬衣、头发呈亚麻色，手托腮帮的小伙子。他坐在一个储酸池上面，露出一副若有所思的样子，仿佛坐在一个风平浪静、长满睡莲的水池边似的。铜带源源不断地从小伙子身边流到储酸池里。不知为什么，它必须在酸中泡一泡。

"工作很久了吗？"

"从 46 年起。"

"从哪儿到工厂的呢？"

"不远，我们是从诺沃肖尔卡村来的。"

其他工人说的也是一些近郊的村子。大家异口同声，都说来自近郊的村子。不错，城市就是一块磁铁。

我们从多次谈话中了解到，城市生活之所以对人们具有吸引力，主要是因为工资固定：哪怕只有五百卢布，但人们坚信一定可以得到。发工资的日子一到，就得照发不误。而在农村里一年干到头，你也不知道年底能给你多少。

"现在情况变了，"我对他们说，"开始按月发预付款了，有的地方每天发两卢布，有的地方每天发五卢布，还有的地方每天发十卢布呢。"

"听倒是听说了。得马上给村里的亲人写封信，让他们把情况说一说。果真如此，当然太好了。干吗要白干呢！"

在参观了我们对其用途不甚了然的各种口径的管子、各种型号的铜条和铜带之后，我们突然进入了一个十分熟悉和了解的物品世界。我们四周满是带水龙头的洗脸盆、茶壶、菜锅、煎锅、调味汁碗、做冰淇淋的冰桶、长柄勺，还有那些不在日杂店，而在珠宝店销售的名贵的白铜勺子、匙子、刀子和玻璃杯托。

把一块扁铜放到二百七十吨的重锤下一冲，扁铜马上就变成了一只定型的匙子，甚至还带有花纹。匙子还不美观，还得加工一下。还要让它发蓝、磨光、镀银，直至它有的地方像镜子一样闪闪发光，有的地方像古银器一样没有光泽，表面发黑。不久之前，磨光还是一种手工活：拿着一把难看的匙子磨了又磨，直到能够照见自己那歪歪扭扭的影子为止。如今，女工们坐在机床旁边。一个夹着缠得很紧的碎布团的圆盘迅速而均匀地旋转着。把金属放到下面，好生夹紧，你的活就干完了。

做玻璃杯托则是拿一块长长的、有模压花纹的扁铜，把它卷成筒状，并且焊牢。然后也要发蓝、镀银、磨光。班长沙莫林给我们列举了几十种产品（"瞧，我们的产品一应俱全！"）。这我可就记不全了！

"品种倒是丰富，就是花纹太单调。这一点在商店里也看得出来。出来一个'三勇士'，一卖就是好几年。再不就是克里姆林宫的塔楼。廉价的铝制品和贵重的白铜制品压的是同样的花纹。这样做对吗？"

这时，萝莎纯粹出于一种妇女遇事喜欢对照比较的特征按捺不住了，她说，就拿印花布和中国绸缎来说吧，总不能只配一种色调。

我们本来在参观这一家工厂，可是不知不觉来到了另一家名叫"电缆"的工厂。热橡胶发出一股刺鼻难闻、令人窒闷的气味。我们看见了许多大块的橡胶膏团，有黑的、有红的、也有黄的，摆得到处都是。我们被它们四面包围起来，它们也在朝不同方向移动。几十台机器对橡胶又揉又压，然后把它们从一些炽热的小轴中间慢慢挤出来，像擀面条一样把它擀平，接着拉长，烫软，撕碎，最后又重新熔结。

当然，这事儿是可以习惯的，但要长久地观看这种场面却不行，因为橡胶的气味太重。

我们还未来得及惊叹橡胶的灵巧变化，又见到了一个十分罕见的场面———几百台机器同时生产电线。材料（金属条）不断地、迅速地进入机床，机床的另一端就伸出所需要的东西。这台机床进去的材料是圆的，出来的是方的；那台机床进去的材料是方的，出来的是圆的；这台机床进去的材料是方的，出来的是直角形的；那台机床进去的材料是粗的，出来的是细的；这边进去的材料是普通的，出来的是包了橡皮的；那边进去的材料是包了橡皮的，出来的是缠了线的；这儿进去的材料是普通的，出来的是包了纸的；那儿进去的材料是包了纸的，出来的是涂了树脂的；眼见这儿进去的是几根细电线，出来的是一根扭得紧紧的粗电线；又见那儿进去一根扭得紧紧的、光光的粗线，却出来一个包着铅管的东西；而铅管里恰好有七百根扭在一起的电线。几百台机器不停地运转着。几万米、几十万米、几百万米、几万万米各种各样的电线、导线和电缆，源源不断地流了出来。它们以后将缠绕人们的住宅，架设在住宅之间的空中。即使这些住宅处于地球各端，它们也会通过地下和水底把这些住宅连接起来。你如果得到一根电线或电缆，在里面翻寻一阵，你也许可以发现一根橙黄色的细线。如果你见到这根细线，那你就该知道，你手里的电线或电缆是科利丘基诺市生产的。橙黄色的细线就是科利丘基诺工厂的标志，各种电线里面都有。

　　然而，最令人惊奇的事还在后面。我们走进了所有其他车间中最宽敞和最干净的一个车间。几个穿白罩衫的姑娘在机床之间庄重地走来走去。我们觉得机床似乎是在空转。它们看上去像是在拉丝，其实什么也没有拉出来。也许，只有安徒生的童话《皇帝的新装》里的织工才这样工作，他们也是装出一副织呀，剪呀，缝呀，量呀的样子。

　　突然，在离我们最近的一台机床上，在喂进铜丝后就该拉出丝来的地方，闪过一道极细的光，宛如藏在云杉树荫里的蛛丝蓦地被阳光照亮一样。是的，是的，现在在肉眼看得见了，一个难以辨别的、几乎看不见的东西，它一面不时闪闪发光，一面从机床上疾驰而过。

　　"老天爷，它比头发还细呢？你们是怎样拉成的呢？"

　　"头发！跟我们的铜丝相比，头发就成了粗绳啦。拉这铜丝并不难，再瞧瞧我们是怎么织它吧！……"

　　当我们沿着大车间向前走去时，织机的响声越来越大了。用极细的铜丝织成的织物看得见也摸得着，甚至还很结实。它时而呈金黄色，时而呈银白色，在阳光下溢彩流金。

　　"用它做件短上衣倒不错，"我的妻子忍不住说道。

　　"做短上衣也行，就是价钱太贵。"

　　"什么人需要这样的织物呢？做什么用呢？"

　　"你知道吧……我们厂有九百多个顾客要它，难以一一列举。"

　　"那么，相比之下人的头发成了粗绳的那种铜丝究竟是怎样制成的呢？"

　　我们也参观了它的生产情况。

　　取一粒大小如火柴头的金刚石，把它两面磨平，然后把它放进电解溶液，把一根什么针对准它。从针头开始发出电火花，宛如一道连续不断的小闪电。经过十二个小时，小闪电穿透金刚石，击出一个极小的孔，铜丝就是从这个小孔里拉来的，只有在显微镜下才能看清的小孔内壁竟然被金刚石粉磨光了。加工一粒金刚石需要花七十二小时。我们看见了一长列一长列小磨床和一长列一长列在电解池中不断作业的浅蓝色电光。金刚石昼夜不断地穿孔，其数量简直不胜枚举。

　　对科利丘基诺几个工厂的参观可以认为已告结束。要不然也可以在那儿待一两年，仔细进行一番研究。仅仅多待一天不会增添任何见识。但我不禁想起了沃洛佳·萨哈罗夫的苦恼。当我们在卡拉瓦耶沃村附近的佩克沙河里洗澡时，他曾经说："得了吧，一条鱼都没有。科利丘基诺位于上游，鱼都死光啦。"

　　在区委工交部，我谈起了这个话题。来自诺沃肖尔卡村的那个小伙子在酸洗铜带时，曾经若有所思地坐在储酸池上。我问这些酸究竟上哪儿去了。

　　回答非常简短："到佩克沙河去了。"

　　"可这是酸呀，可以说是一种有毒物质，是有害的呀。"

　　"有害？"波斯克列宾冷笑一声。"浇灌私人菜地是不行的。全都会死掉，不管是白菜、胡萝卜，还是大葱。不要说鱼，就连一条纤毛虫也受不了。这可不是闹着玩的，这可是酸呀。是有害的呀！……就连工厂本身的用地都被污染了。雨水流进河里，带来的既有石油，还有鬼才知道的什么东西！当然啰，我们正在采取措施，已经做到一年只向佩克沙河排放五次酸。这已经是很大的成绩了。"

　　"建一些滤酸器不是更好吗？"

　　"那还用说，滤酸器也正在建。不过，建设时间拖得很长，进展不大，大概有三年了。咱们马上可以问清楚。"

波斯克列宾拿起电话听筒，要求接基建科长。一分钟以后，我们手里就有了许多有趣的数据。在国家拨给工厂建滤酸器的两百万卢布中，工厂只用了一万七千卢布。那就是说，钱是有的，就是没有这种愿望。当然啰，完不成生产计划，那是要挨骂的，说不定还会撤职。至于滤酸器呢，建不起来也没什么大不了的，谁也不会过问，谁也不会去抓。鱼不见了吗？有人被有害的水弄出了病吗？首先，谁知道他们是怎么病的？产品得符合计划——这才是我们分内的事儿。

我真想到工厂的污水流入佩克沙河、修建滤酸器的那个地方去看一看，可是波斯克列宾不让我去。

"那儿没什么可看的……一块没有生气的黑土，一股臭气熏天的黑水。等我们建好了滤酸器，你再来尝尝工厂的水吧。"

在同工厂领导人进行交谈时，我多次听到这样的回答："我们马上建好滤酸器，马上就建好……"

其实，问题并不在于滤酸器建得太慢和还要建很多年，问题在于一个明白人所说的："过滤器是为城市的下水道而建的，而酸和工厂的各种废水却与它不相干。它们过去原封不动地流入佩克沙河，将来也还会这么流下去。"

没过多久，也就是几天以后。我们不得不钻进更深的污水之中。关于这些污水，留待后文作更详细的叙述。

"还有黑烟污染问题，"波斯克列宾继续说道，"现在它是看不见的。你们冬天来吧，我们这儿的雪像烟一样黑。氧化锌从铸造车间飞到空中，这是有害的。过去我们有一个很高的砖烟囱。它把废气排到高空，风在高空把废气吹散开来，带到远方，城市里的空气也比较干净。30 年代决定拆毁烟囱，于是就拆毁了。修了一个低矮的铁烟囱，于是城市就像一只挂在烟道里的火腿一样，挨起烟熏来了。

"不久之前，开始修建一个新烟囱，就跟从前那个一样，而且恰好就在原来的基脚上修建。一旦建成了，城市就可以自由地舒一口气了。而且我们还要修建一个废气收集器，这儿将变成一个疗养胜地，而不是一般的城市。氧化锌也要回收。回收的产品将用于油漆颜料工业。"

倾听那些美妙的议论是令人惬意的。遗憾的是，议论中许诺的事都推到了不明确的未来。

我们在前往科利丘基诺市的途中看到了那么多的森林，因而很想同那些守卫、照料和培育森林的人认识认识。

走近一个林管区，你马上就会觉得进入了一个有着自己特殊兴趣的特殊世界。墙上挂着许多画有各种森林害虫（毛虫、天牛、窃蠹、叶虫）的宣传画。有的林管区，这些害虫不是画在宣传画上，而是它们本身被弄死之后钉在硬纸板上，并压在玻璃板下。这儿还陈列着各种不同树木的薄薄的切片。主任办公室的一角可能摆着一个马轭或一个马车轮子。桌子上或是摆着一个多孔菌科的大真菌，或是摆着一块敲起来响当当的、所有树节都得以保留和显露的桦树木炭。一撮撒在窗台上的上等橡实又可以增添一个画面。如果再在墙上挂几只鹿角，那就是一个地地道道的林管区了。

科利丘基诺的林业专家都是一些热情好客的人。主要的林业专家（林管区主任）米哈伊尔·阿列克谢耶维奇·克里沃舍因是个身体肥胖、头发斑白的男子，他把在他办公室里的一个林务员向我们做了介绍。这个人跟他相反，年轻，魁梧，皮肤黝黑，长着一脸尖针般的络腮胡子，头发稍稍垂在额际。他从头发下面看人的那副神态，宛如拨开云杉树枝，从掩体里看人一样。主要的一席话就是他同我们谈起来的。

"抓问题要抓住关键，"林务员说。他把头垂得更低，在自己的掩体里藏得更深了。"有两个机构，一个是林管区，一个是林业局，它们的区别似乎不大，只不过两字之差而已。然而，如果你这样认为，那就说明你对情况一无所知。这两个机构简直有天壤之别。首先，其中一个机构（林业局）的使命是消灭森林，另一个机构是培植森林。不过，这还没有什么大不了的。可是其中一个机构具有第一流的技术、流动发电站、牵引车、掘土机、电锯和汽车。这是一支装备精良、担负着进攻使命的军队。此外，他们有高工资、奖金、疗养证、勋章和英雄称号，他们的事迹被登在报上，写进书里，拍成电影，他们的名字响彻太空。简言之，一个机构享有特权，另一个机构却是编外的。不，我们并不需要荣誉，可是你瞧，这儿坐着一位森林检查员。"这时我们看见办公室一个角落里有一个上了年纪、性格斯文的人。"他从 1919 年起，数十年如一日保护着几百万公顷的国家森林，也就是保护着几十亿卢布。那么，哪怕对他道一声谢谢也好啊！"

"当然，同栽种幼苗相比，砍伐森林的场面更为壮观。瞧，一棵粗壮的大树倾斜了，它呼呼生风，轰的一声倒在地上。伐木工人把一只脚踏在战败的勇士身上，他自己也像一个勇士。简直可以画成一幅画呢。而我们却刨地呀，用各种杀虫粉杀金龟子呀。毛虫进攻了，我们就跟毛虫作战。跟毛虫作战的场面哪里又谈得上什么壮观呢！去年它们向落叶松的幼苗进攻，我们的妇女整天冒着酷暑进行检查，每根树枝都不放过，并且把那些毛虫直接捻死在手掌上。她们的手（你们可别皱眉头）上直到肘部都溅满了绿汁。可是这些妇女挣多少钱呢？每人每天三卢布。这全是因为她们是在一个叫'林管区'的机构里工作。林管区的报酬就这么多啊。可是她们挽救了多少木材呢？哎，那可真是不计其数！

"再拿伐木工人来说吧。尽管我们是林学家，但我们这儿也有伐木工人。他们同样整天砍树，只不过没有机械设备而已。同样的劳动似乎应该付同样的报酬，但实际上却不是那么回事。当林业局的伐木工人赚大钱的时候，我们的伐木工人却一天挣不到九卢布。林管区的计件工资额就这么多啊。护林员是散居在护林室的一支尽心竭力的保卫者和劳动者大军，他们的情况又如何呢？他们远离人世，从凌晨三点工作到晚上十一点。他们家里都有六七口人，可他们每月只有两百二十卢布的收入。这种工资是出于一种什么考虑呢？要么认为护林员就是小偷和反正会偷，要么就是让他去搞家务，并且从家务中得到好处。但是问题在于，他不是小偷，而搞家务又会耽误护林工作。

"我们刚才谈了护林员的情况，再拿我这个林务员来说吧。你们能够琢磨出什么区别来吗？他是链条上的最后一个环节，或者（如果你愿意的话）是第一个环节，而我是林业工程师，我受过高等教育，我是专家，学者，简而言之，我是林务员。于是一天到晚强迫我坐在办公室里，浏览各种公文，办理那些枯燥无味的、谁也不需要的文件，这些文件多如牛毛，是人对人不信任的产物。我成天跟什么车轮呀、马轭呀、蒲席呀、包装材料板呀、劈柴呀等这些东西打交道，可是到林子里去却没有工夫。

"发工资的日子到了。有人说：'你们有的是森林，砍吧，卖吧，发钱吧。'于是林学家也拿起了斧子。我左手拿着打印器，右手却拿着斧子。我在我们的森林里就是这样巡视的。

"必须把我手里的斧子夺走！"林务员几乎喊了起来，"仅仅给我这个林务区下达的计划就是每年一万立方米。"

"我们森林的一般情况如何呢？是逐年减少还是逐年增加呢？"

"是超伐。超伐百分之三十，"林管区主任答道，"就是说，长出一百棵树，我们却要砍掉一百三十棵。因此出现了衰竭的趋势。最近竟出乎意料地接到了一个指示，要在真正禁止砍伐的护林带进行砍伐。每条河两岸都长着几千公尺不可侵犯的森林。那是早在列宁生前就颁布了命令的。从今年起，我们也闯到那儿去了。"

"请你们原谅我们说话刺耳，"年轻的林务员又笑着说起来了，"因为我们这些林学家同全世界——从工业家到母牛群都有冲突。你们说，必须发展畜牧业，可是对于我们来说，它是一种灾害，因为人们常常把畜群赶到我们林子里来吃草。一谈起鹿来，你们会说'多么温顺、善良的动物啊！'可是我却要回答你们，它是森林的敌人。因为它毁坏幼苗。这儿有这样的一种'分工'：金龟子在地下吃幼苗的根，鹿吃幼苗的叶子，山羊啃幼苗的皮，而人一来则把幼苗连叶子连根一起拔了。有时还要放火烧草，再不就打掉我们挂在各处的椋鸟巢和山雀巢。我们恨所有的人，但这是因为我们热爱森林，因为我们最懂得：一旦它破坏殆尽，人类的日子就不好过了。因此我们才这么狂热，因此我们才这么发狠……"

我们完全脱离大地和大自然的生活、扎进城市生活达四天之久。当我们来到科利丘基诺时，早菊已经开花了。那么现在的情况怎样呢？这四天里发生了什么事呢？世界上是不是发生了很大变化呢？

我们左顾右盼，竭力把每棵小草看个仔细。我们又回到了大地的生活之中。有一点是清楚的：几天以来，炎热继续发挥它那使万物干枯的可怕的作用，吸干了也许是最后的几滴水分。

一辆"胜利"牌轿车赶上我们，来了一个紧急刹车。汽车飞速奔驰时甩在后面的长长的尘尾一下子涌了上来，于是太阳变成了模糊不清的橙黄色。灰尘散开以后，我们看见了科利丘基诺的区委书记。我们是在这几天里跟他相识的。

"你们怎么搞的，干吗不要个车，而要步行呢?"区委书记责备地说，"上来吧，我们也去那儿。"

区委书记是个四十三岁的金发男子。同所有的金发男子一样，他生着一张红扑扑的脸庞和一对亮晶晶的小眼睛。一只凸骨鼻子赋予他的脸庞和整个神态一种倔强而又像乡下人一样无所畏惧的表情。他叫亚历山大·安德烈耶维奇·洛博夫。车里还坐着个从州里来的人，他蓄着白色的短胡子，手里拿着一个用得像破布一样柔软的皮包。

州里来的那一位原来是一个农业机构的特派员。这个机构叫州农业局。特派员极力想透过因防尘而关闭的防风玻璃观察田野的情况，可是洛博夫却不耐烦地对他说:

"别看了，我们马上就到达'红色田地'集体农庄，一切您都会马上看到的。我们，"区委书记严肃地，甚至严厉地继续说道，"还能坚持七天工夫。如果七天不下雨，庄稼都会死光。好吧，您就看吧!"他恶狠狠地猛地放下玻璃，一股干燥的热风冲进车内。

这时，伊林斯科耶村出现了。我们需要看看这个村子，因为我们在这儿踏上了古老的斯特罗门卡大路，一位威严的俄罗斯国君当年曾经沿着这条道路前往苏兹达尔各修道院。区委书记和特派员则需要看看"红色田地"集体农庄的田野。在那儿，特派员将根据事实断定，科利丘基诺区田野里的庄稼枯萎到了什么程度，玉米究竟长得如何。

"红色田地"集体农庄的主席谢尔盖·叶菲莫维奇·瓦尼亚特金顾不上迎接客人。当车子驶进管委会时，我们发现这儿出了什么事。一群带包袱的妇女聚集在这儿，孩子们跑来跑去，一个满身油污的小伙子正在一辆卡车上摆长凳。管委会里面的人更多。不过，不管你的视线落在哪里，透过这种忙乱状态，你都可以看出这里十分清洁，很有秩序，各方面管理得井井有条。瓦尼亚特金的个子圆圆胖胖，长着一张快活的圆脸，他湮没在忙乱的人群之中，连洛博夫也没有马上把他从那儿拉到宽敞、凉爽的主席办公室来。

"真是乱弹琴！""瓦尼亚特金愤愤地说，他们一个劲地嚷嚷：'畜牧工作者将共庆佳节，州里要举行畜牧工作者的集会，优秀人物要去参加畜牧节！……'于是我们也刷了大标语：'她们参加畜牧节当之无愧！'还有名有姓地写上了，哪些人当之无愧。娘儿们缝了新连衣裙，买了新头巾，不料临到节日前夕情况突变——畜牧节被取消了。人们大失所望，这就是我要告诉你们的。"

"那么她们打算上哪儿去呢。"区委书记问道。

"上哪儿去？上哪儿去？"瓦尼亚特金皱着眉头审视地朝洛博夫一瞥，看他是否赞同。"我决定送他们到莫斯科去，到农业展览馆去。我给每人发了一百卢布，还给了一辆卡车和一天一夜时间。让他们去看看，因为她们的确是当之无愧的。今年每头奶牛的产奶量达到了九百多公升呢。"

后来我们打听了很久，极力想弄清楚为什么取消畜牧节。据说计划遇到阻碍，因此顾不上什么过节了。

先进畜牧工作者们，也就是聚集在管委会前面的那些妇女们，各自在位子坐了下来，卡车就在转弯处消失了。周围顿时变得寂静无人。瓦尼亚特金领着我们这一行人沿着村子的街道走去，不一会我们便走进了一幢宽敞的农舍。我们一步也没有离开过农庄主席，可是他不知什么时候已经把饭菜安排好了，这简直成了一个谜。桌上摆着一盘黄瓜、一盘土豆，还有一把水灵灵、绿油油的大葱。在乡下，酒瓶是摆在地板上的，要喝时一瓶接一瓶地拿到桌上。通常应该用高脚酒杯，但这儿只有薄壁茶杯在昏暗的暮色中不祥地闪闪发光。

　　当晚，区委书记和农庄主席都要去弗拉基米尔市参加为期两天的会议。临走时他们吩咐我们，务必等他们回来："这两天对你们不做安排，不过你们在这儿将像在家里一样。去尤里耶夫嘛，我们随后可以用'胜利'牌轿车送你们去。三十分钟之内就可以到！……"

第十天

我因口渴而醒了过来。屋子里光线昏暗，一片朦胧。隔板后面有人打鼾，这大概是昨晚铺床的那个聋老婆子。房前小花园里的丁香花和室内的橡皮树盆景把晨光挡在窗外。窗子是关着的。为了不使蚊子飞进房里，我们自己从昨天晚上起就把窗子关上了。因为口渴，我们很容易想起昨天晚上的情景。桌子已经收拾过了，既没有那种可怕的玻璃杯，也没有黄瓜和大葱。一个大牛奶壶摆在铺着白桌布的桌子中央。壶里装着牛奶。我和萝莎轮流把它喝光了。隔板后面的鼾声越来越大，我们显然再也无法睡着了。我们对看了一眼，彼此都从眼神里看到了一个同样的决定。我把牛奶钱和房租钱放到桌上。我们经过房间时踮起脚尖，经过穿堂时用的是快步，下台阶时就奔跑如飞了。

朝霞升起来了，天空宛如一杯洒满阳光的金色的酒。大地万籁俱寂，近景是一些灰色的房舍，中间是一片雾蒙蒙的森林，远处是一抹霞光。森林位于一块低地，想必有一条小河流经其中，因为只有它才能形成这种切入黑黝黝的森林、呈"之"字形飘动的乳白色大雾。透过雾霭，可以看到远处教堂上面的小十字架。

我们昨天没有详细打听道路，现在只好沿着村子信步走去。村子尽头是一座医院。大地是这样寂静，我禁不住心里想道："就算这医院里有人因受病痛煎熬而喊了一夜，那么这时所有的人大概也都睡着了。"

村外是斯特罗门卡大路的起点。这是一段曾经被威武的三驾马车和四轮马车轧得很平、如今长满整齐的小草的宽阔、平坦的路面。路面两旁向前延伸的边缘上长满了盛开的石竹花。在宽阔的青草中蜿蜒着一条清晰可见、但毕竟没有碾出尘土的车辙。在长满睡莲的小河中央露出一条晶莹的水带。

斯特罗门卡大路两边，许多地方长着树木，有时是几棵孤树，有时连成一小片，有时是一丛绿油油的灌木。周围的土地很像草原，这是不足为怪的，因为我们正在向尤利耶夫—波利斯基走去。这就是说，当年莫斯科的未来奠基者在用自己的名字给新城市命名时，还把它称为波利斯基，这就是说，这儿当年就是茂密的森林中间一个辽阔的草原之岛。

离大路约两千公尺的昏暗的地里有一堆烟雾腾腾的篝火，这是牧人留下来的，可以听见牧人的鞭子在小树林里甩得啪啪作响。一股芳香的烟味从篝火那儿飘到大路上，它很像干粪块的烟味。

有时，斯特罗门卡大路的整个格局（路边的空地和沟渠，铺满青草的平坦的路面，碾平了的车辙）开始改变方向，从容不迫地来了一个转弯，这些转弯处给自由舒畅的清晨风光更增添了几分色彩。我们走起来轻松愉快，这一方面是因为我们决定离开，而不是在伊林斯科耶村闲坐两天；另一方面也是因为在这条斯特罗门卡大路上不会迷路。还有一个简单的原因，就是空气新鲜，阳光和煦，而我们还相当年轻，不必去考虑什么世界末日之类的事。

我的脚碰到一块马蹄铁，它几乎是新的，直角形的小孔里有几个断了的弯钉。马蹄铁又大又沉，只有伊里亚·穆罗美茨①或别的勇士的骏马才有可能失落这样的蹄铁。我的妻子就是这样认为的。我没有对她说穿，这蹄铁多半是弗拉基米尔州的一种重挽马——比曲格马失落的。我把蹄铁装进背囊，而且它作为对我们在斯特罗门卡大路上产生的一种现实的幸福感的回忆，至今仍然保存在我的身边。

这时出现了一片密密麻麻的赤杨树丛，它仿佛是从地底钻出来的，隔断了斯特罗门卡大路。好一阵子我们极力保持方向，在树林里穿行，希望树林马上走完，重新展现出有一条宽阔的道路在其中延伸的远方。然而赤杨树同桦树林杂在一起，花楸树和稠李树也死乞白赖地挤入了它们一伙，再加上马林树和卫矛树，把整个树林弄得盘根错节，除了退到树丛开始的那个地方以外，我们简直别无他法。

回到原地以后，我们发现有两条路可供我们选择：一条是草木凋零的小路，通向右边一块泥泞不堪的低地，另一条有明显的拖拉机印痕，弯弯曲曲通向左边。

沿着拖拉机印痕往前走是不大合乎逻辑的。拖拉机什么地方都可能去，要去的目的也是各种各样的。然而跟小路相比，印痕却非常清晰，这就使我们上了当。拖拉机当初是在树丛中穿行的，它碰伤了树干，擦破了树皮，撞裂了木质的表层。拖拉机手很有经验，他灵活地曲折前进，把我们越来越远地带往森林深处。我们很快就明白了，不能走这条路，但是要返回去，一切从头开始，我们身后走过的错路又太长了。

拖拉机印痕不是通向村子，不是通向田野，不是通向护林员的护林室，甚至不是通向另一条大路。长满垂着长须的苔藓的灰白色

---

① 伊里亚·穆罗美茨，俄罗斯古事歌中的勇士。

云杉让出了一条路，于是眼前出现了一个大战场，说得更准确一些，是人杀树的大战场。拖拉机印痕拐了一个弯，在这片砍伐地里绕来绕去。到处摆着一堆堆没有运走的桦树圆木。有几个地方还留着一些瘦弱的小树，给人一种孤苦伶仃之感。一棵幸存的白桦树折断了树梢（是旁边一棵树倒下时打断的），倒悬在树皮上，变得又干又黑，然而白桦树本身却依旧青枝绿叶，甚至还在晨风中喁喁低语。砍伐地的边缘横卧着一个大铁炉，说明砍树是冬天的事。要不是砍伐地及时长满了不知从何而来的、细枝林立的紫红色柳叶菜，那些树墩、木片、木块、树枝就会造成更加令人不快的印象。我们在砍伐地慢慢绕了一圈，没有发现一条通向外面的小路。

两个在森林里迷路的流浪汉爬上一棵高树观察地势。此情此景，书里通常是这样写的："他想看清烟雾蒙蒙的远方，但这是徒劳的。森林的海洋一直伸展到地平线上，无边无际。"

砍伐地是一块洼地。要不是远处云杉树黑黝黝的树梢之间露出一片阳光灿烂的、绿油油的田野，那么除了这片森林外，我从树上下来时就的确什么也没有看见。这时，在没有任何道路的情况下，我们开始穿越森林。我们只注意一件事，那就是保持方向。潮湿的地面在脚下扑哧扑哧作响，枯树枝发出咔嚓咔嚓的响声，手上则是伤痕累累。然而光线（就像安了变阻器一样）却越来越强了。当最后几棵树落在后面时，我们面前神话般地展现出一片碧绿如茵的草地。这片草地连着一个小山冈，山冈上有一个我们不知名字的小村子，它的上空弥漫着一缕缕清晨的淡紫色炊烟。在它右边很远的一个山冈上有一个大村庄。在离我们大约两百米的灌木丛中传来了几个男人的声音，我们向他们走去，以便把一切都打听清楚。灌木丛里有一条小河，有时它漫出河岸，形成许多小水洼。四个男人拿着一张七公尺的拉网在一个水洼里走来走去。这张拉网与其说是被水泡湿了，不如说是被浅蓝色的污泥弄脏了。

"难道这儿有鱼吗?"

"我昨天傍晚经过河边，"一个渔夫说，"我一瞧，这坏蛋在荡来荡去呢!"

"哪个坏蛋在荡来荡去?"

"小狗鱼呗，还会有谁在这儿荡来荡去呢!因此我们今天就早点儿来了，你看，打上来十三条小狗鱼啦。"

草地上横七竖八地躺着许多干瘦的、呲牙咧嘴的小狗鱼。

"既然有狗鱼，就该有别的鱼!"

"没有，别的鱼没有发现。"

"那么狗鱼吃什么呢?"

"它主要吃老鼠。"我们不明白，这些渔夫究竟是在拿我们开心呢，还是说的正经话。"周围是田野，老鼠多得很，一掉到水里就完蛋。"

"那狗鱼就得等它掉到水里啰。"

"要是没什么可吃，那它就只好等了。瞧这些鱼多瘦。"

小山冈上的那个小村子名叫费奥多罗夫卡，而大山冈上的大村庄则叫克利雷。我们沿着豌豆田的田塍向克利雷村走去。

对于那个一大早在自己的斗室里醒来的灰姑娘来说，头一天晚上在国王的城堡里举行的豪华舞会似乎是一场美梦。如果不是枕头下有一只水晶鞋，那她连这场梦都不会相信。

一个回到某一林区种田的水手将保存一块珊瑚碎片，也许到了垂暮之年，当他开始觉得赤道附近雾气弥漫的深海只不过是一场旧梦时，只有这块珊瑚才能提醒水手：那些海洋至今仍在喧闹。

对于我们这两个来到明朗的田野的人来说，森林里那种乱七八糟的情景也成了一种不可理解的现象和一场梦幻。走到田野，我们才如梦初醒，只有萝莎手中那一小束闪着银光、不像任何田野植物的森林鲜花——凉爽、娇嫩的鹿蹄草，才能证明我们刚刚经过的森林的存在。

村口有一个池塘，它还在懒洋洋地冒着白气，整个池面满是积云和芦苇的倒影。地面上耸立着几株白柳树，但见绿叶婆娑，比积云更蓬松美丽。这些白柳树又老又粗，里面已经腐烂了，但仍然有足够的力量吸收地下的汁液，把它送到高高的树梢。有一棵白柳树倒在塘里，如今可以在上面走路。它在这个大塘里并不引人注目，失去了它那值得自豪的挺拔雄伟的姿态：它的长度只够把树梢伸到塘边芦苇和明净如镜的水面交接的地方。从倒在水中的腐烂的白柳树干上蹿起了许多嫩绿的新芽，宛如向上喷起的水花。

一条有栏杆的结实的木板小桥从岸边通到深水区，这儿深不见底，我从未遇到过这样明净、清澈的池水。小动物在池中栖息。

瞧，一种类似海蛆、多足多须的生物在水下的细枝上钻呀，爬呀。这种昆虫俗称水驴，它性情温和，专吃腐烂物质。瞧，一只蜗牛螺旋体向下，在水面上滑动着，令人叹为观止。对它来说，水面就是天花板，它仿佛头朝下在天花板上移动着。这时，一发流线型的黑色炮弹跃出黑洞洞的深水，箭一般射了出来。现在看清楚了。这是水底丛林之虎——龙虱。它肚尖朝外，吸足空气，又沉入了黑黝黝的水底。如同凶猛的小黑貂在进攻麝时总是咬住后者的后脑勺一样，龙虱也常常向比它大得多的鱼发动进攻，而且有时能够把它制服。如果它不能单独把鱼制服，那么血的气味会招来一大批同伙，那时鱼就会被撕得粉碎。

如果你多坐一会，就会发现，在同一个黑黝黝的水底会突然出现一个大黑影，这是大水龟虫浮了上来。它也必须吸气。

如果你有足够的耐性，并且交上好运，也许还会看到水蜘蛛从水面掠过，这是一种能够用普通气泡给自己修建水底小屋的奇异的蜘蛛。至于水蛭就不必说了，它们像一条条柔软的黑色绒带，在水里弯弯曲曲地游来游去，常常把像我妻子这样的下水洗浴的妇女吓得魂不附体。

蓝黑色的豉虫宛如掉到玻璃上的小水银球，在水里滚来滚去。水黾好似橡皮网上的马戏演员，在有弹性的水面上翩翩起舞。

我们在小桥上安营扎寨，洗了澡又洗了衣。水又干净又凉爽。旭日东升，照得池塘深处金光闪闪。

村子渐渐醒了。四个男人朝摆在远处的两部刈草机走去，他们不慌不忙地抽着烟，并且更加慢腾腾地在机器里磨蹭起来。

一个提着篮子的妇女走到塘边，在离我们不远的地方涮起衣服来。她告诉我们，池塘本来长满了草木，但是去年人们用掘土机把它清理干净，并且加深了，因此它现在又有了生气。"我们的池塘返老还童了。"妇女说。

两个小女孩和一个胖小子（三人都是碧眼金发）爬到那棵倒在水里的白柳树上，做起游戏来。这场游戏的结果是胖小子掉进水里，随后他被命令坐在岸上晒太阳。

新的一天开始了。我们收拾好东西，朝村子里面走去。

这一天，克利雷村集体农庄主席诺申碰上了三件头痛的事。第一件，一只九普特①重的怀孕的母猪掉进了粪窖；第二件，从邻近的弗罗洛夫集体农庄来了一个代表团。这些集体农庄正在开展竞赛，人家想看看诺申取得了什么成绩。可是克利雷村的情况比弗罗洛夫村要糟（母猪掉进了粪窖；几只两个月大的小猪不约而同地死掉了；牲口棚里肮脏不堪），因此代表团的到来就成了一件头痛的事。我们

_____

①   1 普特等于 16. 38 公斤。

听说，弗罗洛夫村的女庄员们把诺申数落了一通，他在她们面前弄得面红耳赤，就像一个孩子站在女教师面前一样。第三件，除了各种倒霉的事以外，不知从哪儿突然钻出了两个对一切都感兴趣的旅游者。

诺申没有刮脸，他身穿一件蓝衬衣和一条大概是用军大衣呢缝制的黑裤子。这条裤子又厚又重，显然是为了接待代表团才穿的，而且挽起裤脚，以免沾灰。我说不出任何道理，但这条裤子却使我对它的主人产生了一种类似怜悯的感情。我们决定不再让主席感到难堪，便走进一个古老的椴树公园乘凉。

当你躺在一个阴凉的地方时，你的脑子里就会涌出各种荒唐的想法。比方说，突然产生一个问题：哪个地方更偏僻些——是坐落在离莫斯科两百公里之处的克利雷村呢，还是喀拉海①岸北极圈内一个什么孤零零的村镇呢？记得有一次，我们同整个外界失去了联系，待在这样一个村镇里，期待着一架随便什么样的飞机能够把我们带回大陆。十天过去了。这十天简直是度日如年，因为我们从早到晚都在尖起耳朵，谛听是否有金属马达的声音穿过暴风雪的怒号传来，时间仿佛停止不动了。终于传来了马达声！我们一起朝飞机场奔去，迎接几位鬼使神差飞到这个村镇来的陌生人。飞机舷梯上神态自若地走下来我的好友、大学同班同学米沙·斯科罗霍多夫。俗话说，人生何处不相逢，这句话得到了出色的证明。

后来我们喝了酒。米沙平生第一次见到大海，而且首先见到的就是喀拉海，因此他老是想甩掉我，跑进碧绿的、满是浮冰的海浪中去。我则抓住他的大衣下摆，把他拖到一个干地方。

这就是说，在北极圈内一个孤零零的村镇里，两个彼此熟识的

———————————

① 北冰洋边海，位于苏联新地岛与北地群岛之间。

记者邂逅相逢，而且他们对这种相逢并不感到十分惊异：世界上什么事情不会发生啊！

那么，两个记者是否也会在克利雷村相逢呢？这是根本不可能的。这就是说，由此可以得出一个结论：克利雷村比北极圈内的小村镇更加偏僻。

如今，人迹未到的地方大概已经找不到了。然而有多少地方，新闻记者尚未涉足啊！从这个角度来说，我们如今正穿行在原生的处女地上。我们作为发现者在前进，从鲜花盛开的越橘的树枝到集体农庄主席，从被毁坏的元帅的陵墓到不断增长的产奶量，从科利丘基诺的橙黄色细线到克利雷村池塘里的蝌蚪——这一切都跟我们息息相关。

我们在其中休息的那个椴树公园正在逐渐遭到破坏。树林也在逐渐衰老和倾倒。不错，根据树墩判断，人们是不容许它们在这儿倒下来的。公园中央，椴树密密麻麻地围成一圈。那儿摆着几条长凳，草地被每晚前来跳舞的人踩坏了。又长又窄、几乎漆黑的林荫道有如四射的光线从公园中央通向四面八方。椴树之间的土地被以今天早晨死在自己粪水中的畜生为突出代表的那种动物弄得到处坑坑洼洼。

公园正在遭到破坏，这也不能归罪于克利雷村人，因为要修复它是不可能的。补栽的小树在老树的不透光的浓荫遮蔽之下无法成活。一丛丛接骨木树和槐树把公园几乎围得水泄不通。

据说，克利雷村曾经是罗曼诺夫家族的世袭领地，这个家族产生了俄国的王朝，第一个俄国沙皇米哈伊尔·罗曼诺夫似乎就是生于克利雷村。村口保存着一座小教堂，起初人们想拆毁它，后来突然开了窍，并且用刷字板在白墙上刷了一行字："古代建筑，依法保护。"

"一路都是林荫大道，直到尤里耶夫，全是林荫大道，"一个白胡子老汉指着我们熟悉的斯特罗门卡大路说。

我们缓缓而行，在干裂了的土地上走了很久，心中不由得想起了科利丘基诺区委书记的话："我们还能坚持七天，以后的事就不知道了。"天气像雷雨之前一样闷热。地平线那边很远很远的地方，天空变得有些昏黑，时而传来低沉的隆隆声。人们期待七天之内普降甘霖，莫非这场甘霖就要从那个方向传来？也许那儿已经雷雨大作了吧？

这种短暂的不快之感（为什么雷雨发生在那儿，而不是在这儿）马上变成了喜悦之情：那儿难道是美国不成？同样是我们俄罗斯的庄稼啊。下吧，雷雨啊，随便在哪儿下吧！俄罗斯是辽阔的，你不会白下的。

快要到达尤里耶夫-波利斯基时，隆隆的雷声变得更加清晰了。对洛博夫书记的援助之手伸过来了，伸过来了。整个地平线上响起了像排炮一样的隆隆声。夜里肯定有一场大雷雨。

我们看见了尤里耶夫的几座白色小教堂，它们仿佛镶嵌在变得湛蓝的天空上，因此这几点白色显得格外醒目。我们在一个山冈上逗留了片刻。举目望去，一个古老的、用木头修建的小城仿佛置于一个翠绿的深盘的底部，一览无余，尽收眼底。

第十一天

尤里·多尔戈鲁基①同许多俄罗斯大公一样，喜欢在两河相汇之处建造城市，哪怕其中一条河非常之小。就连我们的首都也被尤里奠基在莫斯科河与涅格林卡河之间的一个高角上。

科洛克沙河两岸有很多优美宜人的地方。甚至可以说，科洛克沙河同它那高岸边的河滩地是弗拉基米尔州的主要风光之一。河水晶莹澄澈，但由于平静深邃，看上去呈黑色。这儿的水面上看不到水流湍急的河里那种涟漪、波浪和漩涡。又深又清的水仿佛静止不动，其实却在流动，只要河岸附近的睡莲不张开叶子，草地的花儿就会倒映在科洛克沙河中。7月的中午，一群群宽额红鳍的大头鲹从昏暗的水底浮到水面，多得不计其数。

整个科洛克沙河都是风光旖旎，但是尤里·多尔戈鲁基却把自己的目光停留在格扎河汇入科洛克沙河的地方。

我不知道当时的情况是怎样的：要么是他的脚踏在这个地方，宣布"这儿将修建一座城市"；要么是神父们带着圣像去那儿做过祷

---

① 尤里·多尔戈鲁基（约 1090—1157），莫诺马赫之子。罗斯托夫—苏兹达尔公，1155 年起为基辅大公。

告。总之，编年史家（当时的新闻记者）得以在自己的拍纸簿上写下了如下一段话："尤里·多尔戈鲁基用自己的名字命名尤里耶夫城，该城又称波利斯基，它的一座石头教堂是为圣乔治而修建的。"

几个大公接二连三地在尤里耶夫登位，后来因无人继承，都城便转移到莫斯科。

伪皇季米特里①把尤里耶夫-波利斯基城封赐给卡西莫王国②的王子穆罕默德·穆拉特。王子的生活维持了一阵，四年以后，尤里耶夫城便仅剩九户赋役的农民、九十四块空地和十一幢没有住户的木房。

接着编年史谈到了那些紧靠城市的地方："据说，那片世袭领地是空闲的，它由于瘟疫和歉收而荒芜了……因此，登记注册在他（纳戈依大公）的名下的那片世袭领地不过是一纸空文，实则该地空无一人。"

大家知道，19 世纪末叶，俄罗斯走上了资本主义的发展道路，尤里耶夫城也不例外。沃尔托维吉诺沃村的庄稼汉克谢诺丰特开始造犁。他亲自在地里进行试验，不断改进，因此他的犁在当时享有盛誉。

从下面的情况可以看出尤里耶夫-波利斯基的工业发展到了什么程度：克谢诺丰特的工厂里有两台钻床、一台刨床、一台车螺纹的车床、五个为一台磨床供料的锻铁炉。

---

① 伪皇季米特里（1606 年卒），据传为逃亡修士格利高里·奥特列比耶夫，他冒充伊凡四世之子，在波兰贵族支持下，于 1605—1606 年篡夺俄国王位。1605 年 5 月，在莫斯科人民起义时被杀。
② 卡西莫王国，15 世纪中叶鞑靼各公爵在俄国境内奥卡河畔的领地。这些领地是赐予为莫斯科失明大公瓦西里二世服役的金帐汗国王子卡西莫的。这个王国一直存在到 17 世纪末叶。

108 弗拉基米尔州的乡间小路

革命以后，工厂改名为"红色庄稼汉"。

发展得更为顺利的是轻工业，即纺织业和印染业。在这些工厂里，我们还将看到很多有趣的东西。

美丽的科洛克沙河奔流不息，尤里耶夫城上空浮云飘飞。光阴荏苒。有些房子倒塌了，也有一些房子兴建起来，但是城里有一个建筑依旧巍然矗立，一如尤里的工匠们建成它的时候一样："它的一座石头教堂是为圣乔治而修建的。"

此刻，我们正在尤里耶夫城内溜达，试图在众多的教堂和钟楼中找到这座大教堂。

也许它就是那个像瞭望台一样高耸于城市及其近郊上空的巍峨的钟楼？也许它就是那座漂亮的、别具一格的砖楼？或者，也许就是这座盖在绿茵茵的草地上、顶上有一个不大的圆顶，而圆顶上则有一个十字架的积木似的白石房子？

但是，我们越走近这座"积木"，越仔细打量它，我们就越明确："不错，这大概就是那座大教堂。"线条端庄，没有任何构成虚假美的涡纹的小饰物，外墙上还有精美的石雕，凡此种种，说明12世纪的建筑师们趣味高雅。

当时，大教堂在那些丑陋的黑木屋和木栅栏的衬托下显得又白又亮，特别引人注目。

后来它的四周盖了很多富丽堂皇和占地很广的教堂，但即使在今天，它仍然以其朴实无华的风格引人注目。也许比当年在丑陋的木屋衬托下显得更加突出了。

在一把鲜艳夺目的海滨小石中，你是无法一下子发现一颗朴实的小珍珠的，不过你越是仔细打量它，把它同周围那种毫无价值的五颜六色的小石子加以比较，你就会越清楚地懂得，为什么珍珠就是珍珠！

很多学者的一致意见是：即或不用玻璃罩把这个大教堂罩起来，那么至少也值得加以保护，因为尤里·多尔戈鲁基不会再盖第二个啦！

然而，尤里耶夫－波利斯基城的乔治大教堂，可以说已经摇摇欲坠。它的一个角已经有裂缝，眼看就会倒塌。任何修复工程或加固工程都没有进行，也许我们是能够亲眼见到在科洛克沙河郁郁葱葱的岸上摆了八百年的这颗真正珍珠的最后一代人。

我们越来越喜欢这个静谧的、一片葱绿的小城，它的四周长满了母菊、克脑草、石竹、风铃草、矢车菊、车前草、蓍草、木贼、艾蒿……你顺着街道望去，便可看到街的尽头是一片正在抽穗的黑麦田。夹着野草气味的微风吹遍全城，使人觉得，似乎这些木屋本身弥漫着这种气味。

同科洛克沙河一起横贯尤里耶夫城中心、同尤里耶夫人的日常生活息息相关的，还有睡莲、蜻蜓、充沛的夜露与夏夜的河雾。

男孩子们（而且不仅仅是男孩子们）坐在枝叶繁茂的白柳树树荫下垂钓。像农村一样，房子与河之间长着纯净的小草。

市中心还保留着一个古老的商场——一幢用刷白的砖盖的又矮又大的房子。宽大的窗户一个紧挨一个，密密麻麻地连成一排。窗上横着钉上沉甸甸的铁皮合页的咖啡色护窗木板。商场前面几根柱子上横着一根圆木，这是系马用的。

这是一个满街燕麦和皮革、干草和车轮润滑油、面粉店和大蒲席袋的城市。

昨天晚上眼看就要席卷而来的那场雷雨没有来到尤里耶夫，可是早晨，连日炽热的城市却洒下了一阵稀疏、晶莹的雨点。尤里耶夫全城弥漫着马的气味——干草、柏油、颈圈和马粪的奇妙的混合味，这种气味并不浓烈，但却久久地留在城内。

中午，我们来到博物馆。它位于一所修道院里，因此我们不得不穿过修道院杂草丛生的内院。如今，杂草大部分已被割掉了，乱七八糟地堆在地上。在修道院内院远处的一个角落里，一个身穿又轻又薄的露胸连衣裙、头戴宽檐巴拿马草帽的姑娘正在用木权权散和翻动这些草堆。她走到我们跟前。尽管草帽是宽檐的，但她的圆脸却晒黑了。姑娘的蓝眼睛里有一种正午时分懒洋洋的、疲倦的神情。她身上散发着新鲜干草的气味。原来她是博物馆的工作人员萝莎·菲利波娃。她马上放下木权，拿起指示棒，带领参观者（也就是我们）沿着博物馆凉爽的、散发着湿气的大厅走去。

在那儿，我们了解到很多有趣的情况，主要是关于那些与尤里耶夫毗邻的地方的情况。既然这些地方我们都要去的，那么我不如走到哪儿再讲述那儿的情况吧。

萝莎·菲利波娃跟我们一起为大教堂感到难过。所有的信（她和博物馆馆长写的）都被退回州里，责成州里进行调查和采取措施，可是州里却按兵不动。"眼看就要倒了，到那时他们就会手忙脚乱。"萝莎最后说道。

从博物馆出来，我们前往纺织厂参观。除了一般的兴趣以外，我们还有另外的兴趣，这是早晨我在理发馆里刮胡子时产生的。我一面仰着脸让理发师刷肥皂，一面仔细谛听其他椅子上人们的谈话，果然颇有收获。我的邻座——一个穿蓝色丝背心的黑眉毛小伙子正在跟女理发师进行一场有趣的对话。

"你想不想凉快凉快？"

"最好把脸浇一浇。"

响起了喷雾器的沙沙声和满意的哼哼声。

"昨天，科洛克沙河里的青蛙全跳到岸上来了。"女理发师嘻嘻笑了起来。

"它们干吗突然跳上岸呢?"

"这还用说吗,三厂又向河里排水啦,于是就出了这种怪事儿:污水一来,青蛙就往两边岸上跳,好像有人一把把地扔似的。有的青蛙蹲在树叶上喘气,怎么也回不过神来。鱼当然也完蛋啦。鱼可跳不上岸呀。"

纺织厂的数百台机床震得我们耳朵发聋,以前它生产苏格兰式方格花布,这种布用来缝制地质学家、旅行家、登山运动员、新闻记者、渔夫和所有跳动着流浪者的浪漫主义脉搏的人喜爱的衬衫。

后来莫斯科认为,生产苏格兰式方格花布最容易转为生产织花壁毯,于是在六七个月内,尤里耶夫-波利斯基的纺织厂就成了全国生产织花壁毯的最大企业。

厂房里配备了许多新机床(这是现代技术的奇迹),有人对尤里耶夫人说:"必须掌握它们!"

尤里耶夫人没有多加考虑,头三个月就生产了六千米新织物。这儿说的是用来蒙各种沙发和沙发床的织物。还可用它做门帘。它跟普通织物的区别就在于,一种布是染色布,或者如大家所说,是印花布,另一种布是用彩线织的。人们给我们讲解了很久,并且让我们参观所有这些花纹和图案的生产过程,然而这种生产很复杂,一次课是无法掌握的。

给我们讲解的是党组织的书记帕维尔·菲奥多罗维奇·韦杰涅耶夫。他说:他们有这么一个小小的想法,想掌握那种目前由外国商人在市场上出售的艺术地毯的生产方法。现在这种地毯在市场上每一块卖一百七十卢布,而我们自己的产品只卖五十卢布。

"我们想了解一下印染厂的污水是怎样净化的,可以吗?"

"当然可以。"党委书记拿起了电话听筒,"请接马棚……是马棚吗?载人的马有空吗?请牵到大门口来。"

我们谢绝了他的好意。跟党委书记告别之后，我们便步行去印染厂。路程相当远，必须走白菜地和土豆地里的小路。

污水净化工程主任是个面色黝黑、身材瘦削的乌克兰人，眼睛里流露出一种乌克兰人常有的狡黠神情。他姓卡里科，在大门口迎接我们，因为已经有人打电话告诉他，将有客人来访。

"我是个直性子，干脆直截了当地说吧。在力所能及的范围内，我们对水认真进行了净化。当然，需要生物过滤器，但它老是不来。有了生物过滤器就是另一回事了。到那时，那种水就可以给人喝了，可是眼下我们只能使它达到规定的透明度。"

"规定的透明度是怎样的呢？你们又怎样去达到呢？"

"你们马上就可以真正了解了。这就是我们的水，它就是这个样子。"

我们走到水槽跟前，里面哗哗地流着一种像墨水一样黑的、发出刺鼻难闻的化学气味的水。

"这种废水流进地下贮水池，我们再从那儿把它抽出来，同时在里面加上一些成分——生石灰和绿矾。"

"光是这些成分就足以使水污染，把水变成毒水。"我的脑海里闪过这样一个念头。不过我们仍然在听后面的情况。

"这样一来就收到了成效，"卡里科继续说道，"在添加物质的作用下，所有的黑色物质变成了絮状体。"

果然，我们发现水变得稍清了一些，同茶的颜色差不多，里面似乎漂着许多絮状烟子。

"现在一切都非常简单了，有几个房间和两个池子，那是沉淀池。絮状体沉入池底，而上面的水却流入格扎河，从格扎河流入科洛克沙河，从科洛克沙河流入克里亚兹玛河……都流走了，一去不复返了。"

沉淀池（就在工厂旁边）里面隆起一堆同咖啡壶底的沉淀类似的黑色浆状物。这一堆东西是在几年之内积起来的。原来，自从这个系统启动以来，一次也没进行过清理。里面有东西发出扑哧扑哧的声音，从池底冒上来的气泡发出咕嘟咕嘟的声音，这当然不是成群的鱼在淤泥里钻来钻去引起的。周围数米之内没有任何生命。

迎面碰到两个姑娘。她们拿着杯子，里面装着一种浅褐色的水。

"她们正把水带到实验室去。在那儿进行检验，看透明度够不够，看我们是否有权把它排到河里去。"

"够啦，"姑娘们说，"透明度为八厘米。"

"这就是说，"卡里科解释道，"透过八厘米厚的水层可以辨别字母。达到了八厘米，卫生检查局就不会找碴了，这是给我们规定的透明度。"

"让我喝一口吧。"我把一只手伸向杯子。

"哪能呀！"姑娘急忙把杯子缩回，"这是有毒的呢！"

"不错，可它的透明度是八厘米呀！"

大家都笑起来了。

"我们的净化是半手工业式的，"卡里科最后说，"但别的办法暂时还没有，当然啰，要是有生物过滤器，那就是另一回事了。"

"您说句实话，安装一个生物过滤器要多少钱。"

"价钱是众所周知的，任何工厂都可以用两百万卢布安装滤水器。"

没有经验的读者一定会被这个数字吓住。毕竟是两百万，而不是两千啊！然而，在盖工厂的时候，用两百万卢布安装滤水器，只不过等于给一幢新房子加修一个台阶而已。

人们告诉我们，许多工厂因污染河水每年都被罚款两百万。结果出现了一种十分荒唐的情况：钱从一本账转入了另一本账，但无论是河里的鱼还是住在河边的人，都并未因此感到轻松一些。

我们后来才知道，国家已经给科利丘基诺工厂拨了两百万卢布，但我们也知道，这笔钱暂时还只花了一万七千卢布。

我们每天睡觉、工作，可是在这段时间里，数百股有毒的水日夜不停地哗哗流入清澈的、盛产鱼虾的河里，杀害一切有生命的东西。

这种岂有此理的犯罪行为难道就这样继续下去吗？

也许遭到罚款的不应是工厂（因为这么做等于国家自己罚自己的款），而应是厂长。只有跟他们自己的利益挂起钩来，他们才会快点把工作抓起来，我们的河流才会变得洁净优美。

……尤里耶夫–波利斯基真是个恬静可爱的小城！汽车不多，街上也不拥挤，也没有电车的叮叮声。住在这儿，你可以尽情地享受宁静。

不过我完全忘了，尤里耶夫–波利斯基的市中心实际上是不能住人的。第一晚我们就碰到了这种可悲的情况。

现代技术的奇迹——一个涂成银白色的大扬声器正在最高的建筑物上进行广播。转播节目的声音是如此之大，以致任何墙壁都无法抵挡声音的压迫、狂潮和力量。播音员的每个词儿、每种语调在房里都听得清清楚楚，仿佛扬声器就挂在房里似的。

同不文明一样，文明也有各种表现形式。如果在小餐厅或小茶室里安一个能够响彻大广场的电动扬声器，那么坐在同一张桌旁的人就无法彼此进行交谈，这就是一种不文明的现象，尽管事情同人类文明的成就——无线电有关，尽管女服务员不时看看顾客，心里暗自得意："瞧，我们这儿多气派！"而且有人还认为无线电的声音越大越好。他们不懂得，音乐必须低声播送，不妨碍人们谈话，不惹人厌烦，不能像消防水龙带喷出的水。这样的音乐对餐厅更合适，就像台灯取代没有生气的浅蓝色日光灯管一样。

从餐厅里可以拔腿就走，可是如果那喷出声音的"水龙带"直接对着你的窗户喷射，你在自己的家里又能躲到哪儿去！

起初，我们还以为无线电到八点左右就不会再叫了，后来我们不得已把这个时间推迟到十点，但它实际上却叫到半夜，强迫我们又收听农业工作者的节目，又收听矿工节目（尤里耶夫-波利斯基矿工偏偏又那么多！），还收听了为北极安排的亲人信箱节目、皮亚特尼茨基合唱团的节目和小歌剧节目。

最后好歹安静下来了。你仿佛感到被颠簸了好几个小时，时而被抛到空中，时而被扔到地下，压呀，挤呀，现在总算让你安静下来了。

然而好景不长。早晨六点就叫尤里耶夫人打起精神起床做操。我甚至朝窗外的广场上望了一眼，心想人们说不定真的在纷纷奔跑，排成整齐的队列，做规定的体操动作呢！

然后强迫所有成年市民收听"少先队曙光"节目（多么荒唐啊！），听啊，听啊，又一直听到深更半夜。

广播站站长（或副站长），是个胖乎乎的、开始秃顶的金发男子。他坐在椅子上，好一阵感到忐忑不安（他们要干什么呀?!），然后他把两只手搁在肚子上，使他的圆脸具有一种无忧无虑的神情。他已做好倾听我们意见的准备。

首先我讲了一群苏联旅行者在一个斯洛文尼亚村子里发生的一件事。司机为了把走散的旅行者叫回来，按了几下喇叭。一个警察立即走到汽车跟前，要对他进行罚款，因为在村子的街道上是禁止大声喧闹的。后来得知这群旅行者是苏联人，警察的心才软了下来，于是误会得以消除。

"噢，我们在这方面暂时还享有自由！"站长高兴地嚷道。

我又说，莫斯科市正准备禁止汽车鸣笛。

"您瞧，人们正在为安静而斗争。请问，是谁指示和命令你们昼夜不停地大声转播电台的节目呢？"

"其实我也不知道呀……向来就是如此，我们转播电台节目并非是头一年。必须教育人民。可不是吗！人民需要文化呀。"

"家家户户大概都有喇叭吧？"

"那还用说吗，全市都无线电化啦。"

"那干吗还要在街上转播呢？难道你们以为，早晨六点十五分会有人在广场上做操吗？"这个看法引得站长笑了起来。"人们的兴趣各不相同，"我们继续说道，"有的喜欢小歌剧，有的喜欢钢琴演奏，有的无法忍受交响乐，有的不爱听皮亚特尼茨基合唱团的歌曲。你们干吗硬要每个人又听这个，又听那个呢？这是粗暴的，残忍的，也是……不文明的！"

看来，站长不懂我们的意思。但我们还是接着往下说：

"也许有人想读书、写诗、作曲，甚至就是想好好睡一觉，但这些事在你们这儿都做不成，你们震得人家耳朵发聋，你们使人家无法集中思路。"

在讲到"作曲"二字时，站长那张生着白眉毛的脸孔有了光彩，他本想哈哈大笑一番，但随后却变得闷闷不乐，仿佛整个神态都在说："讲吧，讲吧，讲个够吧！"

"也许，还有一些病人需要安静，可是你们却不让他们安静。"

"这种事是有的。有就是有嘛。造谣中伤（也就是来信）也是有的。"

"也许有那么一些孩子，由于你们高音喇叭的干扰，母亲无法使他们入睡吧？"

"这样的孩子也是有的。有几封来信提过这种意见。但是人民群众喜欢广播，喜欢朝气蓬勃的音乐，它能使人精神振作……"

我们在以每秒三百六十米的速度在全城飞驰的进行曲的乐声伴奏下走到街上。乐声碰到房屋，改变方向，在屋顶上撞开，然后弹回来，消失在科洛克沙河辽阔、碧绿的河滩地里……

这天傍晚，尤里耶夫的居民惊奇打量着一个样子古怪的过路人。他像一根竿子一样又长又细。他的头上引人注目地围着一块卷成缠头巾状的毛巾，脸上布满了又黑又密的硬毛。他至少十天没刮脸了。晒得黝黑的光身子上穿一件黑色短上衣，袖子一直卷到胳膊肘上面。从短上衣直到地面，大半截身子罩着一条肥大的蓝色缎纹布灯笼裤。这个人脚上一无所有，鞋子系在背囊上，走起路来左右摇晃。

只要仔细瞧瞧他那一脸又黑又密的硬毛，就可发现这是个相当年轻的小伙子，他有一双愉快的黑眼睛和一张微肿的、线条鲜明的嘴。

最使尤里耶夫人感到迷惑不解的是小伙子挎肩挂在皮带上的一个扁平的木匣子。有人认为这是一个茨冈马医；另一些人认为他是个塞尔维亚巫师；也有人把他当作一个浪迹江湖的摄影家；还有人把他当作一个魔术家，因为他那块缠头巾使人感到迷惑不解。然而不难猜到，匣子里是一个普通的速写本。

吃晚饭的时候，我们在茶点厅里像老朋友一样交谈起来了。

谢尔盖·库普里亚诺夫（以下称谢廖加）也是出来旅行的。由于他和我们都觉得去哪儿都一样，我们决定结伴同行。于是我们就成了三个人。

谢廖加顺便告诉我们，科利丘基诺终于下了一场大雷雨。它浇灌了集体农庄干渴的土地，顺便还打坏和烧掉了市检察院。

在经过一段炎热的，令人疲惫不堪的时日之后，我们进入了一个令人感到神清气爽的雷雨地带。

第十二天

我们乘着早晨的凉气，精神饱满地迈着轻捷的步子，不知不觉走了十八公里。天空先是万里无云，随后布满绚丽的金色云彩。此刻，这里那里蓦地泛起了略呈紫红的蓝色。蓝色渐渐变浓、变暗，并且渐渐扩散开来。从那儿飘来阵阵清风，那儿正是雷雨大作。不错，我们还未淋过一场喜雨，不过我们也必须等待。

一座木桥倒映在睡莲和其他水草丛生的小河之中。桥的左边有一个寂静、碧绿的小河湾，它通向一个古老的公园；右边有一个磨坊水库，在太阳照耀下金光闪烁。我们站在桥上，久久地观赏在水草丛中游来游去的小鱼。磨坊里轻轻的敲击声吸引了我们的注意力，我们便走过去，看看里面的情况。

磨坊里的地板上摆满了面粉袋。在满是粉尘和弥漫着面粉味的昏暗中，起先什么也看不清楚，后来一个影子动了一下，我们仔细一瞧，看见一个人正在灵巧地扎袋子。他走到我们跟前，靠近门边有光的地方，原来是个四十岁光景的瘦削的妇女，生着一张安详的、被面粉弄成浅灰色的脸孔。

"袋子都是您的吗？"我们无话找话地问道。

"都是我的。三一节①快到了，得磨点白面粉。在这儿要排队，磨一趟不容易，每个人都要磨。这会儿正好轮到我了。总之用得上一句俗语：'快磨吧，叶梅利，这个礼拜轮到你。'"在沾满面粉的灰色脸孔上突然闪现出一排白嫩嫩的牙齿，我们这才明白，这个妇女并不是四十岁，而是年轻得多。

"怎么，不是三一节就不需要磨面粉吗？"

"节日里吃个新鲜。我们一年到头吃小白面包。我们的小白面包比你们的松软。"她又调皮地一笑。

"'你们'指的是什么人？"

"当然指城里人啦。"

"你应该叫你丈夫到磨坊里来搬袋子。"

"等有人娶了我，再叫他搬袋子吧！原先那一个看来我是做不了指望啦！"

"您这……粮食究竟有多少呢？"

"足够我这寡妇吃的，去年我分了两吨半。如今，我怕耽误一天工夫不干活。我坐在磨坊里，心里可着急呢，因为磨面粉谁也不会给我记劳动日呀……"

我们跟女庄员谈话时，桥上发生了下面的情况。谢廖加支起一把可以折叠的小行军椅，打开速写本放在面前，画起河水、睡莲和远处公园的一角来。他马上被一群孩子给围住了，他们气喘吁吁，你推我搡，都想看看上面画些什么。

一个四五十岁的男人也用臂肘支在栏杆上观看，人人都有兴趣，不光是孩子们。谢廖加知道什么能使我们感兴趣，他为了对新旅伴有所裨益，顺便同那个男人谈起了玉米。谈话正好进行到这样一个

---

① 东正教节日，为每年夏季复活节之后第五十天。

阶段：谢廖加很想了解那个庄稼汉对所谈的问题有什么看法，而那一位也同样想了解谢廖加对所谈的问题的看法。

"就说白嘴鸦吧，"谢廖加的交谈者把话题一转，说，"白嘴鸦对方阵的道理比我们领会得更早。它可不在田边上啄食，一来就落个正着。只要白嘴鸦看准了庄稼落下来，田里就会空出一片。我听说有个村子里，农庄主席拿了一支猎枪，想把白嘴鸦统统打死。他走到墓地，那儿是它们的窝。又是娘儿们不让打，她们围住主席，夺了他的猎枪。真难为情！"

人越聚越多了。桥上总是有很多过路人。

"这算什么呀！"一个身穿线织汗衫、头戴皮制帽的小伙子搭腔道。"有一座疗养院里，白嘴鸦妨碍人们睡觉。嗯，当然啦，那里面的人神经都挺脆弱。于是主任雇了几个孩子，要他们把所有的鸟窝连小雏鸟儿一起统统扔到地下。"

"怎么，他是不信上帝还是怎么的？"

"不是说的这个。是说他雇人花了多少钱？"

"多少呢？"

"两千！真想不到他会这么大方！"

"那倒是，不过这么干毕竟不好！"

"在美国，听说把广播安到玉米地里去了，广播里有只白嘴鸦一天到晚尖叫，仿佛别人抓住它的两条腿，要把它撕碎似的。这是吓唬别的白嘴鸦。"

"难道美国也种玉米吗？"

"种呀……"

"你就瞧吧，在我们这儿就是长不好。"

"可别这么说。你还记得烟草起初长得怎么样吗？一公顷只收三百公斤，可现在是多少呢？……五千七百公斤。问题就在这里，万事开头难嘛。"

"不过上头命令一下子就种这么些，也太多了，而且是在最肥的地里……当然啦，要是整个农庄都投入这件事，所有的肥料，所有的粪肥，所有的汽车都投入，别的事儿啥都不干，那是可以种好的，不过得花很多钱。干什么事得花多少钱，总得有个盘算。眼下正在把城里人往我们这儿赶。人家恐怕也是放下工作上这儿来的，来了就得给他付钱。这么说来，这笔钱也得算在玉米的账上。可以少种点儿，慢慢来嘛，"这时庄员们眼巴巴地瞅了瞅我们，"不如留点心，把垦荒的事办得更好嘛。庄稼人要吓唬也只能吓唬一阵。干什么事他要是不心甘情愿，那就完了！他当然不会吭声，可你也收不到成效。至于说玉米眼下长不好，那倒没什么大不了的。烟草当初不也是长不好吗，可到底还是长出来了。"

谢廖加画完了速写。大地又迎着我们缓缓移动起来。它是美丽的。冲破云层的阳光扫去了像绷紧的桌布一样平坦的、碧绿如茵的草地上的阴影。草地上阳光灿烂，喜气洋洋，仿佛就是它把四周都照亮了。一条河蜿蜒在草地上，绕了几个急弯。奇怪的是，它居然在这样平坦的地方流动。一群玩具般的母牛沐浴着阳光，在河湾中间走来走去。这幅画面的背景是一座弯成弓形、长满树木的小丘。黑黝黝、阴沉沉的森林环绕在碧绿娇嫩、阳光灿烂的草地四周。

村子前面的田野里有几个女庄员在干活。根据女庄员们的动作，我们竭力从远处猜出她们在做什么，是薅草、锄地还是浇水……她们的动作不像在这儿，在弗拉基米尔盆地可以断定的任何一种农活。

这个村子名叫格洛托沃。尤里耶夫-波利斯基博物馆的人劝我们务必看看这个村子，至于什么原因，他们没有说。"你们自己会看到的，如果你们看不到，那么你们也就用不着漫游天下了。"

我们一面左顾右盼，一面沿着村子慢慢走去。然而左顾右盼的时间并不太长。因为我们要找的那个目标异常显眼，从它旁边走过而不发现它，简直比漆黑的夜里从耀眼的篝火旁经过而发现不了篝火更难。

穿过世纪的黑暗，穿过一个个神话，一座木质小教堂突然来到眼前，小教堂屹立在墓地十字架和树木丛中。这种建筑术我们平生还从未见过。它只适宜于、也正好适宜于盖木质教堂，根本不适宜于盖石头教堂。对于木质教堂来说，它就是那种世世代代形成的理想形式和完美形式。屹立在我们面前的不仅仅是一座教堂，而是一件艺术品，一个木质建筑的杰作。

地上呈正方形摆着四根大圆木，圆木两端（用斧子）砍得很粗糙。像盖每一幢农舍一样，四根圆木的两端相互交叉，连成十字形，然后上面再放四根圆木，但却比下面的长一些，越到上面越长。教堂的圆木基础就是这样搭起来的，它像一截倒立的金字塔。远远望去，基础的每一个角都有点像一只鸡爪，这是我们初次见识鸡腿式房子是个什么样子。在高于一个人身材的地方，在窄小的木板屋顶下面，是一条窄小的、有雕花柱子的木回廊。回廊上面搭着木板屋顶，形如两个又陡又尖的帐篷，上下紧紧相连。屋顶极陡，上面简直无法站人。从一面看去，尖顶帐篷呈半圆形。一个很轻很轻的小砖塔托着一个竖着十字架的圆球结顶。

木板屋顶的很大一部分地方，其颜色跟煮老的鸡蛋黄毫无区别，屋顶上长着一层又小又干的苔藓——墙草，宛如一件厚实的小皮袄。

回廊上面的屋顶几乎未能保存下来，幸存的木板也呈现出一种金黄色。通向教堂的台阶也毁坏了。

谢廖加一打开速写本，全村的孩子就一齐拥了上来。我们向他们打听，谁能给我们打开教堂的门，让我们进去参观。一个小姑娘自告奋勇去找玛莎·季托娃大婶。"所有的钥匙都在她那儿，她自己在种烟叶。"（原来妇女们在地里干的是这个活。）

小女孩走后，我们弄到了一架梯子。玛莎大婶跑来了，她是个身体健壮的中年妇女。她那双被黑土弄脏了的手抓着一把至少有三公斤重的钥匙，在锁孔里转了很久。

教堂内部并无任何能使我们感到惊奇的特别之处。缀有银质圣像衣饰的福音书，昏暗的圣像壁，干裂了的护窗板。玛莎大婶说，如果谁也不管，那么教堂只能维持上十年，以后就会倒塌。因为它是 17 世纪盖的，也就是 16×× 年盖的。

在瑞典，甚至在更近一点的里加①都有一些别具一格的博物馆。公园里陈列着各种木质的古建筑：磨坊，谷物烘干室，澡堂，各种式样的房子和桥梁等等。难道我们在热爱古物方面不如瑞典人和拉脱维亚人，因而不能建立这样的博物馆吗?!

连绵的秋雨渗透了格洛托沃村教堂那被黄色苔藓腐蚀了的屋顶，它正在慢慢腐烂。一旦彻底腐烂，全俄罗斯就不会再有第二个这样的教堂了。

当然，谁也不会因此而活不下去。但是，即使是特列季亚科夫美术博物馆②消失了，也不会有人活不下去呀。如果把格洛托沃村的教堂从穷乡僻壤迁往一个交通较为便利的地方，那么它就能够成为广大游客的参观对象。它出自一些无名工匠之手，仿佛是由人民自己修建的，它是一件民间创作，因此必须像对待民间创作那样对待它。古诗歌可以大量出版，而教堂却只有一个，对它只能加以珍惜和保护③。

---

① 苏联拉脱维亚共和国首都。

② 莫斯科最大的美术博物馆，创立人为商人帕·米·特列季亚科夫（1832—1898）。

③ 目前格洛托沃村的教堂已迁往苏兹达尔市。——作者注

顺便说说，玛莎大婶还提到，有人对这座教堂很感兴趣，甚至还拨了一笔经费，可是那笔钱到哪儿去了，玛莎大婶不得而知，我们就更不用说了。

一群孩子把我们送到村外，进而送到田野里。当一个用温柔的女人名字——"西玛"命名的大村子露出村边的几幢房子时，最后一批热心的孩子才转身回家。世上最乏味的事，莫过于走那种拖得老长老长的村子了。你以为到了目的地，其实还差得远呢。

进入公园的时候我们没有遇到任何阻碍，可是进入那幢地主的宅第却未能成功，它被篱笆围住了。房子的正面对着公园，它是用白色的石头修建的，既未饰以圆柱，也没有其他多余建筑。上下两层，每层有十五个窗户，中间的小顶楼有三个窗户，这就是正面的全部情况。

在篱笆门旁边，我们被一个男人挡住了，他本来压根儿就不想让我们进去。不过我们既然有办法进入科利丘基诺和尤里耶夫－波利斯基的各种工厂，那么，属于酒类工业总局系统的这所联合学校我们当然还是进去了。况且我们还找到一个向导，就是他把从前的公爵宅第指给我们看的。

其实，室内已经没有什么东西可看了。我们原指望，里面的一个具有历史意义的房间会原封不动得到保存，可是我们错了。而且向导根本不知道这个房间在哪儿。他破天荒第一次从我们嘴里听到，1812 年，巴格拉齐昂①在波罗金诺附近负伤之后就死在这儿，死在这间向导目前正在学习农艺和酿酒基本知识的房子里。

① 彼·伊·巴格拉齐昂（1765—1812），俄国步兵将领，1812 年卫国战争的英雄。

我们还去了最初安葬光荣统帅的那座教堂。但是谁也说不清当初陵墓在什么地方。因此，我们在西玛村所了解的情况，并不比我们离开尤里耶夫-波利斯基城时从萝莎·菲利波娃的谈话以及她所展示的文件里所了解得更多。比方说，她让我们参观过从公爵最初的陵墓上取下来的一块铜牌。碑铭全文照录如下：

"彼得·伊凡诺维奇·巴格拉齐昂公爵在客居弗拉基米尔省尤里耶夫县西玛村之友人鲍利斯·安德烈耶维奇·戈利岑公爵家之际，奉旨出任第二西线兵团总司令。他从西玛村启程前往该兵团，在波罗金诺战役中负伤后重返西玛村，并于9月11日在该村逝世。"

碑文下面是一首非常有趣的诗：

> 他是战神之子，不希求王权的冠冕，
> 而是头戴桂冠，悄悄地客居西玛村。
> 他在这里和朋友们共度时光，
> 有一天突然接到了任职的命令。
> 他被任命为第二兵团司令，
> 光荣的勇士啊，人人景仰的英雄。
> 他从这里出发，指挥军队作战，
> 他英勇地建立下不朽的功勋。
> 他在这里承受了统帅的职责，
> 也在这里放下权标，结束了自己的一生，
> 行人啊，在西玛村瞻仰这位英雄的遗骸吧，
> 他曾在阿尔卑斯山的群峰撒下雷霆。
> 巴格——拉齐——昂啊，祖国和君王的仆人，
> 给拿破仑以重创，他在这里结束了自己的一生。

　　落款是："苏沃罗夫之外甥赫沃斯托夫伯爵献给苏沃罗夫最亲密之助手，1813 年 3 月 7 日西玛村。"

　　这首诗对一切都作了详细描绘，这里只需对这位波罗金诺英雄的最后时刻补充一些细节。

　　当时人们把莫斯科沦陷一事瞒着巴格拉齐昂。他虽然卧病在床，仍然继续发布各种命令，也常常询问自己部队的情况，然而却总是得不到答复。于是他派一个可靠的人，即军官多赫图罗夫去了解是怎么回事。人们没有来得及事先提醒多赫图罗夫，因此他向巴格拉齐昂汇报了全部真实情况。病人勃然大怒，他的脸由于内心和肉体上的痛苦而扭歪了。他一跃而起，然而此时他的一条腿因患坏疽病已危在旦夕。于是他进入了濒死状态，几分钟以后死神就降临了。

　　如今，统帅的遗骸安葬在波罗金诺战场上，但是巴格拉齐昂英名的光辉却阴错阳差地落在弗拉基米尔盆地深处一个默默无闻、偏僻孤独的村子上空，并将世世代代照耀着它，使它遐迩闻名。现在也只好听之任之了。不管经过多少岁月，人们将永远这样说和这样写："巴格拉齐昂逝世于离县城尤里耶夫二十三俄里的西玛。"

　　西玛村集体农庄主席帕维尔·叶菲莫维奇·基列耶夫是个身材魁梧、双眼有点外斜的茨冈男子，他头戴草帽坐在桌边。由于他脸膛宽阔，帽檐显得有点窄小。

　　领袖的严峻的脸孔从主席上方的椭圆形镀金相框里注视着。看上去，弗拉基米尔·伊里奇正好望着主席的双手和他手上的东西。他手上是一张写满了大字的小纸条。主席面前坐着几个手执斧头的男子，看样子他们是细木匠。

　　"好吧，我们签一个合同。你们傍晚来吧。"

　　细木匠们叽叽咕咕地说了一通。

"不，我们还是等一等。反正是一样。我们想预支一点钱。"

"要多少？"

"我们也不知道呀……"

"三个半卢布吧。"

细木匠们又叽叽咕咕地说了一通。

"太少啦！节日快到了，三一节，这是所有圣徒的节日呢。"

"行，合同我们一定签，至于预支款，你们到了节前再领。要不然你们马上就会瞎玩一气，也就是说，会白白浪费两个工作日。"

细木匠们犹豫了一会儿，又叽叽咕咕地说了一通，但主席却开始处理别的事情了。那是一件令人不快的事。他不在的时候宰了一头母牛。女仓库管理员不知为什么没有收下总务主任送来的肉，好像是因为没有盖印，而总务主任也不知为什么没有把肉放到冰箱里去，哪怕交给茶馆也好，但他们不知为什么没有这样做，因此肉就臭了。

我们兴致勃勃地等着看他做出什么决定。主席处理得很严厉，但却非常公正。牛肉之所以坏掉，完全是由于两个人的疏忽，这就是说，牛肉要由他们按价赔偿。造成这样的事故，也许撤职都不为过呢。因为问题不在于牛肉的价值，而在于这些人对集体事业的态度。

集体农庄的情况不坏。不过情况是从 1954 年，即这位主席上任以后才开始好转的。在此之前的一天夜里，最后几头猪从倒塌的猪圈里跑散了。"可如今呢，新盖的猪圈里可以容下一千头猪！"

以前庄员们来要粮食，随便给点儿什么都行。"如今，随便什么他们就不要啦，说是你给我小麦吧！"

基列耶夫对农庄的整顿是从畜牧业开始的。他用最后一笔钱买了五十头牲口，全力以赴保护牛犊，计划顺利完成了。集体经济的力量得到了充实。

我们早就想了解一下，自下而上的规划实际上是怎样进行的，这个问题报纸上经常谈到。

"一切取决于主席，"基列耶夫答道，"如果主席胆小怕事，害怕区里的领导，那就只能按别人的旨意办事，如果果断一点，他就可以在下面实行自己的一套。"

"不过就算非常果断，现在在下面实行自己的一套能行得通吗？"

"当然能行。好些决议里直接谈到，要发挥集体农庄庄员的创造性，自己当然要同本地的区领导进行斗争。我这曾经发生过几件事，你们可以根据它来判断，是否可以自下而上地进行规划。我来的头一年，三叶草草籽收迟了，撒到地里，自动播下去了。很明显，第二年这儿的三叶草会长得很好。可是有人对我说：'这块地需要再耕一遍。'我说：'我不耕。'可他们仍然对我说：'非耕不可。'"

"谁说的？"

"拖拉机站一个十九岁的毛丫头。我们的农艺师也站在她那一边。我怎么办呢？这时我想起了，我们是在决定集体农庄的公事，而不是我和农艺师的私事。我以前要是经常想到这点就好啦！我把庄员们召到一块，问他们：'乡亲们，怎么办？'乡亲们在生产方面可是行家啊。'不让她耕，这不就得啦！'这是地地道道的民主。我们没让她耕，等着瞧下一步。"

"后来怎么样呢？"

"后来三叶草长得好极了。堆了三十七垛。眨眼一瞧，它们像蘑菇一样，满地都是。"

"还有些其他的事。给我下达了一个种小麦的计划——四十五公顷。我想，这不叫人笑掉大牙吗？我还记得这么一句俗话：'秋播庄稼从来不向春播庄稼借粮。'我不是播四十公顷，而是播了三百公顷。还不错……大伙都很满意。我们破天荒第一次开始种蔬菜，也是比计划多种了两倍。最主要的是必须信任庄员。也许，当初每一步都加以监督，给予指导和提示是有益处的，可是现在已经过去多少年啦。难道他们不了解自己的土地，或者想给自己干坏事吗?"

"你们付预支款吗?"

"按月照付，一个劳动日四卢布。也增加了。"

我们被安排到尼古拉·伊凡诺维奇·谢多夫那儿过夜。这么做不是没有用意的。谢多夫是在公爵的宅邸里出生的，他在那儿度过了童年，并且一直住到革命爆发，对巴格拉齐昂的情况似乎知道很多。这个七十岁的老汉给我们留下了深刻的印象。他的脸庞仿佛是用古铜打造的。粗眉毛，鹰钩鼻，薄嘴唇，一切都是这样结实、端正、漂亮。其实，他的脸庞与其说像青铜，不如说更像一棵黑色的橡树，更像一尊木雕。他的衬衣罩在裤子外面，胸膛袒露，全身像一棵橡树那样敦实、坚定。衬衣的开襟露出橡树一样黝黑的身子。他正在喝茶，热汗涔涔，全身像经过抛光似的闪闪发光。

庄员们总是不放过一切机会挖苦谢多夫，说什么他是公爵的走狗呀，给公爵当过差呀，舔过他吃剩的盘子呀。可是尼古拉·伊凡诺维奇对此却并不介意。尽管他年事已高，但仍然在集体农庄里积极工作。

在谢多夫的碗橱里，在极普通的农家器具（杯、碗等）中间，一个来自遥远的、现已不复存在的世界的小玩意特别引人注目，它有如被海浪冲到大洋岸边的大西洲①的一块碎片。这是一个放在镀金雕花框子里的鸵鸟蛋。仅凭这件小玩意，就可以想象出一个豪华的客厅，那儿有闪闪发光的镶木地板，有沉甸甸的窗帘，有枝形烛台

---

① 古希腊传说中大西洋的一个大岛，后因地震沉没。

和烛架，还有穿着窸窸窣窣的衣裙的贵妇人。

昔日的世界消失了，但它有时又以这样或那样的形式突然再度出现：或是一个鸵鸟蛋，或是孩子们在土里挖出的一个日本小雕像，或是在集体农庄的花园里突然怒放的一丛外国玫瑰，或是在一棵连根拔出的树的根部发现的一小桶酒。不过，既然旧世界的一些外部特征能够得以保存和继续，那么它的内部特征也会留在人们的心灵里和意识中。

除了鸵鸟蛋之外，使我们感到惊讶的是房东青年时代的一张放大的肖像画。

"难道这是您吗？"

"正是我。怎么样，漂亮吧？想当年，姑娘们成群结队地来找我，为了我大打出手，抓得头破血流。有的姑娘常常死乞白赖地求我陪她一起溜达。有一个画家常来公爵家里，他让我坐下就画了起来。后来他说过，好像是以两万五的高价把我的肖像卖到美国去了，只给我留下一张小像。"

尼古拉·伊凡诺维奇在一只箱子里翻了一阵，拿出一幅油画。在深色的背景上有一张容光焕发的脸庞，很像是弗鲁别利①画的精灵，这张脸上很难看出谢多夫老汉的特征。

关于巴格拉齐昂，尼古拉·伊凡诺维奇没有告诉我们任何新的情况。他的曾祖母的确记得公爵，而且目睹了他的逝世。她告诉过曾孙一些情况，但很多事情他已忘了。

"书里面说，巴格拉齐昂好像是死在二楼拐角的一个房间里，这是不对的。他死在楼下，这个房间我知道。这事儿连老祖母也记得

---

① 米·亚·弗鲁别利（1856—1910），俄国画家，《精灵》是他的名画之一，作于1890年。

很清楚。她当时还很年轻，在所有的女用人中，巴格拉齐昂最喜欢她。"说着，老汉又用毛巾擦他那热汗涔涔、鹰鼻薄嘴、颜色很像一棵表面抛光的橡树的脸孔。

第十三天

在列宁图书馆度过的那些漫长的冬夜里，有一次我曾经碰到一本薄薄的、却饶有趣味的小书，书名叫《韦斯基村》，弗拉基米尔·瓦西里耶维奇·卡拉切夫著，出版年份为 1853 年。

这本书从韦斯基村位于何处讲起。该村年平均温度为 2.65 摄氏度。从弗拉基米尔市到韦斯基村为七十二俄里，从尤里耶夫-波利斯基市到该村为十二俄里半，从商业村西玛到该村为七十二俄里，最后，从莫斯科到该村为一百七十俄里。

地主弗拉基米尔·瓦西里耶维奇·卡拉切夫由于无事可做，决定对自己的领地作一番描述。那里面真是应有尽有：村子里有多少男人啦，有多少妇女啦，河边与山谷里刈草量有多少啦，灌木丛里有多少刈草量啦，有多少保留的烧柴林啦，有多少荒废的烧柴林啦，四口塘里有多少小麝鼹和鲫鱼啦。书里还记载了各种作物——黑麦、燕麦、荞麦、小扁豆、大麦、豌豆、大麻的收成，牛马的数量，各种商品的价格以及代役租和赋税的数额。

书中还谈到了农民的服装。例如，男子穿的是短皮袄，较富裕的人穿的是熟皮短袄和呢子大衣。逢年过节穿肥大的棉绒灯笼裤，平日则穿粗花布裤子、靴子或树皮鞋。讲究穿戴的人头戴有遮檐的便帽，中年男子则戴窄边羔毛帽子。

"娘儿们穿无袖长衫，戴头巾。每逢节日，头巾下面戴着纸做的尖顶帽，脚穿毛袜和棉鞋。"

书中还谈到，韦斯基村的农民"温顺勤劳，谈吐文雅，他们讲的是弗拉基米尔方言……得了疟疾就取一个五戈比铜币或两个一戈比银币，把它们烧得通红，然后丢到一只盛酒的杯子里，再一口把酒喝掉。往往一次就止住了。得了伤风感冒就闷在炉室里发汗，并用白桦树汁在自己身上擦。遇到泻肚就熬蜀葵根……举办婚礼必须同地主和睦协商，得到地主的同意和许可……牛犊在屋里要喂到六个星期……住房里的烟囱刷成白色，晚上用松明点灯……村子中央有一根柱子，上面挂着一口钟。"

一进韦斯基村，我们的第一件事自然是用眼睛寻找这根柱子，看它从那时以来是否完整无损。可是挂钟的柱子已经不复存在了。

我们向两个从地里回来的肤色浅黑、口齿伶俐的青年妇女打听，从前这个韦斯基村是否有一个姓卡拉切夫的地主老爷。青年妇女回答，从前是有一个老爷（瞧，他的房子就在那片灌木林里），但是否姓卡拉切夫，她们却不知道。这么说来，"温顺勤劳的农民"早就把自己的"恩人"给忘了。

我们向其中一个妇女买了牛奶，这牛奶又浓又凉，是我们一路上见到的最好的牛奶。两个妇女告诉我们，管委会现在没人，全都下地去了。实际上我却在一个房间里找到了一个正在桌旁清理文件的年轻小伙子。他已经有几天没刮脸了，现在他的下巴和上唇上面稀稀落落地长出了一些长毛。他一面盯着文件，一面向我伸出一只手，叫我坐下。我们就这样面对面坐了好一阵。

后来小伙子读完了文件，靠在椅背上，说他是本地的农艺师，名叫亚历山大·米哈伊洛维奇·季亚奇科夫。

　　我好久都未能讲清楚自己的来意。我从远处讲起，谈到了列宁图书馆，谈到了地主卡拉切夫，谈到了他的小册子。我说，它把我吸引住了，于是便来看一看。毕竟过去一百年了啊。

　　亚历山大·米哈伊洛维奇对一切都心领神会，他喜形于色，兴致盎然，把文件扔在一边。

　　"原来如此。这么说，那时候点的是松明啰？太妙了！婚礼还要得到地主的许可？那么，代役租是怎么回事呢？"

　　我翻了翻笔记本，找到需要的地方，"代役租为每年十五个银卢布，每户所耕土地的官税和地方税各三个半卢布。放收税为半只绵羊、一只母鸡和二十个鸡蛋。娘儿们每人交十俄尺①粗麻布。每星期服三天劳役。"

　　"这劳役又是怎么一回事呢？"亚历山大·米哈伊洛维奇问道。

　　"这是农民在地主的土地上干活，是所谓义务劳动。"

　　"原来如此，那么关于我们的祖先还写了些什么呢？"

　　"瞧这儿，才有五个农民识字！有几个孩子按照地主的决定学习宗教课本的手艺——修车轮啦，修大车啦，打铁啦，还有修鞋。"

　　"你瞧瞧，才五个识字的！可是如今我们人人识字。至于那些手艺，现在都失传了。既没有修车轮的，也没有修大车的。"

　　我继续读道："耕地用的是双套马拉的犁和木耙……所有的庄稼都用镰刀收割，到了秋天，往往是在夜里用连枷打场。打场人的工钱是每一百捆二十戈比银币，由东家管饭……"

　　"真奇怪，"农艺师惊讶地说，"好像说的不是我们的村子，而是另一个王国。"

　　"过去这倒是另一个王国。不过您别笑！我马上再读点儿有趣的

_____

　　①　1俄尺等于0.71米。

东西，它会使您这个农艺师觉得特别有趣。您听：'明年我要用开沟器试种土豆，用它在地里交叉开沟，不管直沟横沟都能对土豆进行中耕。'"

"真见鬼！"农艺师一跃而起，嚷了起来，"这可是地地道道的正方形点播法啊……一百年前，就在我们韦斯基村啊！我该马上把它抄下来。这对庄员是一种最好的宣传：地主老爷都会干，难道我们还不如他们吗？你马上告诉我，哪儿可以弄到这本小册子，我得把它抄下来。"

"您找列宁图书馆借吧，也许他们会寄来。特殊情况嘛！"

"会寄来的！他们不会不寄。我要到区里去，办好各种公函。这可是一种宣传啊！那么，关于收成他什么也没写吗？"

"写了：'……地主田里黑麦收获量五倍于种子，'农民田里看来少一些。"

"噢，"农艺师兴高采烈地说，"我们超过了地主老爷。我们集体农庄黑麦的收获量六倍于种子。那么燕麦呢？小麦呢？荞麦呢？"亚历山大·米哈伊洛维奇向我提出了一连串问题。

我又翻起笔记来。

"他们小麦种得不好，燕麦……燕麦的情况我没有摘抄。"

"可惜。好，我要把这本小册子抄下来。他们会把它寄给我，您怎样认为呢？我们的集体农庄是个种子培育农庄。我们正在培育优良品种，一颗一颗地精选。"

他走出门来，把我送到台阶上，我们俩对会见和谈话都很满意，分别时非常亲热。

"等一等！"农艺师突然喊了起来，"关于粪肥的情况，书里一点也没有吗？"

我只好再翻笔记本。

"关于粪肥……这个……医治白内障……这不是……干草七千五百普特……不是……蜜饯土豆……不是。哈哈，找到啦！'1 俄亩^①撒七十车粪肥，六月初运两天，第三天掩土。'"

"太感谢了。那么你们下一步去哪儿？步行吗？不行。我们一眨眼就把你们送到。"

五分钟后，管委会门前驶来一辆卡车。亚历山大·米哈伊洛维奇对我们谢绝乘车非常生气，我们只好爬进车身。汽车朝正从森林后面爬出来的乌云疾驰而去。硕大的雨点迎着飞速前进的汽车，像霰弹似的噼噼啪啪打在我们身上。然而被炎热弄得疲惫不堪的大地却凉爽宜人，令人心旷神怡，真想引吭高歌和纵情欢呼。

目前为时尚早，再过三个星期，雨水就会变成一种可恶的东西。眼下它是一种美好的东西，人们扬起那泛着微笑和希望、因而变得容光焕发的脸庞，迎接从蔚蓝色的天空里飞来的金色雨点。

在契斯洛夫·戈罗季夏村，我们敲了敲一间小屋的屋顶。

大雨停了，它把尘土压了下去，但并未造成泥泞。下雨时，雨点在空中相遇，互相碰撞，裂成碎珠，生成水花。此刻，这种玲珑的水花就悬在空中，不肯落到地面上来。它在附近形成一道又宽阔又鲜艳的彩虹。残余的乌云连忙飘进这座富丽堂皇的拱门。

关于契斯洛夫·戈罗季夏村的情况，我们在博物馆已经听腻了。显然，只有拿起铁锹，开始在科学的基础上进行有计划的、长时期的挖掘工作时，它才是令人感兴趣的。到那时，既可发现阿拉伯钱币，也可发现被箭射穿了的头颅，还可发现橡木劈柴，根据它可以判断这是一个什么城市。

可实际上它是个普普通通的村庄。村子中央出色地保存着一道

① 1 俄亩等于 1.09 公顷。

四面环水的高堤。沟里至今有水这一事实使戈罗季夏独树一帜，因为任何地方都再也没有这种情况。但不管是土堤还是水，都未能唤起我们的想象，因为正如任何人都不具体了解一样，我们也不知道，多少世纪之前这儿发生过什么事。

但阿夫多夫山和尤里耶夫山之间那片又宽又深的谷地，即所谓利佩察古战场，则是另一回事了。我们进入这个地方时已是暮色苍茫。当年鲁斯兰①骑马经过的可能正是这个地方，他口里高喊着著名的诗句："噢，大地啊，大地，是谁在这儿撒遍死人的尸骨！"

不过，尸骨现在已经看不到了。谷地中间是一片普通的、杂草丛生的草地，加上一片低矮的灌木丛，这就是全部风光。几个世纪以来，河流被遮住了，灌木丛说明以前河床在什么地方。因为编年史上清清楚楚地写着："利佩察河之战"。然而我们不由自主地开始更仔细地打量脚下的土地，指望发现或是一个矛尖，或是一把生锈的战斧，或是一个腐烂的头盔上的球顶。但是我们只碰到一块显然是后来出现的木耙的碎片。

现在我们站在谷地的底部，正好在两座小山之间，也就是进行鏖战的地方。俄罗斯的土地在这儿吮吸了汇流成河的俄罗斯人的血，只有俄罗斯人的，没有任何别人的血。

最后，所有的王公都安然无恙，不管是那些临阵脱逃的，还是那些赢得胜利的。可是谷地里却布满了农民的尸体。如果农民们是为祖国的自由、民族的独立和崇高的理想而牺牲，那倒也罢了；如果他们是为了向后世证明，斯拉夫人斧头的力量和勇敢意味着什么，因为在同外国军队的殊死搏斗中英勇牺牲，那倒也罢了。然而编年史却写得清清楚楚："儿子去打父亲，兄弟去打兄弟，奴隶去打

① 见普希金《鲁斯兰和柳德米拉》第三歌。

老爷。"

我不想把我们的古代理想化。在许多世纪的时间里，俄罗斯的王公们的所作所为就是互相残杀。在这种情况下，受苦最多的是老百姓，这场利佩察河之战也是如此。难道它给俄罗斯大地带来了什么好处吗？

然而，现在也许到了讲述这次大战真实情况的时候了。我读科斯托马罗夫、索洛维约夫和卡拉姆津对于这场大战的记述，也读了一部分编年史。结果澄清了下面的事实。

"大窝"弗谢伏洛德①的两个儿子（康斯坦丁和尤里）在父亲死后因苏兹达尔王位问题发生争执。他们的另一个兄弟雅罗斯拉夫此时切断了通往大诺夫戈罗德的大道，引起了瘟疫，致使高贵的大诺夫哥罗德深受其害。为了一块面包父母卖子为奴；由于饥饿，人们在街上和广场上奄奄一息。饿殍遍地，野狗争食。诺夫戈罗德人派人请雅罗斯拉夫回来，但后者扣留来使，拒不答复。于是，用编年史家的话来说，诺夫戈罗德人悲痛欲绝，哭声震天。

这时，诺夫戈罗德人中有一个名叫勇敢的姆斯季斯拉夫的人挺身而出，决心保卫大诺夫戈罗德。他敲响了市民会议的大钟，诺夫戈罗德人拿起了斧头。姆斯季斯拉夫还宣布了第二个目的——为苏兹达尔各王公之间奠定和平，但他建议雅罗斯拉夫用和平手段解决一切争端。

雅罗斯拉夫回答说："我不要和平。要来你们就来吧，我们将用一百个人对付你们一个人。"

整个苏兹达尔地区都武装起来了。庄稼汉们纷纷从村子里被赶

---

①　弗谢伏洛德·尤里耶维奇（1154—1212），尤里·多尔戈鲁基之子，弗拉基米尔—苏兹达尔大公，因有一个庞大的家族而被称为"大窝"。

到前线去打仗。加入苏兹达尔军队的有穆罗马人和东方草原的乌合之众。姆斯季斯拉夫的队伍也是一支混成军：跟他一起出征的有普斯科夫人、斯摩棱斯克人和苏兹达尔王公们的亲兄弟康斯坦丁。

两军在尤里耶夫城附近的利佩察河相遇，就在眼前这个刚刚被一阵夏雨洗得干干净净的、暮色苍茫的谷地里，我们此刻正站在它的中央。

姆斯季斯拉夫再一次呼吁和平："放我的诺夫戈罗德的男子汉们走吧……把诺夫戈罗德各州还给我们吧。跟我们一起接受和平，吻我们的十字架吧，让我们别流血吧。"

雅罗斯拉夫回答道："和平我们不要，你们的男子汉我也不放，你们远道而来，已经成了离水的鱼啦。"

有耐性的姆斯季斯拉夫又大声呼吁道："尤里兄弟和雅罗斯拉夫兄弟！我们不是来流血的呀……千万别这样做。我们是来讲和的，我们是一个族的人啊……"

雅罗斯拉夫回答道："你们既然来了，怎么还想走掉呢？"

说完之后，他跟兄弟和大臣们在帐篷里开始大摆筵席。喝得酩酊大醉的大臣们大肆煽动两位年轻好胜的王公。"尤里公和雅罗斯拉夫公，"他们大声喊道，"不管是你们的父辈时代、祖父时代、还是曾祖父时代，凡是侵犯强大的苏兹达尔的土地的人，从来没有一个生还的。哪怕整个俄罗斯大地，加里奇也罢，基辅也罢，斯摩棱斯克也罢，车尔尼戈夫也罢，诺夫戈罗德也罢，梁赞也罢，哪怕他们全都反对我们，他们对我们也无可奈何；至于眼前这些部队呀，把马鞍子扔过去就把他们压倒啦！"

在帐篷附近扎营的普通士兵当时说了些什么，史书上只字未提。同样喝得酩酊大醉的两位王公对酩酊大醉的大臣们是这样说的："货物自己送上门来了，你们可以得到战马、铠甲和衣服。谁敢抓住敌人留个活口，就将谁处死，哪怕敌人衣肩上绣着金线，你也把他干掉，我们还要加倍行赏！一个活的也不留！谁要是开小差，一定把他抓回来，并下令吊起来，把手脚钉在十字架上。"

两位勇猛的王公送走了大臣，然后开始计议怎样瓜分战利品。"雅罗斯拉夫兄弟，"尤里说，"弗拉基米尔和罗斯托夫的土地归我，诺夫戈罗德归你，斯摩棱斯克归我们的兄弟斯维雅托斯拉夫，把基辅给车尔尼戈夫的几位王公，加里奇也归我们！"

夜里，两军面对面移动起来。诺夫戈罗德人的营寨里号声大作，战士们突然齐声呐喊。这种喊声似乎在苏兹达尔人中引起了一片惊慌。有好一阵，两军在朝阳下面互相注视，没有交战。

姆斯季斯拉夫第四次向苏兹达尔派遣军使："讲和吧。如果不讲和，要么你们从这儿撤到平地，我们进攻你们；要么我们撤到利佩察河边，你们进攻我们。"

"我不要和平，我也不后撤，"雅罗斯拉夫回答道，"你们通过了我们整个国土，难道这片灌木丛就通不过吗？"

于是姆斯季斯拉夫号召部队："弟兄们，高山不能帮助我们，高山也不能战胜我们；相信忠贞不渝的十字架的力量和真理吧，向敌人前进！"

他的营寨里有许多光荣的勇士：亚历山大·波波维奇和仆人托罗普，还有绰号叫"金腰带"的多布雷尼亚·列扎尼奇。姆斯季斯拉夫公在检阅队伍时号召道："弟兄们，我们进入了一块强大的土地：相信上帝，我们就能顶住……不要向后看。跑是跑不掉的。弟兄们，忘掉妻儿老小和自己的家。投入战斗吧，不管骑兵还是步兵都要视死如归！"

"我们不愿死在马上，我们要下马厮杀，就像我们的父辈在科洛克沙河战役中一样！"诺夫戈罗德人大声说道。说着他们扔掉外衣，脱掉靴子，光着脚向前奔去。残酷的搏斗开始了。姆斯季斯拉夫本人三次纵马穿过敌阵，手执铁斧左砍右杀，这把铁斧用一根生皮带绑在他的手上。

"被斧砍伤者的声声惨叫和被箭射伤者的阵阵哀号连尤里耶夫－波利斯基也听得见，没有人去埋葬死者的尸体。很多人在逃跑时淹死在河里，有些人一下水就死了。幸存者都跑了，有的跑往弗拉基米尔，有的跑往佩列雅斯拉夫里，有的跑往尤里耶夫。"

第一个逃跑的就是那个最爱吹牛夸口的人，即雅罗斯拉夫，随后是尤里。他们把几匹马赶得筋疲力尽，傍晚时一个逃到了佩列雅斯拉夫里，另一个逃到了弗拉基米尔。

许多世纪过去了，那条河已经遮住了，干涸了，唯有一片灌木丛留在谷地的底部。

透过漫长的岁月，种种往事使人产生一种虚幻之感。对于我们来说，所有这些头盔、民团、姆斯季斯拉夫们、雅罗斯拉夫们，较之活生生的人或摸得着的物品来说，主要是一些书本上的概念。也许根本没有发生过利佩察河之战吧？也许这是编年史家的虚构吧？那么你就去试试弄清楚吧！

然而，在不算太久之前的一天，阿达莫沃村（我们现在就站在离这个村子两三公里的地方）一位妇女在灌木丛里扯草。她发现有一个东西忽然一闪，于是捡了起来。这是一个铁帽子，而且样子好怪。她把它抖了一下，把上面的土擦掉，帽子上露出了一个小圣像和几个银字。帽子下面的铁结成了一小块，似乎是由一些小铁环组成的。小铁环锈住了，无法拆开。最主要的是，这个头盔不是埋在地里，而是摆在地面上，仿佛是谁昨天失落的。这个铁帽原来是雅罗斯拉夫的战盔，要么是他失落的，要么是他逃跑时扔掉的。现在这个头盔保存在莫斯科克里姆林宫的兵器陈列馆。

　　我们也在灌木丛里走了一阵，看看是否有什么闪闪发光的东西。然而两次都不走运。况且天已经完全黑了，战场上空升起了一轮月亮，一只鹌鹑在不远的地方大声鸣叫，一只猫头鹰的黑影无声地从我们头上一掠而过。

　　我们的第十三天就在从前血流成河、而今寂静无声的利佩察战场上这样结束了。

第十四天

　　取一座长一公里半、高半公里、上面覆盖着均匀的小草的小山，把它弯成马蹄形，在上面配置一排小木屋，木屋中央置一座白色的积木似的教堂，在山下安一条绶带般蜿蜒曲折、闪闪发光、不太宽阔的河，让沿河两岸长满各种乔木和灌木——赤杨、柳树和爆竹柳。从上面俯瞰，它们显得很小很小，但这不要紧。河对面当然应该是一片草地。目前正是芳草萋萋的时节，看上去草地呈现出深丁香色，近似于深紫色。

　　科洛克沙河畔的草地一马平川，仿佛这儿的土地是被人使劲拉平似的。远处的座座山丘跟草地连在一起，就像各种不同的几何体同平面相连一样。远处的山丘上可以见到村庄、钟楼和小树林。从山丘下斜到草地之间是一片种满庄稼的田野。金色的庄稼、绿色的树木和紫色的野草层次分明，相映成趣。整个大地上面飘浮着大朵大朵的白色积云，而白云上面就是太阳。

　　只需补充一点：流经马蹄形山丘下的那条河简直跟一条乌鸡尾巴毫无二致，而山上的小木房也不是排成一行，而是排成两行，而且还有一条横向的小街，它的一端通往杂草丛生、却依然闪闪发光的池塘。

　　我们在紧靠池塘的一幢房子里放下行李，畅饮了一顿茶，正打算到村里和周围溜达溜达。房子非常宽敞，而且保持得异常清洁。在它的台阶上、穿堂里和房间的地板上走路，简直让人提心吊胆。我们请求女主人——一位名叫玛丽雅·伊凡诺夫娜的亲热的老大娘铺上各种长条粗地毯和破布，以便放心大胆地走路。

　　我们很不情愿地从凉爽的、一尘不染的房子里走到街上，那儿又是雷雨前那种令人汗流浃背、窒闷难受的酷热。

　　瓦尔瓦利诺村的所有房子中，一幢屋顶有一个四角形尖顶砖帽的两层砖房特别引人注目。尖顶上朝四面开着几个半圆形窗户。尖顶下的房子里面，从前是一个圆形厅堂，光线自上从四方斜射进来，把它穿透。房子内外正在翻修，被改成一个农村俱乐部。在此之前它是一个幼儿园，再以前住着几个地主。

　　我不能断言这幢房子的全部情况都是这个村子的人告诉我们的。恰恰相反，我们来到瓦尔瓦利诺村时已经知道了很多情况。不过，耳听是虚，眼见为实。

　　起先，这个村子属于一位十二月党人，他似乎就是普希金的朋友米哈伊尔·费奥多罗维奇·米季科夫。但是到了上世纪下半叶，它又落到诗人丘特切夫的女儿叶卡捷琳娜·费奥多罗夫娜·丘特切娃手里。如果不是因为另一件事，这一切本身倒也是索然寡味的。

　　1878 年，俄国军队打败了土耳其人，解放了保加利亚。巴尔干半岛上形成了一个新的独立大国。它的疆界是圣斯特法诺和约确定的。一些欧洲国家对保加利亚的强盛十分不满，于是柏林会议对圣斯特法诺和约进行了修订。俄国政府作了让步，保加利亚的土地开始一块又一块地被割去。由于上述战争在俄国社会生活中广为人知，政府接踵而来的这一行动自然引起了普遍而强烈的愤慨。

　　社会活动家、政论家、莫斯科斯拉夫委员会主席伊凡·谢尔盖耶维奇·阿克萨科夫比别人更为愤慨，其程度正如他作为一个斯拉夫主义者比别人更彻底、更激进一样。

他在采取他那决定性一步的前夕写道："我反躬自问：在当前保持沉默难道是诚实的吗？做到力所能及和谁也无法禁止的一切——大声疾呼，提出抗议，难道不是每个公民的直接义务吗？俄国正在被钉上十字架，俄国正在蒙受耻辱，俄国正在被人变成一个背离它的历史使命和誓言的叛教者，而我们却全都噤若寒蝉！"

1878 年 6 月 22 日，伊凡·谢尔盖耶维奇从斯拉夫委员会回到家中时已经很晚，心情激动。他写道："投枪已经掷出。演讲已经发表。"

几天以后，他因这次演讲受到亚历山大二世的申斥，并且被撤销主席职务，判处流放。

"我们宁折不弯，所以只好粉身碎骨。"阿克萨科夫回答道。

陀思妥耶夫斯基当时曾提醒他："我曾经警告过您，您会因这次演讲遭到流放。"

伊凡·谢尔盖耶维奇选择他妻姐的领地——瓦尔瓦利诺村作为流放地。他娶的是丘特切夫的第二个女儿安娜·菲奥多罗夫娜为妻。[1]

当他搭乘驿车辗转旅途的时候，他的演讲以《阿克萨科夫的历

---

[1] 此处作者有误，安娜·费奥多罗夫娜（Анна Фёдоровна, 1829—1889）是诗人丘特切夫的长女，第二个女儿是达丽雅·费奥多罗夫娜（Дарья Фёдоровна, 1834—1903），第三个女儿是叶卡捷琳娜·费奥多罗夫娜（Екатерина Федоровна, 1835—1882），她们都是诗人和第一个妻子艾列昂诺拉·彼得逊（Элеонора Петерсон, 1800—1838）所生。而瓦尔瓦利诺村是叶卡捷琳娜的领地，因此，不是"妻姐"，而应该是"妻妹的领地"。——译者注

史性诅咒》为题，不仅在俄国，而且在国外得到了广泛传播。一时间伊凡·谢尔盖耶维奇的名字有口皆碑。

奥·阿·诺维科娃写道："阿克萨科夫因说了真话被从莫斯科放逐，大家对此感到极其愤慨。如果阿克萨科夫应受惩罚，那么我显然也是有罪的，然而成千上万的俄国人的思想和感情都跟他一样……"

彼·伊·柴可夫斯基①写道："我们正处在一个可怕的时代。当你开始认真思考问题时，你就会面临恐怖……一方面，惊慌失措的政府已完全沉不住气，致使阿克萨科夫因无畏的真话而遭到流放……"

帕·特列季亚科夫写道："阿克萨科夫一人公开说出了所有其他人心里的话……"

克拉姆斯科依②在给特列季亚科夫的信中写道："一个可怕的时代。就像在寂静的深夜里，在上了闩的房间里，人们在伸手不见五指的黑暗中正襟危坐，时而有人朝别人开枪，时而有人向别人举刀；但杀人者是谁，被杀者又是谁，出于什么原因？谁也不知道。难道人们不明白，最紧急的事就是点燃灯火吗？……阿克萨科夫最后终于说：'诚实的人们啊，闭住你们的嘴吧……'，难道这些可怕的话是对的吗？"

人们议论纷纷，其结果是：帕维尔·特列季亚科夫提议伊里亚·叶菲莫维奇·列宾立即跟随阿克萨科夫前往瓦尔瓦利诺村，为他的美术博物馆画一幅阿克萨科夫肖像，这个美术博物馆我们现在称为特列季亚科夫美术博物馆。

---

① 彼·伊·柴可夫斯基（1840—1893），俄国著名作曲家。
② 伊·尼·克拉姆斯科依（1837—1887），俄国杰出的现实主义画家。

列宾无条件地接受了他的建议，我们在阿勃拉姆采沃村的村志中发现："伊里亚·叶菲莫维奇曾去弗拉基米尔省为阿克萨科夫画像，后者当时遭到政府流放。"

然而，伊凡·谢尔盖耶维奇却摆脱了莫斯科的忙乱生活和近来那种神经过敏的紧张日子，沉浸于夏日那种百花盛开、蜜香四溢的静谧的海洋之中。他因自己的流放地而兴高采烈："近景是姹紫嫣红，景色优美，远景是朴实的乡村风光，这种和谐的结合令人叹为观止。一方面是美丽、幽静，另一方面是庄严、辽阔。

"小木房像个异常可爱的玩具。当你走到凉台上，你的目光就会沉浸于一望无际的远方，它是这样辽阔，这样幽静，简直令人心旷神怡。"

在这儿，在瓦尔瓦利诺村，阿克萨科夫在多年停顿之后又开始写起诗来，这是不足为怪的。他的一本传记里这样说："只有在过了十七年之后，在垂暮之年，在众所周知的瓦尔瓦利诺村幽禁期间，他那诗歌的灵感才重新出现。"

下面就是阿克萨科夫的一首诗，它是献给领地的女主人叶·费·丘特切娃的。

瓦尔瓦利诺

仿佛一股凶猛的旋风
吹走房舍，我顿时变成无家可归的人！
然而友谊却把我的道路指引，
于是我来到栖身的港湾。如今
我客居你家，向你奉献我的心灵。

我的日子流逝得多么恬静！
这栖息的处所多么可爱、安宁！
它的景色令人心旷神怡，
看着它，真叫人悦目赏心，
辽阔的土地在它面前伸展，
朴实无华而又楚楚动人，
景色壮丽，一望无垠！

银色的河湾曲折蜿蜒，
在绿色的茂草中闪光；
沿着起伏的坡地上金色的田野，
浮云的影子忽明忽暗，缓缓游荡，
远处的小树林已经暮色苍茫……
但见村落点点……这里那里
十字架闪闪发亮，教堂闪着白光。

不管你把目光投向何处，
啊，多么辽阔，多么幽静！
勤劳的俄罗斯人民，
到处默默地从事神圣的劳动……
啊，神奇的故乡的土地，
你充满了明智的真理！

啊，伟大的土地，亲爱的土地！
你像自然力一样强大和充满朝气……
俄罗斯只要用你的真理，

就能制服整个世界，
把别人的偶像推翻在地！
然而时刻还很遥远。罪恶的夜幕
把俄罗斯的顶峰遮蔽。

在那人迹不到的峰顶，
贴心的思想套上了锁链；
在那儿肆虐的，唯有
阿谀、谎言和腐朽的暴行！
然而上帝倾听着普通人的心声：
穿过臭气熏天的霉层
一缕神香从山谷升腾，
凯歌声声，随风飘荡，
赞颂上天的无限光荣。

1878 年 8 月 18 日

　　这时列宾已踏上了从莫斯科去瓦尔瓦利诺的漫长旅程。终于有一天，阿克萨科夫的妻子安娜·费奥多罗夫娜给自己的姐姐——领地女主人写了一封信，她写道："今天早晨我正准备起床，一辆三驾马车的铃声越来越近，使我产生了一种不安感。原来，从莫斯科来了一位青年画家，他是帕维尔·特列季亚科夫派来找我丈夫，请求允许为他的名人肖像画博物馆给我丈夫画一幅肖像画的。现在他们已在客厅就座，开始工作了。"
　　阿克萨科夫本人对列宾是这样评论的：
　　"画家列宾很有才华，而且非常谦虚。他还相当年轻，但已经出了名（他的一幅大画《萨特阔》，画的是那位富贾（商人），现在在我儿子手上，是花了六千卢布买来的；另一幅画《伏尔加河上的纤夫》在弗拉基米尔亲王手里），他是特列季亚科夫派到这儿，为他的美术博物馆给我画像的。

"我毫不迟延地听从了他的安排，三天就画好了。今天这画就要干了。"

列宾在回忆录中也提到了这件事：

"总之，我们这儿很多人对艺术的看法很奇怪。我是个现实主义者，对真人实景从来都是既不夸张，也不隐瞒。我记得我跟伊凡·谢尔盖耶维奇·阿克萨科夫发生的一件事。我开始给他画像，可是他却对我说：'是这样，伊里亚·叶菲莫维奇，如果您想把我的像画好的话，那就把我的脸画小一点儿吧，我这张脸太大了。'

"说真的，伊凡·谢尔盖耶维奇·阿克萨科夫脸色红润，脸庞又肥又大。

"然而我觉得这正是这个人形象上的一个非常典型的特征，可是他却要求我给他画成一张俊秀的白脸。"

不过，对于目前正在瓦尔瓦利诺村的我们来说，最有趣的还是我们在尤里耶夫–波利斯基博物馆读过的阿克萨科夫一封信的片段。他在信中对领地的女主人说：

"列宾对瓦尔瓦利诺和它的风光极为赞赏，因此他抽了一个闲暇的日子画了一幅风景画，给我们留作纪念。遗憾的是，他手上没有水彩颜料或彩色铅笔，更遗憾的是，天气由晴转阴，后来又变冷了，而且风雨交加。

"尽管如此，他还是冒着风雨，采用油画颜料，用他那支才华横溢的画笔直接在画布上绘出了一幅迷人的风景画，你也许还不知道：这是山下离河岸不远的地方，在人们经常洗衣和洗澡的跳板左侧，从依山而上的小树林穿过草地（山上有一条小路通向磨坊），透过水面和花园的一部分可以看到整个教堂和从前普希金庄园的部分花楸树。"

幸好谢廖加有水彩颜料，他当然想给瓦尔瓦利诺村画一幅风景画，而且自然要取伟大的艺术家取过的那个角度。

不幸的是，阿克萨科夫指出过的景物已经荡然无存，也就是说，既没有跳板，也没有浴场；既没有磨坊，也没有依山而上的小树林；既没有花园，也没有花楸树。留下来的只有一条河与一座教堂，然而教堂又可以从很多角度去观察。

我们沿山坡而下，朝河边走去，山坡上布满了树墩。这就是说，我们总算确定了从前这儿就是花园。

我们绕过或是跳过树墩，下到河边。阿克萨科夫信中所说的出发点是人们经常洗衣的跳板。如果我们找到这个地方，那我们就算掌握了可以解开整个线团的线头。但是谁说得出八十年前的跳板在哪儿呢。

我们走在科洛克沙河边时已是筋疲力尽，谢廖加对找到列宾的角度已经不存希望，坐下画起速写来了。但是在回去的途中，我们迎面碰到一个肩扛衣篮的妇女。

"等一等，等一等！得看看她在哪儿涮衣服。八十年毕竟不是一个太长的时间，而乡村的传统习惯却是非常牢固的。跳板没有保存下来，但是瓦尔瓦利诺村人却仍然会经常到那个地方去。"

我们跟在那个妇女后面走。本来应该帮她扛那个沉甸甸的篮子，但我们生怕惊扰她，破坏她本能的方向感，因此我们有意落在她后面一百步。

那位妇女走到河边，站在一个转弯处，我们连想都没想到在这个地方寻找列宾的角度。她在草地上铺了破布，把衣服倒在破布上，在河水中涮了涮篮子，便在河里哗啦啦地涮起床单来。

原来如此……"在跳板的左侧……从小树林穿过草地……有一

条小路通向磨坊……"

我们很快就发现了一条平坦的小路，它当时也许就是通向磨坊的。我们把一切又核对了一次，终于大声叫了起来："是这儿！列宾就坐在这儿！"几公尺的误差自然是无关紧要的。

"是的，不过我们永远无法检验这个角度是否猜得对。"谢廖加伤心地说。

"怎么无法检验呢？列宾的画又不是一根针，它肯定保存在什么地方。"

"比方说，要是在瑞士呢？要是在芬兰呢？或是在一个叫阿姆斯特丹①的地方呢？"

"他把画送给了领地的女主人，未必会落到国外去。得把情况弄清楚。"

这里我得提前交代一下：回到莫斯科以后，我偶然发现了列宾那幅画的踪迹。有人告诉我，它多半保存在西尔伯施泰因教授的私人收藏品中。我翻了翻电话号码簿，轻而易举地找到了教授的地址和电话号码。我没有多假思索就拨了号码。

"对，是我。您有什么事？是的，画在我这儿。行，请便，什么时候都行，马上来也行。"

我在米乌斯广场区找到了我要找的房子、要找的大门和要找的电铃按钮。两只狗在门里面叫了起来。我原以为会见到一个头戴学者尖帽、身穿无袖短衫的老古董呢，没想到给我开门的竟是一个年纪尚轻、身体瘦削、穿条纹睡衣的男子，这使我感到不胜惊讶。

"我就是伊里亚·萨莫伊洛维奇。请吧。"

街上积雪很厚，天气阴沉，因此，把一片郁郁葱葱的森林照得

①　阿姆斯特丹，荷兰首都。

通亮的夏日的阳光刺得我眼睛发痛。一秒钟以后我才明白，我眼前看到的是希什金的一幅鲜为人知的杰作。

教授的住宅是俄罗斯绘画艺术的宝库。真正的列宾，真正的希什金，真正的瓦斯涅佐夫①，真正的波列诺夫，简直是一应俱全，应有尽有！最后我看见了故乡的科洛克沙河。前景是一个银灰色的河湾，远处的山坡上是一个树木苍翠的公园。稍左一点，苍翠的树木掩映着一个雪白雪白的小教堂，教堂上空是一片银灰色的寒云，因为列宾是冒着风雨画的。这幅画最成功的地方就是那烟雨蒙蒙的天空。标题很朴实：《瓦尔瓦利诺村一景》。

现在我可以满有把握地说，我们当时正是站在列宾画那幅画的地方。我们准确无误地找到了他的视角。

一小时以后，教授把我送到门口。

"对不起，伊里亚·萨莫伊洛维奇，"我忽然想起一个问题，说道，"阿克萨科夫信中有一句话："从前普希金庄园的部分花楸树……"这句话您是怎样理解的呢？"

"亲爱的，"教授莞尔一笑，说道，"这个谜我研究了十年。我同丘特切夫的后裔进行过交谈，我对阿克萨科夫的档案进行过仔细研究，但我仍然不知道伊凡·谢尔盖耶维奇是何所指。有一点是明确的：他不会写错。恐怕我们永远也无法解开这个谜了。"

我对教授的盛情接待道了谢，便告辞了。

不过这是后话。眼下我们非常满意自己的发现，在科洛克沙河里舒舒服服地洗了个澡，然后爬到山坡上。白昼将尽。明天早晨，我们就要离开瓦尔瓦利诺村这个大地上最美丽的地方。

我们非常理解瓦尔瓦利诺村那个大名鼎鼎的囚徒对自己的豪华

———————

① 维·米·瓦斯涅佐夫（1828—1928），俄国杰出的画家。

监狱的惜别之情。这种惜别之情抒发在下面这首诗里：

> 门闩打开了；在门边
> 一条小路自在地蜿蜒而去；
> 然而我……看着心爱的囚室，
> 在门槛里面却放慢了步子。
> 尽管我遭到流放的厄运，
> 但我的日子却是幸福无比；
> 亲切的屋宇啊，囚徒的栖身之所，
> 笼罩着无拘无束的静寂！
> 在力量悬殊的激烈斗争中，
> 我紧张地操劳，满心忧虑，
> 我曾同权威的谎言作战，
> 是那样热烈——耗尽了精力。
> 命运的安排出乎意外：直接地
> 把我从令人疲惫的前线，
> 带到这里的一座新居，——
> 我的心啊，突然
> 洋溢着快乐和安宁，
> 响彻着激越的音律！
> 我遭受的意外多么幸运，
> 我是怎样地加倍珍视
> 这令人清醒的闲散
> 和抚慰心灵的无所事事……

于瓦尔瓦利诺村

在结束这个故事的时候，我要回忆一下不久前发生的一件事。有一天，我在保加利亚首都街头漫步，举目四望，突然发现这条街名为伊凡·阿克萨科夫大街，这是索非亚的一条中心大街。我感到十分高兴，因为保加利亚人没有忘记自己的一位俄国朋友和辩护者，甚至为他留下了永久的纪念。

也许瓦尔瓦利诺村的人脑子也会开窍，把那座曾经像一个"可爱的小玩具"的小房子修缮一番以后，用他的名字来命名乡村俱乐部。为什么他们不这样命名呢？阿克萨科夫可用自己的诗使他们的村子流芳百世啊。

玛丽雅·彼得罗夫娜始终没有在凉爽的、光闪闪的地板上铺过长条粗地毯。

"只管踩吧，擦它就是为了走上去干净，姑娘们回来又会擦的。"

"哪些姑娘？"

"我有两个女儿，在尤里耶夫工作。星期天总是回家。我想卖掉这幢大房子，可是她们反对，说是你看，将来连个休息的地方都没啦。"

"您这大房子值多少钱呢？"

"我这要一万六……再说就这块地方也挺值钱呢。池塘呀，河流呀，单是风景就有多少哇！"

"风景是不少，那么您的女儿干什么工作呢？"

"一个在工厂里工作，另一个在书店里当营业员。"

"这么说，我们前天还跟您的女儿吵了一架呢。我们去的时候快关门了，好说歹说她都不让进去。"

"我这丫头可爱使性子啦。"

这当儿窗外有一个女高音大声唱起了轻快的快板歌，还有几个声音一齐应和。我们跑到窗口，看到八个妇女从窗外走过，她们都是四十岁光景，手里拿着铁锹。她们不单是在走路而是载歌载舞。

"她们这是干吗？"

"收工啦。挖了青贮窖，然后到我的菜园里坐一坐。"

"怎么坐一坐，干什么呢？"

"干累了，喝点儿酒，就近从菜地里摘点大葱下酒。这都是我们村里的寡妇。男人早就没啦，娘儿们身上有的是劲儿，得想法儿泄一泄呀。我们村里有六十户人家，就有六十个男人没从前线回来。"

瓦尔瓦利诺村那些年已四十的寡妇们苦中作乐的狂热情景久久地留在我们心中。只要看到这种情景，就不需要任何反战宣传画了。

第二天拂晓，我们离开了瓦尔瓦利诺村。

第十五天

　　有些孩子常常在舒适的、边上长满柳树的深潭里手抓脚蹦地游泳，或是在潺潺作响的浅滩上跑来跑去，溅起点点水花，或是气喘吁吁地在淤泥洞穴里抓那些钻进去就不肯出来的有鳃的虾子，或是干脆躺在静静的河畔晒太阳。他们那亚麻色的小脑袋很少想一想：他们这条小河从哪儿来，它的源头又在哪儿？

　　这些孩子还没出世时，河水就在流了；当他们不复存在时，它也还会流下去。对于他们来说，河流就像时间本身，就像土地本身，就像空气本身。它既没有尾，也没有头。

　　然而有的时候，多半是在上学的年龄，在上完最初几节地理课之后，当孩子们的手接触到《战船"帕拉斯"号》① 和《德尔苏·乌扎拉》② 的富有魔力的篇页时，这个问题就必定会冒出来，使孩子们的头脑和心灵大惑不解。

　　他们会三五成群地聚在一起，神秘地窃窃私语。于是父母餐桌

　　① 《战船"帕拉斯"号》（现译《战舰帕拉达号》）系俄国作家冈察洛夫的两卷游记。

　　② 《德尔苏·乌扎拉》系苏联远东研究家、民族志学者、作家弗·阿尔谢尼耶夫的作品。

上一块块面包不翼而飞了（如果家里没有现成的干面包的话），切面包的小刀也不见了。小刀虽然磨薄了，很不结实，但在孩子们的想象中，他却能起到斧子、匕首和短剑的作用。

考察团一大早就出发了，由于意见分歧，思想动摇，以及胆小鬼的反对，傍晚就回家了。他们压根儿就没弄清楚河的源头在哪儿，它究竟是怎样发源的。不过可以说，除了从地底冒出来的冰冷的泉水之外，农村的孩子对任何一条河的源头都不会有别的概念。

在我的想象中，我们的沃尔夏河的源头是这样的：碧绿如茵的草地，浓荫覆盖的灌木丛，从灌木丛底下淙淙地流啊，流啊，流出了一股清澈、冰冷的水。可是这个源头在哪儿呢？我常常缠着大人问个不休。

"如果沿河笔直走去，"父亲一本正经地解释道，"就会碰到一片叫茹拉夫里哈的又大又黑的树林。你可别上那儿去，那儿有强盗。大森林后面又是田野，那片田野后面有个叫布西诺的村子，我们这沃尔夏河的源头就在布西诺村附近。等你长大了，你再去看吧。"

可是小时候往往连五分钟都无法忍耐，更何况要等到长大呢。于是我跟一个可靠的伙伴开始了长征。当时我们年纪尚小，生怕离开河岸一步，不敢在河流转弯的地方抄近路。我们沿岸而行，大地以它的本来面貌展现在我们面前，这会儿我们再也不敢洗澡了，就是从灌木丛底下露出一张疙疙瘩瘩的鳄鱼的嘴脸，我们大概也不会感到惊讶。这条河把我们从现实生活引入了一个神秘的童话世界。

我们感到自豪的是，当我们走近茹拉夫里哈森林时，我们没有返回，而是穿过主要由稠李树和马林树组成的沿岸灌木丛林，继续走了一段时间。

使我们产生动摇的是一片像小山一样隆起的林间空地，说得更正确些，不是林中空地本身，而是空地上的一幢小木房。如果有只狗朝我们扑来，或者有什么人高声喊叫，倒也会觉得轻松一些。可是小木房却一声不响，似乎空寂无人，而烟囱里却冒出缕缕炊烟。父亲讲的关于强盗的故事不会忘得这么快。我们交换了一下眼色，连忙溜了。

后来有人告诉我们，这是护林室，里面住着科西岑一家。他们是什么人？为什么他们像童话中的人物一样，单独住在黑森林里的河岸上，住在被草莓染红的林中空地中央？也许他们就是强盗吧？

童年时代过去了，一切都变得明白易懂了，一切都恢复了自己的本来面目。异乡在召唤，再没有工夫重温像小河本身一样晶莹的幻想——去找沃尔夏河的源头了。

此刻，我们看着地图，用铅笔尖滑过大大小小的村庄，研究下一步怎样走，铅笔在一个名字挺有趣的村子——拉季斯洛沃①村（这个名字说明这儿进行过一次战斗，还有过一篇记述文字）边上画了一个小"十"字以后，碰到了一个极小的圆圈，它旁边用最小的字号写着一个简短的村名——布西诺。刹那间，从我的内心深处，从最隐秘的记忆的角落，从遥远的童年时代的幻想中浮现出了这个村名，我的眼前顿时觉得花团锦簇，溢彩流金。

我们在拉季斯洛沃村一棵池边白柳树下躺了半天。这个村子有很多池塘。它们两列并排，要不是长满芦苇和浮萍，要不是积满淤泥，要不是正逐渐缩小和消失的话，它们本来会显得非常漂亮，而且盛产鲜鱼。浮萍长得密密麻麻，即使扔进一块石头，也不会留下痕迹。芦苇丛岸边向宽阔的水面进逼，而在池塘中间，绿色的浮萍之上挺立着一座小岛，岛上的芦苇则向四面八方进攻，有如一股强烈的绿色爆炸。可以预料，岸边那整齐的绿色大军很快就会跟它那

———————
① 意为"征战记"。

些岛上的同伙联合起来，占据整个水面。

不用说，我们这三个流浪者引起了拉季斯洛沃村人的注意，更何况谢廖加留的一脸胡子十分显眼，已经到了很容易让人把胡子的主人当作刑事犯的程度。塘边渐渐聚起一群看热闹的人。

集体农庄主席承认，把那些池塘清理一番不是什么坏事，但是农庄刚刚开始鼓劲，他暂时还顾不上那些池塘。此外，还需要掘土机，而区里连一台掘土机也没有。

"掘土机全都在一些荒无人烟的地方掘土，"主席苦恼地说，"可是在我们这儿，在中部地区，这样的池塘却正在毁灭。这都是我们祖先挖的现成的池塘，只要清理一番，拾掇拾掇就行了。我们村里的池塘将近有四公顷。你们知道这么大的面积能养多少鲤鱼吗？"

"我们倒是知道，可是您这位集体农庄主席知道吗？"

"我也知道，可是全区连一台最差劲的掘土机都没有，那又有什么办法呢？对我们中部地区太不关心了。"

我们问他，哪儿可以痛痛快快地洗个澡。

"还留了一口池塘专供洗澡之用。水看来很深，大伙管它叫洗澡塘。你们从牲口道穿过去，过了那片荒地就到了。"

我们又开口向主席借一辆马车，因为有时天还没黑，我的妻子就走累了。

一个伶俐的少年接到命令之后，推辞了很久不肯出车。因此，不论是恶言威胁，还是好言相劝，全都无济于事。事情决定于谁最先感到厌烦——是主席对请求感到厌烦还是小伙子对拒绝感到厌烦，再不就是我们对他们吵架听得厌烦。我们正想打退堂鼓，小伙子却感到厌烦了，于是一匹枣红色瘦马套在大车上，懒洋洋地迈开步子，踏上了满是尘土的大路。

我和谢廖加同大车并排走着，萝莎、小伙子和我们的袋子都在车上。马时走时停。小伙子装出一副赶马的样子，然后用我们能够听得见的声音自言自语道："走到那个树林子为止，前面不去了，马根本就走不动。"可是到达小树林后，他却不敢往回走，而是把刚才那一幕又重演了一次，只是换了台词而已："走完那片地，前面我就不去了。"如是者凡三次，最后才算拿定主意。

我们自己也感到不好意思，也许我们真的不该把这头疲倦的马赶出来。可是那个小伙子刚赶着车离开我们三十来步，便在头顶上把缰绳一抖，在我们的视线之内（可以看到两公里远），时而放马疾驰，时而赶着马大步前进。

傍晚，我们同一群母牛一起，披着金灿灿的、散发着新鲜牛奶香味的尘雾走进了布西诺村。在一道宽阔的、坡度平缓的山沟的坡岸上伸展着一排长长的房子，生产队长的房子位于这排房子的最边上。主人不在家里，我们在墙脚边的土阶上坐了下来。队长的妻子坐在我们旁边照看一个婴儿。她身边的孩子渐渐地越聚越多，最后几个儿子都到齐了，共是六大勇士。最大的不超过十至十二岁。

我们大家都不敢提出那个主要的问题——沃尔夏河的源头是在这儿吗？怕的是人家说："得啦，我们不知道什么沃尔夏河，总之这儿什么河也没有。"为什么他们自己对河源就在这儿一事默不作声呢？并不是每个村子都有河源的啊！也许这儿真的什么也没有吧。这个布西诺村我是从哪儿获悉的呢？从小时候，从父亲的故事里。然而父亲给孩子讲的故事难道全是真的吗？他们有时也用童话来给孩子们逗乐呢。

长满又深又密的杂草的土地通向下面，坡度平缓，但却下得很深。山沟的对岸显得陡峭一些。在沟底的淡紫色暮霭中，开始出现一团一团棉花似的白雾。团团白雾汇在一起，形成一条长带，最后半条山沟都弥漫着浓密的白雾。这使我产生了新的希望。这种雾不可能在普通的山沟里形成，能够形成这种雾的只有底部草丛中有河水的山沟。

当六个儿子的父亲——生产队长回来时，天已经完全黑了。这是个穿着一件褪色军便服的青年男子。

他带我们去过夜的地方。

我们来到的那幢小木房比外面更黑。不过黑暗无法掩饰房间里乱七八糟的情况。桌子上摆着一大堆刚刚割下的马合烟叶，房东是个下颊蓄着圆形胡子的老汉，正在把马合烟叶扒到一只胶合板箱子里去。桌子上还零乱地摆着许多从历书上撕下用来卷烟的小纸条。

房间里点着一盏闪烁不定的煤油灯。我们发现，老汉有一双老是流泪的红眼睛和一手熏黑了的指头。

老妇人拨亮灯光，朝我们大家看了一眼，最后把她那奇怪的、长久的、疑问的目光停留在我的身上。然后她走出去，但马上又回来了，开始张罗茶炊，我时常感到她的目光投射在我的身上，令人觉得可怕。她的目光里起先是一个无声的疑问，后来几乎成了一种哀求，最后就只剩下痛苦了。于是我鼓起勇气，问她干吗老是看着我，也许以前她在哪儿见过我？

"我还当是儿子回来了，乍一进门没把话挑明呢。我原先有个儿子，长得跟你一模一样，我盼了十三年啦。没接到死亡通知书，那就是说，他会回来的。"

"全是废话，"老汉粗声粗气地打断她的话，"该回来的早就回来啦。"

老妇人出去了。

老汉从墙上取下一幅照片递给我们。

"真的，你很像我们的廖恩卡，我也怀疑了一阵。"

照片上是一个年轻小伙子，圆脸蛋，翘鼻子，金色的头发，魁梧的身材。老实说，我觉得他跟我不太像，但做母亲的当然看得更清楚。就是说，总有相像的地方。

我没有把我们来到布西诺村的原因告诉两个旅伴。因为我担心来了以后这儿啥也没有。现在天色已晚，我必须把一切调查清楚。我走到外面。当我们坐在室内的煤油灯下时，月亮升起来了，碧绿，清新，仿佛刚刚在清澈的水里洗过似的。沟里的雾更浓了，在月光下变成了蔚蓝色，而且泛着银光。我几乎是跑着朝山沟奔去。我的裤子马上湿到了膝盖，仿佛跑进了水里，鞋子里也扑哧扑哧响了起来。我心里又闪过了一线希望：这种露水只有水边才有。

雾的气味扑鼻而来。这雾又浓又密。我走进雾里，起初只到腰部，一下子就把头罩住了。月亮的清晰轮廓渐渐变模糊了，仿佛被云遮住了似的。在沟底，我被寂静笼罩了。就在这月夜的寂静中传来了遥远而又清晰的汩汩的流水声。我循声走去。大沟里有一条小沟通向一边，那是个死胡同。它不到一百步长，尽头是一座陡峭的横向小山。小沟的入口处长着一棵高大的、枝叶茂盛的柳树。柳树周围看不到任何树木或灌木丛。一条小溪沿着那条死胡同般的小沟流了出来，时而哗哗作响，时而汩汩有声。它给自己开辟了一条又窄又深的小河床，上面杂草丛生，把小溪都遮得看不见了。

那座陡峭的横向小山上，也就是小山沟的后墙上，青草长得异常茂盛。一股芬芳馥郁的合叶子味从那儿飘来，使整个山沟香气四溢。它那娇嫩柔软的白色花序呈现出一种浅绿色。那块杂草丛生的地方就是河的发源地。

四排橡树圆木筑成一个一公尺半长、一公尺宽的方井。黑色的、闪闪发光的圆木井内蓄满了水。不过这一点我是在用手掌摸到水之后才知道的。水是这样清澈，仿佛不存在似的。

水从圆木井内流出以后就有了声音和外形，因为它开始溢出、流动，成了一条小溪。

山沟的斜坡上长满了像红帽子一样的野三叶草、红艳艳的石竹花和黄灿灿的毛茛。在静谧的河源上面，在小溪的尽头，长着密密麻麻的小麦。花粉一直飞到泉眼那儿。蒲公英的绒球轻轻地垂向晶莹的水面。

小沟里流动的溪水是碧绿的，但在想象中，我已经看见它在朝阳下金光闪闪。

我们的沃尔夏河的发源地只能位于绿草如茵、鲜花盛开和小麦茂盛的地方。它在路上会遇到泥泞，也会遇到粪便和讨厌的黏土，但它会不屑一顾地从这些东西身旁流过，牢记自己那晶莹澄澈、如花似锦的童年。

这条小溪还得奔跑很久，才会形成第一个水潭和出现一个新概念——深度。

它还不会很快形成清澈平静的水面，倒映出沿岸的森林、白云和艳阳，以及夜晚蓝色的繁星。

这条年幼的小溪暂时还不能以清晨在水面激起一圈圈深红色波纹的鱼儿戏水的景象自夸。

可是你瞧，已经有一个姑娘走路走热了，到河里来洗一把脸了；已经有一个妇女来到河边，用扁担把两桶清澈的水挑走了；已经有一群活泼的鲈鱼在游来游去，发出啪啪的水声了；钓鱼人已经把他那简易的渔具向水面的苔草抛去了。

沿岸的村庄升起了袅袅炊烟（要是没有这条河，这些村庄就不会坐落在这儿），岸边的草地上，长柄镰刀丁丁当当地响了起来。割草的时候，小伙子们按照古老的风俗，把身穿衣裙的姑娘们扔到中午温暖的水里。

瞧，沃尔夏河上出现了第一座桥。各种垃圾从桥上倒进河里，因此大头鲹小心翼翼地从深水中浮到水面，在那儿游动、觅食。

出现了种种名称，什么长潭呀，老爷潭呀，黑潭呀等，就在这儿，这条河流进了我的童年时代，几乎成了我一生中最主要的东西。任何东西对儿童心理形成的作用都不如流经附近的河流那么强烈和明显。第一个朋友，第一件玩具，第一篇童话，这一切都是它，就是这条河流。

沃尔夏河不大，也不出名。跟它有关的传说不多。从来也没有什么人投河而死，这难道就那么不好吗？一条河要想出名，就得把公主扔进水里，就得让受骗的美女纵身跳下陡峭的河岸。我们尊敬嗜血而又无益的鹰，而对拯救我们的花园和森林鸫、鸦或鹤却冷酷无情。

就连鹰的凶猛和残暴本身也被视为它的优点，在诗篇和歌曲中得到歌颂。其实，萨尔蒂科夫—谢德林早就警告过，鹰首先是一种凶猛的鸟。这位古典作家的声音也可以倾听一番呀。

可不是吗！勤劳的鸫尽管身子很小，但却能消灭成普特的各种害虫，难道我们因此夸赞过它吗？当猛禽追赶它，杀死它，撕碎它的时候，难道我们又怜惜过它吗？

我的沃尔夏河世世代代孜孜不倦地操劳，给人们带来欢乐和利益。最大的欢乐是带给孩子们的。沃尔夏河像鸫鸟一样，不以宏伟惊人，而以赤杨和睡莲、珠母贝和鲥鱼、白柳树和又黑又深的水潭而著称。还有白色的稠李花瓣纷纷飘落水中，缓缓漂流而下。

我还记得，在沃尔夏河里，光用两只空手就可抓一满篮鱼。这儿栖息着大量的大头鲹、鲈鱼、棘鲈、斜齿鳊、嘉鱼、鲹鱼、鲥鱼、圆腹鲦等。

在我的记忆里出现了一条沃尔夏河狗鱼。在下游一个地方（好像是沙普雷吉诺村附近），一座磨坊堤坝垮了，于是在满水时节，这些贵客便乘着大水首次光临了——各个村庄都传开了这类不祥的消息。但是，很长一段时间，谁都没有亲眼看见。末了我的邻居科斯佳（他比我大五岁）邀我一起去把捕鱼的篓子取出来。这是布罗多夫跳板附近的事。他刚把鱼篓拿出水面，就听见篓子里有个东西拼命蹦跳，扑打湿淋淋的篓壁，大有撞破鱼篓、夺路而出之势。科斯佳拼命地喊了起来："江鳕……大头鲹……不，是条狗鱼！"后来我们在草地上仔细端详了这个初次见到的多牙的坏家伙。

从那时起，沃尔夏河里的鱼开始逐渐减少。可想而知，这下子该那些首批光临的狗鱼逍遥自在了！河里的鱼类性情温和，没有受过惊吓。它们的本能里都没有任何抵御狗鱼的东西，说不定还会自动往它口里钻呢。现在则已繁殖起有适应能力的后代：尖牙利齿的自然淘汰法则起了作用。现在，假如说鲍鱼得以幸免于难的话，那么你用麸糠之类是无法哄骗沃尔夏河里的鲍鱼上钩的！

一提起沃尔夏河，我的话就没个完：捕鱼时发生的种种趣事，在河上沐浴欢乐的霞光，倾听夜莺的歌声，夜里在它的岸边漫步——一件又一件，往事知多少啊！光是诗我就给它念过不计其数，它也用它那温柔、轻微的潺潺水声给我吟咏过许多诗篇。

此刻，所有这一切，这个名叫沃尔夏的特殊的、欢乐的、跟任何东西都不相似的世界的源头就在我的脚下，在一个橡树做的摇篮里，在小溪尽头的鲜花、青草和小麦丛中。

几股碧绿的水流漫溢在黑色的草地里，流向那棵枝叶繁茂的大柳树。在那儿，小溪朝右一拐，沿着大山沟流去，然后同其他泉水汇在一起。

第二天早晨我又来到这儿，不过这次是三人一起。在朝阳的照耀下，周围的一切起了多大的变化啊！溪水的颜色不再是碧绿的，而是金光闪闪，几乎是一片火红。像珍珠一样沉甸甸的白色水珠从青草和鲜花上不断滴到水里。

泉眼原来一共有七个。但我昨天夜里到过的那一个最大，它叫格列米亚奇卡泉，算是主要的泉眼。

现在可以仔细看看泉眼的底部了。那儿一片沙砾，非常干净。在纹丝不动、仿佛安着玻璃的水里，到处是闪闪发光的沙泉。这么说，泉水就是从那儿的地底喷出来的。我数了数，一共有六十个小喷泉。

不用说，我们几乎是虔敬地喝了泉水，洗了手脸，然后便沿着溪流走去。溪水把我们引到一个地方，那儿的黑麦和三叶草丛中隐没着我那一去不复返的金色的童年。

第十六天

大家知道，这一天是在沃尔夏河的源头，在一眼名叫格列米亚奇卡的泉水旁开始的。

我们一边走一边议论，哪一个名称出现得更早——是乌戈尔——芬兰语的河名呢，还是斯拉夫语的泉水名称。

这时太阳升得高一些了，露水已经干了，在早晨清新明净的空气中开始飘来最初的蜜的气息，并且使周围的空中香气四溢。现在正处于割草季节之前，是各种草长得最为茂盛的时候。草场上芬芳馥郁，阳光明媚，五彩缤纷。有时我们可以闻到一阵阵纯净的蜜味，那是从养蜂场飘来的。

我们经过了几个村子，村子里总会有哪位老大娘打着遮阳，一个劲地望着你，并且说道：

"这人好面熟呀。您是奥列平诺村的人吧?"

"正是奥列平诺村人。"

"难怪我认得……"

"为什么呢?"

"凭天性呗。您是阿列克谢·阿列克谢耶维奇儿子吧?"

"是的。"

"难怪我认得，好生面熟呢。"

不一会，我们便进入了茹拉夫里哈树林，我们是从离我家较远的那一头进去的，至今我还没有从那儿进去过。

我开始更仔细地打量流经这儿的小河，看看彼得鲁哈是否坐在灌木丛下的什么地方。

彼得鲁哈是个个性十分特别的人。他本是布尔达切沃的鞋匠，却极少干自己的手艺，因而无法摆脱凄凉的贫困生活。其实，他家里只有妻子一人，据说她经常到处闲逛。

而这个使家庭陷入如此贫困境地的祸首本人却日日夜夜在河边钓鱼。这不单纯是一个钓鱼爱好者，而是一个神志不清的人，一个演员，而且显然还颇有点诗人气质，因为人们常常发现他手里并无钓竿，却在水边一连端坐几个小时。

他从不刮脸，老是穿一件罩在裤子外面的褪了色的黑衬衫，老是光着脚板，老是肩扛两根钓竿，手提一只小铁桶——这就是我印象中的彼得鲁哈。

如果不是因为蓄着平头，他大概是不会梳头发的。他大约有六十岁光景。

他的一根钓竿是用胡桃木杆和璎珞柏树干做的，另一根钓竿是一根完整的桦木杆。钓丝是用马鬃编成的，上面满是结子。浮子是用几个从半公升装的瓶子上拔下来的普通软木塞做的。我从未看见彼得鲁哈喝醉过。

既然家里没有现成的烤馅饼和圆面包等着他，他就整天整天地在河边溜达，晚上就在岸边过夜，时而喝一顿汤，时而用鲜鱼在乡亲们家里换一顿饭。

据说他懂"鱼话"，因为在别人哪怕坐上一星期也没有鱼咬钩的地方，彼得鲁哈却能接二连三地把鱼钓上来，不过他不喜欢别人看他钓鱼。可以有把握地说，他从不使用任何补加的诱饵，除了蚯蚓和面包以外，他也不知道别的鱼饵。

我之所以爱好钓鱼，应该感谢彼得鲁哈，而且应该终身感谢，因为这种爱好跟别的爱好不同，一直没有消失。

"列克谢伊奇①，该走啦!"往往天还没亮，他就把我叫醒了。

我们被拂晓前的寒气冻得阵阵发抖，连忙赶往那些"巧"地方。

"库里亚诺沃村的陡坡下面还有一个很巧的地方。"彼得鲁哈说，我连忙把它记住。

现在，当我们向房子跟前走去时，我把彼得鲁哈的情况告诉了自己的旅伴，并且答应给他们安排一次有他参加的晨钓。早些时我在路上就经常提到他，因此他们甚至急于快点来到奥列平诺村，看看这个大名鼎鼎的渔翁。

不错，彼得鲁哈近来已经变得衰弱了。他的两条腿已经弯了(这是由于经常在露水和湿地里走的缘故)，别人在信中告诉我，他还经常咳嗽和气喘。

这时我们走到了森林小木房跟前，这是从前神秘的科西岑一家住的。突然，萝莎叫了起来。我还以为她不是碰到了蛇，就是踩到了地雷呢。其实她不过是旅途中头一次在草地里看到鲜红的草莓而已。故乡的土地在向我们献礼呢。

在草丛中蜿蜒的"草莓矿脉"领着我们向河岸边越走越低，上面有一个戴着眼镜、穿一身深蓝色旧制服的人在注视我们。他的个子又矮又宽，脸孔又圆又憨，看上去又年轻又快活。

"伙计们，帮忙推一下汽车。陷在可爱的茹拉夫里哈树林啦。我那车是辆'莫斯科人'牌小车，轻轻一推就行了。"

---

① 列克谢伊奇是阿列克谢耶维奇的简称。

"您是什么人?"

"我姓科西岑,你们也许听说过吧?以前住在护林室里,现在上老人们那儿去做短期休假。"

我们同小科西岑就这样认识了。后来获悉,他是一个乐天派,一个善于在冰下捕鱼的行家,又是法学副博士,军事学院讲师,苏联英雄。

不用说,我们立即把他那辆"莫斯科人"牌车子推了出来,他当即要我们答应,最迟明天一起乘同一辆"莫斯科人"牌车子到科洛克沙河去钓鱼,并且一定在那儿过夜,也就是说,进行一次晚钓和一次晨钓。

现在离奥列平诺村不到两公里了。走出茹拉夫里哈树林时,已经看得见山后面钟楼上的小十字架,这就是说,钟楼本身很快就要出现了。然后将会看到钟楼四周的几棵老椴树,然后是一排排屋顶,然后我们将进入"莫斯科巷"。如果我的母亲这时在窗口抬眼一望,她就可以看见我们了。

第十七天

　　我醒得很晚。醒后的第一件事便是整理自己的钓竿。其实，它们完好无恙，不过我大概一连有两年没摸它们了，而在科洛克沙河里钓鱼又非同小可。此外，说不清钓鱼人究竟把什么视为更大的快乐——是钓鱼本身呢（常常是败兴而归），还是钓鱼的准备工作。

　　我有三根钓竿，每根钓竿都加了一根新尼龙丝，每根尼龙丝系了一个锋利的新鱼钩（我在自己的手指上试了一下），然后用牙齿咬一咬精心制作的铅坠。然后又检验了做好的钓竿是否结实，办法是在鱼钩上挂一个一公斤重的砝码。我竭力让这个砝码离开地面，仿佛它是一条上钩的鱼似的。竹钓竿弯成了环形，钓丝吱吱地呻吟着，砝码在草地上拖着。这一天还有一件事叫人高兴：从南方徐徐地，但却一直不停地吹来一阵微风。众所周知，南风对鱼儿咬钩最为有利。

　　到斯巴斯科耶村有五公里路程，路上花的时间连四十分钟都不到。我们将从那个村子动身去科洛克沙河。我在萨沙·科西岑的"莫斯科人"牌汽车旁边找到了他。他换了一件条纹睡衣，正在汽车后部捆一根细长的竿子，竿子顶端有一根小横木，横木上又安了几个小铁环，使之发生了更大的响声，引起鱼儿更大的惊慌。在我们那儿，这个玩意叫惊鱼篙。人们用它敲击水边的灌木和水里的粗木块，把鱼从那儿吓出来，同时把水搅浑。事先在灌木或粗木块上安放一张抄网，受了惊的鱼便箭也似的向那儿游去。

"难道我们要用抄网捕鱼吗？"我问道，"我们是准备钓鱼的呀。"

"不是，我父亲是个怀疑主义者。他说，你们用钓竿也许真的能钓到鱼，但我带上网却保险一些。凭我这老汉的经验，我在灌木附近下过网，赶过两次鱼……当然啰，你们是城里人，你们看着办吧，也许用钓竿也能钓到鱼。"

这当儿，老科西岑本人出现在一幢有五面墙的圆木房子的台阶上。这是一个矮小敦实、眼睛碧蓝的庄稼汉，一举一动都显得精力充沛，十分敏捷。他马上推开正在捆惊鱼篙的儿子，把已经捆好的绳子解开，重新按自己的方式，按农民的方式结实牢靠地捆了起来。

我和萨沙带上几把粪叉和一个罐头盒子，便动身去挖蚯蚓。我们沿着一条小路，经过蜜蜂纷飞的花园，然后钻到荒地上的晒草架下。荒地的草是不久前才割的，散发着新鲜干草的浓郁香味。我们急匆匆地朝位于小山下面的集体农庄的猪圈奔去。我们正在进行一项如此重要和无暇唠叨的工作，因此我们的交谈简短而又明了。

"等一等，这一堆不错。"

"不，这是新肥，要找腐熟的厩肥。"

"这一堆挺好。"

"挖吧。"

一股恶臭从叉子翻开的粪层底下直往上蹿。

"嗬，这一堆真棒！不会没有蚯蚓吧？"

"应该有的。我去年在这儿挖过。红红的，软乎乎的，一条压一条。"

"挖深一点，一直挖到地面。"

"哎呀，在这儿呢，老伙计呀！在这儿！"

我们俩连忙争着用手在粪里挖呀，选呀。

"这蚯蚓太棒啦！"

"嘿，这里有一大群呢。您瞧这家伙多棒，又大又红。"

"太好了……太好了……撒点儿粪到罐头盒子里，让这些老伙计舒舒服服地待在那儿。"

"给他们垫点儿草好些吧？"

"那就垫吧。不过还得给这些老伙计撒点粪……"

我们俩一声不响，气喘吁吁地使劲干着。

"哎，终于把蚯蚓找到啦，多漂亮！"

"我知道这儿有蚯蚓。瞧，这一条多棒！"

"软乎乎的！"

"再挖一点吧。"

"瞧，大批的藏在这儿呢。嘿，你可跑不出我们的手掌心啦。"

"真漂亮！"

"真可爱！"

不远处走着两个妇女。她们停步伫立，久久地观看两个莫斯科人（一个头上戴着草帽，另一个系着一条妇女的头巾）劲头十足、兴致勃勃地在猪粪里翻来翻去。

这时我们的罐头盒子快装满了。

"等一等，这玩意儿已经够了。咱们把那根圆木滚开，底下可能有红蚯蚓。"

"来吧，一，二，加油，一，二，加油！"

圆木晃了一下便滚开了，露出一个又长又黑的印子，在绿草丛中特别醒目。

"拿盒子来，快拿盒子来!"

比粪堆里的蚯蚓大得多的红蚯蚓被最初一刹那倾泻在它们身上的阳光弄得惊慌失措，急急忙忙往洞里钻了起来。我们还是抓到了十五条，把它们扔进了罐头盒子。有一些只来得及抓住一头，然后轻轻地往外拉，可是它们却不肯出来，用另一头紧紧钩在洞里。如果完好无损地拉出来，那就算不错了，弄得不好就会拦腰拉断。断蚯蚓没有什么用，也许只有棘鲈才吃它。

我们一根接一根地滚开圆木，滚开一根就贪婪地向地面扑去。与此同时，房子跟前在继续进行装货。汽车里装上了菜锅、煎锅、叉子、刀子、匙子、大葱、大圆面包、土豆、毯子、水桶，还装了一些盖了白火漆印的浅绿色瓶子。

除了我们几个主要的渔夫，即萨沙、他的父亲帕维尔·伊凡诺维奇和我之外，小汽车里还挤着萨沙的妻子薇拉——一个漂亮的莫斯科金发女人，还有他的妹妹——皮肤黝黑的小柳霞。在讨论是否带她俩去钓鱼的问题时，萨沙用简短而不容置辩的论据作了结论：

"那谁来破鱼、煮汤和给我们洗碗碟呢?"

我们终于启程了，萨沙的母亲在台阶上向我们挥手告别。一群乡下孩子随车奔跑，直到汽车加大速度，把他们留在后面滚滚的烟尘里为止。扬起这种烟尘的与其说是车轮，不如说是拖在汽车后面的那根长长的惊鱼篙。

如果从空中俯视这辆车后捆着一根细杆的浅蓝色"莫斯科人"牌汽车，它也许像一只尾巴过长、动作灵活的小老鼠。瞧，这只小老鼠钻出了绿荫覆盖的村子，在野外的大路上奔跑，一下子钻进了一个小树林，然后又跑了出来。车头在一条水沟旁扎了一下，不敢跳过水沟，而是从右边小心翼翼地绕了过去，然后在烟尘滚滚的山路上跑得更快更欢了。它在路上碰到了拉季斯洛沃村，便一头钻了进去，钻到那些还是地主老爷种下的百年大树的浓重树荫之下。

进了拉季斯洛沃村，充当司机的萨沙把车子停在农村商店门口。

"还要买点东西。"

谁也没有打听，谁也没有问他还要买什么。也许是面包，也许是盐，也许是肉类罐头……

"供销社的女售货员好生面熟，"汽车开动以后，我对萨沙说，"这女人是谁呀？她很年轻，但从脸色来看却又饱经风霜。"

"她叫拉雅·瓦霍尔金娜。你大概跟她一块儿念过书。"

于是，一个身材苗条的七年级女生的清秀的、镶着一双灰色眼睛的小脸蛋从将近二十年的模糊记忆中浮现出来。她总是若有所思，总是比一个十五岁的姑娘应有的神情显得更为严肃，大家公认她是班上最漂亮的姑娘。

我们自己往往觉得，我们还是十五年前和二十年前那个样子，可是你见到一个同龄的女同学，却不认识她了，她也认不出你，你似乎在照时间这面镜子。

当许多条件相同、经历相同的人，或者说得更正确些，当许多未来的生活经历相同的人，站在生活的起点，站在它的岸边的时候，大家都会觉得晶莹的、阳光灿烂的远方是多么明朗。后来大家跨过水陆界线，到了水里，手抓脚踹地游了起来，于是就各奔东西，各显神通，彼此从视野中消失了。

谁不睁大眼睛，死死地盯住千里之外的灯塔的亮光，那么对他来说，第一个小岛就是一片乐土，而把它抛弃，重新跃入波涛之中，向前漂流，那是十分可怕的。拉雅·瓦霍尔金娜曾是一个有着一双沉思的灰色眼睛的小姑娘，可如今却在一家农村商店里卖东西。

然而你却死死地盯着依然那样遥远、依然那样模糊的那一星灯光，游呀、游呀，既没碰到陆地，也没进行休息，一生都将游个不停。瞧，眼前出现了一个小岛，同龄人拉雅就待在上面，将来还会碰到许多小岛，另一些同龄人将在上面，而你从他们身边游过时会感到忧伤。

然而，如果你能在惊涛骇浪中赶上他们，或者你的同龄人能赶上你，那该是多么令人高兴啊。

"嘿嘿，咱们还在游啊，那就游下去吧，老伙计！靠在我的肩膀上吧，我还有的是力气。如果你愿意，就靠在我的肩膀上吧，但只要你还看得见千里之外灯塔的金色火光，你就得游啊，游啊，自始至终地向前游去。生活会把你扭到另一边去，又会把你扭过来，时而把你扔到右边，时而又扔到左边，再不就干脆把你扔到后边，但不管大自然把你带到何方，你必须始终面向前方，面向阳光，不让它从你的视野中哪怕消失一秒钟，好让你鼓足干劲，战胜惊涛骇浪，重新开始你那顽强的、狂热的、一个劲地拼搏……"

出了拉季斯洛沃村，道路就变得令人舒畅一些了。小树林更多了，一片片田野叠次闪过，景色十分秀丽。浅玫瑰色的荞麦代之以边上栽有白桦树的淡蓝色的亚麻田；深玫瑰色的、毛茸茸的、茂盛的三叶草又代替了蓝色的亚麻田；而燕麦田里却是一片蜡黄，干燥的燕麦沙沙作响；淡紫色的羽扇豆田则颇富异国情调。

在一个小树林里，道路陡然通向山下。可以看出，不久之前有几股雨水沿着它的砂土车辙流过，在爬过道路的每棵树旁边都留下一些大小相同的小土块和同样的小石头，再不就是一些垃圾。

萨沙老是踩着刹车，后来他显然已经摸清了道路的情况，松开了刹车，于是我们那辆浅蓝色"小老鼠"就从浓荫覆盖、半明半暗的窄路上冲到了一片阳光灿烂的辽阔地方。这儿到处是蓝色和像拉紧的桌布一样平坦的绿色，我们的两眼不由自主地眯了起来，当眼睛重新睁开时，四周的一切变得更明亮、更辽阔了。原来进入了科洛克沙河滩地。

草地的主色是淡紫色，有的地方黄灿灿的，有的地方灰蒙蒙的，各种鲜花都沐浴在金黄色的阳光里。

我们这边的河岸还没开始割草，可是对岸陡峭的山丘（它的外形就跟古事歌里描写的一样），下面已经闪耀着妇女们五光十色的头巾和连衣裙，布满了整齐的干草垛，还有两个刚刚堆好的暗绿色草垛。

"莫斯科人"牌汽车穿过茂盛的、高及玻璃窗的青草，踏着轻柔的浪花向前驶去，前面还看不见河流，而只能猜测它是在那儿。由于帕维尔·伊凡诺维奇的坚持，汽车朝一个小岬角驶去。这儿有一条名叫黑河的小河注入科洛克沙河。现在，也许有必要用三言两语对这两条河作一番描述。

黑河在田野和小树林中曲折蜿蜒，刚刚来到这块平地，并在这儿变得稍宽一些了。有的地方河岸非常陡峭，有如急转直下，坡岸上杂草丛生，只有五六米宽的水面。还必须考虑到，就连这五六米宽的水面也被低垂的灌木丛占去了足足三分之一，使整个水面布满阴影，而且灌木丛对岸附近的水中还有慈姑、睡莲和水鳖的叶子。杉叶藻和一种很像木贼的河草都在这儿的阳光下争得一席之地。只有在宽约一米半的河中心，才可看见黑河那清澈的水亮得发黑。如果你把上了鱼饵的钩抛过水草，直接抛到灌木丛下面，它满可以沉下去三米左右（这类小河一般没有这么深），于是你会得到各种意想不到的收获……

科洛克沙河则要宽一些。一张二十五米长的渔网都无法把它隔断，而拉网则必须要五十米以上，因为它无法拉紧，而是弯成一个半圆形。

如同本地区其他河流一样，科洛克沙河的河岸也是陡峭的，没有沙滩，百花丛草地一直延伸到水面。河岸虽然陡峭，但坡面却很平。在割草季节，割草人把坡岸上的草割得非常整齐，一个个草垛排成距离相等的队列，矗立在陡峭的河岸上。

科洛克沙河两岸都长满睡莲，我们这边比对岸长得更多更密。我们不得不在岸上逛了一阵，以便寻找几块每人都可放三根钓竿而不觉得拥挤的地方。要想把钩子从睡莲上面抛过去是绝对不行的，因为距离太远了，连三节钓竿也够不着。

我找到了一个安静的地方，在一丛茂盛的爆竹柳右边。沿岸生长的睡莲在这儿中断了，我已经想象到科洛克沙河的各种鱼类是怎样在这个自由广阔的水域底部游来游去，从一丛水草游向另一丛水草。

初次把一根钓竿抛到一条陌生的河里往往令人倍觉有趣。这儿情况如何呢？有些什么鱼呢？鱼会不会咬钩呢？这个隐蔽、宽阔，下面沉着许多粗大树干的深水潭能带来什么结果呢？不用说，水面上的鱼是到处一样的。瞧，它们在五分钟之内就已经习惯了我这个在爆竹柳丛旁边垂钓的人，并且在水面上来回乱窜，到处找食。不过，每个钓鱼人都知道，咬钩的往往不是那些在水面上游来游去和你用眼睛看得见的鱼，而是那些善于隐藏、在水底等待时机的鱼。而在这时，浮在静静的、仿佛流都不流的水面的浮子，会突然向上冲起，并且停留那么一刹那，稍一倾斜，向后一靠，便动了起来。动了半天，浮子停下来，然后又往回或向一旁移动。这是一条大鱼在小心翼翼拖着它，这时人们往往忍不住把钓竿猛地一拉，可是却必须忍耐。浮子完全不动，然后又浮在水面，就像咬钩之前一样。难道鱼把钩扔了，在钩上扎伤了，把钩吐出来了？难道一切就此结束了？可是浮子又竖了起来，开始焦急地晃动和击水。突然它急速沉入神秘的河水深处，与黑暗的河水融成一片。

不过这种情况只是一种理想，如果鱼儿一个早晨这样咬六次，你就可以认为自己是个幸运的钓鱼人了。情况往往是这样：浮子猛地向下一拉，一条带褐色小斑的浅黄色的鱼便恼怒地扑腾在钓钩上，钓鱼人亲切地把这种鱼时而称为"将军"，时而称为"主人"（指水府而言），时而称为"警备司令"，时而称为"主角"，时而称为"房管员"，时而称为"伙计"，时而称为"权威"，再不就按照名字和父亲称为约尔什·约尔绍维奇①。

一旦拖上来一条"主人"，就连最陌生、最神秘的河也会变得亲切起来，仿佛你在这儿钓了一辈子鱼似的。记得有一天早晨五点多钟，我在列宁格勒从塔林开来的火车上下来。这是五月底的事。为了在机关上班之前消磨时间，我在城里溜达，不一会，很自然地来到了涅瓦河堤岸上。涅瓦河宽阔、平静的水面在早晨的天空下呈浅蓝色，有些地方闪耀着被冲毁的泥土的橙黄色的斑点。堤岸上坐着很多钓鱼人。有个钓鱼人用的钓竿极大，把它叫作钓竿只能是相对而言。这根钓竿有七米长，由多节组成，下端足有一根车杆那么粗。把它拿在手里当然是不可能的，于是钓鱼人想出了一个妙法。他在靠钓竿中间的地方系了一根绳子，需要把钓竿提起来时，他就拉这根绳子。绳子的另一端缠在一个由于某种需要砌入堤岸花岗石的铁钩上。然而，即使借助于绳子，这根钓竿也不容易拉起来。钓鱼人拉绳子时身子甚至要向后仰。

另一个钓鱼人的做法不同。他在绞竿上系的不是带钩的鱼形金属片，而是一个沉甸甸的东西（铅蛋）和一个铁丝架。他在铁丝架上安了几根带钩的短绳，这一切加在一起，竟使钓竿几乎能够抛到涅瓦河中央。他有时拖上来加以检查。

涅瓦河水面宽阔，离海又很近（从芬兰湾来的鱼可不少），使人

---

① 约尔什（ёрш）在俄语中意为"棘鲈"。

产生一种强烈的好奇心。瞧，那个大浮子（这是一个香槟酒瓶塞，上面插着一根长长的白羽毛）倾斜了，慢慢沉下去了。刹那间，铁钩上的绳子向后扯动了，钓竿开始往上提。周围顿时活跃起来。钓鱼的人纷纷跑了过来，聚集在鱼儿上了钩的那位幸运儿旁边。涅瓦河河水即使靠近岸边也是很深的，无法一下子看见那个引起骚动的"肇事者"。这个肇事者就是它，"将军""警备司令"和水府的"主人"。不错，这是一条颇为不小的涅瓦河棘鲈，虽然和莫斯科近郊的棘鲈不可同日而语，但毕竟还不是鲈鱼。

这当儿，旁边那个在绞竿上安了铁丝架的钓鱼人匆忙地，甚至是慌乱地把钓竿从涅瓦河的深水中扯了出来。在离岸边很远的地方大概钓上了一条很稀罕的鱼。

"上来啦！"钓鱼人大声喊道，他把钓竿完全拉了上来，从鱼钩上取下一条棘鲈，"上钩啦，亲爱的，现在请你进篮子去吧。"

有一年冬天，我们听说有一条河里鱼特别多（似乎一天之内每人可以钓到三十三公斤鱼，而且就在同一个窝子里），于是就上那儿去过星期天。我们是晚上动身的。起初，车子在公路干线上走了一整夜，后来拐进了一条乡间公路。汽车每走一百公尺就要陷进雪地里一次，于是我们把汽车留在一个小村子里，沿着一个个雪堆徒步走到河边，走了两三公里。三月的冰是墨绿色的，我们砍了很久的冰，然后忐忑不安地把钩放到冰下的水里……

"咬钩啦！"第一个有鱼咬钩的人拼命叫了起来。大家都向他奔去。冰洞里出现了一条小指粗的小棘鲈……

当我把自己的第一根钓竿抛向科洛克沙河上睡莲丛间的水面时，我的心突突地跳得多么厉害啊！

当鱼钩和铅坠还未沉到水底，浮子便开始下沉时，我又感到多么惊异啊！仿佛我在钓竿上系的不是一粒小铅弹，而是一个砝码，并且把它使劲地抛到水里。一秒钟后，当我从钩子上取下科洛克沙河第一位火红色的、表面有一层特殊黏液的"警备司令"时，我是多么高兴啊！

同象棋对局和足球比赛一样，钓鱼的情况也是每次不同的。每次钓鱼都有各自的情况、各自的特点和各自的精彩之处。即使你十年以后回忆起来，也不会把这次的情况同另一次的情况搞混。足球迷在比赛进行到下半场第二十分钟，某方以四比一领先时，常常说"比赛定局了"。同样，钓鱼人在太阳落山时钓上五十条棘鲈（人家不让用三根钓竿钓鱼，只好用一根钓竿，那就只用一根吧），他也可以说，今天的晚钓定局了。

然而，如同棋局的最后几着、足球赛的最后几分钟一样，在最后一次抛钓竿时也会出现各种意想不到的情况。

如同前面五十次一样，我的浮子迅速沉了下去，我的手本能地做了一个习惯动作——扯了扯钓竿。可是绷得扎扎作响的钓丝却完全出乎意料，偏要在水里划来划去，我的心里顿时一紧，瞧，终于盼到了，这才是今天垂钓中的压卷之作呢！鱼儿本想奔向右边的草丛，但钓竿一弹，又把鱼儿拖回一个没有水草的地方。鱼开始在水里打转，我把钓竿慢慢往上提，鱼划出的圆圈越来越接近水面。

这条鱼不是筋疲力尽地躺在清澈的水面吸气，在灌饱了空气之后显出一副没精打采和顺从的样子，任凭钓鱼人把它拖向岸边，而是突然跳出水面半公尺高，随即钻进水的深处。然后又跳起来，开始啪啪击水，把傍晚时分静静的河水搅混。我的内心深处出现了一种顽固的感觉，认为这条鱼反正不可避免地会从我的钓丝跑掉，但是两只手却不愿向这种不可避免的结局妥协，继续做自己的事情。钓竿举得越来越高，终于把鱼拉到了岸边。这是一条体大力壮的大头鳑。又宽又黑的脑门连着又宽又黑的脊背，又渐渐收缩到尾巴上。

鱼翅在银白色的、白得发亮的肚皮上不时摆动，宛如红色天鹅绒一样柔软。它那漂亮的、长长的身子一动不动地躺在水面，为了争取在河里的水草中遨游、在密密匝匝的水底树干之间沉沉酣睡、在七月间中午的水面上晒太阳和自由自在地跃出水面，并且在腾跃中捕捉肥大蜻蜓的权利，进行新的搏斗。

　　我没有带捞鱼网，因为我未曾料到会钓上这样大的鱼。附近也没有浅滩，要不然可以把大头鲟小心地引到浅滩上去。河岸太陡了，手无法够到鱼，无法抓住鱼鳃，也无法用锋利的猎刀击它的脑袋。后来，在篝火旁边对这件事进行详细的、全面的、主要是冷静的讨论时，才找到我能采取的许多做法中最正确的一着。不管怎样，我应当让大头鲟待在水里（即便它在水里打转），并且把在离我两百公尺的地方钓鱼的萨沙叫来帮忙。万不得已时，我必须豁出来试一试，用钓竿慢慢地把鱼提上来，使钓竿弯成弓形，使钓竿拉长和具有弹性。这样做希望不大，但钓竿也许到底能够经受得住。可我当时却采用了一种最错误、最无能、最糟糕的方法。我一看到大头鲟在我脚下的水面上露出，便连忙去抓钓丝（这是一种只有在很长的情况下才结实的细丝），并打算顺着细丝用手往回拉，从而把鱼拖上来。可是我拉的时间并不太长。钓丝刚一缩短，鱼就用尾巴在水里猛地一击，于是那根经过精心制作、并借助于生铁砝码加以检验，证明牢固可靠的第一流钓竿，在我手里就只剩下一小截了！

　　从鱼咬钩之时起到鱼尾猛地一击为止，时间只有几分钟。鱼的最初的扑腾和最后的拍溅是一气呵成的，无怪乎萨沙从远处向我喊道：

　　"你怎么啦，打算洗澡吗？"

　　我双手发抖，无法把蚯蚓安在钓钩上，而且现在安它又有什么意义呢？难道是为了再抓一条棘鲈，也就是第五十二条棘鲈吗？我离开河边，从岸边来到一块开阔的草地。

当我坐在爆竹柳丛下面时，周围世界有很多东西起了变化。太阳已经西下，余晖涂抹着远方一片蓬松的树林，这片树林长在一座环绕着河滩地的小丘上。我们这边岸上的草地有一半处在这片森林的阴影之中，真正的傍晚的凉意开始隐约可感地从这片阴影里阵阵飘来。对岸干草垛投下的长长的、鲜明的影子在被割过的绿色草地上画出了一道道线条。在草地上干活的妇女们正在收工回村。她们那花花绿绿的身影沿着山坡鱼贯而行。几匹马出现在割过的草地上。它们慢吞吞地走着，从亮处走进阴影里，时而变成深黑色，时而变成浅棕色。轻柔的、绯红的晚霞笼罩了一切，散布在整个空中，从地上的青草到鲜艳的白色积云。大自然一片静谧。

在我们的汽车附近（树林投下的阴影正悄悄向它逼近）升起了一股蓝色的轻烟。我沿着开始湿润的深草径直朝那儿走去。

大伙儿都已聚集到我们的营地。萨沙不仅钓了许多各种各样的小鱼，而且还捕了一条深铜色的、全身布满小黑方格的、嘴肥体大的冬穴鱼。

"我扯了扯钓竿，"他说道，"鱼上了钩。我本想扯上来拉倒，可是这伙计拖着钩儿就跑！我提呀，提呀，可是这个坏蛋却一个劲地往深水里钻！我两只手现在还在哆嗦呢。这是我有生以来捕到的第一条冬穴鱼。你看有一公斤半呢，还是一千八百克？"

具有先见之明的帕维尔·伊凡诺维奇从衣袋里掏出一根想必是远古时代制造的弹簧秤，钩住鱼的一只红眼睛。只听得弹簧秤吱呀一声，锈痕斑斑的铁标尺指着 1.25 俄磅①。

"这秤不准，"萨沙断言道，"这么个美人儿，这个伙计，这个坏

①　1 俄磅合 409.51 克。1.25 俄磅约合 512 克。

蛋绝不止半公斤!"

帕维尔·伊凡诺维奇把自己捕到的鱼暂时藏在桶里的网子下面。他恭恭敬敬地察看了我那一堆棘鲈,说:"这鱼汤最鲜,"然后他逐一查看了萨沙的鲈鱼和小斜齿鳊,甚至还把它们称赞了一番,"加到沃洛佳的棘鲈里面,正好差不多做一锅汤。""差不多"这几个字显然含有挖苦之意。这时他把桶上的网子揭掉,我们发现宽阔的马料桶里几乎装满了鱼,这些鱼个儿不相上下,都是大鱼,对于我们这些初识门径的钓鱼人来说,每一条都是一个奇迹。

"你这是哪儿钓的呀,爷爷?"萨沙不胜惊讶地说(他自从有了孩子之后,就称父亲为爷爷),"莫非是在黑河里钓的吧?"

"不是黑河又是哪儿?就是在三片灌木丛下面呗。老弟,我知道我的钓竿不会叫我上当的。现在得用网拦住科洛克沙河,拦它一夜,钓竿归钓竿,可是下网也不碍事儿。"

河草丛中到处有鱼,多得难以计数,它们的嘴唇像小猪似的吧嗒作响。我们挑选了一个合适的地方,把网的一部分放到睡莲丛里,另一部分放到没有草丛的水里。我抓着网上的绳子,拖着网游到对岸。河水开始冒出热气,那就是说,傍晚的空气开始变冷了。一团团白色的水汽贴在黑漆漆的镜子般的河面上,开始向上升腾、飘荡,力图离开水面,飘向草地,遁入花草丛中。网被拉紧了,我把绳子的一端套在一小束苔草上,套得并不太紧,这样明天早晨就用不着爬过去解绳套,只要使劲一拉就可取下。

这时萨沙给一个备用的车轮内胎打足了气,并且把它放入水里。

"你这是干吗?"

"我们马上到对岸去运干草,睡觉的时候必须垫点儿东西。"

我们把一捆干草垛在车轮内胎上面,在水里轻轻地推着。天完全黑了。天上出现了第一批绿色的小星星。鱼儿偶尔发出啪啪的击水声，声音很响，水花四溅。

"干草大概够了。"

"再运一小捆，睡起来软和一些。"

我们又在车轮内胎上装了一捆芳香的干草，它的香味同雾的清淡气味、苔草的强烈气味和岸边薄荷的有点窒闷的气味混在一起。在蓝色的暮霭中，一堆不大的、点得非常巧妙的篝火的红色火焰越来越旺：帕维尔·伊凡诺维奇在茹拉夫里哈树林工作多年，毕竟不愧是个老护林员啊。

运完干草之后，我们美美地洗了个澡，把身上的草屑洗净。当我们瑟瑟缩缩地走到篝火跟前时，鱼汤已经做好了。汤是用桶煮的。桶用几根粗赤杨棍子架在篝火上面。在篝火旁边一床铺得整整齐齐的毛毯上面，摆着黄瓜、大葱、两个蒜头、熟香肠、煮熟的整块土豆和三盒罐头。

我们用一只多面棱状玻璃杯轮流喝酒，同时学着乡下人的样子，一边喝酒一边皱眉扭头，啧啧称好，再不就拿一块面包皮或黄瓜，一边嗅一边发出拖长的"嗯"声。在长时间的沐浴之后，在运完干草之后喝一点酒，只觉得浑身发热，好不惬意。而且待在篝火旁边十分舒服，仿佛它不是点在无边无际的天地之间，我们也仿佛不是坐在露天底下从森林里吹来的清新的微风之中。

"薇拉，亲爱的，鱼在哪儿呀？"当我们面前摆上一满盘火红色的鱼汤时，萨沙突然喊道。

"鱼被我扔到草里去啦。要它干吗？扔掉啦。"

"亲爱的，"萨沙叹了一口气，"这么好的东西扔到草里去啦！得上那儿去一趟，待会儿你指给我看看……"

在我们喝完第二杯酒之前，一个足蹬胶靴、身穿旧胶雨衣的人从黑暗中走到篝火跟前。他手里提着一只桶。他也不问我们是什么人，为什么待在这儿，就像主人似的坐到篝火跟前，从里面扒出一块小木炭。他把木炭在手掌上滚了一滚，点燃了一支自卷的纸烟。

"有蚊子咬吗？"老汉狠狠地吸了几口烟，一本正经地问我们，仿佛我们是他的客人，因此他有责任了解是否有蚊子咬我们。

"不，没有发现。"帕维尔·伊凡诺维奇替大家回答道。

"今年这坏蛋少一些了。我们这儿地势高，又卫生。再比如拿蛇来说吧。这儿没有一条蛇，没有一条这种坏蛋。我们这地方真干净。"

"你自己是哪儿人？"

"戈罗季谢村人。村子就在这座山后面。听，狗在叫呢，那儿就是我们村。"

"你干吗深更半夜在草地上逛呢？"

"安放大鱼钩，明儿早晨去收。说不定会碰上。"

"用什么做鱼饵呢？"

"青蛙，眼下草地里有很多这样的小青蛙，大头鲹可爱吃啦。我也就给它投这个东西。不要紧，大头鲹会上钩的。我没事儿可干，每天夜里来下鱼钩。一天到晚老是坐着，再说白天我也没工夫，要干家务事呢。"

他把递给他的一杯伏特加酒一饮而尽，也啧啧咂嘴，表示满意，然后吃了一根小黄瓜，但别的东西却不肯吃。

"兴许你们愿意搬到我的窝棚里去吧，我在这附近有一个窝棚。我是个牧马的。只等干草一收走，我就要在这儿放牧，每天夜里都放。真是无忧无虑，自由自在。"

我们谢绝了他的窝棚，老汉站起身来，后退一步，随即在黑暗中消失了。

篝火正在渐渐熄灭。然而，只要还有一星火焰，一星微弱的火焰拼命抓住烧焦的劈柴左右摇曳，黑暗就仍然会连成一片，缩成一个包围圈，从四面八方猛压过来，但却不敢彻底淹没我们围着篝火团团而坐的那一小块圆形地方。瞧，火焰沿着劈柴奔跑起来，险些从劈柴上面一跃而下。它跑到劈柴的边缘，但却在那儿停住了。它在那个地方舞了一阵，火焰变长了，又往回跑了起来，停在劈柴中央。接着火焰的根部变细了，离开了劈柴一点儿，当即消失了，熄灭了，仿佛未曾有过似的。火焰刚一消失，我们四周的黑暗的墙壁和黑暗的拱顶就倒塌了。辽阔的星空和远处被星光照成银灰色的朦胧的草地变得清晰可见。甚至临河的小山的模糊轮廓也只需根据这一点就可判断出来：那儿没有星光闪烁，而是黑黝黝一片。

在干草上安排停当之后，我们就钻进了毛毯和衣服里面。我们久久地注视着繁星闪烁的深邃的天穹，久久地谛听着夜里的各种声音，有在我们宿营地附近跑来跑去的长脚秧鸡的叫声，有从对岸传来的马打响鼻的清晰的声音，有村子里（不知道是谢米英诺村还是图雷金诺村）姑娘们的隐约可闻的快板歌声，还有鱼儿吃食时的吧嗒声和拍水声。

只有帕维尔·伊凡诺维奇像农民一样，一倒头便进入梦乡，发出响亮的鼾声，有时还发出含糊不清的嘟哝声。

第十八天~二十二天

这几天我们是在奥列平诺村度过的。不过奥列平诺村和它的居民，以及它周围的各种景色，对我来说可以构成一部独立作品的题材，这部作品我将来一定把它写出来。

不过有一点必须说明，有彼得鲁哈参加的钓鱼活动未能进行。他在我们来到之前不久去世了。

"他把钓竿留给你了，竖在后院的菜园旁边。"

我走到后院，那儿的荨麻长得比菜园的篱笆还高，我果然在那儿找到了两根十分熟悉的钓竿。一根钓竿是用胡桃木杆和璎珞柏顶枝做的，另一根全是用一杆白桦树枝做的。钓竿上的一切都完好无损，村里的孩子们连钓钩都没有剪掉，残剩的蚯蚓还粘在钓钩上面，那是当初彼得鲁哈用他那不能弯曲的手指套上去的。

第二十三天

如果顺着我们村的正前方①远眺，那你就会看到一片黑麦田，而在远处，在它的上方，则是萨莫伊洛沃森林的黑黝黝的林带。萨莫伊洛沃森林通向叶扎河边的低地。从钟楼上可以清楚地看到，森林后面，浅蓝色的群山烟笼雾锁，逶迤而去。

不过，我已经很久没登过钟楼了，这多少是因为所有的楼梯都已坍塌，因此我不知道，森林后面的远方如今是一种什么景色。但幻想却从小就留了下来。小时候我曾经出神地眺望过那个地方，于是浅蓝色的群山就永远印在我的脑海中了。

对于我们来说，不管步行还是乘车，那个地方都是无法通行的，这使浅蓝色的群山能够保持自己那种神话般的不可侵犯的地位。在特别晴朗的日子里，钟楼在淡蓝色的背景上露出白色的线条。那边似乎是圣山村、库兹马修道院村、阿巴布罗沃村……

我问父亲，从烟雾中露出来的是什么钟楼，他回答道：

"谁知道呢？苏兹达尔在那个方向，大概是那儿的教堂吧！"

现在我明白了，他是一个幻想家，他非常希望从我们村里看到

---

① 俄国农舍的正门通常朝向东南方。

遥远的苏兹达尔。

我从小还记得，我怎样竭力想把"罗斯"① 这两个字的意义弄明白。我没有想到，我们的村子和周围的村子（布罗德村、涅戈佳伊哈村、奥斯塔尼哈村、文基村、维申基村、库甲亚尼哈村、库杰利诺村、泽尔尼基村、拉季米罗沃村、拉季斯洛沃村），也都是罗斯的一部分。那些熟悉和了解的东西没有同这两个不了解的字眼结合起来。至于浅蓝色的群山，那就是另一回事了：那是一片不管步行还是乘车都无法通行的地方，到底是哪些村子，我不知道。那儿就是罗斯了。

萨莫伊洛沃云杉林本应成为我们躲雨的地方。乌云在我们后面跟踪追击。我们发现，留在身后的故乡的村子变得模糊不清了——它完全笼罩在雾霭之中——雾霭的上端同疾驰的乌云融成一片，下端擦过树林、房舍和篱笆，在地面上飘荡。瞧，它沿着黑麦田飘了过来，看来已经不是那样轻盈柔曼了。黑麦被雾霭笼罩了，仿佛有人用粗糙的、沉甸甸的手抿平、抚爱过它，就像一个男子汉抿平小儿子粗硬的、黑麦般的头发一样。

越来越大的雨声不断给我们鼓劲，我们拼命奔跑，直到暴雨追上我们，在我们肩上倾下七月间温暖的雨浪，把我们击得溃不成军。

再往前跑已经没有意义了，跟暴雨赛跑是不行的，既然你已经被淋湿了，那么再淋一阵也不会淋得更湿。

暴雨倾盆而下。一阵雨浪过去，太阳露出云端。地上烟气氤氲，金光闪烁。我们的身上、背上、鞋子上、背囊上也冒出阵阵水汽。不一会，乌云又追上来，路上变得滑溜溜的，行路十分艰难。鞋子

---

① 罗斯是俄罗斯的古称。

上沾着厚厚的泥巴。当我们走进树林，但见小路两旁芳草丛生，我们简直心花怒放。

谢廖加从父亲那儿学会了模仿鸟叫。为了解闷，他把整个萨莫伊洛沃森林的布谷鸟都召集到自己身边。起初，他叫了几次，但却落了空，受到暴雨惊吓的布谷鸟没有回答。后来远远地传来一声回答："布—谷，布—谷"。接着从另一边，从后面也传来了回答声。谢廖加不停地叫着，我们听到，受骗的布谷鸟飞得越来越近了。圈子越缩越小，最后灌木丛四面八方都可以听到鸟飞的声音、翅膀的拍击声和树叶的沙沙声。一只只布谷鸟在林间小路上空，在我们的头顶上困惑、慌乱地飞来飞去。这时，谢廖加决定学松鸡叫，但倾盆而下的暴雨打乱了这一游戏。

把我们淋得透湿的雨水不管怎样暖和，我们身上还是开始阵阵发冷。此外，暴雨转为毛毛细雨，天空阴云密布。云杉的树梢撕扯着阴云，把它扯成一片片湿漉漉的白絮，挂在自己身上。这种光景是不会马上结束的。

我们是从背面走进科尔涅沃村的。我们想进入村里的街道，找赶牲口的侧巷找了很久。可是侧巷却老找不到，于是我们下定决心，打开一扇通菜园的便门，经过几畦大葱地（那景色现在仍历历在目——一丛丛暗绿色的粗箭般的大葱，上面布满了大滴的雨水），可是菜园却紧靠着院子的一堵圆木墙，而院子的门却上了锁。我们敲了几下，门应声开了一条缝，从里面跑出一头 1 普特重的小猪，后面跟着一个小伙子。小伙子对我们看都没看一眼，便在大葱地里追起猪来。我们连忙穿过满是粪水的院子，踏着稀稀落落扔在地上的砖块，走进了科尔涅沃村。

我们挑了一个宽敞一点的台阶坐了下来。走路的时候比较暖和，可是这会儿我们的嘴唇都冻青了。此时此刻我们觉得一身干衣服、一个暖和的房间乃是人间最大的幸福。

这一天才刚刚开始，这就是说，等在前面的不愉快的事比留在后面的更多。

整个村子一览无余，到处郁郁葱葱，但却像比赛休息时的足球场一样空空荡荡。只有一群鸡鹅到处走来走去。这是一个不好的兆头。在急雨袭来时，鸡往往躲藏起来，等待阵雨过去。如果它们在下雨时走了出来，那就意味着等待是徒劳无益的。

一辆"嘎斯"从村里飞驰而来，吓得鸡鹅四散奔逃，溅得水洼里的水四处乱飞，一团团泥巴随空飞舞。汽车本来打算开进侧巷，然后出村，可是两腿修长、身上发冷的谢廖加突然像一个扑向球门左上角救球的守门员一样，扑上去把它拦住。

"嘎斯"停住了。就我们当时的处境而言，汽车开往何方，去干什么，对于我们都无所谓。

汽车里除了司机——一个身穿方格衫的白眉毛小伙子以外，还坐着一个小老头和一个年约四十五岁、脸色安详的妇女，他们也跟我们一样，是顺路搭车的。看来，这个司机是天生走这种道路的。当汽车横在路上，开始沿着陡坡拖着向下滑行时，或是在上坡的紧要关头，必须把车斜着转向一边，以便爬上滑溜溜的山冈时，他显然喜欢拼命打方向盘。马达发出突突的声音，两个离合器都开动了，一股股烂泥从车轮下飞溅出来，打在帆布篷上。

"这么说，你们是莫斯科人啰，"司机不知怎么猜中了，"那又有什么呢？凡是莫斯科有的，我们这儿同样也有，只不过房子矮一点，柏油马路软一点而已。你们碰到我的汽车，应该高兴才对。这会儿在半径一百公里的地区内，所有的卡车碰到雨都停在路上。它们都走不了啦。只有我们畅通无阻。"说着，他把操纵杆猛地向前一推，仿佛直接用这个动作把汽车推向前去。"不要紧，车子造得很不错，没有它可就完蛋啦。"

"看来，您这位司机也是技术高超？"

两道白眉毛跟鼻梁连在了一起。小伙子皱起了眉头。

"任何人都可以开车。我们学校里以前有一个吊儿郎当的学生，教官们无可奈何，都撒手不管。我说：'让我来，我就不信他学不会，连熊瞎子做事都教得会呢。'结果他一心一意，学到了见习期满。现在也坐在汽车里，在什么地方的路上跑呢……"

汽车驶过几个村子和小树林。这儿就是我孩提时眺望过的那些烟笼雾锁的浅蓝色群山。

"听说莫斯科有一些商店，"那位小老头突然说道，"可以送货上门，这是真的吗？你要什么，马上就给你送去。"

"老大爷，不光是这样呢，"司机抢先回答道，"你走进商店，却没有售货员，你想要什么，拿了就走。"

"你别瞎扯！"老头生气了，"你这个毛小子，竟然想讥笑老人。这问题跟你也不相干。"

……"嘎斯"驶进一个大镇子。又长又直的街道比田野或森林里的道路脏得多了。给我们让路的一辆四轮大车陷进了深及轮毂的稀泥浆里。尽管底下这么柔软，汽车还是左右摇晃，上下颠簸，仿佛烂泥底下埋着许多树墩一样。

"好啦，到了格罗莫夫大街啦，"司机宣布道，"我不是说过同莫斯科一样吗？只不过房子矮一点，柏油马路软一点而已。"

"为什么叫格罗莫夫大街呢？是用那位飞行员的姓氏命名的吗？"

"这儿的区执委会主席姓格罗莫夫，因此我们这样叫。你看，这条街铺得像……是送你们上区里还是上茶馆？"

"上庄员之家。得把身上弄干。"

"随您的便。你们每人付三卢布行不行？乘出租汽车更贵呢。哎，我的妈呀！……"

我们来到的镇子叫涅贝洛耶镇，它就是拉季斯洛沃村农庄主席所说的那个连一台最差劲的掘土机都没有的区中心。

庄员之家只有一个空铺。谢廖加被安排住在这儿，我们则要求在附近一幢小房子里借宿。在那儿找到了一个夏天用的小贮藏室，有一个四四方方的小窗户，地板上摆着大量的小玻璃瓶。房子的主人是一个兽医。

第二十四天

半夜醒来,凝神细听……传来阵阵雨声!雨狠狠地敲打着房子的铁顶,在院子的木板屋顶上发出轻轻的沙沙声,宛如小孩拍掌,在地上和水洼里溅起噼啪的声音。早晨的天色好像黄昏,七月的天气类似秋天。

"眼下倒还能保证颗粒归仓,"隔壁传来了谈话声,"眼下这么下雨,还能大大增加产量,对草,对庄稼,对荞麦倒是有好处,对土豆好处最大。可眼下快到割草的时候了,要是下个不停……草都会烂掉的!"

"别事先说丧气话。盼了一个夏天,求了一个夏天,才下了两天雨,你就吓坏了,厌烦了!"

"就算两天吧!好像下了一个星期似的!……"

早饭以后,我们全队人马聚到一块儿商议:怎么办?从早到晚坐在屋里,望着雨水直流的玻璃窗,那会令人心烦,而继续前进又不行。有两个村子是非去不可的,其中一个相隔三公里,另一个相隔七公里。

谢廖加和萝莎都不愿冒雨前往。队伍第一次起来造反了。

"要是我能够弄到长雨衣呢?"

"你上哪儿弄去？你在这儿好像没有什么亲戚。"

"当然是找民警局，哪儿还会有多余的雨衣呢！"

三个身穿雨衣的人把小雨给吓坏了，它突然变得时下时停。在地平线附近低垂的灰云中出现了一道蔚蓝色的豁口。风儿撕扯着它的边缘，把它撩得越来越大。风在天上扯开云层，就像剥马铃薯皮一样。周围渐渐明朗了，就像小孩移印的画在纸上渐渐显现一样。天气热了起来，我们只好把雨衣卷起来夹在腋下。

我们前往科别利哈村。事情是这样的：自古以来，涅贝洛耶区几乎给整个俄罗斯中部地区输送牧人。"世袭牧人区"——如今人们甚至在报纸上也这样称呼它。这就是说，就在这儿，就在这一带住着许多享有盛名的弗拉基米尔号角手。而科别利哈村的号角手比所有其他村子更加出名，这就是我们前往那儿的原因。到了那儿，我们将请他们演奏两三支歌曲，然后返回。这就是此行的目的。

小路时而经过图姆卡河边的草地，时而经过茂密的森林，时而经过荞麦田。走到哪儿都感到畅快。草地里有许多覆盖着密密麻麻的石竹花的土墩，这是万绿丛中的一些紫红色小岛。森林里的小路边，长着许多大风铃草。每个铃铛差不多都跟鸡蛋一样大。至于荞麦田，那就更不用说了。如今正是荞麦开花时节，连荞麦田上空的空气似乎都是粉红色的。

有一条谚语说得好："夏天落两天，一小时就干；秋天落一小时，两星期才能干。"眼下正是夏天，当我们前往科别利哈村时，小路被风吹干了，青草也被吹干了，只有大地本身又黑又松软。

雨后锄草要轻松一些，科别利哈村的农妇们便抓住了这个时机。她们纷纷到菜园里去给洋葱锄草。这儿整块整块的地都是种的洋葱。

"可不是吗，我们这儿自古以来就种葱。"当我们走过一位妇女身旁时，她向我们解释道。她挺直身子，用手背理了理头发（手掌上沾满了黏糊糊的土），目送我们走过，然后又干起活来。

科别利哈村的房子排成两行，通向科洛克沙河边，但只到临河的一座苍翠陡峭的山边为止，没有从这儿再向河边的草地扩展。

在一幢房子的上空，说得更正确一些，在这幢房子的菜园上空，飞起了一窝蜜蜂。嗡嗡声老远就可听到。像云一样稀疏的蜂群不断地旋舞着，越来越小，但却越来越密，越来越黑。

"玛尼吉娅，你老是看什么呀？"隔壁房子里的一个老汉喊了起来，"快去找卡捷琳娜。告诉她，蜜蜂要飞走了，这会儿我先惊它一惊。"

玛尼吉娅是一个年约十二岁的女孩，她沿着村子跑去，而老汉却走进屋里，转来时手里拿着一只小桶和一根绳子。大家知道，各种声音都会引起蜜蜂惊慌不安，它们会急忙落下，停在附近。不过老汉并没有来得及敲。当他进屋去时，蜂群完全旋成一团，看上去像一张有窟窿的熟羊皮，迎着太阳飞去。老汉用手掌遮住眼睛，稍稍蹲下一点，目送着它们，手里依然拿着那只现已无用的桶。

"瞧你们，就这么走啦，卡捷琳娜可该抱怨啦，又该哪一个捡便宜了。说不定会飞到林子里，落到哪个树洞里。"

在"红色对岸"集体农庄管委会旁边的草地上、圆木上和其他就近的地方坐着许多庄员。我们走到跟前，也坐了下来。人们正等着农庄会议开始，一个年约二十三岁的小伙子跪在草地上的男人们面前，说道：

"是的……我还看见了一只牡绵羊，有一百三十公斤重。那嘴脸可真大！"小伙子用手指在两只耳朵旁边转了一下，手指越转越远，"脸上长满了毛！"

"是吗……"

"我要是撒谎，就让我陷进这块地里！"

从管委会出来一个姑娘，说道：

"主席叫你们进去。该开会了。"

谁也没有动一动。

"对了……腿也是毛茸茸的，只看得见蹄子！这个鬼家伙身上准能剪十六公斤毛呢。"

"真的吗？……我们这儿十五头羊都剪不了这么多呢……"

"是呀……还有一只牡绵羊，尾巴驮在一辆大车上，那毛足有1普特！"

"羊身上吗？"

"尾巴上！"

这种奇闻使发问的人被马合烟呛得喘不过气来，他转身向着边上和地下，频频地咳嗽着。

"对了……再往前走又碰到十六个金女人，还有一条大石头鱼，鱼的嘴里流出一股水来！起先我独自一人，往前走了又走。走到房子跟前，还以为里面住着人呢，可里面却是小猪。全都躺着，或者像兔子一样蹲着。马厩也挺不错。有一匹马……不过你们反正不会相信的……"

"它怎么回事儿？"

"它驮起了十七吨东西，就这么回事儿！"

"小伙子，那肯定把它压扁啦……"

"我要是撒谎，就让我陷进这块地里！"他激动得甚至跳起来了。

这当儿，一辆卡车驶到管委会跟前，车上满是妇女和姑娘。她们是从圣山村来开会的。男人们也和她们一起走进屋子。

主席站在一张铺着大红桌布的桌子旁边，用一支铅笔在墨水瓶上敲着。他个子矮小，身材肥胖，生着一张民间所说的"娘儿们的脸蛋"。

我们感到高兴的是，主席的讲话不像各种会议常见的那样，从国际形势讲起，而是开门见山谈工作："明天我们要开始割草啦！咱们首先决定从哪儿开始——是从雷科夫田界开始呢，还是从德米特罗夫草地开始？"

会场上引起了一阵喧嚷。每个人都想发表自己的意见。要是讨论什么抽象的问题，你是无法迫使庄员马上发言的。谈到雷科夫田界或德米特罗夫草地，那可别小看了庄员，他们是第一流的专家和行家。

会议决定从德米特罗夫草地开始，但据了解，有一半人缺长柄镰刀。

"难道供销社没有吗？"

"供销社！"传来了挖苦的声音。"割草之前，供销社运回了一箱钉子和铰链，那是让他安门呢。"

会议决定派一个人到莫斯科去买长柄镰刀。

"现在应当做出一项决定。很多人对工作敷衍塞责，割草只割上半截，不是一行行地割干净。咱们应该怎样对待这些人呢？是让他们重割呢，还是只给他们算百分之五十的工作量呢？简单地说，就是用什么惩罚他们：是罚工还是罚钱？"

"你别急着惩罚嘛！"一位庄员大声喊道，然后站起身来，"不错，草割得不干净，可究竟是什么原因呢？也要注意一下咱们的工具，也就是发给我们的那些工具。工具这玩意一用起来，一切都清楚了，可你却要进行惩罚。惩罚是应该的，但得分个青红皂白。"

这个人发言的意思显然是说，应该负责的并非只有割草人，还有镰刀。这个发言给人们留下了强烈的印象。主席不得不再次敲墨水瓶。

"你们在自己的园子里干活，用的是同一件工具，可是质量怎样呢? 大概一根草都不会留下吧。"

"我们在自己的地里干活时, 除了把草割干净, 没有任何别的目的; 而在集体农庄的地里干活, 是为了挣劳动日。"

接着开始念那个老长老长的分组名单。在人们念名单的时候, 我要赶紧声明, 我不喜欢割草期间把草地分成小块的这种制度。

为什么自古以来割草就成了农村里最喜爱的活计, 割草季节是他们最喜爱的季节呢? 因为在所有的农活中, 只有它是共同进行的。它把大伙儿联合在一起, 使他们亲密无间, 成为一个集体。农民们一年到头在自己的小块土地上耕耘, 而在割草季节, 全村的人, 或者如俗话所说, 全世界的人都聚集到一起, 干活时一个挨一个站着, 互相竞争(竞赛)。休息时则谈笑风生, 简直像过节一样热闹。中午, 娘儿们也一起来到草地上扒散草堆, 翻动干草。她们来去都是一路歌声。可现在却决定按新的方式来进行这项最能培养集体精神、最能使人亲密无间、最使人团结合作的工作: 每人一块, 各自为战。

这套办法被认为更有成效。不过, 它虽有所得, 亦有所失, 那是在另一方面, 在精神方面, 这是同样重要的。采用这套办法是为了把草割干净、收干净。可是在从前的集体劳动中, 草地上也并未留下一根未收的干草。

念完名单之后, 便是研究一位牧人的报告。他要求每干一个班次给他增加十个卢布。显然, 牧人在这段时间内已经树立了威信, 因此决定要求增加工资。

"给, 给! 这样的牧人怎能不给呢!"

"还有一个问题, 必须指派一个副队长。大家有什么意见?"

"彼得·帕雷奇, 他干过这个工作, 最合适不过。"

彼得·帕甫洛维奇站起身来。他年约五十, 又高又瘦, 手里攥着一顶制帽。

"不行，这就是我的意见。我的确当过副队长，可是后来把我调去管小牛了，也就是放牛。我已经跟它们混得很熟了，它们也跟我混熟了，干吗要把我调开呢？"

"这么办吧，"主席提议道，"我们跟法亚说说。如果法亚同意干，那就让彼得·帕甫洛维奇继续放牛。"

"不行，要他干，要彼得·帕雷奇干。娘儿们，你们干吗坐着不动呀，要彼得·帕雷奇干呀！要他干，要他干！"人们从四面八方喊道。

彼得·帕甫洛维奇跳起身来，激动地朝四周一瞥。从他的脸上可以看出，他心里正在进行一场短促而又激烈的斗争：丢下小牛是很不好受的啊。随后他绝望地把制帽往地板上一甩。

"得了，干就干吧……"

这么多人求他干，而且态度这么友好，一个庄稼汉的心里是挺不住的。

会议继续进行。

"大伙儿还记得吗？咱们给马哈茂德·艾瓦佐夫老爹写过一封信，对不对？他有一百四十七岁了。"

庄员们想起了这封信，会场上活跃起来了，大家兴致勃勃，七嘴八舌。

"瞧，马哈茂德老爹回信了。"主席读起信来。信上说，这位阿塞拜疆老人对他们的关心表示感谢，祝他们在工作中取得成绩。

这封信显然不是他本人写的，而是别人代笔的，官腔十足，干巴巴的。然而，整个这件事都是美妙动人的：大家兴致勃勃，写信问候，并且收到回信，而且在庄员大会上宣读。这里面有一种令人感到温暖和富于人性的东西。还有一点也非常感人，那就是主席没有称那位老人为穆罕默德·伊凡诺维奇·艾瓦佐夫同志，而是直截了当地称他为马哈茂德老爹。

会议开始时我们曾递给主席一张纸条，这会儿他宣布道：

"有这么一件事！我们这儿来了几个人，对我们的号角手很感兴趣。因此，谁有号角，请跟他们去一趟，也就是给他们表演表演。"

会议结束了，人们从管委会蜂拥而出，但不是所有的人都出来了，有十五个男人留在管委会里。

我们不用主席介绍，立即同他们谈了起来。

"不错，我们这儿曾经有一些小号手！希布罗夫兄弟还参加过加冕礼，也就是说，给沙皇吹奏过。"

"他们现在在哪儿呢？"

"死啦。有一个儿子在这儿。也是一把好手。凡卡，去把希布罗夫叫来。"

"还有彼得鲁哈·古若夫，他在莫斯科给高尔基吹过号角。高尔基都哭了，也就是说流了眼泪，不知是不是真的，是不是有这么回事。他送给彼得鲁哈一样东西，而彼得鲁哈则送给他一只号角。"

"你们这位彼得鲁哈在哪儿呢？"

"住在诺金斯克。他们有三兄弟，都是小号手。伊凡现在是上校，大概已经把号角给忘了；帕甫鲁哈待在家里。瓦西卡，去把帕甫鲁哈叫来，要他带一只号角来。"

"还有别洛夫兄弟，他们都在莫斯科的无线电台吹过号呢！！难道会吹号的人还少吗?！米什卡·沙利诺夫也吹过，绍掀兄弟也吹过……牺牲了许多小号手，在打仗的时候。"

"那现在还有人吹号角吗？"

"有科尔金和希什金，他们也不常吹。本该经常吹一吹，可就是牙齿掉了，上年纪啦。"

"牙齿有什么关系呢？"

"那还用说吗？牙齿可最要紧了。气不能随便乱送，得有条不紊。也就是说，没有牙齿就吹不成。"

"就拿我来说吧，"一个四十到四十五岁的男子开口了。他那没有刮的、胡子拉碴的脸上可以看到一对忧伤的大眼睛，令人好不奇怪。"瞧，我有一颗牙齿在战争中被弹片打掉了，"说着，他用被马合烟熏黄了的指甲在发黄的门牙上敲了几下，"打完仗回来，还是搞放牧。不吹号角，我还算个什么牧人呢？咱可没那个习惯啊。如今有人连瓶子都拿来吹，我们过去可不兴这样。要吹就给我一只号角，还得是棕榈树做的，连槭树做的我都不要。嗯，号角我以前有一只，整个战争期间它一直等着主人。如今我拿它吹起来，拼命吹也吹不出声来。我心想，这不是由于牙齿的缘故吗？我从椴树上切下一小块木片，把它磨光，安在缺牙齿的地方，没想到正好合适。以后我就把这颗木牙齿放在口袋里，随身带着。吹一阵就用布包起来，放进口袋里。"

"是的，那时在列日涅沃村，每逢星期四，人们就打扮得漂漂亮亮的。我们这些牧人从各村和各地聚到一块儿，人多极啦。我们这些号角手坐成一排，一共有一百二十人，然后开始吹奏。要是没有号角，牧人就会闲待着。但他会证明他是个出色的牧人。我一开始吹就使出浑身解数。各个村子来的庄稼汉沿着牧人坐的地方逛来逛去，边听边议。常常为了评出一个好的小号手争论不休，差点动起武来。好号手得的钱多一些，因为我们的娘儿们喜欢听吹奏。比方说，天刚蒙蒙亮，你吹上一曲《在森林里》，或《小盒子》，或是什么更动人的东西，——那号声一大清早该传得多远啊。娘儿们马上就会醒来给母牛喂水，而你却一个劲地吹着。这声音可真好听。一句话，美极了。当然，瓶子也可以吹一吹。如今吹瓶子的人可多啦，我在打仗的时候听过驴叫，它叫得更好听，真的叫得更好听。"大家哄堂大笑。"反正得吹出点什么声音才好，因为一个牧人没有声音是不行的。"

"那你们就给我们吹一吹吧。我长大以后就再也没有听过，至于他们，"我指了指我的两个旅伴，"从来就没有听过。"

"那可得进行排练。不进行排练可不成。我们这伙人中间很久都没有人吹过啦，牙齿也掉啦。"

"那么年轻人呢?"

"那哪儿成呀!……他们谁也不会。连号角都绝迹啦。以前圣山村住着一个做号角的能手，离这儿很近。棕榈号角也好，别的什么号角也好，他都能给你做! 现在全完了。"

"你们干脆别排练了。"

"不行。有的人得吹低音，有的人得吹粗音，有的人得吹出匀调，还有的人得吹出尖音。"

"这是怎么回事儿?"

"得有尖音，那才能和谐一致，有声有色嘛。"

"你们各位都分别当过牧人，每个人都各自吹过号角。那么现在就请哪一位单独试一试吧。抖一抖往日的威风，重温起青春的岁月嘛!"

这时有人拿来了几只号角。我连忙拿了一只，这是一种简单的乐器，是一块棕榈树做成的。

它的长度不超过半俄尺①，窄的那一头有大拇指那么粗，喇叭口有酒瓶底那么大，也许还要窄一点。一排小洞是调音的。四周有些地方缀有雕花：或是刻着齿纹，或是一环套一环的小圆穴。由于年深日久，整个号角已经被磨得发黑了。从这根小木管里发出的声音之所以能够使外国人为之惊叹（弗拉基米尔州的号角手出访过伦

---

① 1俄尺合0.71米。

敦！），使高尔基感动得流泪，使俄罗斯的农妇们感到欢乐，是因为就其音色、风味和特点而言，没有任何东西同它相似。

希布罗夫把号角放到嘴边，然后站起身来，满脸通红地吹了起来。他越吹越有劲。看来，他必须使自己的脸红到一定的程度，才能吹出歌来。当他达到这种程度之后，管委会里响起了一种嘶哑的呻吟声。

"等一等，里面好像有什么东西，必须用水泡一泡。泡了以后吹起来就轻松啦！"

号角里面真的有东西。有人用一根麦秸把它捅了出来，原来里面有一只死蟑螂。有人提来一桶水，把号角泡到水里。这些从前的号角手这个吹一下，那个吹一下，都试图吹出歌来，但是用这块木头只能吹出断断续续、很不像样的调子，这种调子一点也不协调，时而发出刺耳的尖声，时而发出嘶哑的声音。他们决定来一个四重奏，也就是低音、粗音、匀调和尖音，结果吹出的声音极其难听，连美国的爵士乐队都会甘拜下风。

"不行，看来我们吹不出什么名堂来，完全荒疏了，牙齿也掉了，而且根本没人伴奏……全完啦。"

写到这里，我必须提前几天告诉读者，我们终于有幸听到了弗拉基米尔州一位号角手的真正吹奏。事情发生在苏兹达尔近郊。谢廖加留下来从各个不同角度画苏兹达尔，我们则前往参观基杰克沙。大家知道，在离苏兹达尔四公里的地方，在卡明卡河与涅尔利河汇流处的绿莹莹的河岸上，矗立着东北罗斯时代一座最古老的、第一流的白石建筑——为纪念鲍利斯公和格列勃公而修建的教堂。尤里·多尔戈鲁基把他的女儿叶夫罗西尼娅、儿子鲍利斯及其妻玛丽雅葬在那儿。

我们找到了这个教堂，它不仅保存完好，而且修葺一新，仿佛修建的年代不是 1152 年，而是 1952 年。粉刷一新的教堂好似一个玩具，屹立在河边的万绿丛中，倒映在平静、清澈的涅尔利河中。登上教堂高处极目远眺，涅尔利河对岸的景物尽收眼底。一座低矮的木板桥正好在我们脚下将涅尔利河拦腰截断，时而有一两辆卡车小心翼翼地从桥上驶过。

白昼将尽，天空升起了乌云。暮色冥冥，但教堂在雷雨临近的天空的背景上却显得更加明亮。你是否注意过，当雷雨临近时，电线杆上的小瓷瓶往往熠熠发光。不过这儿不是小瓷瓶，而是一座漂亮的大建筑物。

一如雷雨前常见的情况一样，大地上万籁俱寂。此时此刻，即使邻村偶尔有点什么响声（井边水桶的丁当声，鹅的叫声，大车轮子的呀呀声），周围的人也都可以听到。

就在这个静谧的时刻，涅尔利河对岸的远方响起了号角声。乍一听，它仿佛就在不远的山丘后面吹奏。只消跑过河去，登上小丘，你马上可以看到是什么人在吹奏。号角吹的是一支抑扬婉转的歌曲《在马林果园里》。

我们从木板桥上跑过河，竭力保持方向（号角已经停止吹奏了），沿着草地前进。小丘后的土坡下面是一个又宽又深的山谷。雨水在山坡上冲出许多弯弯曲曲的小沟，沟底布满了花花绿绿的小石子。四周有奶牛、绵羊、山羊的蹄印。山谷的右边越来越宽，通向同一条涅尔利河，左边则消失在灌木丛中，通向远方的森林。我们朝左边走去。

不知是谁，就像撕一封令人不快的信似的，把遮天蔽日的乌云撕成了许多碎片，而且把这些碎片抛入风中。此刻，它们在空中飞舞，上下翻腾，互相追逐。我们身上落了几滴雨点，但不必担心下大雨，因为天明显地变亮了。

基杰克沙镇及其后面的苏兹达尔各教堂的圆球结顶和圆屋顶离我们越来越远了，仿佛我们把望远镜倒过来看似的。它们矗立在黑色的云幕下，一个个宛如雪白的玩具。

我们从基杰克沙镇出来走了大约三公里，但却没有碰到任何畜群。而且此刻我们走进了茂密的灌木丛深处，周围十步开外什么也看不见。穿过灌木丛，一片松林蓦然展现在我们面前。左边的黑麦田上方露出一些干草屋顶，那是一个不知名字的小村。

我们本来会留在这个小村里过夜，因为天色已经向晚，可是号角声又响了起来，这次是在后面的山沟里。一刻钟以后，我们从小丘上望去，眼前展现出一幅图画：在暮霭沉沉的田野上，走着一个身穿帆布雨衣、头戴帆布制帽的人。他望着前方，静悄悄地走着，他身后的田野上散布着一群牲口，它们也是静悄悄地走着。我们的出现使牧人感到十分意外，因为附近既没有小路，也没有大路。

"你们迷路了还是咋的？也许是去苏兹达尔吧？"

"是去苏兹达尔。我们没有迷路，而是听到了号角声，吹得好极啦，于是拐过来听一听。我们走了老半天，可是一只号角也没见到。"

"瞧你说的，"牧人莞尔一笑，朝自己背的包包瞟了一眼，包包里面露出一只棕榈号角（现在我们可分得清这些号角啦！），"怎么，你们喜欢我们的音乐吗？"

"我们一辈子都没听过，怎么说得上喜欢呢？不过是好奇罢了。"

我们一边交谈，一边脚步不停地在畜群前面走着。牧人要在日落之前赶回村里，但一阵雨还是洒了下来，他劝我们到灌木丛里躲一躲。我们坐了下来，几乎是躺在湿漉漉的草地上。

"没关系，"我们的新相识开玩笑说（他叫瓦西里·伊凡诺维奇·肖洛霍夫），"狐狸钻到耙底下躲雨，它说，毕竟不是每滴雨都能落下来。不会下大雨的，大片乌云已经被吹散啦。"

灌木丛里没有一丝儿风，从肖洛霍夫的卷烟上冒出的缕缕轻烟悬在我们身边，仿佛我们坐在房间里似的。

"我从八岁起就放牲口，"瓦西里·伊凡诺维奇在我们的激励下，直言不讳地说，"我放牧过的地方可多啦，既到过雅罗斯拉夫尔州，也到过科斯特罗马州，既到过莫斯科州，也到过伊凡诺沃州和高尔基州……你要是叫我干别的工作，我还不干呢。至于号角，我还在莫斯科不止一次吹过呢。"

"在哪儿？"

"在科学家之家吹过，在作家之家吹过，在各种大厅和剧院也吹过。大伙听得可带劲啦，我们吹得也挺卖力。看来小提琴他们已经听腻了，愿意听听我们的乐器。就像吃腻了饼干，想尝尝黑面包一样！"

"你是怎么到莫斯科去的呢？"

"这就说来话长啦。"他把烟头按入土里。然后擦掉手指上的泥土，站起身来。"走吧，我在路上给你们讲，天晚啦……当时我还是个年轻小伙子，我被召去当了兵。我想念起家乡来了，于是写了一封信，要求把我的号角寄来。我说，有时吹一吹，心里会好过一些。有一次在行军途中，全连的人洗完澡，正在休息。有的在晒太阳，有的躺在地上！我从背包里取出自己的乐器，就吹了起来。你猜怎么着？大伙都跑了过来，把我团团围住，听我吹奏。我没有注意他们，只管吹自己的。突然，大伙让开一条路，原来是政委来了。他听了一会儿，接过号角，在手里转了一阵。'这是什么玩意儿？从哪里弄来的？'我说：'是这么回事，写信从家里要来的。''嗯，再吹一支曲子吧！'我回答道：'耳朵长在您身上，您命令吹啥，我就吹啥。''吹《沿着山谷，沿着山岗》吧。'我吹了一曲《沿着山谷，

沿着山岗》。'好极了！你的同乡中还有会吹的吗？''咋没有呢？'
我说了几个名字。于是就派他们回家取号角，我们组成了一个四重
奏小组。哪儿有什么业余文艺活动、休息晚会或其他辅助活动，马
上就把我们喊上舞台：'现在由弗拉基米尔州的号角手表演节目。'
当时，政委还写信从莫斯科请来一位演员——古丝理①琴手谢维尔斯
基，派他来教我们。他可把我们折磨了一阵，折磨得好苦！同一个
音调要我们练七十次。"

"演习开始了，伏罗希洛夫和布琼尼来到了我们部队。当然，为
了庆祝这件事，举行了一个正儿八经的大型节日音乐会。我们走上
舞台，往下一瞧，他们坐在第一排呢。我们不由得出了一身冷汗。
不过随后胆子就壮了。一旦上了阵，也就不会感到胆怯了。我们吹
了起来，而他们——伏罗希洛夫和布琼尼，却捧着肚子哈哈大笑！
这以后就把我们叫到莫斯科去了。我们在各种音乐会上表演了两年。
我们受到的接待就甭提了，比列梅舍夫和科兹洛夫斯基②还要热烈。
我也许可以留下来当演员呢，这工作既不沾灰，挣钱又多。可是我
一个劲地想念家乡，想念土地。"

"那么，这一带只有您一人会吹吗？是否还有别的号角手呢？"

"怎么只我一人呢？好多地方都有。不久前，州里举行了一次业
余文艺会演，我们也被叫去了。来了一位著名的演员。他很喜欢我
们。他把我们带到'克利亚兹玛'，也就是带到一家饭店里。我们喝
着，喝着，又吹奏起来。他非常喜欢，说：'小伙子们，我要把你们
带到莫斯科去。应当让大家都听听你们吹的曲子，要不然你们一死，
就会失传了。'他说，我要给你们录音。他还说，我要给你们拍电

---

① 俄国古代的一种弦乐器，类似中国古筝。
② 两人都是苏联著名歌唱家。

影，让子孙后代永远不忘……"

"后来呢？……"

"弄得真难为情。可以说，弄得很可笑。他发给我们一笔旅费，而我们却把钱喝酒花掉了。花光了以后，觉得真难为情，问心有愧啊。于是大伙都各自跑回村里去了。现在再找他们，恐怕召不回来了。说不定有人并没有喝酒把钱花光，只不过舍不得花。这可是冤枉得来的钱，就像天上掉下来似的。那么再给你们吹点什么呢，就这个曲子行不行？"说着，瓦西里·伊凡诺维奇敏捷地吹起了一支克拉科维亚克舞曲①。

他吹得非常好，但必须指出，号角只适宜于在远处听，从小丘后面，从小树林后面让号声越过草地，越过田野。特别是在清晨。而在近处吹奏，听起来声音太响，觉得刺耳。

这个故事我是提前几天讲述的。眼下我们正在同科别利哈村的号角手们告别。他们之中已经没有一个人能够像样地吹奏了。"没什么，"他们说，"我们已经不行了，完全荒疏了，而且牙齿也掉了，而且根本没有进行排练……"

应当说，我们不虚此行。第一，我们旁听了集体农庄会议；第二，结识了一些好人，了解了许多情况；第三，每人带走了一支出色的棕榈号角留作纪念。二十年后，这种号角在地球上就会像活的猛犸一样难以找到了。

————

① 一种波兰民间舞曲。

第二十五天

每种树木都有它自己的价值！

微风吹来，一俄里之外你就可以闻到椴树花的香味！一股看不见的蜜香从树上流出，在七月的鲜艳草丛中飘荡。在静谧的日子里，无数蜜蜂飞来这儿采蜜。老树开花之后颜色变得更加明亮，蜜蜂在花丛和树叶中间时隐时现，发出嗡嗡的声音。一棵椴树的采蜜量比一公顷荞麦花还多。

稠李花可没有类似的效益，但这种花开得早，它开在春回大地和万物争荣的时候。因而它往往跟描写秘密的会见、初恋的约会和少女的热恋的抒情诗联系在一起。

但是一转眼，稠李花和丁香花日渐凋谢，青草慢慢枯萎，树叶也在发黄。于是蜜蜂被送进温暖闷热的蜂房。秋天的原野上一片凋零景象。夏天，各种树木曾把大地打扮得像节日一样漂亮，如今，任何一种树木都再也不能装点江山了。到了九月，谁还会注意那种稠李树呢？谁还会注意到茉莉花呢！谁在经过一丛丛野蔷薇时不是无动于衷呢！

然而也有另外一种树木，我们在春天里也许并不注意它，在七月里它也不会引人注目。它跟其他不显眼的树木一起组成那个不可或缺的绿色背景。正是在这个背景上，各种花卉才显得万紫千红，格外醒目。

秋天愈临近，这种树木就变得愈醒目，愈鲜艳。当大地上万物凋零，没有任何东西使人赏心悦目时，花楸树却宛如熊熊篝火在山谷中燃烧起来，于是人们以这种树木为题谱写了许多优美的抒情歌曲。一串串花楸果透过精雕细刻般的绿叶露了出来，有的是琥珀色，有的是橙黄色，有的是鲜红色。望着它们，我们便觉得稠李花和茉莉花相形见绌了。

果子刚一变黄，孩子们就纷纷采摘，当作玩具。每到八月，农村的小女孩们就用水灵灵的花楸果做成的琥珀项链打扮自己。不过往往有这样的情况：一个小姑娘想摘一串沉甸甸的果穗，另一个年岁稍长的姑娘便会加以制止："哪能扯这种花楸树呢，这可是涅维仁诺花楸树呀。"

小时候我们经常进行激烈的争论。有的说，这叫涅维仁诺花楸，也有的说叫涅仁花楸。我们去问老人，他们说，叫涅维仁诺花楸。到商店里去看花楸露酒瓶子，上面却写着"涅仁花楸露酒"。你怎么分得清谁是谁非呢！

在争论的时候，有两个情况我们没有料到：第一，对同一个问题进行争论的还有许多学者；第二，涅维仁诺村离我们那儿才二十公里，这种花楸树就是因它得名。

有的学者写文章说，"涅仁市郊自古以来就栽培一种涅仁甜花楸，用它的果实可以酿出一种香甜可口的'涅仁花楸露酒'"。

另一些学者写文章说，"在弗拉基米尔州和伊凡诺沃州境内普遍生长着一种所谓涅维仁诺甜果花楸，它因弗拉基米尔州涅贝洛耶区的涅维仁诺村而得名，这个村被认为是这种花楸树的故乡"。

事情被弄得如此紊乱，这究竟是谁的过错呢？又怎样才能把问题澄清呢?

涅仁市来了一个以农业科学副博士 E. M. 彼得罗夫为首的学术小组。彼得罗夫本人是这样写的:

"为了澄清这个问题,我们于 1938 年专程去涅仁市进行了考察。我们同区土地科的代表和果树栽培基地的科学工作者一起就地查明,涅仁区以及整个车尔尼戈夫州,过去和现在都没有种过什么甜果花楸……后来通过涅维仁诺村的一些集体农庄庄员和一些曾在当时鼎鼎大名的莫斯科酒商斯米尔诺夫那儿担任过涅维仁诺花楸采购员的人查明,由于斯米尔诺夫企图把原料的真正产地瞒住自己的竞争者,于是便把涅维仁诺花楸改名为涅仁花楸,因而把竞争者引到涅仁市去采购原料。他给自己的工厂用涅维仁诺花楸酿造的露酒取了一个更好听的名称——'涅仁花楸露酒',以代替它的正确名称——'涅维仁诺花楸露酒'。"

因此,去涅仁已经没有必要了。

在弗拉基米尔著名的统计学家安季波维奇于 1910 年出版的一本书里,我们找到了一段关于涅维仁诺花楸的文字:"在过去的岁月里,人们几千普特几千普特地把它从弗拉基米尔省运到莫斯科各个酒厂,但随着各种不同的精汁(其中也包括花楸露酒)的发明,莫斯科的销售量锐减,但这种亏损在很大程度上为地方市场需求量的增加所弥补。在地方市场上,主妇们喜欢把它买来做果子酱和露酒,每磅的价钱为六至八戈比。"

平心而论,在城市顾客家喻户晓的《论美味食品和卫生食品》一书中,这种花楸有一个正确的名称——"涅维仁诺花楸",然而那本书也有一个不准确之处,那就是把这种了不起的浆果的故乡——涅维仁诺村划归伊凡诺沃州,而不是划归弗拉基米尔州,——这是不符合事实的。

同近几天来一样，今天一早就开始下雨。不过我们已经知道，这雨有个习惯：一到十点钟就会停，因此我们现在正在等待这个时刻。风果然刮大了，低矮的乌云奔驰得更快了，随后被赶到地平线以外。尽管乌云之上还有云层，但这些云已经不会下雨了。

我们沿着一条滑溜溜的小路从涅贝洛耶去涅维仁诺村。小路穿过一块洼地，然后登上一片僻静的橡树林。雨后的林中到处都在滴水，都在沙沙作响。沉甸甸的水珠从橡树的树梢上落下来，从一片树叶跳到另一片树叶，发出各种不同的声音，直至无声地落入林间的深草丛中为止。我们不断地碰到蘑菇，这在我们的旅途中还是第一次。不过我们没有东西可装，而且我们以后怎么处理它们呢？这时我们眼前出现了第一个采蘑菇的人，这是个满脸皱纹、头发浅黄的老汉。他头戴一顶棉帽，手里提着一只用红柳编的篮子。篮子里一个挨一个地放着许多褐黄牛肝菌，同真正的白蘑菇十分相似，但它们根部用刀子割的地方已成蓝色，仿佛在墨水里浸过似的。后来，不管我们碰到多少采蘑菇的人，也都只有褐黄牛肝菌。只有村前才长着一些小松树，两个穿着长得不合身的棉大衣的小姑娘急匆匆、怯生生地东张西望，一人拖着一篮又大又嫩的松菌从我们身旁走了过去。

远远望去，涅维仁诺村酷似一对鸟翼。它的两头比中间高些，因为村子中央有一个山谷，把村子拦腰截断。毫无疑问，我们来到的正是那个涅维仁诺村。每家每户的园子（我们首先进入的是后院）都是一块长方形的地，四周种满了花楸树，中间是苹果树、茶藨子灌木、樱桃树、李树、乌荆子、难得见到的土豆。由于其他树木都比花楸树矮，于是就造成这样一种印象，仿佛村子是坐落在花楸树林里。有些花楸树可以称为巨树。树干粗不可抱，枝叶繁茂的树冠高耸入云，潮湿温暖的风儿阵阵吹来，空中的树冠如少女的披发随风飘荡。一个树根往往长出好几根粗大的树干。它们随着高度的增加逐渐分开，形成一个巨大的绿色帐幕。就在这些巨树之间，长着许多树干细直、叶子嫩绿的匀称的花楸幼树。后来细看一番，还可发现许多叶子又小又稀的花楸树苗。它们周围的土是被掘过的，非常松软，说不定还上过肥：大家知道，对孩子是要特别加以照料的。

在侧巷里，又一个采蘑菇的人赶到了我们前面。这是个姑娘，脚蹬一双讲究的、合脚的皮靴，身穿一件讲究的、绗过的新棉衣。篮子的提把下面塞进一件卷着的粉红色透明雨衣盖在蘑菇上面。我们向这位姑娘打听，谁能给我们介绍一下涅维仁诺花楸的情况。

"你们去找农庄的园艺师吧，他讲得比谁都清楚。他住在维什维尔基，你们从这儿往右拐，走到村头。村子边上有一幢小房子。园艺师名叫亚历山大·伊凡诺维奇，姓乌斯季诺夫。"

老汉坐在台阶上清洗蘑菇。旁边的排水槽下面放着一只小木桶，上面箍满了木箍。一只白母鸡在小木桶边上走来走去。我们不得不破坏这幅田园诗般的画面。我们一来，母鸡一下子就钻进了大门。老汉放下蘑菇，在上衣上面把手擦干净，请我们进屋。

他身材不高，满脸棕黄色胡茬，一对水汪汪的蓝眼睛，一张薄薄的小嘴，再加上门牙已经掉了，因此嘴完全变了形，看不见嘴唇。胡茬在嘴的部位连成了一片。

"幸会幸会，甘愿效劳。你们想了解什么呢？"

"我们来到了涅维仁诺村，光是这件事就够意思的了。要不然老是犯疑：是不是真的有这么个村子呢？'涅维仁诺花楸'这个名称对不对呢？"

"怎么不对呢？自古以来我们村的庄稼汉就种植花楸树。每户都种了一百棵。谁也不记得是什么时候开始种这种树的。"

"你们听说过费奥多尔·佩尔沃佩恰特尼克这个人吗？据说罗斯

的第一本书就是他印的。"

"书我们读得很少，没有工夫啊，成天在园子里跟树打交道，怎么，这个费奥多尔也种过花楸树吗？"

"他有一个助手，名叫安德龙·涅维扎。由于他们有功，沙皇赐给他们每人一个村子。你们的村子归涅维扎所有。他放弃了印书，来到这儿，好像在这儿种上了一些花楸树。"

"这是真的呢，或者仅仅是虚构而已？"

"没有研究过档案，不过有这么个传说。怎么，您认为不对吗？"

"这个村的名字来自涅维扎的名字，这一点也许没错，花楸树则不是那么回事。从前，村子里有个叫谢尔库诺夫的牧人。他这个人啦，就像俗话说的，是个'半拉子'，也就是说傻乎乎的。是他在树林里发现了这种花楸树。你们刚才是从涅贝洛耶来的吗？那就是说，你们是从树林里走来的！他就是在这个林子里发现的。他把它移栽到园子里，一个邻居从他那儿要了树苗，第二个邻居又从第一个邻居那儿要了树苗，就这样种开了。"

"您本人认识谢尔库诺夫吗？"

"我哪儿会认识呢？这也许是两百年前的事啦，也许还是三百年前的事呢！人们都这么说，一代一代传下来的！"

"这么说，也是一个传说。不管怎么说，总有一个传说是对的。"

"我记得不久以前死了两棵树，它们的年龄大概都有一百岁。好大的树啊！听说还是杰米德亲自栽的！"

"杰米德是个什么人呢？"

"杰米德的爸爸叫亚历山大·米特罗方诺夫，是全省首屈一指的专家。"

"是花楸树专家吗？"

"是的。我们这儿的花楸树远近闻名。过去多半是牧人带出去的。牧人到外乡去放牧，对我们的花楸树大吹特吹，于是别人求他：'带几棵来吧。'但却没有接活……"

"是土地的问题呢，还是气候的问题呢？"

"太甜啦！果子刚一出来，就有人把它连树枝一起摘下来。他们当然把它当稀奇。我们的果子又大又迷人。还有人常来这儿，而且用尺子量：横着有一公分多长呢！在果子中发现了各种成分：既有糖分，又有苹果酸，既有维生素 C，又有维生素 A。所含的维生素似乎同柠檬和橙子不相上下。"

"果子你们怎么处理呢？"

"常常有人大量收购。斯米尔诺夫也是一个酒商，他整园整园地买，每个园子都派人看守。事情就是他搞乱的。他不把我们的村子告诉别人，而且想出一个主意，说什么花楸产于涅仁市！三年以前，弗拉基米尔市酒厂还收购了一百六十吨，再不我们就运到市场上卖。"

"有人买吗？"

"多半是知识分子，买去做渍花楸和蜜饯。"

"还可用它做什么呢？"

"我们自己多半是把它晒干做露酒。晒干了就像葡萄干一样。愿意尝一尝吗？"

女主人在我们面前放了一个装面包用的浅碟子，里面装满了暗黑的干果。我们嚼了起来，以为它会又酸又苦，其实却是又甜又香。

"还可以浸在甘草里面，也就是浸在甘草根里面。这是为了做甜食。还可以做馅饼，再不就是做克瓦斯①。总之，做什么都行，既可以做蜜饯，也可以做果酱。我喜欢按自己的心意办，一入秋就把它

---

① 一种用面包或水果发酵做成的清凉饮料。

收到暗楼或粮仓里，果穗直接连叶子一起折下来，就像装在绿色的盘子里一样，而且不容易枯萎。严寒会使它冻得凝结起来。林子里的花楸被严寒冻过以后也很合用。我们自己种的就更别提了。"

"这么说，这儿种这种树是挺合算的啰?"

"怎么不合算呢! 我们地处北方，水果品种很少。为什么不能把它当水果呢! 在市场上，它当然比苹果便宜一点儿，可是它每年都能结。再说抗寒能力又很强。我往卡姆恰特卡寄了一些，人家简直不知怎样感谢才好。想必已经适应了! 既然在卡姆恰特卡都能适应，它在我们这儿又会出什么事呢?"

"您怎么会想到往卡姆恰特卡寄呢?"

"是他们要的。我干吗不拿出来给他们看看呢?"

说着，亚历山大·伊凡诺维奇从箱子里拿出一包信来。

"尊敬的乌斯季诺夫同志!

"我们听到了不少关于涅维仁诺花楸树种的情况。作为一个园艺爱好者，我很想在自己的果园里种上花楸树。我申请种植这种花楸树已经有三年左右了，但得到的答复总是一句话：'我们没有这种花楸树。'国家苗圃和果树培植站都是这样答复的……"

"敬爱的亚历山大·伊凡诺维奇!

"我们的研究所将派遣一位园艺家专程去您那儿采购涅维仁诺花楸树插条。我们需要采购 1500~2000 根……

"……我们恳求您把您那出色的涅维仁诺花楸种子或树苗寄给我们，这既是为了满足我校果树苗圃的需要，也是为了满足谢苗诺夫老师个人的需要……"

一封又一封，一封又一封……

"亚历山大·伊凡诺维奇，他们是怎么知道您的呢？"

"报纸上对我进行过一次报道，说我是一个集体农庄的米丘林派的园艺师。"

"您还是个米丘林派吗？"

"报纸上是这么写的，他们看得更清楚。"

"对所有提出要求的人您都寄吗？"

"干吗不寄呢？让我们的花楸树传遍天下。不过，我现在寄得最多的是索宾卡。"

"那儿也有像您这样的园艺师吗？"

"没有。那儿建立了一个涅维仁诺花楸树基地，以便对它进行研究和培植，要让一切都符合科学，要让地球上的花楸树不是越来越少，而是越来越多。你们到那些地方去看看，去了解了解吧，他们那儿种得很广。"

果园里有很多蜜蜂：亚历山大·伊凡诺维奇有一养蜂场。蜜蜂从高高的篱笆上面朝蜂箱飞下来，把路都阻断了。大家知道，在蜜蜂的飞行路线上还是别停留为妙！

"让你们看什么呢？花楸树就是花楸树，难道你们从来没见过吗？它的果实与众不同，味道香甜，可是在外表上，不管是林子里的还是我们涅维仁诺村的，都一模一样。果子成熟的时候你们再来吧。也许你们自己也需要，也想种植，那就来吧。随时都可以来。我一定把最好的插条给你们，子孙后代会感谢你们的。当然，如果有人啥也不懂，那他就不会把花楸当水果。不，亲爱的，它是又好看，又有用，每种树都有它自己的价值。"

回来的路上，我们在一个小丘上坐了一会，久久地望着掩映在郁郁葱葱的花楸树中的村子。深秋时节，当花楸树林变成火红一片时，这儿的景色该是多美啊！涅维仁诺村会叫你看得目不转睛。

我还想起了这样一件事。以前有一个村子叫涅戈佳伊哈，后来村里的人把村子改名为"利沃沃"。而科贝利哈村人现在往往用集体农庄的名称"红色对岸"来称呼自己的村子。这都是可以理解的①。涅维仁诺村的人则从未想过这类事情。相反，他们对自己的集体农庄感到不满，因为农庄本来叫"涅维仁诺花楸"，如今却改名为"胜利"集体农庄。

说真的，干吗要把这个名字改掉呢？

---

① 这两个村名在原文中含贬义，前者同"坏蛋"一词谐音，后者同"公犬"一词谐音。

第二十六天

这一天雨没有希望停下来。因此碰上一辆大篷邮车时，我们觉得正中下怀。我们钻进车篷里面，立即发现帆布篷上有很多小洞。起先我们毫不介意，可是帆布篷上的雨水却越积越多。车篷中间下垂，邮车一动，它就像装酒或装马奶的皮囊一样晃荡起来，顶上的水向四面八方漫去，均匀地分布到帆布篷上所有的小洞里。我们自己也像帆布篷上的雨水一样，在车上前后左右不断晃荡。

除了我们三人以外，车厢里还有两个姑娘、一个小伙子和一个携带两只篮子的男人。这个人是到市场上去卖蘑菇和浆果的。他在我们这伙无产者和流浪汉中间算是一个大私商。他单独坐在一个角落里，双手抱着自己的两只篮子。

帆布篷的后部卷到铁梁下面，因此我们能够观赏到一幅仿佛是嵌在黑框里的风景画。画面的上半部是布满一团团脏棉花般云层的天空，下半部是湿漉漉的肥沃的黑土。一排排色泽暗淡的长长的水洼（它们的数量与路上轧出的车辙相符）给画面增添了几分色彩。水洼轻轻地摇荡着，被我们的车轮压出来的水变成一股股又浓又脏的浊流，又流回水洼里。

有时，汽车的四个轮子一齐滑动，开始慢慢地，但却不可避免地朝一边爬去。这时轮子拼命打转，但也颇有成效，仿佛汽车被起重机略微吊起似的。路的表层被雨水浸透，变成了稀泥，如今在车轮和比较坚硬的土层之间起着润滑剂的作用。每翻越一座小丘都要经过一番搏斗。在一座小丘旁边我们停了三十分钟。汽车一次又一次后退，又向它飞奔过去。人们用铁锹挖泥，然后把石头扔到泥里。不过，做这件事的不是我们这些旅客，而是司机和押送邮件的那个姑娘。

雨一直下个不停。

翻越第二座小丘总共只花了二十分钟，因此我们仍然抱着希望，但愿每次耽搁的时间能逐渐递减。没想到出了意外。

在翻越下一座小丘的尝试失败之后，汽车向后退去，断然横在道路当中。司机和那个姑娘在车轮下面挖了一阵，并且成功地使汽车的水箱对着它迄今前进的方向。但第二次尝试的结果却同头一次一样，也就是从山丘上滑了下来，同时转了一个九十度的弯。

旅客中第一个忍不住的是谢廖加（我们得充分肯定他这一点！）。他脱下鞋子，卷起裤腿，勇敢地冲进雨里的泥里。跟在他后面爬下去的是那个小伙子。汽车下面扑哧扑哧响了起来，从那儿传来了呼哧呼哧的呼吸声、咯咯作响的咬牙和轻轻的咒骂声。

我们从小就培养的集体感战胜了那种怕把身子淋湿和弄脏的思想。我们三人，也就是另一个搭车的姑娘、萝莎和我，逐渐下车加入了干活的行列。只有那个私商仍然抱着两只篮子坐在车内。

要做的工作是：一方面得用铁锹铲平一个碍事的土堆，另一方面又要用石头铺设这个路段。公路两旁摆着一堆堆石头。铲土的活大伙轮流干，因为铁锹只有一把。搬石头的活则是大伙同时干。

我们竭力挑选比较扁的石头，把它铺到车轮底下，旁边再一连铺上几块石头，然后就进行试验。司机在水里洗了手，钻进驾驶室。

我们大伙就地顶住车子，尽可能侧着身子，因为试验时，从车轮底下往往飞出两股掺杂有碎石的烂泥，仿佛那儿有几台水泵在往外抽稀泥似的。

每次试验都以同样的情况告终——车轮从我们铺设的石头轨道上滑下来，把石头抛到四边，在烂泥里陷得更深。

"应该把路铺得宽一些。铺三排石头试试看。"

其实，我们所完成的土方任务的规模早就可以用立方计算了。不知不觉过去了一个半到两个小时。最后，连那个私商也忍不住了，要不就是他坐在车内感到清冷和无聊。他翻起衣领挡雨，也从车上下来，走到一边，然后开始出谋划策，例如："最好到附近林子里去砍一些柳条来。"

就在这时，只见满满一锹烂泥落在这位谋士衬着橡胶护肩布的一边衣肩上（这时铲泥的是司机），弄得他的耳朵和面颊上到处都是污泥。究竟是故意的还是无意的，我说不准。谋士想发脾气，但司机转过脸去，又一板一眼地铲起泥来。

抽烟休息的时候，大家谈起道路的一般情况，都感到非常气愤。司机说，在这种路上行驶一百公里，要消耗几百公斤汽油，因此从全国范围来说，就要浪费大量汽油。同时，汽车的寿命至少要缩短五分之四，更不用说轮胎了。如果统统用钱加以计算，那么修建优质公路大概是不会亏本的。

还有成千上万的人白白浪费的时间呢？还有司机的精力呢?！这些当然是不能用金钱计算的，但总该加以计算才对呀！

当你乘车经过干燥的、尘土飞扬的乡村公路时，几乎每走一步，在每一个坑里，你都能发现被压进土里的木棍、桩子、麦秸、柳条和石头，这是我们刚才进行过的那种战斗留下的痕迹。一年四季，我都曾有机会同搭便车的人们一起，困在抛锚的汽车上，像俗话所说的那样，"加一条腿反而瘸得更厉害"，别人困在汽车上的情景我就见得更多了。

我在上文还忘了提到拉季斯洛沃集体农庄主席对我们诉苦的一番话。"汽车我们有的是，"他说，"但我一年只能用两三个月。其余的时间它们要么停在家里，要么碰到无法通行的道路，停在某个地方的路边。"

"算了吧，"最后司机一面穿短上衣一面说道，"谢谢你们的帮助。我们已经尽力而为，只好无条件投降。我将坐在这里等别人来拉我。要是等不到，我就到集体农庄去求他们派一辆拖拉机来拉。你们要是愿意等，就跟我一起待在这儿，要是不愿意，就用两条腿开路。我可以一直坐到明天。至于邮件，就像小说里所写的那样，将迟到一昼夜。"

我们同司机热情告别，然后步履艰难地从路边朝林中空地上湿漉漉的草地走去。

那位私商爬上邮车，回到自己的篮子边上。

下午天放晴了，我们的情绪也高了一些，遗憾的是，我们已经疲惫不堪，全身湿透，走路时我们主要是望着脚下，而不是道路两边，因为你一抬眼地平线就会突然向四面伸得远远的，我们四周呈现出一片辽阔的绿油油的草地。再低头一看，世界又缩小到这一段泥泞不堪的道路和自己的两条腿。这两条腿竭力想战胜这段道路，但却无力把它战胜，因为它跟我们一起移动。如果说，那个大千世界使人难以忘怀的是奇异的云彩、美丽如画的森林和在黑麦田后面巍然耸立的钟楼，那么这个小小世界留在我们记忆里的便是被踏坏的小草、只有手掌那么宽的雨水的溪流和同泥巴一起粘在鞋掌上的干草了。我们就这样走着，从一个世界慢慢地转移到另一个世界。

有一次，我们抬头一望，像着了魔似的呆住了。道路稍稍一拐，闯进一片又深又密的黑麦田。远远望去，只见黑麦田上空闪耀着一个白色的尖顶小塔，塔上有一个浅蓝色的圆球结顶，旁边还有一个小塔，上面是金黄色的圆球结顶，再旁边则是一连五个小塔和五个圆顶，左边耸立着一座高高的、精致的钟楼，再往左去便是像城堡一样的粉红色的修道院院墙，墙上也都有塔，那儿的黑麦田里矗立着一个又一个钟楼和教堂。它们像一条长链一样散开，无法一眼望尽，而必须转着头左右观看。那边的天空已是一碧万顷，这就是说，除了中间色调以外，参与创造这幅童话般的图画的是三种基本颜色：翠绿色——这是黑麦田，深蓝色——这是天空的底色，还有闪闪发光的白色——这是为数众多的苏兹达尔的教堂。

路边上站着一个老汉，他身穿一件腰部带褶的旧式男子外衣，拄着一根粗木棍。木棍有一个尖形的铁头，必要时可以变成一件致命的武器。老汉腰间系着一个粗麻布袋子，一把大白胡子垂在胸前，随风飘荡。那木棍老长老长。老汉拄着木棍，挺直身子，又开穿着皮靴的双腿注视着远方，看是否有什么车子追上来。老汉后面是一片黑麦田和一长串迷人的苏兹达尔尖塔，因此我忍不住想给老大爷拍几张照片。

我以地道的采访记者的神速从各个角度给他拍照，竭力使最主要的东西——随风飘荡的胡子进入画面。老汉站在那儿，既不眨眼，也未改变姿势。

我们走进了一片片菜园，种的全是大葱，也有很多西红柿、黄瓜、胡萝卜和白菜。城郊的整个洼地都是菜园。你稍走几步，登上一座小丘，便来到了苏兹达尔的一条大街。

说来也奇怪，旅馆里居然有很多空的并且非常讲究的房间，而茶馆给人留下的印象是这个城市的饮食业搞得不错。

很想知道，我们坐的那辆邮车是从坑里爬出来了呢，还是仍然停在那儿？全身湿透、冷得发抖的司机和押送邮件的姑娘是不是待在驾驶室里打盹？……

第二十七~三十天

总之，我们在苏兹达尔住下来了。一般人认为，一个城市应当有自己的郊区；一般人认为，一个城市应该有一个火车站；一般人认为，一个城市如果没有一个哪怕非常糟糕的工厂或随便什么工业企业，那是不行的。然而，这一切苏兹达尔都没有。

没有工厂的烟囱，没有铁路，没有高楼大厦，苏兹达尔湮没在弗拉基米尔盆地的庄稼之中。黑麦田里露出一座座教堂的尖塔和圆顶。庄稼包围着整个城市，一直逼近到城市边缘的住宅，就像村子周围的情况一样。而草地则紧跟着卡明卡河，一直闯入市中心。

大街旁边经常可以碰到杂草丛生的小树。本该是人行道的地方却蜿蜒着狭窄的小路，四周则是一片苍翠。顺着这种小街望去，但见空空荡荡，既没有行人，也没有汽车！这当儿跑出来两个小孩，他们在街道中央的草丛里，就在所谓行车道上嬉戏和翻筋斗。小街一般不深，它的一端通常不是通向一座修道院的院墙，就是与一座教堂相接。因此它给人的印象有如一条寂静、舒适的死胡同。家家户户的窗子上都镶着雕花窗框，窗台上摆满了各种鲜花。

几乎每家每户都有自己的菜园和果园，房前还有一个小花圃，宛如一只装满丁香的花篮。

几条中心大街有的已经铺设好了，有的正在铺设。这个城市已被宣布为自然资源保护区，准备接待大量的国内外游客。

1813年，在俄国战胜拿破仑之后，苏兹达尔人为了庆祝这次胜利，修建了一座高耸入云的大钟楼，可是不久以后，这座钟楼却遭到雷击。因此苏兹达尔这座最高的灰色建筑物就缺了楼顶，在周围那些颇具特色的白色教堂和钟楼中间巍然挺立，显得十分怪诞。据说苏兹达尔的教堂有五十八座，由于城市很小，因此教堂看上去栉比鳞次。

苏兹达尔正在修复之中。已经决定把它的各种屋宇和寺庙恢复如初，领导修复工作的是阿列克谢·德米特里耶维奇·瓦尔加诺夫。

还在莫斯科的时候，我们就听说过此人很多情况。他把自己的精力、知识，归根结底就是把自己的一生献给了苏兹达尔城。莫斯科的专家、建筑学家、历史学家和画家都是研究古物的行家，连最著名的建筑学家、历史学家和画家都知道瓦尔加诺夫是个精明的行家。莫斯科的学者从来不说："得上苏兹达尔去一趟！"而是说："得上瓦尔加诺夫那儿去一趟！"

"你问蒙古人入侵以前的金漆吗？瓦尔加诺夫那儿有，在圣母圣诞大教堂里。"

"你问彼得一世的妻子阿夫多季娅·洛普欣娜吗？她在瓦尔加诺夫那儿，在圣母修道院里幽禁过。"

在列宁图书馆那些深奥的分类目录里，可以见到阿列克谢·瓦尔加诺夫的大名，他写过许多关于苏兹达尔古代建筑的著作。

……高高的石墙里面矗立着昔日高级僧正的宅邸。你一走进拱门，就仿佛进入了一个透明的蜂房，这儿阳光充足，空气闷热，蜜香醉人，蜜蜂成群。一切都发端于满院盛开的白花。莫诺马赫大教堂周围的白花特别多。

"瓦尔加诺夫吗？他不在博物馆办公室吗？"

"您找阿列克谢·德米特里耶维奇吗？您到泥瓦匠们附近去找他吧！"

"博物馆馆长吗？他也许在细木匠那儿。"

"您想找他本人吗？他领着一个参观团参观城墙去了。您追去吧。"

城墙那果然有一个参观团。姑娘们和小伙子们大多穿着滑雪裤和汗衫，坐在城墙边的草地上。这一带地势陡然下斜，通向卡明卡河的一个急弯处。城墙在这里形成一座天然的小丘，然后通向前方，越来越像一个弯曲的马蹄形，因此从右边向前方望去，整个苏兹达尔尽收眼底。尽管是一个侧影，但却非常清晰。参观团对面的洼地里有一座小山，看上去像是有人把一顶帽子放在那儿。小山上有一座白色的教堂和一棵黑压压的树。

男女青年们随意坐在草地上，组成一幅生动的画面，中间站着一个身材不高的人，穿一件灰色旧上衣，一头蓬松、卷曲的黑发。他身子虚弱，面颊干瘦，脸上刮得光光的。尽管他的眼睛里流露出疲惫不堪的神色，但看上去他比自己的实际年龄——五十岁显得年轻一些。他之所以显得年轻一些，也许是因为我们本来以为他是个手拄拐杖、甚至还要由博物馆的年轻工作人员搀扶的白髯学者。

我们到来之前，谈话就开始了。之所以得出这个结论，是因为一位高个子的黑眼睛姑娘正对着瓦尔加诺夫的耳朵大声说：

"您应当把这一切都写下来，您了解的情况真多啊！"

"我也正在试着写，但是结果不佳。报上经常骂我。我给他们如实记述，可他们却对我说：'不是这样，你应该写得生动一些，比方说，雾霭消散了，大教堂的圆顶闪闪发光。'他们还要我把全区的情况写成一本书。写历史情况我当然没问题，但要写今天的情况我可不行呀。我把稿子带给他们看，他们两手一摊，说：'亲爱的阿列克谢·德米特里耶维奇，苏兹达尔区母牛的产奶量早就提高一倍啦。'我只好进行修改，可是那些母牛又超过了我。您最好把问题给我写在纸上，干吗要嚷嚷呢!"

跟所有的耳聋人不同，他开始小声地讲解起来：

"苏兹达尔的历史比其他俄罗斯城市更为悠久，其中包括弗拉基米尔城，更不用说莫斯科了。它究竟建于何时，这可说不准。也不知道它为什么叫作苏兹达尔。据斯拉夫派推测，它起源于'评判''指摘''议论'等词，这些词又派生出'判断''判定'等词①。这当然只是一种美丽的幻想。我们必须清醒地看待这个问题，并且承认，'苏兹达尔'是一个在斯拉夫语出现之前就已存在的词，就像流经附近的涅尔利河与克里亚兹玛河的河名一样。正如其他几个词一样，'苏兹达尔'一词并未被破译出来，我们对它的意思并不清楚。

"不过，如果说我们无法把这个问题解释清楚的话，那么另外一个更重要的问题——苏兹达尔城为什么偏偏要建在这儿，后来又怎么会发展成为幅员最辽阔的一个公国的首都，这倒是十分清楚的。

"如果你们具有想象力（你们当然是有的），你们可以设想随我一起登上一个高处，远眺俄罗斯中部的土地。在不宜耕种，而且森林密布的砂土中间，有一块不大的楔形黑土。它的来历神秘莫测，苏兹达尔就是它的中心，它仿佛是这块森林环绕、盛产粮食的土地的首府。

"换一个方向，再登高一<u>些</u>，我们会看到，苏兹达尔根本没有脱离通衢大道，而是正好处于繁华的贸易地区，它是现在才偏离通商

---

① 原文中的这些词均与"苏兹达尔"部分谐音。

大道的，因为路线已经改了，可是以前的情况却是：一条大路从诺夫戈罗德通往里海。苏兹达尔就兴建于后面这条大路上。

"在我们现在可以看见美丽的、黄灿灿的睡莲的地方，有一条叫卡明卡的河。河水之深，足以让商人的平底木船驶入其中。在离这儿四俄里的地方，卡明卡河注入涅尔利河，涅尔利河注入克里亚兹玛河，克里亚兹玛注入奥卡河，奥卡河注入伏尔加河。再往前去，刚刚破晓的便是神话般的东方，那儿有香料、地毯、辛香佐料，非常富饶。

"今天的伏尔加—顿河运河流域，从前是一片通向顿河的陆地，在那儿的蓝色烟霭中升起曙光的是其他外洋地方——拜占庭、威尼斯和阿拉伯地区；这就是我们在进行考古发掘时可以在苏兹达尔的黑土中找到波斯、印度和阿拉伯钱币的原因。

"苏兹达尔城修建于多神教时代。我们的正前方可以看到一座小山，就是如今矗立着一个教堂的那座山。这不是一座普通的小山，在多神教时代它叫红山。它早于别的地方解冻，因此古代的苏兹达尔人常常聚集在山上向阳的地方做雅利洛①的爱情游戏。在右边的另一座山上，你们现在可以清楚地看见一所学校的砖楼，人们为了纪念另一种神，就是在那儿进行游艺活动。别的民族把这个神称为巴克科斯、狄俄尼索斯、巴胡斯②，而在苏兹达尔人那儿，他有一个更普通的名字——奥布鲁帕。纪念奥布鲁帕的娱乐活动就是纵酒狂欢。

"从基辅转来的基督教，在苏兹达尔的生根并非是一蹴而就，也不是十分顺利的。众所周知，一批古代巫师举行过暴乱。由于这次

---

① 古代东斯拉夫人的太阳、丰产及爱情之神。

② 狄俄尼索斯是希腊神话中的酒神，巴克科斯是罗马神话中的酒神，巴胡斯是巴克科斯在拉丁语中的另一读法。

暴乱，我们在古代编年史中才发现第一次提到苏兹达尔。这是1024年的事。

"圣母圣诞大教堂是南方的基辅工匠修建的。他们没有考虑到北方气候严寒而又潮湿，基础打得很浅，因而导致大堂的倒塌。

"不过大教堂后来又得到重建。今天我们要去参观一下。不久以前，我在那儿掘出了弗拉基米尔·莫诺马赫时代的一块路面。它现在位于两米九六的深处。

"尤里·弗拉基米罗维奇·多尔戈鲁基选择苏兹达尔作为首都，但他定居在基杰克沙，离这儿四俄里，也就是卡明卡河注入涅尔利河的地方。我们还记得，安德烈·博戈柳布斯基也把弗拉基米尔当作首都，但他也坐镇在自己的博戈柳博夫，这是涅尔利河注入克里亚兹玛河之处。这样做更安全一些。

"当苏兹达尔已经成为一个繁荣、强盛的城市时，莫斯科还是一个小小的村子，只有十来根烟囱在西部茂密的森林里冒烟。

"亚历山大·涅夫斯基大公逝世之后，由尤里奠基的荒僻的莫斯科被封给涅夫斯基的一个儿子，即幼子达尼尔作领地。当时它是弗拉基米尔和苏兹达尔的一个小小的附属市镇。达尼尔去到那儿，于是从这时起，莫斯科就开始强盛起来。在达尼尔的子孙执政时期，莫斯科不断强盛，直到一切都翻了个个儿，也就是莫斯科成为首都，而弗拉基米尔和苏兹达尔则成为它的领地。"

"你们的那些大公，"瓦尔加诺夫对莫斯科来的那些参观者说，"经常对我们发动战争。比方说，季米特里·顿斯科依旧攻打过苏兹达尔。他跑进宫殿，可是那儿却坐着阿芙多季尤什卡公主。结果是：季米特里征了苏兹达尔，而阿芙多季尤什卡却征服了季米特里。他们在弗拉基米尔结了婚。这就是说，你们同我们有亲戚关系。因此苏兹达尔同莫斯科轻而易举地联合起来了。莫斯科政策的传播者和支柱是修道院。我们将参观其中几座。现在我们就去看看弗拉基米尔·莫诺马赫修建的大教堂。"

我们又置身于像蜂房一样闷热的高级僧正的宅邸。从这种闷热的房屋进入世世代代在这儿矗立的石头大教堂，顿觉一阵凉意迎面袭来。包铜的大门乌黑如炭，上面的绘画金光熠熠。这就是一旦涂上，永不脱落的著名的金漆。

这扇大门在经历拔都①的浩劫之后还能完好如初，被认为是教堂中的一大奇迹。

"瞧，"瓦尔加诺夫朝大门下面的一角点了点头，"我从旁边过来过去有二十年，后来我琢磨：'把它洗干净吧。'我把这个角落擦洗干净了，原来那儿画的是参孙②格杀猛狮。这是地地道道的拜占庭画！大教堂的四壁画满了宗教画。面上的彩画没什么意思，"阿列克谢·德米特里耶维奇解释道，"如果把彩画擦掉，里面一层就是 17 世纪的壁画；如果把壁画也擦掉，就会露出莫诺马赫时代的装饰图案。"

"壁画是绘在湿灰泥上的。这种画只能画四小时，四小时以后灰泥就干了。有些工匠用钉子作画。"说着，瓦尔加诺夫让我们看了看画在灰泥上的几个圆圈，"有一颗钉子在一个地方不合理地画了好几个圆圈。那位工匠怎么也找不到中心。"

"这是缺乏经验吧?"我们问道。

"多半是喝醉了，因而把灰泥弄坏了。鲁布廖夫作壁画时总是一气呵成，不用钉子。这才是高手。"

---

① 拔都（1209—1256），成吉思汗之孙，1236—1242 年率大军远征东欧、中欧，罗斯诸公国几乎均沦为金帐汗国附庸。

② 参孙是《圣经》故事中古代犹太人的领袖之一，是个力大无穷的勇士，曾徒手击毙猛狮。他的名字在西方文学中成为"大力士"的同义语。

"那边角落里是谁的陵墓?"

"啊，"瓦尔加诺夫漫不在意地说了一句，"这是基斯雷伊公爵的墓，他在沙皇瓦西里举行婚礼时当过伴郎。"

我们发现，瓦尔加诺夫在谈到形形色色的王公、王公夫人和他们的亲属时口气十分轻松随便，仿佛他们是他的朋友的亲属或者干脆是他本人的朋友。当我们离开大教堂前往圣母修道院时，发生了一件更能说明问题的事。一个略带醉意的三十多岁的男人将瓦尔加诺夫拉到一边，把一样东西给他看了五分钟之久。

"这是什么人?"当瓦尔加诺夫赶到我们身边时，我们问道。

"这是诺夫戈罗德一个商人的后裔。当时雅罗斯拉夫尔大公俘虏了许多诺夫戈罗德人，正好是在利佩察战役之前，这是七百年前的事，你们也许听说过吧?"

"那么他现在是干什么的?"

"现在他是本地汽车场的司机。老是缠着我，要我替博物馆向他买点商人的器具，一开口总是换半升酒喝。"

"他有些什么器具呢?"

"都是铜器，什么酒器呀，勺子呀，托盘呀。"

我们不知不觉便到了圣母修道院。瓦尔加诺夫首先带我们参观墓穴。我们沿着砖砌的梯级越下越深，瓦尔加诺夫说:

"伊凡雷帝喜欢在这儿走一走。他最喜欢圣母修道院。攻打喀山之前，他在这儿进行祈祷。他甚至起过誓，只要攻下喀山，就给修道院赠送极为珍贵的礼物。"

这时我们来到了石墓群之中。

"这是叶卡捷琳娜·舒伊斯卡娅，她是绰号'婴儿'的斯库拉托夫的女儿，"瓦尔加诺夫指着一座石墓，漫不经心地说，"斯科平刚一打败波兰人，进入莫斯科，舒伊斯基家族出于嫉妒，就决定把他毒死。就是这位太太在宴席上给他下的毒。"

"这是亚历山德拉王后，"阿列克谢·德米特里耶维奇走到另一座石墓跟前，说道，"伊凡雷帝杀了自己的儿子，那位王子留下一个寡妻。这就是她。那是安娜皇后，她是伊凡雷帝本人的第五个妻子。这位可怜的女人是被毒死的。这儿曾是鲍利斯·戈都诺夫的女儿克谢妮娅的墓穴。她的一生很不走运。刚开始生活似乎对她微笑了一下，可是后来一切都完蛋了。她本来被许配给丹麦王子，可是伪季米特里把她虏获了，并且强迫她同居。玛丽娜·姆尼舍克进行了干预，命令将她流放。"

随着瓦尔加诺夫的讲解，半明半暗的修道院墓穴里那些本身就是阴暗的直角形陵墓显得更加阴森了。这个女的是被毒死的，那个女的是自己服毒死的，第三个女的丈夫被杀，第四个女的遭到流放……

"这个陵墓，"阿列克谢·德米特里耶维奇在靠近入口的一个陵墓边停了下来，"也许是最有趣的一个陵墓了。要不要我讲一讲？这座修道院的教堂是伊凡雷帝的父亲瓦西里三世修建的。他有一个皇后，就是年轻美貌的索洛莫妮娅·萨布罗娃。她当然无法预卜十年以后丈夫会把她放逐到这座修道院来。他之所以要放逐她，是因为她没有生育。皇帝需要一个继承人，可索洛莫妮娅却总是不生育。

"这个可怜的女人不愿剪发出家。据说她捶胸顿足，号啕大哭，从别人手里把剪刀夺了。

"与此同时，瓦西里三世娶了叶琳娜·格林斯卡娅，她不久就生了一个儿子，这个儿子不是别人，就是未来的伊凡雷帝。

"那么，索洛莫妮娅的情况如何呢？她由于未能生育被迫剪发出家。可是不久以后，她突然怀了孕，甚至还生了一个孩子。这个孩子一生下来就注定要死。人家肯定会杀掉他，免得他长大以后觊觎王位，在王朝里引起纷争。不管怎么说，他可是伊凡雷帝的亲兄弟啊！

"可是后来传开了一个消息，说他死了，被埋在这个墓穴里。人一埋事情也就罢了，就像俗话所说的，一了百了。

"不久以前，我产生了一个念头：让我把它挖开，看看坟墓里究竟是什么。我把坟墓挖开了，看见了一副小不点儿的棺材，可是小棺材里面却是一个……洋娃娃，一个普通的洋娃娃，身上裹着布条，仿佛是刚刚放进去似的。我把它寄给莫斯科的修复专家维多诺娃，她给我寄来一件小男孩的绸衬衣，其余的布条不值得注意。

"这就是说，这墓是假的。之所以这样做，是为了拯救真正的婴儿的生命。这就是说，真正的婴儿活下来了。"

"那么，他后来的命运如何呢？"

瓦尔加诺夫沉默了一会，也许是为了造成更加强烈的印象。

"你们听说过强盗库杰亚尔的事吗？就是他。我手头没有准确的资料，不过间接的历史考察，还有经验和直觉提醒我，他就是强盗库杰亚尔。"

"怎么，就是人们给他编了好多歌曲和传说的那个强盗库杰亚尔吗？"

的确，库杰亚尔其人引起这种注意，也许是不无原因的。连历史学家科斯托马罗夫都写过一本关于他的小册子。在沃龙涅什州，人们至今还会让你参观库杰亚尔的城堡遗址，这是强盗们的一个设防的宿营地。

也许这是真的：一个兄弟得到了俄罗斯王国，另一个兄弟却在整个俄罗斯的土地上任意来往。就让那洋娃娃躺在地下，而真正的儿子却化名库杰亚尔，骑着一匹烈马，在忠实的伙伴们的簇拥下，在自由的人们簇拥下，在黑黝黝的森林里驰骋。他不羡慕沙皇的命运，因为后者在每个角落里都仿佛看到有人叛变，有人造反。就是死也要死在自由的空气中，而不能死在窒闷的楼阁里；要死在星空下，而不能死在昏暗的神灯下！

"总之，我们看到，""我们"试图总结一番，说道，"瓦西里把自己的妻子流放到圣母修道院，他的儿子也把自己的妻子流放到这儿，后来孙子的寡妻也到了这儿。鲍利斯·戈都诺夫的女儿也流落在这儿。"

"说得还不全。彼得一世的第一个妻子、王子阿列克谢的生母阿芙多季娅·洛普欣娜曾经关在这儿。她在修道院里过着世俗的生活，世俗的人们经常来拜访她。当时斯捷潘·格列勃夫少校来到苏兹达尔招募新兵，阿芙多季娅特别喜欢此人，不过他也因此而被处以桩刑①。阿芙多季娅本人被押送到什利谢里堡要塞。有人怀疑她背叛彼得，祖护王子阿列克谢。这就是这座修道院的情况。我们正在修复它。"

在这儿，在圣母修道院里，瓦尔加诺夫还让我们参观了修复工程的几处实例。修复工作者正在修道院的餐厅上面干活。瓦尔加诺夫在苏兹达尔修复工作中的任务是，透过砌得严严实实的近代砖砌结构看出早期的形式。

"有时根据一块楔形的小砖可以恢复整个窗子呢。"

"这可能吗？"

"起初我也认为不可能。可是动物学家根据地下发现的一两块骨头，却同样可以恢复翼龙的整个骨骼。我们在高级僧正的宅邸里兴致勃勃地寻找过梯子。"

"情况怎样呢？"

---

① 俄国古时候的一种残酷的死刑。

"我们数过墙上的刷白层。总共有十一层。整个墙上都是十一层，可是有的地方却只有两层。这就是说，在只有两层的地方，以前有过别的东西妨碍了刷墙。当我们画出十一层刷白处和两层刷白处的界线时，就现出了梯子的轮廓。我们就这样一步一步地把一切都恢复原状。"

我们要求再参观点什么有趣的东西。

"好，你们看吧。"瓦尔加诺夫把头一扬，指了指修道院主楼砖墙上三个并排的窗户。"难道这不有趣吗？"

"窗户……当然……这挺有意思……"

"你们都是视而不见，难道没有发现，每个窗户上的装饰都各不相同吗？"

这时我们也发现，每个窗户周围的石刻各不相同，这在某种程度上破坏了建筑格局，好像一个乡下房屋的主人在几扇窗户上钉上各种不同的装饰面板一样。

"现在明白了吧！那么为什么会出现这种情况呢？"

"大概建筑师是个外行。"

瓦尔加诺夫冷笑了一下。

"应该负责的不是建筑师，而是俄罗斯人的性格。每个窗户旁边悬吊的脚手架上都站着一个工匠。工匠们一个比一个卖力，每个人都想显显身手，想比旁边的人做得更好，于是就各显神通，搞成了这个样子……"

"您对这些石头真是了如指掌，谈起来就像读一本书似的。"

"是的，"瓦尔加诺夫表示同意，毫无那种虚假的谦虚，"这儿有许多大本大本的石头书。总之，整个苏兹达尔完全是一部民间创作，只不过表现为建筑学的形式而已。整个苏兹达尔就是一支石头的歌。顺便说说，这种信念帮助我把苏兹达尔从破坏中拯救出来。有人曾经打算拆毁所有的教堂，只留下几座最古老的建筑物。这怎么行呢！既然一座教堂建于 18 世纪，那你就试一试证明它的历史价值吧。也许它本身的确毫无价值，但把它拆毁，城市的格局就会遭到破坏，整个格局就会出现破绽。我正是用这一点才使他们信服：苏兹达尔之所以可取，不是由于一座座教堂，而是在于整体布局。整个城市就是一支石头的歌，而歌里的词是一个字也不能删的。"

瓦尔加诺夫沉思起来，仿佛想起了一件令人愉快的喜事。他莞尔一笑。

"有一位建筑学院的姑娘在我这儿实习过，她叫丽莎·卡拉瓦耶娃。她在这儿待了很久。如今她就像是我的女儿，因为她是我最好的学生。苏兹达尔是个统一的格局，是一支歌，这一论点被她用来作为学位论文的题目。她决定从科学上加以说明。"

"写出来了吗？"

"写出来了，那是一首送给苏兹达尔的赞美歌。我写信给她说：亲爱的丽莎，你以为苏兹达尔的庄稼汉会登上那座小山，一面搔后脑勺一面盘算：'为了美观起见，还该在哪儿修一座教堂呢？'你记得吧，亲爱的丽莎，我曾经让你看过一件令人惊叹的古代刺绣。那位刺绣女工仿佛抓了一把五彩缤纷的宝石和钻石，漫不经心地把它们撒在一块黑色天鹅绒上。苏兹达尔不也是这样吗！"

"阿列克谢·德米特里耶维奇，波扎尔斯基就葬在这儿，在苏兹达尔的某个地方，能不能去参观一下他的陵墓呢？他毕竟是个英雄和爱国者，可以说是俄罗斯的救星啊！"

瓦尔加诺夫打一个电话，于是我们就穿过斯巴索—叶夫菲米修道院的大门，进入了粉红色的高墙之内。

波扎尔斯基的陵墓得到了精心照料。四周的青草剪得整整齐齐，而且还浇了水。

波扎尔斯基陵墓的发现经过是这样的。起初人们不知道他葬在何处。乌瓦罗夫伯爵进行了发掘，发现了一个大墓穴，里面摆着三排棺木。这是波扎尔斯基家族和霍万斯基家族的墓穴。在第三排找到了一副带有特殊标记的棺木。事情传到了沙皇那儿，于是他派来了一个委员会。经过长时间犹豫之后，棺木于1852年开启。里面发现了一具裹着白绸尸衣的老人骨骼，上面带有大臣饰物的残迹（上衣和腰带上均有金线）。波扎尔斯基家族中除德米特里之外，任何人都没有大臣头衔，都不会有这种装饰。

修道院门前开辟了一个小公园，里面有一尊德米特里·波扎尔斯基的半身像。

"现在我让你们参观一块最可怕、最阴暗的地方，"瓦尔加诺夫说着把我们带到修道院的院子深处。"你们以前听说过苏兹达尔的政治监房吗？它是叶卡捷琳娜二世创立的。"

原来，修道院的院子尽头是一堵墙，前面已经无路可走了。给人的印象是，墙外就是田野，因为修道院坐落在城市的边缘。但我们进入一道窄门，就来到了一座通修道院的附属建筑物，这是一条特殊的石砌的死巷。这个死巷旁边还有一个死巷，它的入口极为普通，仿佛你马上就会进入一间有煤油炉和孩子、绳子上挂着衣服的住宅似的。可是实际上你却进入了一条窄窄的走廊。左右两边是没完没了的门。这就是囚室。每间囚室都是一个四方形的或近似于长方形的房间，每个房间都有木制地板和一个小窗。透过小窗可以看到一个院子的一部分。但这是什么院子呢？是在哪儿呢？据说囚犯一辈子也无法知道，他们是被关在哪一个城市。

在离走廊尽头不远的地方，我们发现了一堵遭到破坏的墙的痕迹，便请求加以解释。

"不错，这儿原来有一堵墙，而墙的外面还有几间囚室。这是所有特殊囚室中最特殊的囚室，叫作秘密单间。连走廊前部的狱卒也不知道后面的囚室里关的是什么人。就连他们的名字也不知道。囚犯都编了号。十二月党人沙霍夫斯基关在这儿多年，后来发了疯。这些囚室中的一间曾准备用来囚禁列夫·托尔斯泰，但沙皇及时醒悟了：最好别把列夫·托尔斯泰关进囚室。"

我们离开了这个阴森森的地方，顿时感到如释重负。乍看上去，这是斯巴索—叶夫菲米修道院内一座普通的、小小的附属建筑物，可是很多人却在这儿无声无息地消磨了一辈子。

第二天早餐，我们前来向阿列克谢·德米特里耶维奇·瓦尔加诺夫辞行。他感到惋惜，因为我们走得太早，未能在藏书最丰富的博物馆图书室翻寻一番，未能看看他那收有古代刺绣和罕见的圣像的珍贵文物，未能听到他宣读最近写的一篇关于叶芙多季娅·洛普欣娜的论文。

我们同这个人也是依依不舍。同他的谈话每分钟都带来新的知识。即使是此刻，在临别的时刻，谈话的内容也完全不是告别。阿列克谢·德米特里耶维奇还在介绍斯基福人①的文化情况。

"有人认为他们是野蛮人，如此而已。我劝你们到列宁格勒的艾尔米塔日美术博物馆的混凝土仓库里去看看，那儿收藏着西徐亚人的金器，连拜占庭的工匠看了都会惊叹。"

瓦尔加诺夫是大罗斯托夫近郊的一个农民的儿子，他毕业于艺术史学院以及壁画与镶嵌美术学院。刚一毕业，他就来到了苏兹达尔。这是 1930 年的事。在苏兹达尔，瓦尔加诺夫找到了一个小得可怜的博物馆，那儿只收藏着一些教堂的金属衣饰。二十六年过去了，他在修复古代文物和建立最丰富的博物馆方面进行了孜孜不倦和耐

_____

①　公元前黑海北岸的游牧民族。

心细致的工作。在二十五年中，阿列克谢·德米特里耶维奇只享受过三次休假。他好像老是没工夫。

苏兹达尔人首先认识到阿列克谢·德米特里耶维奇的工作的价值，全城老幼都认识他，在街上同他打招呼①。

---

① 现在阿·德·瓦尔加诺夫已被授予功勋艺术活动家称号。——作者注

第三十一天

苏兹达尔的市场上出现了很多森林浆果：草莓呀、越橘呀、马林果呀，于是我们又想离开城市了，又向往起森林，向往起它弯弯曲曲、凉爽宜人的羊肠小道来了。

就在这一天傍晚，我们从谢尔盖伊哈方向钻进了著名的久科夫松林的绿色地带。不过，得用三言两语讲一下，我们是怎样来到谢尔盖伊哈的，在此之前又发生过什么事。

如前所述，苏兹达尔的市场上出现了很多森林浆果。早晨吃完松软的油饼和红烧杂碎之后，我们又弄了一顿甜食——把草莓、越橘和马林果配在一起。我们将这三样东西各买了一小袋，然后坐到市场的出口处，亲亲热热、津津有味地吃了起来。吃的时候同时从三个袋子里各倒一点出来，使每一把都具有一种特殊的什锦风味。

一辆新的"嘎斯—69"型汽车径直驶到我们跟前停了下来，这件事我们自然发现了；不过我们却没有马上发现，车里有个人正在聚精会神地打量我们，主要是打量谢廖加。这有什么呢？根本不值得大惊小怪。谢廖加的胡子甚至开始卷曲了。由于胡子非常黑，因此随时都会成为信步溜达或坐车兜风的人百看不厌的对象。

那个人看着，看着，突然胆怯地、试探地说：

"我认识您，您是库普里亚诺夫。"

谢廖加这时正在吃手上的一捧浆果，他呛了一下，甚至咳了起来。我不打算详细描绘他们两人的情景——一个好半天想不起来，而另一个却说："喂，你想一想吧。"最后事情终于搞清楚了。

谢廖加在绘画学院学习的时候，曾经到离苏兹达尔不远的奥穆茨克村进行过夏季实习。他住在一个庄员家里，现在认出他的这个人是那个庄员的邻居。

"那么您就是当时被选为农庄主席的那个人了。"谢廖加终于想起来了，"您至今还没溜到别处去吗？"

"为什么？"

"我记得你们那个农庄糟透了。"

我们的新相识笑了起来。

"上车吧，就这么办，我带你们去看看我的家业。"

"不，我们要到姆斯乔拉去，而奥穆茨克村却在另一个方向。"

"上车吧，别犹豫啦。你们今天一天能走到哪儿呢？"

"嗯……根据地图判断，可以走到谢尔盖伊哈村。"

"你们傍晚准能到谢尔盖伊哈村，我亲自用这辆车子送你们去。上车吧。"

我们上了车，亚历山大·费奥多罗维奇（这是主席的名字）和谢廖加一路都在回忆当年村子里住满了莫斯科绘画实习生时的各种情况，回忆共同的熟人，村里的居民和大学生们。

其实路并不远，不一会，我们就来到了集体农庄办事处的一幢新楼旁边。主席砰的一声关上车门，交代了一下待会儿用车的事，便带我们去参观他的家业。我们走得越远，谢廖加就越感到惊讶。

"这一切你们是哪儿弄来的呀？以前这可是啥都没有的啊！"

"是的，"鲍利索夫表示同意，"五年以前，农庄欠了一身债。三十五万啊！而且我上台的第二年，数字又上升到了六十万。这些债早还清了，我们去年的收入已经超过一百万啦。"

"那你们是怎么做到的呢？"

遗憾的是，鲍利索夫不善于作生动的叙述；遗憾的另一点是，他过早地知道了我们是新闻界人士。区一级报纸上的那种官方辞令从他嘴里源源而出。不过，意思倒是清楚的：走上领导岗位的是一个双手坚强、性格诚实、精明能干的当家人。

"土地面积的安排，"鲍利索夫弯起一个指头，"农艺方面的设施，"他又弯起一个指头，"加上对庄员进行整顿，也就是借助于劳动好坏的利害关系来制定纪律。为什么起初债务还增加了呢？因为我们虽然很穷，却买了一大堆肥料。'肯定能收回来。'我对庄员们说。果然收回来了。我们用那些肥料加倍追肥，获得了大丰收。尽管我们很穷，我们还买了许多干草，特意铺在牲畜栏里。这些干草全都变成了肥料，肥料变成了粮食，而粮食给我们换回了成百倍的钱。

"尽管我们很穷，我们却买了两部水槽汽车，用来运酒糟。酒糟是酒厂的废料，却是喂牲口的精粮。我们用它喂母牛，母牛增产了牛奶，牛奶又增加了收入。

"我刚上任的时候，奥穆茨克村一头母牛平均产奶一千四百公升，今年达到三千公升。增长了一倍多……"

我们边走边谈，时而看看正在建设的、有四排砖房、带自动饮水装置的机械化牛圈，时而看看正在敷设的、通向这个牛圈的自来水管，时而看看已经竣工的青贮塔，时而看看鲍利索夫农庄的玉米，这些玉米眼下已经长到几乎有一米高，这在整个弗拉基米尔州是空前的。

"也许还是种向日葵或野豌豆好些吧。"我稍稍提了一下，想听听鲍利索夫关于玉米的意见。

"野豌豆做青饲料倒是挺好，青贮它就没有意义了。我们需要青贮饲料啊。"

"向日葵也可以青贮起来，而且不必多加照料。"

鲍利索夫回答时的神态跟任何人回答我们时的神态都不同：这才叫当家做主啊。

"我们只考虑种哪一种轻松一点，至于味道，每种植物都各不相同。玉米又好吃又有营养，向日葵吃起来却像棍子一样。当然啰，种玉米得多操点心。不过，一个优秀的农庄主席根本就不怕种玉米!"

"您说句心里话：要是现在有人把现有的玉米地取消了，然后再对您说：您愿意种就种，不愿意种就拉倒——那么您也许就不会再种了，对不对?"

"那我也会种，"奥穆茨克农庄主席毫不犹豫地说，"但说句实话——不会种那么多。我先开它一点地，开出来以后再逐渐增加。但说句心里话，到那时我还是会种的。"

我们在村子里面也溜了一趟。在旧房子中经常可以碰到一些新盖的农舍。

"这是庄员们盖的房子吧?"

"是城里人盖的。我这儿从城里迁来了一些人。"

"怎么会从城里迁来呢? 您说的什么呀?! 我们在各地看到的情况完全相反呀。"

"他们干吗不迁来呢? 有利可图嘛。就拿司机来说吧，他在城里的汽车场挣多少钱? 八百卢布。可是在我们这儿，这样的司机一个月能挣七十五个劳动日，一个劳动日合十五卢布，这样他就可以挣一千多。

"我们这儿的女挤奶员每人每年可以做一千一百个劳动日，这就是说，一年可挣一万五千卢布，外加一吨半牛奶，再加上一头小牛，总共是两万多。再过一年我们就会完成所有的基本建设，我们的劳动日就会稳定在一个水平上，一个劳动日将达到二十五卢布。到那时城里人还能同我们的庄员争胜负吗？本来嘛！已经有十六户从苏兹达尔迁到奥穆茨克村来了。我们的农庄就像吸够了及时雨的小麦一样，鼓足了劲儿，什么样的干旱都不怕。只要像那些小麦一样鼓足了劲，那就什么事情都不怕，什么意外都不在话下……"

鲍利索夫让我们参观了他的家业以后，便让我们坐进汽车，两个小时以后我们就到了谢尔盖伊哈村。

太阳还很高，投宿没有意思，于是我们沿着村子朝前走去，前方的村外露出了一片齿状森林。

不过，在我们进入这片森林之前，不得不穿过几块庄稼地，其中有一块豌豆地。童年时代的情景清晰地浮现了出来。我们看过许多战斗影片，往往学着影片中的样子，避开看守人的眼睛，从小树林到豌豆地匍匐爬行 1 公里，然后一躺就是半天。不仅肚子吃得饱饱的，还往衬衣里面装。肚子胀得像救生圈一样圆鼓鼓的。味道最甜、水分最多的不是那种变干了的大肚子豆荚，而是那种细细的嫩豆荚。嫩豆荚可以连皮一起吃，而且吃起来水分更多，味道更甜。

已经到了森林边缘。我们沿着弯弯曲曲的森林小路钻进了久科夫松林的绿色地带。

自从我们在基尔查奇河上的木桥旁边开始踏上旅程以来，毕竟过去很多时日了。去时，越橘盛开着芬芳的铃状小花，而现在越橘的果实已渐渐变成粉红色了。当时欧洲越橘也正在开花，而现在却已经成熟了。当你经过森林时，你往往会情不自禁地抓住伸向小路的树枝。旅行刚开始的时候，落到手边的是云杉那柔软、娇嫩的轮生针叶，宛如多汁的青草。你把多汁的轮生嫩叶捻碎，手掌上就会发出一股浓烈而清新的针叶味。而现在你抓住云杉树枝，就会刺破手指。轮生叶长得壮实了，发育成熟了，春天的嫩叶变硬了。

一条踩得严严实实的小路通向一个美丽如画的沼泽，这个沼泽是由一条森林小溪形成的。翠绿的苇丛同白云一样的独活花交相辉映，这种独活花使四周弥漫着堪称无与伦比的小溪的馨香。沼泽岸边长得茂密蓬松的柳丛承受着云杉的压力。沼泽上面有一道小桥，有三块木板那么宽，一直通向远方，距离越长就显得越窄，最后消失在沼泽对岸的灌木丛里。小桥的一边安了栏杆，好让人们过桥时可以扶住。这小桥至少有一百五十米长。你走到小桥中间，左右两边就会展现出一片森林环绕、美丽如画的沼泽风光。有些地方露出一些镶嵌在翠绿丛中的黑镜般的水洼。里面绽开着黄灿灿的睡莲和白生生的水百合花。看来多半是河水还保持流动，化成难以觉察的水流穿过苍翠茂密的树丛。

小桥刚到尽头，便有一条小路通向一座没有树木的小丘，然后沿着小丘斜刺里急匆匆向左奔去，通向一个我们不熟悉的村子边上的一幢房屋。

到过谢尔盖伊哈村，特别是到过奥穆茨克村之后，这个村子给人的印象实在不佳。房子旧得发黑，大部分已经倾斜。屋顶上很多地方露出了桁条。窗户上的玻璃都是用油灰一小块一小块粘起来的。

传来了锤子敲打镰刀的单调而响亮的声音。

一幢房子门口的长凳上坐着几个妇女。我们向她们打听，为什么村子这么萧条。四周全是树木但却看不到新的木房。

"我们古谢沃村几乎没有男人啦，"一个四十岁光景的妇女用稍稍拖长了的声调说，"我们这些娘儿们全是寡妇，哪儿来的力气砍树呀！只有把孩子养大，让他们自立，把他们送进城去，到那时才能修理房子。一切都靠孩子们啦。"

当我们准备离开古谢沃村，走到侧巷时，从一幢木房里跑出一个矮墩墩、胖乎乎、麻利利的年轻妇女，她把我们喊住了：

"喂，你们是不是收集相片的？"

"难道相片扔得到处都是吗？"

"你们别笑，我知道你们是摄影师，能把相片放大。"

她之所以把我们当作走江湖的摄影师，原因有三：第一，这种人想必有时上这儿来过；第二，除此以外，哪个倒霉鬼还会上他们古谢沃村来呢；第三，谢廖加脸上留着一部大胡子，腰边背着一个木箱子。

"不，我们既不照相，也不放大。"

"你们别笑，给我和女儿照一张吧。"

"照了以后又怎么样呢？"

"照了以后上我家去……喝杯茶，吃点小面包圈儿……"

我们一路发现，林区的村子比粮区的村子一般要穷得多，这是可以理解的：土地不一样啊。

这就是说，不仅是两个州（哪怕它们互相毗连）或两个区（哪怕它们互相毗连），就连两个集体农庄也不能用一把尺子衡量。就在今天早晨，我们还观赏过苏兹达尔郊区茂盛的庄稼，而傍晚在森林中见到的却是新开的空地，上面稀稀拉拉地长着穗子短小的低矮的小麦。刮风的时候，麦穗之间互相够不着，碰不到。土地像灰烬一样呈灰色，薄薄的灰化层下面则全是沙子。

太阳落到山冈后面，天空升起了晚霞。在晚霞的背景上，我们隐约看到了波卢希诺村的房屋和棚子。一条小河流出森林，沿着村子急匆匆向前奔去。两岸低矮的灌木丛也不甘落后一步。随着小河和灌木丛一起跑进村子街道的还有一堆堆不久前被雨水淋湿的新鲜干草垛。

走进队长的木房时，我透过一扇微开的门看见小贮藏室里有一个和衣而睡、未脱靴子的男人。但女主人却说队长不在家。

"好，我们等他，不管他回来多晚。"队长的妻子忐忑不安，显得手忙脚乱。

"他在睡觉呢。"

"喝醉了吗？"

"是喝醉了，好心的人们，完全喝醉啦！"

"现在正是割草季节，是最忙的时候，怎能这样呢……"

"前天邻居家里办婚事，打那以后就没有醒来。"

"那就让他睡吧，请您帮我们找个地方过夜。"

"马上就去，好心的人们，哪能不帮忙呢！这事儿我们不难办到。"

街上走着一个手提铁桶的女人。她的衣服下摆打湿了，橡皮靴子闪闪发亮。她到森林里采欧洲越橘去了，刚从那儿回来。队长的妻子把她拦住。我们听到，那个女人拒绝了。

我们自己出面交涉，预付了钱，于是半小时以后，舒拉大婶就用茶和欧洲越橘款待我们了。

村子里响起了手风琴声和欢快的女声"四头句"① 歌声。接着是合唱，于是一切都融成一种不大清晰的吼声，小伙子们大喊大叫。舒拉大婶胆战心惊地谛听着。

"我那个小子兴许也在那儿。只有在我跟前我才感到放心。"

"您很爱儿子啰？"

"我怕的是酒啊。唉，这该死的酒我简直恨透了！它害得我丢了

---

① 俄罗斯民间一种快节奏的四句押韵短歌。

两个儿子啦。一个是司机，眼下关在牢里，他压死了一个人。只要几杯黄汤一落肚，眼前就啥也看不见啦。另一个儿子喝醉以后钻到火车底下去啦。还剩下两个儿子。如今最小的也长大了，前天去参加婚礼喝醉了，是我用盐水灌醒的。对这个满崽我真是时刻提心吊胆，心里老像不刮风时的白杨树叶一样颤动。"

手风琴还在响着，我们很想去看看那个娱乐场面。这可是我们旅途中的头一次啊。

我们喝茶的时候，白雾从河里飘进了村里，四周立即响起了蚊子的嗡嗡声。

草地中间被踏出了一片圆形的空场，空场边上有一截圆木，圆木上坐着手风琴手。两个姑娘有如两个保护天使，站在他的肩后，正在用树枝驱赶蚊子，不让它们叮他那表情冷淡的脸。场子周围聚集着一群小伙子和姑娘，约有三四十人。有两个姑娘正在跳"叶列茨基舞"。

不久以前，一位著名的作家曾经嘲笑过这种舞蹈，把它称为"搅油器"。他在文章中说，姑娘们在跳"叶列茨基舞"时似乎面部表情呆板，无精打采地垂着双手。他想让读者得出一个结论：这一切是农村青年文化太低使然，他们之所以跳"叶列茨基舞"，仅仅是因为他们除此以外无事可干。

事实并非如此。首先，很多姑娘跳"叶列茨基舞"跳得非常灵活，很有节奏。这完全取决于跳舞者起舞时的特殊步伐和他们的热情；其次，如果没有"叶列茨基舞"，也就不会产生"四句头"，有什么必要创作这种歌曲嘛！姑娘们创作"四句头"，是为了在文娱晚会上唱。民间口头创作就是这样形成的。而且很多"四句头"就是真正的诗歌，这一点谁不知道呢！

当我们来到娱乐场地时，一对新的舞伴正准备出场。首先出来一个姑娘，她穿着一件轻盈的、腰部贴合的夏季连衣裙，没戴头巾。
她很不情愿地转了一圈，双手依旧插在衣袋里，旁若无人地唱着：

> 女友哟，快出来。
> 出来跳这第一场，
> 骂那飞来的负心郎，
> 朝三暮四没心肠。

谁也没有出来。于是姑娘又转了一圈，重新唱道：

> 女友哟，快出来，
> 快把架子放下来，
> 手风琴呀叫得欢，
> 瞧他拉得多精彩！

这支诱人的歌也无济于事。她只好唱第三次：

> 女友哟，快上阵
> 你我成对跳一阵，
> 咱们俩是好伙伴，
> 可别叫我难为情。

这么一恳求，女友终于出场了。这个姑娘个子稍高一些，头上
系着三角头巾，身穿一件有背带的浅色连衣裙，脸部自然无法看清。

> 走出来呀唱起来，

亲爱的人儿听明白，
真心诚意把你爱，
献媚讨好我不来。

两位女友踏着急速的舞步，黑暗中散发出一股温馨的尘土气味。

亲爱的女友你领唱，
起音可别太高昂。
咱们的人儿出远门，
今天不会回家乡。

对歌就这样开始了。双方的性格一下子就看出来了。第一个姑娘唱的"四句头"显得欢快、活泼，热情奔放，第二个姑娘唱的歌却忧伤、温柔，带有抒情的色彩。
第一个姑娘：

说我好斗本不假，
我是一个哥萨克，
飞来的小伙儿逮住啦，
我也不知为的啥。

第二个姑娘：

这台阶往日多可爱，
小小角落贴心怀，
如今打从门前过，

只有轻风吹过来。

第一个姑娘：

这个小伙儿真不差，
咱们赶紧结识他，
让他心窍快开通，
陪着咱们去兜风。

第二个姑娘：

该死的白杨树啊，
没有风儿也沙沙响！
我那可怜的心啊，
没有不幸你也忧伤。

第一个姑娘：

小伙儿呀黑眉毛，
围着我想把话茬儿找。
旧情犹新我难忘，
别再给我添烦恼。

第二个姑娘：

我当初啊怎么样？

破冰游泳多健壮。
如今我啊又怎样?
唱支歌儿都累得慌。

第一个姑娘:

黑眉毛呀刷不掉,
金刚石也刮不掉。
机灵鬼儿你也蒙不了我,
跟着我你也丢不掉。

第二个姑娘:

是你的琴儿拉得不好,
还是我的舞步太糟糕?
我心里老觉得若有所失,
盼着一个人——却无法盼到!

两个舞伴这样唱了很久。在这段时间里,她们唱了无数的"四句头"。当然,有很多"四句头"并不出色,并不有趣。然而,即使在专业诗歌里,中不溜儿的东西也并不少啊!

接下来,两人对歌的内容是该由谁来感谢手风琴手。

第一个姑娘:

我亲爱的女友啊,

一个人可要有天良，
手风琴手是个好小伙，
咱们应该怜惜他。

第二个姑娘：

我亲爱的女友啊，
你可不要把茶泡，
请你不要再劝我——
要我道谢办不到！

第一个姑娘：

桌子上面虽有酒，
你们千万不要喝，
感谢的话儿我不说，
哪怕你们打死我！

第二个姑娘：

井水源源往外流，
斟水不要斟过头，
无论如何呀，好女伴，
你该道谢才对头！

这场争论有两种解决方法：要么其中一人说一声"谢谢"，而且在表示感谢的"四句头"中几乎总是夹着赞语。例如：

> 手风琴手啊该感谢，
> 他的演奏真精彩，
> 他是一个好小伙，
> 可爱的姑娘他心爱！

要么两个女伴一起说"谢谢"：

> 我亲爱的女友啊，
> 咱们两个一块儿说——
> 道谢一声还不行，
> 应该谢他两百声！

唱完最后一首"四句头"，两位女友觉得任务已经完成，便一起退场。在她们跳舞的过程中，观众频频向她们鼓掌。这就是"叶列茨基舞"的跳法。

这天晚上，我们至少观看了五对舞伴的表演。不过其中一对是两个小伙子。

我们早已上了床，但是手风琴的声音和姑娘们热情的歌声还久久地在夜空里回荡。

波卢希诺村的公鸡啪啪地拍着翅膀，此起彼伏地叫了起来。

第三十二天

夜里又下了一场雨，也许就是它把傍晚时分的白雾冲走了。早晨的波卢希诺村沐浴在雨后晶莹、轻柔的空气中，一切都显得线条清晰，轮廓分明。

步行前进几乎不可能。道路滑溜溜的，两条腿老向外滑，我们好不容易才到达伊凡诺夫斯卡娅村，这是一个联合集体农庄的中心，波卢希诺村也属于这个农庄。

村子似乎仍未苏醒，尽管时间不早了——已是上午八点左右了。不过，有些人家已经炊烟袅袅。

我忘了交代，从谢尔盖伊哈村起，我们就已经来到一个门窗雕花的地区（如果可以这样形容的话）。伊凡诺夫斯卡娅村使我们特别感到惊讶。

瞧，这儿有一幢小木房，它本身并没有任何特别之处。普普通通的五面墙，用圆木交叠垒成，墙上镶以木板。然而主人却对房子怀着一种感激和热爱之情，因为房子可以使他和他的家庭冬天免受风雪之苦，秋天免遭雨淋之灾，一年四季可以避开外人的眼睛；还因为他的这幢房子将由他移交给自己的孩子；最主要的是因为这幢房子投入了大量的劳动和金钱。因此他把自己的房子打扮了一番，有的新郎打扮心爱的新娘都没有这么精心。

就从台阶说起吧。你拾级而上，从两根木柱之间穿过。但这可不是普通的柱子，而是雕花圆柱。它们的外形看上去仿佛树木被扭成了绳状。这种螺旋状给人一种轻盈感。看上去，柱子撑着台阶的屋顶似乎并不吃力，皱纹形雕花屋檐从顶上垂下约四分之二。雕花屋檐是用木板做成的。在像帐篷一样撑开的台阶的屋顶上安了一个木尖顶。尖顶的顶端立着一只木公鸡。它随风旋转，既是一种装饰品，也是一个风向标。

整个房子的檐板都围着皱纹形花边，不过这一切都不能同窗框雕花相提并论。房子的主要装饰就是窗框雕花。上层的窗框雕花几乎总是像一种古老的妇女头饰，有时也像一顶王冠。总之，每个窗户都因此显得堂皇而又高贵。两侧的窗框雕花沿窗而下，宛如少女的发辫。

窗框的檐板的花边里精巧地镶着各种木雕的野花、树叶和鸣禽。

天窗则是一件独立的艺术品。房子上的普通装饰在这儿得到压缩，显得小巧玲珑，十分雅致。两侧的雕花小柱高约半米。台阶或凉台小到只能容下一个洋娃娃。所有的雕花都玲珑剔透，十分精巧。

雕刻师并不满足于木雕装饰，他还在铁上进行雕刻。沿整个屋脊安着一长条铁片，上面是镂空的装饰图案。这种图案近看也许显得粗糙，可要是远远看去（自然会是远远看去，谁又会爬到屋顶上去看呢!），图案给人的印象却是十分精致。由于图案后面的天空是蔚蓝色的，因此镂空的黑色铁片上的图案看起来也呈蔚蓝色。

烟囱是房子的冠冕。你只要在卡梅什基区转一趟，就可搜集到许多别具一格的烟囱，至少也可以拍摄一整套烟囱的照片。这些烟囱上都饰有铁帽，有的铁帽四角都有球果形饰物，有的铁帽仅顶端有一个球果形饰物，有的铁帽垂有铁穗。所有这些东西也都雕有花纹，带着装饰图案。每根排水管上部的装饰都很特别。由于排水管共有两根，沿着房子的两角下垂，因此对它们加以装饰便使整个房屋的布局显得十分完美。全村没有两幢相同的房子，就像村里没有两张相同的面孔一样。同人一样，每幢房子也有自己的表情、自己的目光、自己的性格。有的兴高采烈，有的愁眉苦脸，有的表情淡漠，有的目光呆滞。

雕花窗框的寿命比木房本身竟然还要长些。因此我们经常看到，有些已经发黑的旧窗框雕饰被移装到还留着滴滴树脂和树脂流痕的新木房的正面。

要是能借到一匹马该多好啊。我们敲了敲主席家的篱笆门。

一个四十岁光景的女人正在炉子旁边忙着。她的双手沾满了正在和的面。

"鬼知道他在哪儿，昨天晚上就不见啦！"

"怎么会不见了呢？"

"登上摩托车就走啦！兴许到滕齐去了，他的母亲住在那儿；也许到卡梅什基他妻子那儿去了，再不就是上莫斯科了。"

我曾经到过几十个集体农庄，到过全国各个角落。这次又访问了弗拉基米尔州的几十个集体农庄，考察了许多非常巩固和富裕的农庄、中等农庄和很差的农庄的生活，可以得出这样一个结论：集体农庄的经济状况百分之百取决于主席。

为什么城里人纷纷迁到奥穆茨克村来投奔鲍利索夫，而波卢希诺村和伊凡诺夫斯卡娅村的人却纷纷跑到附近的工厂里去干活呢？！这难道不是因为鲍利索夫一刻也没有脱离集体农庄的生活和集体农庄的领导工作吗？各种小事他都放在心上，这些小事有助于他掌握全局的情况。可是这儿有个队长，正如读者所知，已经醉倒两三天了，想来今天他该是醉后方醒，头痛欲裂了。而主席却"骑着摩托车不见了"。

当然，光凭主席一人的努力也是不够的，还需要当家人应有的能力、灵巧和节俭。总之，要有精明的头脑！无怪乎全国许多优秀的集体农庄主席的名字我们都可以背得出来，如普罗佐罗夫、波斯米特内、布尔卡茨卡娅、普赞奇科夫、格涅拉洛夫、奥尔洛夫斯基、阿基姆·戈尔什科夫……

女主人用煮得非常松软的热土豆（仿佛结了一层霜！）款待我们，然后我们又来到跟先前一样空旷的街上。

一辆卡车摇摇晃晃、吱吱喳喳地驶进村里，车上载的劈柴比驾驶室要高得多。卡车两侧插着许多木板，免得劈柴撒落下来。

我们当中有人情不自禁地把手一举，卡车停了下来。

"上来吧，我不可惜位子。"

"我们不会从上面摔下来吧？"

"完全有可能，我不强迫你们。"

我们开始往车上爬，还没有来得及在劈柴之间的凹挡里坐定，车子就猛烈地摇晃起来。我们三人慌忙乱抓一气，抓住什么就是什么。接着车子向另一边晃了起来，然后又向上一颠。简直无法坐稳。我们身下的劈柴像织机的部件似的纷纷向四面滑动。我们的膝盖和手上开始出现擦伤和青斑。由于过分紧张，背上和手上的肌肉开始作痛。有时，我们之中有人连下巴都碰到劈柴上。但是除了忍耐和坚持，现在已别无他法了。

到了车上我们才突然想起，匆忙中没有来得及打听，我们和这些劈柴一起驶向什么地方。

原来我们只担心劈柴单独滚落或是我们跟劈柴一起滚下去，现在又增加了一层新的不快：卡车驶进了一片树林，树枝噼里啪啦打在我们身上，有的树枝还相当粗。

不过一切很快就过去了。汽车停了下来，我们脚下有了一个坚实的、不摇晃的支点。我们又站到了地面上，但是距我们离开那个地方已经很远了。

早晨那个家家户户饰有木雕花边的村子已经像梦一样永远逝去了。

我们站在坚实的土地上，举目四望，半个小时的颠簸把我们带到了一个截然不同的世界。柱子上挂着一只大电钟，跟莫斯科的十字路口挂的一模一样。电钟下面是一间书亭，还有一个服饰用品售货亭，旁边还有一家饭馆。这一切加在一起，再加上一家小工厂，就叫作沃洛达尔卡。我们是头一次听到这个地名，地图上根本就没有沃洛达尔卡这个地方。我们来到这儿纯粹是一种机缘，得考虑一下怎样离开这个地方。

工厂的党小组长是个黝黑的脸上满是大麻子的男人，他倾听了我们的要求。我们对他说，很想了解一下纱布的生产情况，并请厂里派一辆车送我们一程。老实说，我们并不想参观工厂，但总不能无缘无故地要车啊。一般来说，人人乐意答应第一个要求，对第二个要求则会置之不理，可是这儿的情况却恰恰相反。

"我们不能提供任何有趣的东西让你们参观，因为我们正在改装机床，全场都停了工。我不想让你们留下不好的印象和浪费时间，再说我们的厂子微不足道，规模很小。至于车子，我很乐意效劳，马上就派，不过只有卡车……请别见怪，只有卡车！"

他还告诉我们，这种小厂这一带很多。他们都是在革命前廉价劳动力的基础上发展起来的，而且都以外来棉花为原料。沃洛达尔卡的奠基人抢劫了一个地主的管家或是一个商人，因此弄到了创业的资本。

在离乌兹别克棉花产地几千公里的这片林区，看到这些星罗棋布的纺织工厂，是颇令人纳闷的。

不一会儿，卡车就开来了。

萝莎坐在驾驶室里，我和谢廖加在车厢里左右摇晃，上下颠簸。到达乌沃吉河之后，我们向司机道了谢，又变得孤零零的了。

乌沃吉河上的桥正在修理。桥那边是一条早就没有车马通行的石铺路，石头缝里长出了杂草，两旁的茶藨子丛和马林丛里长满了缬草。我们沿着粉红色缬草旁的阴凉小径朝前走去。萝莎尽管是个医生，却还是初次看到这种令人惊讶的野草，起初甚至还不相信。于是我挖了一个块茎，把它掰开，让她闻了一闻。块茎像装这种草药的小药瓶一样发出一股强烈的气味。

天黑以前，我们冒着纷纷细雨，沿着不愿干燥的湿漉漉的土地徒步前进。

在村边的一幢房子里两个年老色衰的妇女从窗户里探出身子望着街上，看样子是莫斯科来的消夏客。她们穿着鲜艳的绸衫，打扮得花枝招展，她们说了几句话，主动跟我们搭话。

我们乘便向她们打听，她们的村子究竟是集体农庄的中心，还是仅仅是一个生产队的所在地。

"我们可不知道。"

"怎么不知道呢？那你们自己是什么人呢？"

"我们什么人也不是，我们就是我们。"

这当儿，从大门里跳出一个满脸火红色硬毛、长着一双凶恶的小眼睛的红脸汉子，他的样子很像一只哈巴狗。他粗鲁地、连骂带吼地对我们说：

"你们要干什么？大概是想找一个东西藏得不严的地方吧？滚你娘的蛋，这儿没有地方给你们挺尸。"

他像个私商那样恶狠狠地吼着，这种人对自己的一根棍子、一颗钉子往往惜之如命。

我们本来很想在他的红脸上狠揍一拳，但他事先随身带着一把斧子，我们只好放弃自己的打算。

顺便说说，到了这一带（从波卢希诺村起）我们才知道，农村里有单干户，而且户数往往达半村之多。眼下我们就看见了一个很合逻辑的单干户。即使不是一个富农，也是一个具有富农心理的人。刹那间他就在我们面前原形毕露，而且表演得非常出色。这是在帕纽希诺村边的事。不过，把这种人称为单干户只是相对而言，因为他们没有自己的土地，而只有一幢带宅旁园地的房子。这是一些有时靠集体农庄的残羹剩饭为生的集体农庄的外围分子。在需要的时候，他会向主席讨一匹马和两立方劈柴。这是社会寄生分子的新变种。真正的单干户是从事生产的，但这种人却什么也不干。

一种声音从邻村（我们刚出帕纽希诺村，便马上看见了它）穿过田野而来，由于距离很远，声音显得很低，因而弄不清究竟是什么声音。不知是歌声呢，还是吼声。要不是透过这种响声传来阵阵手风琴声，还以为那儿出了乱子呢。

进得村来，我们看见一群喝得醉醺醺的小伙子正在摇摇晃晃，大声唱歌，像城里人一样穿戴入时的姑娘们三五成群地逛来逛去。住宅旁边的长凳上坐着一些上了年纪的男女，清醒的人一个也没有。克里亚奇科沃村忘乎所以、狂饮滥喝地庆祝弗拉基米尔圣母节，活动已经进行一两天了。

我们三人小心翼翼地穿过醉醺醺的村子，使全村的人感到十分好奇。

在一幢明亮、整洁的房子的台阶上肩靠肩地坐着一位老大爷和一位老大娘。他们想必够孤独的了，因为连弗拉基米尔圣母节家里也没有客人光临。我们要求在他们那儿过夜，老大爷拿出了一瓶供祭祀用的家酿啤酒，老大娘拿出了一瓶茶藨子露酒。茶炊轻轻地唱了起来，里面放进了一排鸡蛋。

　　这一家的主人拒绝收住宿费，这在整个旅途中还是第一次。

第三十三天

　　道路两旁的马林树丛里长着很多正在成熟的浆果，这使我们的步子放慢了。我们约定，对绿荫丛中那些红艳艳的浆果坚决不予理睬，可是只要有人一时忘了形，摘下一个放进口中，就必然想摘第二个，第三个……

　　我们也遇到了黑茶藨子丛，不过茶藨子还是青的。

　　路旁的灌木丛后面是一片高大、茂盛的混交林。从左边的树木缝隙中望去，只见一潭黑水神秘莫测地闪闪发光。我们一心想找一条小路，以便沿着它奔向树林深处，弄清楚那儿究竟是湖泊、沼泽，还是荒废的池塘。最后，终于出现了一条小路。

　　我们沿着这条小路还未走出两百步，就传来了一只小狗忽高忽低、非常凶狠的叫声。我们停住了步子。这只小狗用一根链子拴在一棵树上。不远处有一幢小木房，多半是一间护林室。

　　护林员在台阶上迎接我们。他略带醉意。

　　谢廖加凭着他对人的面孔的那种职业性记忆力，断定他曾在克里亚奇科沃村看见护林员给弗拉基米尔圣母上供。这多半是真的。

　　护林员竭力不动声色，镇定自若。（谁知道来的是些什么人啊！）他请我们进屋，想给我们安排饭菜。但我们告诉他，我们什么也不需要。我们之所以从大路上拐到这里来，仅仅是想了解树林里闪闪发光的水究竟是什么。

当沃龙佐夫明白不会大祸临头，这几个过路人也不是顶头上司之后，便变得态度和蔼、眉开眼笑了。就像一个人在吃早餐时不光吃了牛奶和面包，还吃了肉一样。

"说起这水，我可以一五一十地讲给你们听，我对本地的水可是第一流的专家。等我的女儿一回来，我可以在实地一五一十地讲给你们听。当然，没有船可不行，不过船被我的女儿划着采草莓去了。"

岸边离门槛只有约五十步远，但水却比门槛低得多，因为房子坐落在一座小丘上。不一会儿响起了船桨的欸乃声，小路上出现了一个年轻的孕妇，手里提着一只篮子，里面装满了粉红色的草莓。

"好啦，现在我们可以动身啦。"

这是一条狭窄的、进向不稳的小船。在四个人的重压之下，小船齐边陷进水里。沃龙佐夫坐在船尾，小心翼翼地、时左时右地划着那只很像铁锹的船桨。我们四周是一片风光旖旎的湖水。

苍翠的橡树和椴树密密麻麻地长在湖岸上，清晰地倒映在纹丝不动的水里，湖水和树木之间是一带闪闪发光、碧绿如茵的岸边草地。白生生的百合花宛如疏朗的星星映在水里，寒意盎然。每朵小花都被黑镜般的湖水衬托得格外分明，我们一般在两三百公尺之外都能发现它。

"这样的湖有好多呢，"沃龙佐夫说，"拉特奇诺湖、佩斯克拉湖、维楚吉湖、杂草湖、后跟湖、脏水湖、裤子湖、大河狸湖、小河狸湖……这些湖之间都有小河相通，乘上船可以去任何一个湖。"

"有两个湖以河狸命名，这就是说，从前这儿有这种野兽啰?"

"现在也有呢。不光这两个湖里有，每个湖里都有。不过，湖的名字不是根据现有的河狸取的，现有的这些河狸是不久前放出去的。”

“是让它繁殖吗?”

“当然啰。不久以前，这儿还是一个自然资源保护区，也就是河狸—麝鼠保护区，我还在保护区工作过呢。”

“那您是担任什么工作呢? 是船夫吗?!”

“我的职务名称很怪，是个希腊字，好像叫多斯莫诺洛格①。不错，在这儿工作的都是些出色的人，有一个叫谢尔盖·亚历山德罗维奇·斯图洛夫的植物学家……这个人经常来找我，一来就说：‘走，咱们打猎去。’可是打猎的时候他却只采各种野草，我们一坐进橡皮船……便在各个湖里划来划去。也许你们不相信，我们还到过喜鹊湖呢。”

我们当然愿意相信沃龙佐夫的话，更何况我们对这个喜鹊湖一无所知。

“我们知道很多学名。原来每种草都有自己的学名，就拿这些睡莲或百合来说吧，嗯，百合就是百合嘛。可是不，正确的说法应该是‘宁妃’……哎呀，该死的，把后面一个词儿给忘了。”

“‘阿尔巴’②。”

“对，对，”沃龙佐夫兴高采烈地说，他的脸色豁然开朗，仿佛想起了什么最珍贵的东西。“是宁妃·阿尔巴! 这么说，你们也是植物学家啰?”

“不，是偶尔听说的。”

“噢，是这样……我跟斯图洛夫到过很多地方。这对我来说是个

---

① 意为饲养员。

② “宁妃·阿尔巴”是睡莲的拉丁文学名的音译。

好机会，因为我感到自己学到了很多科学知识。还有一个叫娜塔莎的动物学家……"说着，沃龙佐夫陷入了沉思，也许是对无声地从船侧划过的睡莲看得出了神。

"娜塔莎怎样说呢？……"

"她常常跑来说：'米沙大叔，去抓一条麝鼠吧，非常需要！'我马上拿起拍网，所有的洞我都知道。只要把拍网放进洞口，再吓唬一下就成了。他们在研究这些麝鼠呢。他们把它带到远处的森林里，让它背对着水，看它往哪儿跑。水生动物会往哪儿跑呢？这不是明摆着吗？除非它是个笨蛋。它马上掉转脑袋，连忙朝湖边奔去。他们对麝鼠研究得非常仔细。我过去有一只莱卡狗，它能够嗅出它们的洞，可惜后来死了。它跟娜塔莎一起到草地去了一趟，回来时已经快断气了，是连滚带爬回来的，口里流着唾液，原来是一条蛇向娜塔莎爬了过来，莱卡跟它干了一仗。它就这样死了，值五百卢布呢。"

"难道它能够嗅出地下的东西吗？"

"狐狸不就是吗？它经常嗅出地下的东西。它嗅出来后，便挖断去水边的通路，使地下的东西无法出气。每种动物都有自己的花招呢。这些麝鼠也上了圈环，起初套在爪子上，后来发现，爪子被圈环磨伤了，于是又把圈环挂在尾巴上。这些上了圈环的家伙，恐怕至今满湖都是呢！"

显然，沃龙佐夫这番话是从记忆深处挖出来的。他说得非常吃力，但却感到非常愉快。

"河狸的情况怎么样呢？您刚才不也谈到了河狸吗？"

"河狸也是这样。战前就把它们放出去了。总共才两窝。嗯，放倒是放了，但却变得无影无踪。一年以后找到一只死的，于是大家认为它们不能适应环境。这时我应征上了前线，于是把这些个河狸统统忘了。不过我并没有完全忘记它们，恰恰相反，一有空闲或者上床睡觉的时候，这些湖就在眼前现了出来，我记得特别清楚的是那种风平浪静、早霞满天的景色。不刮风不下雨，老是那么风平浪静。"

"您当的是什么兵呢？"

"我一辈子专干那些个神出鬼没的事，能够一待就是半天，连大气儿都不出，那么除了侦察兵，我还会干什么呢？我干的就是侦察兵。不过，那是另一种野兽，又危险又狡猾，跟麝鼠不一样啊！可不，我负了伤，而且伤得不轻。"

"怎么回事呢？"

"很简单。我们发起了冲锋，突然两条腿不知咋的不听使唤了。我以为是腿负了伤，但仍然在向前跑。这时我心里纳闷儿了：既然腿负了伤，我怎么还能跑呢？我回过头去捡枪，它刚才从手里掉了下来。我想把枪捡起来，可是手却不听使唤。这时我才恍然大悟：是伤在手上，而不是伤在腿上。手套也变重了，血渗了出来。不过我还是继续作战，也就是说，跟着大伙儿往前冲。排长发现了，说：'你怎么啦，沃龙佐夫，干吗脸色这么白？'我说，就这么回事儿，挂彩了。别人打算用担架抬我，可我不干，还是用两条腿走。得走七公里，不会再多。糟糕的是四面遭到射击，不得不在一个弹坑里躲了两个小时。好歹……走到了……不过马上摔在地上，不省人事了。"

"后来呢？"

"后来在军医院里待了七个月，出院以后就退伍了。"

"这么说，伤势很重啰？"

"肩膀上给他射中了三颗子弹，该死的家伙！"

老实说，我们怀着一种好奇心，用一种新的目光朝这个身子瘦削、没有刮脸的人瞥了一眼。他肩中三弹，竟然还能坚持战斗，并且徒步走了七公里，还在一个弹坑里躲了两个小时。

"退伍以后，我就马上来到这儿，回到老地方。我很想知道，那些河狸是驯化了还是全都死掉了。我登上一只小船，划到佩斯卡拉湖。我走进杨树林（沃龙佐夫这样称呼白杨树林），好像啥也没有发现。后来我猛地站住了。有一棵树像是被凿子凿断的，这是啃坏的！它们活着呢！我又划到雷尔科沃湖，那儿的河狸更多，我别提有多高兴啦。也许就是在这时我才明白，我挺住了战争，我活过来了，我在大地上逛来逛去，四周全是青草，我为此感到高兴。"

"您大概知道哪儿有河狸的小屋吧，指给我们看看吧！"

沃龙佐夫把小船转向岸边，不一会儿我们就从船上跳了下来，齐腰陷进了从未割过的稠密的草丛，草丛里的花儿正在凋谢。眼下盛开的是酸模那深玫瑰色的、甚至略呈现红色的圆锥花序，这种花在乡下被称为"烤饼"。有些地方的草异常稠密，我们穿过时十分吃力。它不让我们走得太快，草地上到处矗立着一丛丛树木，有如一座座小岛。

沃龙佐夫停住步子，聚精会神地对草丛观察起来。我们也发现，早晨露水未干的时候，草丛里似乎有人走过，因此踏出了一条狭窄的小路。

"是它们！"

"谁？"

"河狸。这是真正的河狸踩出的小路！"

我们在草地上又走了很久，尽情地欣赏美丽而辽阔的绿野风光。脚下开始发出扑哧扑哧的声音，脚印里渗出了水。沼泽中间出现了一个树木葱茏的小岛。

"那儿有一个河狸的小屋，不过我们也许到不了。得脱掉衣服，在齐腰深的烂泥里爬过去。"

"要爬很久吗?"

"半小时光景。咱们到另一个地方去吧,那地方我也知道。"

可是在另一个地方,我们也被沼泽挡住了去路。

"河狸知道该在哪儿安家,"沃龙佐夫笑了一阵,"老弟,它们那儿是去不了的。"

我们只好回到小船那儿。

"您的那两个熟人,植物学家斯图洛夫和动物学家娜塔莎如今在哪儿呢?"

"不知道,1951 年,我们的自然资源保护区被撤销了。大家都走了,只剩下我沃龙佐夫一人。"

"您很怀念那个工作吧?"

"那还用说!那些人也都是好人啊。"

"为什么要撤销自然资源保护区呢?"

"因为必须对它进行管理,这是要花钱的。宣布的时候,说什么现在的人都变得自觉了,他们自己能够保护自己的财富。"

"那您怎么看呢?他们是不是能够保护呢?"

"保——护……"沃龙佐夫拖长音调说。他的音调叫人无法明白,究竟是肯定成分多,还是怀疑成分多。

回到护林室以后,沃龙佐夫用松软可口的白圆面包和牛奶给我们饯行。不过牛奶已经变酸了,但我们不露声色,因为我们不想伤老汉的心。

情况往往就是这样:只要从大路上往森林小路一拐,就会出现一个我们至今仍不知道,而且非常容易错过的完整的世界。

一条大路通向坡下,不一会儿只见眼前波光粼粼,涟漪荡漾,远处烟雾空蒙、黑黢黢的岸边树林倒映在水里。我们终于来到了弗拉基米尔州的主要河流——克里亚兹玛河边。

当然，奥卡河比克里亚兹玛河要大一些，但它只是远远地从州的边缘擦过，形成一条同梁赞州和高尔基州的共同边界线，而克里亚兹玛河却纵贯全州。总之，弗拉基米尔州几乎所有的大小河流都注入克里亚兹玛河。它是那棵仅在弗拉基米尔州境内就有五百多根枝丫的大树的主干。因此人们才说，克里亚兹玛河是弗拉基米尔州的主要河流，有时人们甚至说"克里亚兹玛河畔的弗拉基米尔"。

平底渡船在对岸迟迟未归，而这边岸上已渐渐聚集了许多等候摆渡的人。排在最前面的是一辆"嘎斯"吉普车，它后面是两辆摩托车，而摩托车后面是一辆卡车。步行的人则散在岸边，席地而坐。

一只汽艇在对岸拐了一个弯，拖着平底渡船朝我们这边驶来。车和人装上去以后，船就起航了。一股窄窄的、由错综复杂的细流组成的、满是漩涡的水在平底渡船下面哗哗地流着，然后又平稳有力地从船尾冒了出来。航程很短，"嘎斯"、摩托车和卡车开到湿漉漉的沙滩上，步行的人也离开平底渡船，各奔西东。

轮渡码头有几条大路扇形散开，究竟选择哪一条路呢？我们犹豫了好几分钟。可以朝左边走，不要多久我们就可以到达最古老的斯塔罗杜布，如今它已改名为克里亚兹玛镇，然而老古董我们已经看够了。

可以朝右边走，不要多久我们就会被大工业城市科弗罗夫的漩涡卷进去，至少会陷进去上十天。

中间那条路径直通往森林，它会把我们引向何方，我们不得而知。我们笔直朝前走去。我们在林子里碰到一阵又一阵雨，有时时间很短，有时要下老半天，我们只好等阵雨过去，甚至不得不生火把身上的衣服烤干。经过老院村、扎伊基诺村和库泽米诺村，我们逐渐接近了森林的边缘。这时我们发现，从距离森林两公里远的一个村子后面，有一团像墨水一样黑的凝胶状物质迎面朝我们移来，它后面聚集着许多较小的乌云，但这些乌云一片紧挨着一片，如果在森林里坐等这场越来越迫近的战斗，那将是非常轻率的。因此，我们的任务是及时跑到村里。我们脱下鞋子，在坚硬的地上跑了起来。跑了一半路，第一阵雨点就落到了我们身上。不过这雨并不如预料的那样倾盆而下，而是毫不停歇地逐渐鼓起劲头。当它打得地面冒烟（这烟是碎裂的雨点的小水珠）时，我们已经钻进了一间仓库的敞开的大门。雨滴不仅在地面附近，而且在空中相互碰撞，裂成水珠，形成烟雨，因此长方形粮仓的大门口白烟弥漫。白烟里面，一股股浓密的雨点像小玻璃一样五彩缤纷，闪闪发光。四周是一片均匀的雨声。

仓库里空荡荡的，发出一股麻秆碎屑的气味。地上散乱地放着一个断镰刀把、一个缝纫机盒子、一个家庭织机的框架、一只小破木桶、几块用来压酸白菜的石头。这里还扔着一抱新鲜干草，我们就坐在这抱干草上面。

雨天的阴暗不知不觉变成了黄昏的暮霭，对面的房子里点起了灯火。不一会天完全黑了。我们又冷又饿，可是雨却总是下个不停。

有三四户人家坚决拒绝我们过夜，村子里既找不到农庄主席，也找不到副主席。他们都到克里亚兹玛河对岸的草地上去了。前几天那儿已经开始割草。

幸好我们找到了生产队长，但他对我们非常冷淡："本来可以把你们安排在我自己家里，可是你们瞧，没有地方，满屋都是孩子。"说着他把我们带到一个名叫阿库琳娜的老大娘家里。

喝完热茶之后，我们钻进温暖的被子，这儿跟仓库里可不一样，再也不怕雨的响声了，恰恰相反，在雨声的伴奏下更容易入睡，也睡得更香。我在朦胧中听见房东老大爷进来了。

"什么人睡在咱们这儿?"他问道。

"借宿的客人。"

"人很多吗?"

"两个男的，一个女的……"

第三十四天

阿库琳娜大娘讲起话来跟弗拉基米尔州的所有妇女都不相同，具有一种特殊的风格。由此我们得出一个正确的结论：她跟老汉是从外地迁来的。因为第一，她在讲话时，对非重音的"o"不进行弱化，仍然读成"o"；第二，她用唱歌代替讲话。她在讲一个短句或一个长句时，开始音调相当低，但是越讲越起劲，声音也逐渐地越来越高，达到只有训练有素的花腔女高音才能达到的高度。此外，她还有一些古怪的尾音和独特的"口头禅"，使她的话听起来生动而有趣。

瘸子老大爷是个美男子，他那花白小胡子经常隐藏着一种狡黠而又亲切的微笑。在我的想象中，只有普斯科夫和诺夫戈罗德等北方地区的古斯拉夫人才跟他神态相似。事实果真如此，我们这位老大爷和大娘正是从普斯科夫地区迁到桑尼科沃村来的。显然，这就是老大爷对种植亚麻十分内行的原因。

此刻，雨仍然继续下着，威力不减昨天，根本就谈不上动身的事。

阿库琳娜大娘家的窗子斜对面有一幢长方形的砖瓦平房，这就是村俱乐部。为了消磨时间，我们跑了进去。

一个女人正在用扫帚打扫昨天留下的烟头、纸屑和果壳。每天晚上都一排排摆开的那些长凳现在又移到了墙边，于是俱乐部就成了一个像箱子一样又长又空、单调乏味的房间。较远的一头有个类似舞台的东西，舞台上有一张桌子，桌子上乱丢着一副多米诺骨牌。在留痕道道、裂缝条条、肮脏不堪的墙壁上挂着几条极其普通的标语，这些标语肯定是谁也不看的；即使看它，那也是目光无意中落在上面不自觉地看到，并不赋予它们以任何意义。例如有这样一条标语："参加社会主义竞赛，在最佳的农业技术期限内完成春播运动!"第一，这条标语春夏秋冬都挂在墙上，一直挂到来年的播种运动，人们很少在大节日前更换标语；第二，很难想象，集体农庄的小伙子读了这条标语之后会抓起帽子，跑去参加竞赛。

归根结底，必须对自己说实话：人们对类似的表面化宣传非常冷淡，必须探索提高人民觉悟的新途径。

顺便说说，我们了解到，一个村俱乐部（假如是村俱乐部而不是农庄俱乐部的话）的全年预算经费非常有限，只能开销柴钱和清洁女工的工资。

只要比较一下就会发现，旧世界对宣传自己的意识形态是多么重视。每走一步都能见到白石砌的教堂，这是意识形态的支点。它们仅在外表上就已经显得特别突出，凌驾于周围一切之上。一座座三百普特重的大钟使周围地区缭绕着比悲壮交响曲更庄严的音乐。农夫们从自己那昏暗的、散发着牛粪味的茅舍突然走进一个金碧辉煌、芬芳馥郁、烛光摇曳、歌声悠扬的世界，不由得他不头晕目眩，心灵震颤。旧世界对宣传自己的意识形态就是这样重视的。

我们今天所看到的这种俱乐部在影响力方面能否同上述情况相提并论呢？在这种俱乐部里，除了（穿着大衣和毡靴）跳舞和玩多米诺骨牌以外，再没有任何其他活动。大不了每周放一次电影，一个月举办一次枯燥无味的讲座，如此而已。

我们的思想是宏伟的、卓越的，可是对这种思想的宣传却搞得很糟，甚至内容贫乏，特别是在偏僻的农村里，也就是在最需要这种宣传的地方。

吃午饭的时间快到了，可雨却老是下个不停。

我们打算辞别阿库琳娜大娘，坐在台阶上等候偶然路过的汽车。但我们的希望变成了绝望，因为桑尼科沃村的汽车一早就拉砖去了，虽然来回一趟只需一个半小时，但直到现在还没回来。卡车肯定陷在什么地方了，而且司机此刻正在往车轮底下扔棍子、柳条、石头和干草呢。

然而吃午饭的时间快到了。萝莎作为军使找阿库琳娜大娘去了，很久都没有回来。她一回来便说："马上开饭：第一道菜是冷煎土豆，外加生葱和猪油，第二道是奶渣和牛奶，都不限量。大娘唱着说：'你听我说，你听我说，我马上就告诉你，我样样都给你们，又给猪油，又给牛奶。不过我样样都要算钱，样样都要算钱。'"

我们想象着最后这句话的音调唱得多高，然后就吃饭去了。

一大早，谢廖加在台阶上就作了预言：今天也许将是我们最无收获的一天。我们果然这样坐着，两眼望着雨水发愣，过了一小时又一小时，哪怕有人讲点什么奇闻趣事也好啊。随着时间的流逝，谢廖加的预言越来越得到了证实，因此我们的心情也越来越坏。不过午饭吃得倒还不错。我们的情绪都高了一些，有人建议：何不到林子里去采采蘑菇，以便对这没有收获的一天有所弥补呢？

"冒雨去！"

"那又怎么样！开始会有点怕，以后也就无所谓了。"

阿库琳娜大娘听说要去采蘑菇，也动了心。她也打算亲自去采，但临出发时她又不想淋湿一身。

"你听我说，你听我说，我马上就告诉你，你们沿着边上走，一直走到池塘那儿。离开池塘以后就往左走，一直走到树林子里。那儿有许多蘑菇，全是白的。你们一定得上我讲的那个地方去。"

我们未能走到大娘所说的那个地方。在去树林子的路上，我们身上就已淋湿了，于是一头钻到树底下，以为那儿的雨会小一些。谁知树木都被雨水泡胀了，一根树枝，一丛灌木就足以把一个人从头到脚浇得透湿。

树林里到处可以听到悦耳的、沙沙作响的雨滴声。不管怎样令人纳闷，昏暗和潮湿却并不使人有秋天之感。那儿盛开着一朵鲜艳的夏天的花，那儿的树叶下露出一只晚熟的，而且熟透了的草莓果，那儿一串浅黄色的花楸果分开树叶垂挂下来。水灵灵、沉闷闷、绿莹莹的树叶仍然可以让人感觉到巨大的活力；尽管天色阴暗，空气中却弥漫着夏日的温馨；在树林里那些晶莹、温暖（用赤脚可以感觉到）的水洼里，没有一片被风雨打落的树叶。

在一个采蘑菇的内行看来，我们在树林里的行为很像外行，因为我们连手脚都不动一下就绕开了各种红菇，它们有的像越橘野果一样红艳艳，有的黄灿灿，有的白生生，有的呈淡青色，有的呈烟色，有的呈蓝色，甚至呈绿色，还有鸡油菌、毛头乳菌、绒盖乳菇、乳蘑，更不用说臭红菇了。松乳菌和牛肝菌（实际上这是两种最好的蘑菇）遭到我们盲目而粗暴的鄙视。鳞皮牛肝菌的变形牛肝菌也不在挑选之列。

不过，谁要是记得 1956 年的夏天和秋天，他就会理解我们。俄罗斯中部这种蘑菇丰收的景况已经多年不见了。

我们只采白色的蘑菇，而且只摘菌盖。这种做法令人感到惋惜的，与其说是扔掉了像腌猪肉一样厚实的肉柄，不如说是破坏了大自然的一个杰作的美。

这儿的情况也跟别的方面一样。当你单独看一只松乳菌时，似乎没有比它更漂亮的蘑菇。它个儿大，火红色的底子上有许多黑环，蘑菇中央有一个亮晶晶的小水洼。如果你碰上一只小脑袋上顶着厚实的浅灰色叶子的变形牛肝菌，所有的松乳菌就会黯然失色。它那白色的菌柄粗粗的，就像一个小胖子，小盖儿也仿佛是用红天鹅绒做的。

你望着所有这些蘑菇就会寻思：为什么人们把白蘑菇称为蘑菇之王呢？颜色很普通，甚至不起眼，没有任何引人注目之处。难道是由于味道，由于质量吗？

不过，当你远远地望见它时，你就会忘记一切。这情景就仿佛各种管乐器或手风琴声顷刻消失，突然响起了小提琴声似的。它质朴单纯，无与伦比。是的，这是蘑菇之王。这是大自然的一个小小的杰作啊！

这些杰作的脑袋不断地落到阿库琳娜大娘借给我们的那只大篮子里。它们清凉而富有弹性，像天鹅绒一样柔滑，上面呈浅褐色，下面则呈乳白色，一个个散发出一股优雅而又浓郁的香味。它们全都一模一样，非常新鲜，没有虫眼，没有蜗牛吮出的小洞，也没有松鼠的锋利牙齿咬过的痕迹。

我们最初的那种猎奇般的喜悦心情很快就消失了。蘑菇是如此之多，简直令人兴味索然。况且篮子里已经装得满满的，变得沉甸甸的，仿佛里面堆满了湿衣服似的，因为蘑菇盖儿密密麻麻地挨在一起。

阿库琳娜大娘对我们的收获毫不感到惊异，但却跟我们一起为这些漂亮的蘑菇感到欣喜。

不过她不知为什么根本不同意我们使用火炉和支锅用的三脚铁架，这多半是出于一种女主人的嫉妒："哼，别的女人用我的炉子煎蘑菇，这哪儿成呢！"我们没有猜透她的心思，好好求一求她。在这种情况下，煎菜是不成其为煎菜的。用猎物煎菜（不管是煎蘑菇，煎鱼，还是煎野味），只有当围坐而食的人们其乐融融、亲密无间时，吃起来味道才鲜。

萝莎耍了一个花招。

"阿库琳娜大娘，我压根儿就不会煎蘑菇。锅里应该先放油还是先放蘑菇呀？"

阿库琳娜大娘哈哈大笑起来，说得更正确些，是嘿嘿大笑起来了。她笑了很久，一边嘟嘟囔囔，一边用围裙角揩眼泪。

"你听我说，你听我说，我马上就告诉你。行啦，行啦，全都由我给你做，你在一边看着，向我这老太婆学一学。啥事都得靠行家，这些蘑菇我可煎得多啦！"

大娘到院子里去了，从那儿传来了斧子劈柴的声音。

我连忙跑到那儿，从大娘手里夺过斧子，自己劈起柴来，这是在大娘心上的最后一击。自此以后她对我们就不再"设防"了。

"亲爱的，白蘑菇得用酸奶油煎，可你却放油！"她又用围裙角时而揩揩左眼，时而揩揩右眼，"哎——呀——呀，居然放油进去……一定要切两个生土豆放在蘑菇里面，土豆要切得细细的，还要舍得放葱。"

大伙一起围锅而坐，蘑菇吱吱叫，叉子叮叮响，眼睛闪闪亮。我们到底没能把蘑菇全部吃完。阿库琳娜大娘在蘑菇快要吃完时发了善心，断然拒绝收取饭钱和其他一切费用。

"你听我说，我马上告诉你，我不需要这些钱，真的不需要！"

"那我们给您和大爷照几张相吧，回头再把相片寄给您。"

菜园里正下着毛毛小雨，大爷和大娘照相时显得精神呆滞，愣头愣脑，我故意提起蘑菇放油的事，并且就在这一刹那按动快门。后来照片上果然出现了两个跟生活中一样生气勃勃、喜气洋洋的人。

这时，一辆"嘎斯"越野汽车在窗外打滑，我们当机立断，于是它载着我们离开桑尼科沃村，开到一条大路上。没有到过这条路的人是无法想象这条路的情况的。

天慢慢黑了，毛毛小雨时下时停，树叶发出低沉的喧声。

一个老大娘步履艰难地在路上走着，她拄着一根比她本人还高的棍子，简直跟古时候的香客一模一样。我们一起把她拖进汽车。

"这样的天气您要出远门吗？是不是有什么事儿呀？"

"咋没事儿呢？"这位新旅伴不像阿库琳娜大娘那样拖长声音说话，恰恰相反，她说话的速度很快。"我上姆斯乔拉镇，上主显节村去。"

"是去祷告上帝吗？"

"是的，你们可别见笑。开春以后，天气干得可厉害啦，村里的娘儿们每人给我凑了三个卢布，说：'喂，普拉斯科维娅，你去求雨吧。'我到姆斯乔拉，向上帝做了祷告，祷告得可诚心啦……"

"结果怎么样呢？"

"你难道没看见吗，到底下雨啦，下了一个多星期啦。就这么回事儿，你们笑我老婆子吧！"

"现在去干吗呢？"

"现在娘儿们又每人给我凑了五个卢布，说：'喂，你求的雨太多啦，还得你去求它别下。雨要不停，你就别回村里来。'我这就是去那儿……我这老婆子真难做人啊，可我还是去……"

不过，这位老太婆却未能使雨停下来。深秋以前，雨一直下个不停。人无法下地，车马也无法到地里去。后来是另外用收割机到已经封冻的地里去把庄稼割下来，直到天寒地冻时人们还在收割残剩的庄稼。不过这一切要晚得多了。眼下，我们一面讥笑那位好拜神的老大娘，一面乘车驶入那个以各种手艺著称的大集镇姆斯乔拉。这时家家户户已是华灯初上了。

第三十五~三十八天

关于姆斯乔拉镇，人们写过很多著作，有随笔性的，有学术性的，有艺术性的。读了这些著作，可以了解到各种情况。例如，这个镇子曾是罗英达诺夫斯基公爵一家的世袭领地；如果按照家长的职业进行统计，还可获悉这个村子一度有过：

圣像画匠	449 户
模压匠	29 户
鞋匠	50 户
铁匠	25 户
制箔匠	19 户
细木匠	10 户
裁缝	5 户
砌炉匠	3 户
货郎	5 户
钟表匠	1 户
熟制羊皮匠	1 户
屠夫	22 户

只要看看这张单子，便马上可以发现姆斯乔拉镇最主要的手艺是什么。由于这个镇子的情况，全俄罗斯流行着一个有名的俗称："弗拉基米尔的圣像画匠"。

有一本书指出，1858 年，也就是一百年以前，姆斯乔拉镇的占有者帕宁伯爵宣布了整个镇子及其草场、菜园、果园、牧场、庄园、教堂、墓地、树林、河流、圣像画匠、货郎、铁匠、制箔匠、屠夫和其他匠人的价值。这个价值为十六万七千二百卢布。

有的书中还讲了涅克拉索夫①来姆斯乔拉镇的情况。他跟这个镇子的货郎们商定，请他们在俄罗斯各地兜售绦带、耳环、戒指、圣像、腰带的同时，帮助推销他的作品。据说涅克拉索夫这样说过："克里亚兹玛河上的姆斯乔拉镇是珍禽的宝地……那儿的沼泽里栖息着大鹬之王及其全体僚属。"

从这些书里可以得知，革命胜利以后，圣像没人要了，圣像画匠们也就失业了。然而这些画匠的技艺十分高超，他们能够画出任何时代的圣像，连最精细的行家也无法在满是裂纹的底子上和隐隐约约露出圣像面容的发黑的木板上看出一星期之前所画的赝品。这样的巧手哪能就此湮没呢！

有的人转而给各种玩具着色，严寒老人有时被画得像冷峻的万军之主②；有的去画壁毯（斯金卡·拉辛③手脚伸开，懒洋洋地躺在船上，他的膝盖上坐着一个波斯女郎），有的则去画漆布装饰图案。

经过一番艰苦的思考和探索，终于产生了一种美妙的东西——

---

① 尼古拉·阿列克谢耶维奇·涅克拉索夫（1821—1878），19 世纪俄国著名诗人，著有《谁在俄罗斯能过好日子》等作品。

② 万军之主，犹太教中上帝耶和华的称号之一。

③ 即斯捷潘·拉辛，17 世纪俄国农民起义领袖。

别具一格的小型彩画。如今，在博物馆里，在展览会上，在礼品商店和珠宝商店的橱窗里面，这些小型彩画琳琅满目，美不胜收。如今，谁不知道姆斯乔拉镇的首饰匠、小提箱和又光又平的薄板啊！姆斯乔拉镇人形成了自己的、有别于帕列赫镇或费多斯基诺镇画师的风格。不久以后我们要去参观一个绘画工场，人们将更详细地向我们介绍这方面的情况。

不过，对姆斯乔拉镇手艺的了解并非始于绘画，而是始于另一种同样出色的手艺——白绣。某些艺术理论家断言，姆斯乔拉镇最出色的手艺不是绘画，而是刺绣。想到这一点，我们并不感到特别伤心。

我们拾级而上，走进克鲁普斯卡娅合作社一幢类似厂房的大楼里。

车间的工长莉季娅·彼得罗芙娜带领我们参观自己的家业。

一间又宽又长的房子里摆着一排排绣架，绣架后面坐着绣花女工，有的是少女，有的是少妇，有的是中年妇女，也有的是老太婆。不过后面这种人最少。很多位子空着。我们问："女工们上哪儿去啦？"原来，她们到集体农庄的玉米地里锄草去了。

即使对刺绣艺术知之不多，也仍然可以欣赏绣花女工灵巧的双手，这双手绣出了花儿朵朵。然而大多数女工并未从事白绣，而是在绉绸女短衫上面绣蓝鸡爪和小十字。

"这就是白绣。"莉季娅·彼得罗芙娜让我们停在一个戴着眼镜、面容严肃的中年妇女旁边，说道。

这个妇女正在一块普通织物上绣一幅简单的银白色的画。以前我们多次听人谈过白绣，老实说，现在有点感到失望，不过我们尽量把这种情绪掩饰起来，并且对她的工作称赞了一番。

"一眼可以看出，她是一位行家，艺术家，可以说是本行的能手呢!"

女工从绣架上扬起眼睛，朝我们一瞥，仿佛要揭穿什么坏的东西（例如谎言）似的。

莉季娅·彼得罗芙娜显然为我们感到很难为情。为了摆脱这种局面，她断然说："您说得对，她的确是一位能手。走吧，我让你们看看她的活计。"

莉季娅·彼得罗芙娜把我们领到一个不大的，甚至可以说窄小的房间里，这就是仓库。几个多层的架子上摆着一叠叠刺绣成品。一面墙壁旁边立着两个上了封的柜子。

合作社的艺术指导瓦莲京娜·尼古拉耶芙娜·诺斯科娃也到仓库里来了，这是一个又高又胖、神态安详庄重的女人。

"你们可以记下来，"她说，"如今，单个的手工业者已经联成了一个大合作社。几百个女工在明亮的车间里工作，生产无愧于我国人民的产品。你们大概是喜欢在报上宣扬的吧？"

"难道这不是真的吗？"

"对，不是真的。表面看来，一切都增长了，合并了，繁荣了，可实际上我们的合作社正一年一年地喘不上气来，正在失去专门技能。如果不及时采取措施，姆斯乔拉镇独一无二的白绣艺术就会逐渐失传，并且彻底消亡。莉季娅，让他们看看吧。"

莉季娅·彼得罗芙娜取掉柜子上的封印，从里面拿出一个折成几叠的东西，走到桌子跟前，接着突然以一个当家人的落落大方的动作在房间里把它抖开，房间里顿时变得像节日一样漂亮。就连神话中的菲亚①的动作也没有这样威严，这样富于魔力。阴暗、乏味的仓库里像童话一样变得春意盎然，阳光灿烂。这块用弗拉基米尔刺

---

① 菲亚，西欧神话中的仙女。

绣艺术绣成的丝绸桌布绽开着红色和橙黄色的花朵，花朵之间略呈天蓝色，我相信，不管天气怎样阴暗，不管房间里的家具怎样普通，不管人们的心情怎样郁闷，你只要把这块桌布在桌上一铺，人们就会变得兴高采烈，心花怒放。美的威力该有多大啊！

"真美，对不对？"

"对，这块桌布大概是最美的了？"

"别忙。莉季娅，让他们看看……"

莉季娅·彼得罗芙娜取掉第二个柜子上的封印，拿出一个折成几叠的东西，走到桌子跟前，接着突然以一个当家人的落落大方的动作把我们刚才击节赞赏的那些鲜艳花朵像灭火似的扑灭了，遮蔽了，弄得黯然失色了。

这块新桌布一点也不鲜艳。半透明的丝织品上一朵朵用白绣法绣成的花时而闪着银光，时而闪着珠母光，时而闪着纯珍珠光（是的，也许多半是纯珍珠的光芒）。桌布的花样在绣制时并未因贪多而随意涂抹，绣得花里胡哨。它的边缘有一条宽宽的、极其精美的花纹，中间有一个由花朵组成的大圈，这就是整个绣品的花样。

如果说，第一块桌布像一只火鸟或真的像一团火，可以用璀璨、鲜艳、光彩夺目等字眼来形容它，那么望着用真正的姆斯乔拉白绣法绣成的第二块桌布，心里自然只会涌出两个字眼——雅致。它们像天竺牡丹与铃兰一样彼此不同。

"这些珍贵的东西就是你们称为能手的那位女工做的。这就是说，你们没有说错。"

"那她现在做些什么呢？"

"赶被单。"

"往哪儿赶呢？"

"不应该问往哪儿赶，而应该问赶多少和为什么赶。她正在拼命赶做被单，至于为什么，我们自己也不知道，那位女工也不知道。"

两位妇女激动起来。

"我们要向你们发发牢骚，可是说真的，这事儿也实在让人难受，希望你们正确理解我们。苏维埃政权给女工们创造了一切条件，建立了合作社，修建了明亮的厂房，安排了传授手艺的活动，为设计新图案配备了画家，——那么难道它就不能拯救我们，使我们免于灭亡吗？当然不是拯救我们，而是拯救我们的艺术，我们出色的手艺！"

"艺术品应该是我们的主要产品，可我们却做得很少，只是偶尔做一做。比方说，有个什么王后来访呀，或者哪儿有个国际博览会要开幕呀，等等。我们的产品一共参加过十六届国际博览会，至于国内，我就不说了。简直荒谬至极！干吗要举行博览会呢？就是为了当面展示商品，为了让人们以后能够购买这种商品，如果有谁喜欢它的话。我们的产品在博览会上很受欢迎，可是在市场上却连找都不值得去找，因为我们并不为销售而生产。"

"那你们就生产嘛！"

"不行呀。"

"是谁不准你们干呢？"

"是产值产量！产值产量正在吞没我们的艺术。我们的不幸，我们的悲剧就在于我们实行了工艺合作社制度。同我们一起实行这个制度的还有干馏柏油匠、席匠、箍桶匠和其他有用却跟艺术无关的工匠。就让他们无关吧，他们并不需要这种关系。糟糕的是，我们跟他们有关。"

"跟他们一样，我们的产值计划也是逐年增加。比方说，头一年是一千四百万，第二年却下达一千七百万；去年是一千七百万，今年却下达两千一百万……"

"你们马上会问，我们应当靠什么来完成这个越来越庞大的计划。请别客气，我们自己也向工艺合作社领导提出这样的问题，而且得到了一个简明的答复：'靠提高劳动生产率'。"

"你们马上又会问，我们应当靠什么来提高劳动生产率呢？让我们的手艺实行机械化是不行的，因为它会失去一切意义。机绣工厂多的是，而掌握姆斯乔拉手工白绣技术的却只有我们。不，我们不能实行机械化，正如我们的色彩画家不能实行机械化一样。你们还可以到他们那儿去看一看。我们跟他们实行一样的制度，得的是一样的病。另一方面，不能要求一个色彩画家在用笔作画时比昨天快一倍，不能要求他在昨天着一层色的地方着两层色。同样，也不能强迫一个绣花女工在只能绣一针的地方绣两针。"

"这就是说，这里不存在劳动生产率的问题，然而计划却在无情地逐年增长：一千四百万……一千七百万……两千一百万……必须尽量赶出更多的产品。靠什么来达到这一点呢？靠唯一的、最可怕的方法——简化。一块独特的桌布不行，那就做他几千床被单，每床被单上只有两三朵小花。一件用真正的白绣法绣的女短衫不行，那就做他几十件缀有蓝鸡爪的女短衫。"

"你们别以为我们做到了精打细算！对完成计划更为有利的是使料子尽量昂贵和所花的劳力尽量便宜。一块桌布的料子只值一百卢布，而所花的劳力却值两千卢布。这不合算！那么就让桌布见鬼去吧！一件女短衫的料子要值两百卢布，而所花的劳力却只需三十卢布！那么你就赶吧！这样做的结果当然是乱弹琴。按料子的价值，女短衫可以给大剧院的女演员穿着在客厅里接待外宾；而按绣花的情况，只能给农村姑娘穿着割草！"

"为了完成计划，我们赶制了一大堆这样的女短衫，于是人家不再要了。只要做得少一些，质量就会好一些，别人肯定会要的。"

"当然，我们独特的桌布价格很贵，可是波斯地毯的销售价也不便宜呀。不管怎么说，莫斯科每年可以买一百块桌布，还有列宁格勒，还有那些外国游客。而且这门手艺可以保存下来！难道一个画家一握笔作画，就指望把它画得更便宜些吗？要不然就别管我们叫艺术合作社。我们不仅会绣桌布，而且能把女短衫和手帕做得令人赞叹，可是你得给我们提供条件呀！"

"你们今后的任务是什么呢，前景怎么样呢？"

"在第六个五年计划期间，工艺合作社要把产品总额提高百分之六十。这对于那些干馏柏油匠、箍桶匠、烧砖匠倒是一件好事，但这也会把我们框进去。如果给我们增长整整百分之六十的计划，那么我们就不会再绣被单，而是要赶做普通挑花手帕了。"

"如今，白绣在整个生产中所占的比例已经不超过百分之十了，合作社就是因它建立和存在的，而且这个数字正在日益减少。"

转出来的时候，我们又经过原来那个车间，并且重新停在那个赶做被单的女工旁边。其他女工也走到跟前，把我们围了起来。她们争先恐后、激昂慷慨地诉苦道：

"我是八级工，却老是干三级工的活。我们的专门技能正在荒废，难道人民不需要能工巧匠吗？！"

"我们搞平绣的时候，有时绣个小弯根儿，有时绣根小树枝儿，有时绣一道皱纹，有时绣一片网眼，还要修饰一番，添个小积木呀，小十字图案呀，小筛箕呀等等。所有这些我们都会绣，干吗要让我们的手艺弃置不用呢？我们一年到头绣蓝鸡爪。这种东西最差劲的学徒也会绣！这可不是个事儿呀，这么干不对啊！这些蓝鸡爪真叫人烦透啦！"

临别的时候，我们向两位妇女（合作社的艺术指导瓦莲京娜·尼古拉耶芙娜和车间工长莉季娅·彼德罗芙娜）提了最后一个问题：

"你们刚才问，难道苏维埃政权不为你们的手艺鸣不平吗？那么依你们看，政府该怎样才能做到这点呢？为了做到这点，需要做些什么呢？"

"很简单。把我们划归文化部领导，不要工艺合作社领导。这样，一切就会各安其位了。关于这一点，人们写了多少文章啊！不久前《消息报》还刊登了别吉切娃的文章《论工艺》，《各民族友谊》杂志也刊登了布罗茨基的文章《再论工艺》。瞧，他还'再论'呢！究竟论了多少次呢？！因此，如果你们也打算写文章的话，马上可以写这样一篇，标题叫《论一百次也无济于事》！"

很久很久以前，还在孩提时候，我首次见到一个姆斯乔拉镇的首饰箱。但那也许是帕列赫镇的产品，反正我说不准。当时我对姆斯乔拉镇和帕列赫镇的产品在风格上的细微区别搞不清楚。

我小时候听过许多童话，但没有一个像这个偶然落到我手中的首饰箱那样使我感到如此惊异。如果有人要我相信，说它就是在离我们不远的地方，在一百公里之外的地方制作的，那我决不会相信。在我看来，这个首饰箱是从童话里来的，从海外来的，也许来自黑海古国的宫殿，也许来自舍马哈①汗国女王的帐幕。

在半明半暗的农舍里，它像火鸟毛一样红光闪烁。童话中的伊凡努什卡有时就坐在马厩里，从帽子上抽出这种火鸟毛仔细玩赏。

对我来说，首饰箱后面另有一个美妙的世界。不过奇怪的是，每当看着它的时候，那些最亲切、最暖人心田的童话就会浮上心头。

……黏合车间里有一股糨糊味。人们在这里把一块块普通的装帧用纸板黏合起来，把它们放到压床下面压，然后放到拌有煤油的

_____

① 中亚古国名，在阿塞拜疆共和国境内。

亚麻籽油里面浸煮。车间里的人告诉我们，煤油是一种媒介，其作用是使纸板浸透亚麻籽油。

纸板浸煮之后，再放进烘炉，在真空状态下烘烤七昼夜左右。

在从一个车间进入另一个车间时，我们看见毛毛细雨下有一个箱子，里面装满了彩色小玻璃，这类小玻璃通常被做成廉价的胸针、戒指和耳环在商店里出售，它们很像没有包纸的糖块。

"你们要这些东西干吗？"

"我们用铁砧把这些小玻璃捣碎，"陪同我们参观的工长回答道，"然后用来做砂纸。任何砂纸对我们都不适用，我们需要自己的砂纸。"

不一会，我们参观了人们用砂纸打那种在油里浸煮过的纸板的情况。在这里，在细木工车间里，纸板已经具有未来产品的形式——扑粉盒、香烟盒、胸针盒、首饰箱、小提箱……

这儿摆着一个已经粘好、式样别致的小提箱。人们告诉我们，眼下它仅值几个卢布，但很快就会值两万。这就是画家的劳动价值！

类似型土的黑色物质原来是由黏土、白垩、油烟子、干性油和食用油制成的。人们把它涂在产品的四壁，抹得匀匀称称，并且用小刮刀把它抹平。

首饰箱上相继涂三层漆，然后在内壁上涂三层红漆，再涂四层清漆。

那些必须作画的箱壁要用浮石摩擦，使它们变得没有光泽。产品以这种形态被送到画家手上。现在你没有任何理由说这产品是由普通纸板制成的，因为它像一块表面抛光的黑檀木一样在电灯光下光彩夺目。

画家伊戈尔·库兹米奇·巴拉金（同姆斯乔拉镇小型彩画的那些创始人和元老相比，他属于更年轻的一代）向我们介绍了不同风格的区别。

"帕列赫镇,"他说,"把黑色作为首饰箱的基本色调。在他们那儿黑色用得很多,他们把黑色作为主要色彩,"说着他拿出几个帕列赫镇的画家画的首饰箱,上面的天空是黑色的。"如果帕列赫镇的画家想画一匹黑马,他往往不用颜料去画,而是借助于首饰箱的现成的底色。总之,黑色成了帕列赫镇人绘画产品中一种非常活跃的颜色。

"在咱们这儿,它是一种中性色。你们瞧,天空是彩色的,蓝莹莹的,还飘着一团团白云,这是最主要的区别。此外,姆斯乔拉镇的产品更讲究装饰图案,更显得奇巧精致。我们在这儿观察人和建筑的特点,帕列赫镇的更有现实感、更朴素。再看姆斯乔拉镇的首饰箱,上面每个平方厘米都有画,画得很密。而霍卢伊镇的首饰箱上的画面却显得空旷一些。这三个镇子(不管是帕列赫、姆斯乔拉还是霍卢伊)与费多斯基诺镇不同之处是都利用了金饰,还采用了装饰图案。装饰图案使构图不致显得分散和模糊,而是使它显得集中。"

"那么费多斯基诺镇的主要特点是什么呢?"

"首先,他们用油画颜料作画,而不像我们用蛋白水胶颜料。其次,他们按照珠母的色调绘画,使之光芒四射,收到了很好的效果。"

这当儿我们正经过绘画车间,上过油漆、四壁无光的纸板产品正源源不断运往这儿储存起来,以供绘画之用。一些男女青年俯身坐在桌旁,许多短柄木匙里闪耀着五光十色的颜料,有金色、红色、黄色、绿色、蓝色和白色,每种颜料都分别装在一个短柄木匙里。一支支笔端像针一样尖的纤细的画笔蘸着颜料,在黑色的底子上滑动,在上面留下一幅幅精美的彩画。我们观看了一位姑娘的工作,她未画草图，就在一个圆圆的扑粉盒上画了一个相当复杂的、由跟头发一样细的银丝组成的装饰图案。

"这也许是我画的第三百个扑粉盒了，既然如此，那是不会画错的，因为这并不是什么创作，而是生活必需品。像人们常说的那样，我们正在赶任务，让产量多一些，价格低一些。"

在另一张桌子旁边我们看见了一个小伙子（这种场面后来我们见到不止一次），他把许多制品在自己面前一字排开，然后轮流给每个制品涂上同一种颜料。这种独特的流水作业可以使他提高劳动生产率。克鲁普斯卡娅合作社就是这么干的，只不过那里做的是被单，这里做的却是扑粉盒。

"你们那些老头、老将、美术家协会会员、功勋艺术活动家在哪儿呢？"

"他们在家里工作。他们搞的主要是创作，而且只要偶一为之。其他人做的都是复制品和生活必需品。"

"那么经验不足的顾客在商店的柜台外面怎样辨别你们的创造性产品和生活必需品呢？"

"他不必进行辨别。我们的创造性产品是不拿去卖的，那是给博物馆、展览会做的，有时也用作礼品。

"我们的年轻人和老人们发生了冲突。他们要求搞现实主义，而老人们却维护圣像画术的陈规旧习。他们一心想在集体农庄的黑麦田中间画上传统的诺夫戈罗德山冈，圣像绘画中有这样的题材。要不然就是边防军人站在诺夫戈罗德山冈边上，这你们能想象得到吗？有一个情况迫使我们小心谨慎。几年以前我们几乎把自己的风格丢掉了。

"事情是这样的：在战争年代，正如你们所知道的，美国人是盟友。我们的产品几乎全部漂洋过海，销到他们那儿。他们很喜欢那些古老的、圣像风格的绘画，整个合作社都投入了圣像画风格产品的生产。

"好，战争结束了，我们继续从事自己的工作。可是，唉，在国内市场上古董的销路不好啊。为了扭转局面，只好去生产最低劣的东西。姆斯乔拉镇开始翻印各种图画，画出来的全都是《阿廖努什卡》呀，《米什卡》呀，《黑麦田中的松树》呀等等，直到《前方来信》一类的画，这是另一个极端。这样我们就会失去自己的风格。

"如今我们又恢复了自己的风格，但产品却不同了。留在画家笔下的是现实的沉淀物，现在你拿它毫无办法。顺便问问，你们怎么看这个问题，我们究竟应不应该面向现实？"

"这，这，要看怎么理解……"

这个问题提得这样突然，这样咄咄逼人，很难不叫人感到手足无措。这个问题可能会使读者感到更加纳闷，因为答案是十分明确的：所有的艺术都应当面向现实！不，在我们这儿，情况并不这么简单。

如果一个民间女说书演员开始采用现实的（而不是采用童话的或古诗歌的）艺术手法，比方说，采用特瓦尔多夫斯基和阿谢耶夫的诗歌手法，那么她就会从一个民间说书演员变成一个普通诗人。而且还成不了普通诗人，只能成为最蹩脚的诗人，因为她怎能跟那些现代诗人并驾齐驱呢！

一般来说，用古诗歌的手法歌颂现代生活，其合理性是值得怀疑的。内容决定形式。描写夜莺强盗宜用古诗歌的调子；描写卫国战争则宜用特瓦尔多夫斯基的诗歌。

既然内容和形式的统一是艺术的主要条件，姆斯乔拉镇人的事情就不是那么简单。他们的绘画是有条件的。你瞧一瞧这些拉得很长的人物形象，这些短短的手，这些腿，一只比一只短。在描绘童话题材时，这是不足为怪的；但如果描绘的是拖拉机手或边防军人，那就显得滑稽可笑了。而放弃风格是不行的，改为画架画也是不行的，因为姆斯乔拉镇人无法同普拉斯托夫、尤翁、萨里扬、涅缅斯基①等人竞争的。

姆斯乔拉镇小型彩面的程式化的风格要求运用童话的内容和形式，而在触及现实生活时，则要求史诗性和高度的浪漫主义。

伊戈尔·巴拉金画起《塔拉斯·布尔巴》②来得心应手；至于《套中人》《卡拉玛佐夫兄弟》③或者马雅可夫斯基的《臭虫》，他大概就承担不起了。

"伊戈尔·库兹米奇，"我们问道，"您了解合作社的各种需要，假如有人像童话中那样对您说：'只要您说出一个愿望，就一定会实现！'那您会说出什么愿望呢？"

"我会提出这样一个要求：把我们从工艺合作社调到文化部吧。"

这时一位年轻的女秘书把画家叫走了。她说莫罗佐夫来了。

"你们真走运！我们的老前辈、功勋艺术活动家、风格的创始人和保护者亲自来了。最近以来他的双眼老是发花，双手看来也老是发抖。我们经常帮助他，请他给首饰箱作画，不过我可以秘密地告诉你们，他的画并不符合要求。我们对他说：好哇，伊凡·尼古拉耶维奇，到底还是老马识途啊。可我们却亲眼看到，老头儿已经衰老了，彻底衰老了，该休息啦。瞧，这一切今天又将重演。展示自己的作品呀，满怀希望地盯着别人的眼睛呀。也许应该对他说实话，他的手已经举不到灰白的头上，得靠我们拽他一把……"

---

① 这四人均系苏联著名画家。
② 《塔拉斯·布尔巴》系果戈理的中篇小说。
③ 《套中人》系契诃夫的短篇小说；《卡拉玛佐夫兄弟》系陀思妥耶夫斯基的长篇小说。

在伊戈尔·巴拉金的办公室里，一位蓄着剪得短短的白发、身穿一件跟头发颜色相似的白衬衣的老汉坐在一张长桌的一角，正在等人。在老汉旁边的桌子角上放着一件用头巾包着的产品。

"嗯，打开看看吧，带来什么东西让我们高兴高兴呀？"伊戈尔·库兹米奇问话的口气也许兴高采烈得过分，"把你的火鸟打开看看吧。"

老画师解开头巾，他的双手不住发抖。

"嗯，好吧，到亮地方来吧。可不，老将不减当年勇嘛！"

莫罗佐夫没有到亮地方去，而是手拿头巾留在桌旁。他的两个肩膀突然颤抖起来，他掉转身子，默默地走出了办公室。

"这么说，他明白了。那又有什么办法呢，这种事总有一天会发生的啊。今天应该到他那儿去一趟，老头儿心情很沉重啊！"

首饰箱上的画取材于《杜布罗夫斯基》①。人物的脸孔歪歪扭扭，有的地方甚至脸跟脸碰到一起去了。这是他的止境。

一个半小时以后，我们走进伊凡·尼古拉耶维奇·莫罗佐夫的小屋。这是一幢普通的农舍，有一个厨房和一间正房，屋里铺着长条粗地毯，摆着橡皮树盆景和天竺葵，有一台脚踏缝纫机，一张松软的、跟椅背一样高的床铺，床铺上方挂着壁毯。

面向入口的地方摆着老画家的工作台。我们到来之前，伊凡·尼古拉耶维奇正在收拾东西。台上放着很多用来研磨水胶颜料的短柄木匙，都被磨穿了。那些鲜艳、神奇的颜料再也不会在里面大放光彩了。画笔、小玻璃瓶和罐子都被伊凡·尼古拉耶维奇收到一处，准备从台子上拿走，免得它们刺伤他那有病的心脏，免得它们放在正房里碍手碍脚。

---

①　普希金的一部中篇小说。

"难道您永远不再拿起画笔了吗？哪怕是画给自己看，消遣消遣也好啊!"我们问莫罗佐夫。

"再也不拿了，彻底决裂了。也好，我已经七十二岁啦。我盯着一点工作了三十年。不管那玩意儿怎样小，工作时你看不到它的全貌，眼睛只盯住一点。就这么干了三十年啊。"

在姆斯乔拉镇的所有画家中，原来只有伊凡·尼古拉耶维奇给特别精巧、特别微小的首饰制品作画，例如他在一个小盒子上以多幅画面绘出了《伊戈尔远征记》①的完整的故事。他因此而视力衰退，这是不足为怪的。

"您的作品如今在哪儿呢?"

"我说不准，全都散布在世界上。博物馆里想必是有的，国外也有。工艺研究所保存过一件产品，听说外交部长把它带到国外去了，大概是送给什么人了。总之，我不知道我的作品在哪儿，它们留在世上，人们注意它们，关心俄国产品，这就使我心满意足了。"

回来的路上，我们访问了另一位功勋艺术活动家——伊凡·阿列克谢耶维奇·福米乔夫。一个人如果是画家兼老单身汉，他的家里必定杂乱无章。老头儿正坐着给小提箱作画。这就是别人告诉我们现在只值几个卢布，以后将值两万卢布的那种小提箱。

福米乔夫从五面给小提箱作画，他从普希金的童话诗里选取五个场景来装饰它。画家周围堆着一摞摞满是灰尘的书籍，主要是艺术书籍，天花板下面挂着一串串被太阳晒干了的鲈鱼和棘鲈。

"是您自己钓的吗?"

"是我自己，我们这儿的人都爱钓鱼，它能引诱你放下工作，让眼睛消除疲劳。可是近一年来，这也无济于事了。我望着浮子，眼

———————

① 俄国古代的一部英雄史诗。

前却浮现出小提箱。人们总是催我画这些小提箱，急需运往什么地方。这样一来，我只能对箱盖进行细致的描绘，边上就只好匆匆敷衍了。再说还有很多社会工作……"

"您这么大年纪了，还是个社会活动家吗？"

"可不是吗，职务多得你记都记不全，你数数吧：艺术委员会委员、合作社管理委员会委员、区苏维埃代表、州苏维埃代表、苏联工艺合作社中央理事会理事、俄罗斯联邦绘画工艺合作社理事会理事、俄罗斯联邦工艺合作社理事会理事……"

伊凡·阿列克谢耶维奇比自己的朋友莫罗佐夫要精神得多，因此我们在他那杂乱无章的单身汉住宅里比在那位退休的姆斯乔拉镇老画家的收拾得非常整洁的正房里似乎感到轻松一些。

我们接受主人的款待，每人品尝了两条鲈鱼，然后回到旅馆。

跟我们住在一个房间的是个脸孔瘦削的出差人。克鲁普斯卡娅合作社的绣花女工和色彩画家给我们留下了众多的印象，我们为受到产值产量窒息的工艺行业感到担忧，便同他谈起了这件事。

出差人双手枕在脑后，躺在床上，默默地听我们介绍情况。可以看出，他对我们的谈话不感兴趣。

"请注意，我就是你们去过的那个工艺合作社的检查员。我是来检查计划执行情况的。"

"太好了。检查员同志，请您告诉我们，色彩画家们或绣花女工们究竟应当靠什么来完成你们那个不断增长的计划呢？"

"靠提高劳动生产率，"检查员不假思索地回答道。

"那么在您看来，画家应当靠什么来提高劳动生产率呢？机械化是不行的。他是否应当把运笔的速度加快一倍呢？"

"这跟我们无关。应当挖掘内部潜力，妥善安排工作场地，等等。"

后来谈话变得很不投机，检查员甚至从床上一跃而起，赤着一双蜡黄的腿，对我们吼道：

"工艺合作社的事你们懂得什么，两个毛头小子，倒想教训我们！……"

"等人家把这些合作社从你们手上调走，交给文化部，那时候你们就会暴跳如雷了！……"

"咱们走着瞧吧。这事儿还没个定准呢！"

不过，当我们明白那些用卢布表示的单纯的数字对于检查员来说比彩画和白绣重要得多时，我们便对他失去了兴趣。况且背囊已经收拾好了，该上码头去了。

第三十九天

　　这一天是从傍晚开始的。我们获悉克里亚兹玛河行驶客轮，便在心里琢磨，干吗不坐轮船去维亚兹尼基呢？只有一件事不方便：轮船驶抵姆斯乔拉镇码头的时间是凌晨三点。打断睡眠，走三公里夜路到码头，在清冷的拂晓等候轮船——真不愿意这样做。因此我们决定不坐开往维亚兹尼基的轮船，而坐从维亚兹尼基开出的轮船。让它把我们带到终点站，让它在那儿休息后回头行驶，我们则可以睡大觉。反正第二天早晨它会把我们带到维亚兹尼基。

　　为了完成这个航程，必须在晚上七点以前到达码头。我们就在这个时刻之前来到了那儿。

　　轮船还没有到，旅客们熙熙攘攘，在郁郁葱葱的河岸上溜达，观赏河上的景色。由于近来连续降雨，水位上涨，河面十分平静，傍晚天空的各种色彩都清晰地映在水里。乍一看，四周之所以这样明亮，仿佛是由于河水在熊熊燃烧，而不是由于垂在地平线上的太阳在闪闪发光。

　　不远处有一股急流，它被一个柳叶婆娑的尖顶岛分成两股。如果你看得出神，有时会觉得小岛正在逆流而上，岛的尾部留下两股波纹，向左右分开，形成一个尖角。

几个木匠正在码头附近砍削松木，斧子的声音压倒了周围的一切响声，松木味也压倒了空气中的其他气味。

离岸边不远的地方，一个穿帆布雨衣的男人把一条小船系在桩上，正在用抛线钩钓鱼。他不断地抛着他那根轻巧的钓竿，浮子随水漂流几秒钟，接着他又抛一次。钓鱼人每隔一两次便扯起钓竿，于是一条小鱼宛如一星火光在远处无法看见的钓丝的末端闪现出来。

"罗伯斯庇尔"号客轮噗噗地喷着气驶近码头，这是一艘古老的明轮船。当年维亚兹尼基城和姆斯乔拉镇的商人们大概都乘坐过这艘轮船。

我们的下方发出了啪嗒啪嗒和咕嘟咕嘟的响声，河岸改变方向，缓缓地迎面驶来。这一天是星期四，但对姆斯乔拉镇的人来说，这一天算是星期六，因为这个镇子每逢星期五休息。克里亚兹玛河两岸有很多人垂钓，这使我们感到不胜惊讶。

在一处沙质的林中空地上，在稠密的灌木丛中间，有一家人正在安排过夜。爸爸和妈妈在搭棚子，几个孩子不知是在帮忙还是捣蛋。

左边陡峭的沙岸上有许多燕子在筑巢。岸壁上黑色的小燕窝一直延伸得很远。一只只燕子在水面上忙碌盘旋，然后纵跳着消失在地里。燕窝顶上伸展着一片片割草场。从上层甲板远眺，草地的景色历历在目。瞧那儿立着一座很大的旧棚子，旁边有一张桌子，上面摆着一些空牛奶瓶。棚子旁边，一个割草人正在敲打长柄镰刀。几秒钟以后，传来了锤子敲击铁砧时那种响亮的、铿锵有力的、像夜莺啭鸣一样富有弹性的声音。一匹系着绊绳的马在走来走去。远处，两个割草人正好割完一小块草地。一个人用草把镰刀擦拭干净，然后把镰刀扛到肩上，朝棚子走去。这一切都发生在沐浴着夕阳的红色余晖的绿茵茵的草地上。

我被强烈的震动弄醒了，朝舷窗望了一眼。舷窗外面夜色沉沉。甲板上寒气袭人。黑森森的轮船停泊在黑森森的水中。黑魆魆的岸上，一堆堆、一垛垛地摆着许多木板、圆木和劈柴，在黑漆漆的天空背景上隐约可见。整个河岸（无论右边还是左边）就是一个大堆栈。黑幢幢的人影走来走去。我至今仍然不知道轮船当时靠在什么地方，这个给我留下颇为阴郁的印象的地方叫什么名字。

不时传来嘭嘭的跺脚声、在甲板上奔跑的脚步声和沉重的轰鸣声、刺耳的吱呀声和咚咚的敲击声。那是有人给"罗伯斯庇尔"号装货。轮船不时呜呜呜鸣笛，而我们却只管睡自己的觉。

早晨迎接我们的是一片阴沉。静悄悄、暖乎乎的小雨很快就停了。右岸露出了一座帐篷形的木质小教堂，很像我们在尤里耶夫近郊看到的那一座。一个个大村子沿着克里亚兹玛河两岸迎面奔来。一片片森林静静伫立。

森林、教堂和村里的房屋都倒映在水里。不过克里亚兹玛河的水是流动的，因此水里的倒影被冲得影影绰绰，宛如透过薄冰观看物体一样。

前面不远的地方，在右边的高岸上，已经看得见维亚兹尼基城的铁塔、白色的房屋、灰色的混凝土大厦和绿荫覆盖的花园。我们已经驶到它跟前了，但克里亚兹玛河突然一拐，朝左边流去，画了一道环线，于是城市又漂向远处。

最后"罗伯斯庇尔"号靠岸了。我们混在旅客里面，开始沿着一条盖满木屋的小街朝上走去。在普通的木板人行道旁边还铺设了一条架在木桩上的人行道，它又高又窄，这是供人们在克里亚兹玛河春汛期间河水泛滥时用的。

为什么克里亚兹玛河上（同时也是莫斯科—高尔基公路干线上）的这个小城叫作维亚兹尼基，有三种说法。一种说法是：从前在一座高山上有一个名叫雅罗波尔奇的古城，据说城里住着一个名叫基伊的王公。有一次，他到克里亚兹玛河对岸去打猎，陷入了沼泽之中。雅罗波尔奇人发现王公遭到不幸，便站在安全的高地上一字一顿地齐声喊道："维亚兹尼①，基伊！维亚兹尼，基伊！"这就是维亚兹尼基的来历。

第二种说法较为平淡，它认为城市的名称纯粹是来自难以通行的泥泞②。直到不久以前，当这个小城的街道尚未铺设水泥路面，有一部分甚至连柏油路面都未铺上时，它们是以泥泞不堪出名的。这就是说，基伊王公用不着到克里亚兹玛河对岸去，便可不折不扣地陷进泥泞之中。

最正确的一种说法是：城市因榆树③而得名。直到今天，无论是在城里还是在郊区，榆树仍然很多。有人否认这种说法，理由是城市当初名叫维亚佐沃。但这种异议无关紧要。

其实，当我们此刻离开码头，朝市中心走去时，城市因什么得名这个问题对我们根本是无所谓的。我们关心的是别的事：怎样找到旅馆，在哪儿吃早饭。

市场上人声鼎沸，吸引着过往行人，就像蜜香吸引蜜蜂一样。我们也不知不觉来到市场。这是一个挺不错的市场，在这里可以轻而易举地判断出周围地区出产什么，占首位的当推蘑菇，一排排货摊上摆满了各种各样的蘑菇。有腌白蘑菇伞、腌白蘑菇根、腌黄蘑菇、腌红菇、腌乳蘑。一整盘蘑菇（蘑菇堆得老高）值两个卢布。但你若出价"三卢布两盘"，卖主也很乐意让价。眼下很少有人买腌

---

① 原文为 вязни，意为"陷进去吧"。
② 原文为 вяз，读"维亚兹"。
③ 原文为 вяз，读"维亚兹"。

蘑菇，大家都被那些煮好的、又鲜又嫩、又红又脆的小牛肝菌吸引住了，它们散发出莳萝的气味，而且还没有失去松林的各种气味。干蘑菇（去年的）大串大串地出售，那价格会使莫斯科的主妇们感到便宜得出奇。当然，最多的还是上面沾着针叶的各种新鲜蘑菇。它们一堆堆地摆在桶里、篮子里，有的干脆摆在大车上。这是蘑菇的洪流、蘑菇的世界、蘑菇的天下。

另一些货摊上摆满了浆果。有黄澄澄、红艳艳、亮晶晶、里面有小黑点的茶藨子，它的果穗很像缩小的葡萄果穗；有像樱桃一样大的黑茶藨子；有园子里种植的马林果，这种浆果每一棵都可以代替顶针戴在手指上；有小小的野生马林果，它们完全被压皱了，但却特别香甜；有粉红色的、透明的、长着火红色细毛的醋栗；有长着一层薄薄的蓝皮的欧洲越橘……这边是一堆堆腌得不咸的黄瓜，那边是一堆堆大葱；这儿摆着一堆绘彩画用的木匙，那儿摆着许多腌制各种家庭菜肴的小木桶；这里摆了一些陶器哨子，那里摆了一些蒲席和用又苦又香的柳条编的篮子……

只有一样东西没有，那就是著名的弗拉基米尔樱桃，本地人称为"父母樱桃"。按道理，它应该比其他东西更多。

这种樱桃似乎是四百年前从希腊引进维亚兹尼基的。维亚兹尼基的园艺家一代一代地培养出来，逐渐积累经验，掌握了栽培技术。

一到十二月，人们常常在寒冷的果园里折几根樱桃树枝插在装着水的瓶子里，再在颈口浇上蜂蜡。一个月以后，当严寒在窗户上画满冰花时，维亚兹尼基却家家户户盛开着五月的白花。这样做并非为了消遣，而是为了进行"试验"。人们根据花的情况预测来年的收成。

果园里修建了瞭望台，几根绳子从瞭望台牵向一些敲得响的木板，这种木板叫作惊雀板。木板旁边固定了一些小球，响声就是它们发出来的。坐在瞭望台上可以同时敲响果园各个角落的所有木板，每个果园都是这样。可以想象得到，樱桃成熟时维亚兹尼基到处是一片咚咚的响声。而为数众多的响板的哒哒声更平添了几分热闹。"其实，"一位作者在描述这些情况后补充说道，"多年以来，鸟儿已经习惯了这种响声，对它根本不予理睬。然而，"作者继续写道，"每当歉收之年，维亚兹尼基就无精打采，死气沉沉。"

显然，我们来到的这一年是个歉收之年，因为我们没有听到响板的声音，在市场上也没有见到有名的"父母樱桃"。据说，很多果园冻坏了，还有很多果园在战后的年代里把树砍掉了，因为当时对每棵"有核的"果树都要征税。

维亚兹尼基的市中心同其他类似的城市毫无区别。有一家"光明"旅馆，旅馆旁边是茶馆，稍远处是一家餐馆，还有几家电影院，一个是地志博物馆，一个是汽车站，站旁停着一些披满尘土的郊区公共汽车和车厢内摆着长椅的卡车。

凡是有机会去维亚兹尼基的人，可以劝他们做下面这件事。在"无产者大街"的尽头，有一条小路拐向右边。它会把你领到两排栅栏之间的一块空地，栅栏旁边长满了茂盛的杂草，而栅栏后面却是几个同样茂盛的青翠的果园。一路上你会碰到几株古老的榆树。

在沿着这条狭窄的小路登山的时候，必须频频回首观看。克里亚兹玛河对岸的原野和它那广阔的河滩地将越来越宽阔地展现在你面前，最后，你还会看到从那儿伸展开去的雅罗波尔奇松林那遥远的蓝色地带。

当小路领着你走到山上（医院街）时，还得走一小段直路，然后你会走到一个深谷旁边，深谷下面有许多房屋。从这些房屋开始，地势陡然上升，一直通向远方。因此你在观看城市的这一部分时，仿佛是从上空，从飞机上鸟瞰似的。这些长满青草和满是青翠的果园的木屋街道纵横交错，看上去令人神往。

从维涅茨山上远眺，风光也很迷人。维涅茨山是维亚兹尼基城边缘、雅尔泽沃镇附近的一座高丘。这座山丘沐浴在海浪般的果园之中，而地平线和克里亚兹玛河对岸的辽阔原野从这儿简直望不到头。所有的河湾、所有的旧河床、峡谷中的河槽、由发亮的马掌铁在青草地上踩出的点点水洼、小湖、村庄和绿斑似的小沼泽，这一切从维涅茨山上望去都清晰可见。

一望无际的雅罗波尔奇松林也在吸引和召唤着我们，松林中央似乎有一个叫克夏拉的深陷的湖。

我们决定前往那儿。这个问题是同另一个最重要的问题一起在"光明"旅馆的晚间会议上讨论决定的。

待在家里设想的事在路上往往行不通。

我们预定的游历时间已经满期了。尽管我们游历的地方还只有预定的一半。

在维亚兹尼基我们踏上了柏油路干线，四十天以前我们就是从这条干线转入乡间小路的。我们幻想穿过这条干线，前往伸展在柏油路另一边的广阔原野。

因此弗拉基米尔州的整个南部，亦即整个美肖拉地区及其森林、荒凉的泥沼、无与伦比的古西赫鲁斯塔利内①、古老的穆罗姆②和伊里亚·穆罗美茨③老是在那儿正襟危坐的卡拉恰罗沃村——这一切又从可以实现的事变成了幻想。

由我们支配的时间只有三天，已经于事无补了。

①　弗拉基米尔州城市。
②　弗拉基米尔州城市。
③　俄罗斯古诗歌中的勇士。

总结会上提出了这样一个意见：此次我们齐心协力，共同肩负了行军的负荷，在这段时间里获得了不少有趣的知识；明年夏天或再过一年以后，原班人马不妨畅游一番美肖拉地区，就像我们现在游历盆地一样。

当生活为幻想保留一席地位时，该是多么美好啊。生活中没有太平，没有已经完成的事业，也没有止境。

山外有山，天外有天，我们一位诗人①在这方面说得对极了。

不过，我们仍然决定在离开弗拉基米尔州的大地之前去雅罗波尔奇松林游历一番。"光明"旅馆里的"历史性"会议就到此结束。

---

① 指苏联著名诗人特瓦尔多夫斯基，他曾创作一部题为《山外青山天外天》的长诗。

第四十天

　　"森林是一个社会机体，在这个机体里，树木彼此密切相关，相互发生作用时，对所在地区的土壤和大气产生影响。"维亚兹尼基林务区一位工作人员从一本林学著作中摘引了一段，给我们念了一遍，作为临别赠言。

　　应该说，我们在走近雅罗波尔奇松林的中心时，并未喋喋不休地背诵这些充满智慧的话语。除了对土壤和大气之外，森林或许对我们也产生了影响，因为我们走路时默默无言、心醉神迷、诚惶诚恐，毕恭毕敬，完全被森林折服了。

　　我们从一棵棵古铜色的巨树下面经过，那绿莹莹的树冠直冲云霄！相形之下，我们显得十分矮小。它们的树干（也像我们一样）被树荫淹没了，而树梢（跟我们不同）却能够看见太阳、远方的地平线和辽阔的视野。

　　这里没有任何林下灌木层。四周全是小丘（也许古代这儿是一片沙丘），地面上覆盖着密密的淡白色苔藓，乍看上去，仿佛是用白银锻造的。山丘上的苔藓踩在脚下发出轻轻的吱吱声，而潮湿的低地上的苔藓踩上去却软绵绵的。白色的苔藓和红色的松树是这片松林里仅有的两样东西。

我们来到了一个去处，据我们推测，雅罗波尔奇森林的中心——克夏拉湖应该位于离我们最多五公里或七公里的地方。这时，一棵松树上的一个我们迄今仍未弄明白的斧砍标记引起了我们的注意。它像一幅足有一公尺半长的羽箭画，因此，这支羽箭环绕了半个树干。

仔细一看，我们发现箭的下端，即应该是箭头的地方，在树上安放着一个小铁帽，里面装满了跟猪油似的白色物质。有些小铁帽里，一小团一小团的白色物质在聚集的雨水中漂浮着。这时我突然想起了在书本中、甚至在诗歌中读到过的一个词——"松脂"。

旁边的一棵松树也有这样的标记，第三棵、第四棵也是如此……细看森林深处，我们发现这会儿所有的松树上都有巨箭画，而松林里可以透视得更远，一眼可看到几百棵树。

过了一会儿，我们发现了一个姑娘，她身穿一件没有腰带、有点肥大的薄连衣裙，头戴一块垂到眼际的三角头巾。她提着一只桶从一棵树走到另一棵树，在每棵松树旁边最多只停半分钟。我们走到眼前，发现她正在用一把圆头刀刮小铁帽里的白色松脂，把它们放进木桶。

木桶变重以后，姑娘就走到一间即使在附近也只能勉强可见的小木屋跟前，把桶里的东西倒进一只木桶。

我们想向这位采集松脂的女工详细了解她的职业情况，但她却一言不发，也许是对来到松林里的陌生人感到害怕，特别是谢廖加的胡子，在这种时候只能引起别人的不信任，甚至引起恐惧。曾经有一位妇女看见他光着膀子站在河岸上，便大声叫道："上帝啊，那个怪物多可怕！"

姑娘对我们的所有问题都避而不答，而是打发我们去问技术员，即作业区的领导人，她说他住得很近，就在波里亚多沃湖边。

"你们笔直往前走，"姑娘用手指了一下，说，"走完长满白色苔藓的松林便是一片湿草地，那儿离湖就很近了，到了湖边就可以看到作业区。"

不一会，透过松树我们看到了几幢房子，毫不费力（问了一下正在自己"商业点"的门槛上嗑葵花籽的小百货店女售货员）便找到了技术指导员。这是一个身材不高的年轻小伙子，嘴唇上留着隐约可见的短髭，上身穿一件袖口有松紧带的普通条纹衬衫，下面穿一条裤管塞进靴筒的哔叽裤子。他叫彼得·伊凡诺维奇·西罗京。他做的第一件事便是把我们带进自己的房间，年轻漂亮的女主人立即在桌上摆上了一盘煮蘑菇和三个多面棱状玻璃杯。

彼得·伊凡诺维奇尽量详细地给我们介绍了采集松脂的情况。

"只要松树受了伤，就会流出一种汁液涂在伤口保护自己，这种汁液在空气中迅速凝结，由透明变成白色，并且封住伤口，就像人血凝结后封住伤口一样。"

"松脂不是松香（很多人这样称呼它），松脂就是松脂，它可以使树木的伤口愈合。松香是用干馏法从松树的根部或松明子获得的。总之，受伤的树分泌出能够迅速凝结的松脂。这就是说，为了获得大量松脂，必须经常不断地制造新的伤口，割脂工就专干这件事情。割脂工的工具（任何一种形式的割脂刀）用来干这件事是再好没有了。割脂的人走到松树跟前，稍稍磨一磨粗糙的树皮（这道工序叫作'剥皮'），用割脂刀对准树干，然后用猛烈、灵巧的动作沿树干割开一条一米半长的又深又窄的槽，沿着这道槽就会流出松脂来。那道长槽有一个尖角，割脂工在尖角下划两道短槽，像两根触须，底下安一个小铁帽，这是装松脂的容器。"

三天以后，割脂工又来到松树跟前，他将在那些旧伤口下面再割一些新伤口。整个季节松树都不得安宁，割脂的人拿着割脂尖刀，每隔三天定期来到松树跟前。割过三次之后，也就是九天之后，女工就可以挨个儿从松树上采集松脂了。

每个割脂工负责五千棵树。

松树一般在砍伐之前十到十五年开始采集松脂。砍伐前两年往往通过化学作用使普通的割脂方法更加奏效。人们在新的伤口上涂上酸，松树似乎痛得大声呼救，因为松脂开始汹涌而出。化学作用可以使采集量增加四五倍。采完了松脂的树木就砍下来运出森林。

技术指导员西罗京还告诉我们，一公斤松脂值五卢布，一千公斤松脂可以提炼一百九十公斤松节油和七百四十公斤松香，我国每年可产十四万吨松脂，产量居世界第三位，仅次于法国和美国，法国之所以居第一位，是因为他们那儿有一种特殊的南方松树，松脂含量极其丰富。

随后我们走进森林，彼得·伊凡诺维奇向我们介绍怎样开槽，怎样划"触须"，怎样安接收器。

"产量取决于脂槽（整个这支箭叫作脂槽）的加工技术，而不仅取决于松树，"技术指导员解释道，"新开的槽口，也就是新的伤口，开得太深只会有害，此时，新槽开得太深会使树受到震动。"

"怎么受到震动？"

"慢慢枯萎，像人那样憔悴下去，一句话，它挺不住！因此重要的不是划得很深（用不着深入木质里去），而是新槽的间距。必须割断饱含松脂的木层，尽量多开一些树脂通道。"

我们自己试了一试，想握住并使用割脂刀，但却毫无结果。

"这可是个美好的职业，"我们一边试一边说道，"在松林里走来走去，从这棵树走到另一棵树，这是多么美好啊！"

"该怎么回答你们呢？当然啰，在森林里走来走去不是一件坏事，但既然得开五千道脂槽，那毕竟也不是那么轻松。割脂工得在凌晨三点，天气还不热的时候就出工。这样干起活来舒服一些，松脂也出得多一些，而且凝结得也没那么快。"

彼得·伊凡诺维奇兴致勃勃、自告奋勇送我们去克夏拉湖，没有任何道路，我们按照只有他一人知道的记号径直朝前走去。

"真是一些勇士！"谢廖加望着一棵棵松树，又一次喜不自禁地说。

"它们的确是勇士，"技术指导员一本正经地表示同意，"树木十岁的时候，每公顷至少有两万棵，到了一百岁的时候，每公顷就只剩一百棵了。其余的树自然都在生存竞争中渐渐死亡了。这就是说，你们在眼前见到的这些树赢得了生存竞争的胜利，这就是说，它们是最坚忍不拔的，也就是勇士。"

克夏拉湖蓦地映入眼帘，仿佛松林的一部分陷进了地里，因此眼前见到的不是松林，而是湖水。既然人们都说它是个沉陷湖，看来它当初的确是这么产生的。

克夏拉湖的形状很像一朵有几片花瓣的花，这些花瓣似的湖湾使湖的景色显得十分幽雅，生意盎然；两个长满树木的小岛更给它增添了几分色彩。

彼得·伊凡诺维奇说，克夏拉湖深达七十五米，一般来说这里有很多沉陷湖。弗洛里谢夫修道院附近有一个洁湖，乍一看，你会把它当作一个五十步长、三十步宽、二十五米深的池塘。洁湖里面有一个小岛，它只有一条小船那么大，但上面却长着灌木丛，甚至还有草莓。那个小岛是浮动的，当地居民把它拴在岸边，如果需要，可以荡着游玩。

然而克夏拉湖并非洁湖，它是一个辽阔的大湖，将来可以在湖畔修建疗养院或休养所。遗憾的是，一边湖岸的松树遭到无情的砍伐，从而使景色形成了一个难看的豁口，哪怕在湖畔留下一条一百米长的林带也好啊，难道雅罗波尔奇野生松林里的树木还少吗！

湖岸上只有一幢房子，里面住着女林务员和她的儿子，这是一个十八岁的金发美男子。当太阳照着他的眼睛时，它们时而呈灰色，时而又似乎呈蓝色，简直跟克夏拉湖一模一样。

当我们向这个小伙子借钓竿时，他傲然一笑，他对一切人都是傲然一笑，或者说得更正确一些，对一切东西都报以傲慢的微笑。

我们在牛栏旁边挖开一个粪堆，装了满满一罐头盒上好的、软乎乎的蚯蚓。

"我们该在哪儿钓呢？您想必熟悉所有鱼类聚集的地点吧？"

格纳（这是小伙子的名字）又傲然一笑。

"整个湖和所有的鱼都是你们的，哪儿它都没受过惊吓，哪儿都没人动过。钓竿一抛就能钓到鱼。"

不过我们却沿着岸边走了很久，想找一个岸边长着睡莲的更为幽静的地方。

指望在大湖的岸边钓到很多鱼，那是十分可笑的。别以为鱼儿栖身之地很小，非在岸边游来游去不可！在大湖里钓鱼必须有船。不过这里的情况不同，鱼儿接二连三地咬钩，因此我们不时钓上棘鲈、斜齿鳊和小鲈鱼。只有一次我不知怎么钓到一条扁扁的、身上有一层薄薄的金皮的鳊鱼。令人纳闷的是，这条鳊鱼并未进行任何反抗。

我不喜欢用别人的钓竿钓鱼，用起来总感到有点不大顺手，不过傍晚时分在幽静的湖畔待上几个小时毕竟是一种享受。

我们把钓到的鱼用长树条穿好，扬扬得意地回护林室去。这会儿格纳该不会那样傲然一笑了吧？

不过只有鳊鱼引起了他一刹那的注意，他默默地坐上一只小船（类似一只独木舟），很快就划到了湖心。远远望去，只见他在那儿不断地做着挥手操。定睛细看，我们才看出他在不断地把钓丝抛向深水，又收回来。他这样干了三十分钟光景，然后就回来了，船底装满了鱼。这时我们才明白克夏拉湖是一个什么样的湖。

天刚开始破晓我们就醒了，随后走到外面。一切都是灰蒙蒙的：森林、湖水、天空，一片迷蒙。有一个地方，透过松树之间的空隙，可以看到灰蒙蒙的天空上有一抹深红色的朝霞。这是有风和雨的预兆。我们在克夏拉湖里匆匆地洗了个澡，每人喝了一壶女林务员为我们准备的牛奶，然后取了背囊，朝松林走去。

我不知道这片森林里哪样东西更多，是树木呢，还是蘑菇。我们在一条小路上站定，缓缓地就地转了一圈。在转身时，我们发现和数清目光所及的地段里有十五到二十只上好的白蘑菇。我们甚至想出了一个游戏，看谁站在原地发现的蘑菇最多。如果把它们采集起来，那么通往维亚兹尼基的小路附近（左右两边各十步远），我们就可采到几普特蘑菇。

然而我们对蘑菇已经厌烦了，因此我们开始仔细观看浆果。这种东西就更多了。我们躺到柔软的枯枝落叶层上，专心致志地吃着身边的浆果。我们的手（我们一把把地吃着浆果）很快就变黑了，嘴唇、牙齿和面颊也是如此。对于人们来说，仅这座松林就有多少东西会白白失去啊！这儿可以采集几十吨蘑菇、欧洲越橘和普通越橘。尽管周围农村里的孩子们和娘儿们把欧洲越橘一大篮一大篮地带出森林，他们究竟又能带走多少呢！

在这方面，只有有组织的采集才能奏效。也许像雅罗波尔奇松林这样的树林，丰年时得把少先队员运来干活，也许得组织共青团员进行星期日义务劳动。

至于我们，假如我们不是提前一年饱享了口福，真是舍不得离开这块宝地。

　　傍晚，针叶树渐渐稀少，阔叶树迎面而来，不一会我们面前出现了克里亚兹玛河的河滩地，在面向我们的远方的陡岸上出现了维亚兹尼基的城郭。

　　我们不禁高呼"乌拉"，因为对于我们来说，维亚兹尼基城在地平线上出现意味着在本书里也许写得十分平淡，但却写得十分认真的这次旅行的终结。

　　当然，在旅行期间，当尚未到过的远方每时每刻都在召唤、引诱我们的时候，很难驻足一处，进行详细的、有时也很诱人的深入观察。在这种情况下只能顾一头：要么进行游历，也就是继续前进，前往另一个村子，要么留在这个村子进行详细研究。

　　例如，对苏兹达尔及其周围地区的描绘占了好几页篇幅。然而这个城市的情况自然可以整整写一本书。关于正在蓬勃地、不可遏止地向前发展的奥穆茨克村集体农庄的情况，也可以写一本书。此外，如果钻得更深一些，那么任何一个集体农庄家庭或城市家庭，甚至任何一个人都可以成为一篇短篇小说、一部中篇小说、甚至一部长篇小说的题材。

　　然而，即使对新生的、发展中的、已经赢得胜利的事物同古老的东西如此奇妙地结合在一起的弗拉基米尔大地匆匆一瞥，也不能不感受到俄罗斯人的心灵在追求光明过程中所发生的深刻变化，由于这些变化，每个人在谈到自己时都会说，他不是一个普通的俄罗斯人，而是一个苏维埃时代的俄罗斯人。

　　假定不知从哪儿冒出来一个愿意雇用工人的企业主（这件事本身当然只是一种幻想），如今他想强迫俄罗斯人去做雇工（我们这儿叫作工人），那就让他试试看吧！可不是吗，叫他别作指望！一个了解自由平等劳动的实质的集体农庄庄员会给你当雇工吗！那个时代、那些人们、那个国家一去不复返啦！

而且，干吗要提什么雇工呢！只需试一试强迫他离开集体农庄，划给他一块地，叫他自耕自种吧。庄员会对你说："我干吗要像那只屎壳郎一样独个儿在一块土地上刨呀，我们在集体农庄里早已抛弃这种习惯啦。"

假如他因为某些不合理的现象时而咒骂和批评村苏维埃主席，时而咒骂和批评他那个集体农庄，甚至咒骂和批评上级机关，那么重要的在于立场。我记得一部电影里有一个很有意义的场景：革命初期，人们在霏霏秋雨中排队购买面包。由于老是排队，由于商店老不开门，工人们大骂"当局"。一个站队的资产者开始附和工人们："布尔什维克已经山穷水尽，没啥可吃啦……"这时发生了一件奇怪的事情。所有排队的人都质问那个资产者："怎么，你不喜欢布尔什维克吗？苏维埃政权不可爱吗?!""你们自己刚才不是也……""那又怎么样，我们自己就是当局，我们骂的是自己，骂的是自己的事业……"

旅行结束之所以令人感到高兴，还因为我们游历过的农村正在复兴，每个村子的人都无一例外、齐心协力、兴致勃勃地建造着那些牢固的、基本的劳动组合的大厦，他们现在就已经看到了党所进行的事业的现实成果，并且满怀希望、满怀信心地注视着前方。

党对农村的关怀不仅使莫斯科郊区、乌克兰和西伯利亚的村子，而且也使我的故乡弗拉基米尔州热气腾腾，欣欣向荣。

离开故乡的土地真叫人满心惆怅，四十天的旅行使我们对它爱得更深了。

古代斯拉夫人在离开故土时，往往在河里扯一根大戟草，并在整个旅行期间都把它的一小块根茎带在身边。

我认为，与其说他们使它具有一种迷信色彩①，不如说它在他们的心目中就是一小块故土，是故乡和对故乡永不消失的爱的化身。在任何艰难困苦之中，有什么比这种爱的鼓舞更好、更可靠呢?!

我们还面临着别的道路，面临着新的、艰巨的征程，这些道路是没有尽头的。

既然如此，既然它不是一根普通的草，而是对故乡的爱，那么我们不是也可以追随那些对艰苦、陌生的道路无所畏惧的古代远祖说:

"大戟草啊大戟草！你制服那些坏人吧：别让他们对我们不怀好意，别让他们给我们降灾！你把那些巫神蛊鬼统统赶走吧！

"大戟草啊大戟草！你帮我制服那巍峨的高山、低凹的山谷、蓝色的湖泊、陡峭的河岸、阴暗的森林，还有那些矮树粗木吧……大戟草啊，你在整个旅途中为我做伴，一路上我都将把你藏在我那炽热的心中……"

1956—1957 年

---

① 古斯拉夫人用这种野草的根茎来占卜和祈祷。

附录

访索洛乌欣

张铁夫

电气火车一从莫斯科的基辅车站开出,便风驰电掣般地朝西南方向驶去。一幢幢高大的建筑和一片片苍翠的树林从窗外掠过。离市区愈远,建筑愈稀,而树林则愈密。23 分钟之后,火车抵达一个叫佩列杰尔金诺的小站。我和陪同我前来访问索洛乌欣的俄罗斯科学院哲学研究所首席研究员布罗夫博士步出车厢,然后跨过铁道,拐入一条林间公路。

弗拉基米尔·阿列克谢耶维奇·索洛乌欣是俄罗斯著名诗人、小说家,1924 年出生在俄罗斯中部弗拉基米尔州一个农民家庭,1951 年毕业于高尔基文学院。他属于战后登上文坛的那一代作家。1946 年开始发表诗作,1953 年以诗集《草原落雨》赢得诗人的声誉。后来又出版《雌鹤》(1959)、《手拿鲜花的人》(1962)、《生活在大地上的人》(1965)、《论据》(1972)等多种诗集。他交替运用诗歌和小说两种形式进行创作。50 年代末至 60 年代初,相继发表中篇小说《弗拉基米尔州的乡间小路》和《一滴露水》。它们以强烈的批判精神和鲜明的抒情风格引起广泛反响。评论界认为,它们和别尔戈丽茨的《白天的星星》一起掀起了一股"抒情浪潮"。60 年代以来，他在从事诗歌和小说创作的同时，以《手掌上的小石子》为总标题，写了不少随笔。随写随发，并出版了专集，形成他创作中一种新的散文体裁。这是他在生活的海洋和艺术的海洋中徜徉时拾取的"小石子"，是他对社会、人生、艺术思考的结晶，蕴含着深邃的思想、热烈的感情和浓郁的诗意。前几年，我翻译了他的中篇小说《弗拉基米尔州的乡间小路》，后来又和刘敦健同志合译了他的随笔集《手掌上的小石子》，并在《当代苏联文学》《外国文学欣赏》《青年外国文学》等刊物上发表过上述两部作品的一些章节。

这次访问是 4 月上旬安排的。一天，我应邀在布罗夫博士家做客。席间，他和他的夫人谢米纳斯问我回国之前还要办什么事，他们愿意尽力相助。我谈了翻译索洛乌欣作品的情况，希望能够访问这位作家，但因不知道他的电话号码，无法与他进行联系。布罗夫听后，立即放下刀叉，说："我马上给您联系。"他一连打了七八个电话，终于得到了索洛乌欣的电话号码，并同索氏本人通了话。索氏听了布罗夫的介绍之后，欣然同意接受采访。后来又经过两次电话联系，商定于 4 月 16 日上午在佩列杰尔金诺索氏的别墅见面。

佩列杰尔金诺是个疗养区，树木繁茂，空气清新，景色秀丽，环境幽静。"意大利别墅""作家村""创作之家"散布在松树林中。法捷耶夫、帕斯捷尔纳克等著名作家曾在这里居住。我们在林间公路上走了约半小时，来到以《柳波芙·雅罗瓦娅》作者的名字命名的特列尼奥夫街。索氏的别墅就坐落在这条街上。这是一幢蓝色的两层木质小楼，屋外围着栅栏，栅栏内是一个长满松树的大院子。别墅属于文学基金会，从前巴甫连科在这里住过。现在一楼住的是农村题材作家马扎耶夫，二楼住的是索氏。

按门铃后，楼梯上响起了脚步声。不一会，屋门咿呀一声开了，只见一条大黑狗猛地蹿了出来。俄国人喜欢养狗,而家狗一般都经过训练,是不咬人的。在这方面,我已有过多次经历,因此做到了"临变不惊"。然后,一位身着条纹衬衫和蓝牛仔裤的白发老人出现在门边,这就是索氏。他笑吟吟地打着手势,请我们进屋。脱掉外衣后,我们随着他登上二楼,走进他的书房。

书房约有 20 多平方米,兼作卧室。房间中央铺着一块地毯,靠墙摆着一张大床,床的上方有一幅挂毯。窗前放着一张书桌,上方挂着一幅圣女像。书桌右侧的墙边立着一大一小两个书架,上面摆着他本人的著作和古米廖夫、阿赫玛托娃等人的文集;左侧是一个大壁炉。书架和大床之间有一张小圆桌和三把椅子。主人让我们在小圆桌旁边落座,他对我的来访表示欢迎。我送给他一张中俄对照的名片和一包君山茶,并对君山和君山茶作了简要的介绍。他拿着这包茶把玩了好一阵,口里喃喃地说着:"绿茶!绿茶!"谈话从"中国"这个题目开始了。他说,他去过世界上很多国家,但没有访问过中国。去越南时曾在北京换机,未出机场,至今仍感到遗憾。他很喜欢中国菜和中国绿茶,希望能有机会去中国看看。我告诉他,中国的读者对他并不陌生。《苏联文学》《当代苏联文学》等刊物多次译介过他的作品,他的短篇小说和随笔在中国很受欢迎。然后我向他赠送了我的译文的发表稿,并出示了王英佳同志根据他新近在《文学的俄罗斯》报发表的《手掌上的小石子》翻译的手稿。他饶有兴趣地翻阅着,然后说,《弗拉基米尔州的乡间小路》这部作品成了历史,现在情况有了变化,当然,这部作品自有它的价值。说着他从书架上取下 1990 年出版的《回顾集》,里面收有中篇小说《弗拉基米尔州的乡间小路》和长篇小说《款冬》。他从桌上拿起一支圆珠笔,在书的扉页上写道:

亲爱的张铁夫惠存

纪念我们在佩列杰尔金诺的会见

弗·索洛乌欣

1992 年 4 月 16 日

我问他现在写什么作品，他回答说，五天前刚刚完成一部关于列宁的书《在阳光下》，写的是真实的情况。他接着说，乔治·桑写完一部作品，便立即动手写另一部，而他却无法做到这点。下一部作品写什么，还没考虑成熟。其实，索氏也是个多产作家，但他更重视的是作品的质量，用他自己的话来说，就是"品种"的创造。他在给自己的两卷集所写的前言《我走过故乡的土地》中说："在酿造葡萄酒或培育苹果和花卉品种时，这个新品种的数量有多少——是一公升还是一千桶，是一棵苹果树还是一百棵苹果树，这难道重要吗？从消费者的观点来看，当然是重要的，但从酿酒师和园艺家的观点来看却毫无意义。他创造了一个品种，还需要什么更多的东西呢？"

索氏是爱国者派的重要人物，我很想知道他对文学界的状况有什么看法，于是直截了当地向他提出了这个问题。他回答说："我自己也弄不清楚。苏联没有了，作协没有了，谁也不知道怎么办。6 月份要召开独联体作家代表大会，到时候再看吧！不过，两派斗争激烈，要成立统一的作协是很难的。"

在谈话过程中响起了电话铃声。索氏接完电话后告诉我们，4 月 22 日是列宁 122 周年诞辰，电视台将重播影片《列宁在十月》，并展开讨论。不一会，电视台的人要来采访。

谈话继续进行。我问他，怎么今天没见到他的夫人萝莎。1956

年 6—7 月，索氏冒着酷暑在弗拉基米尔州的乡间小路上徒步旅行时，他的夫人一直陪伴着他。他对萝莎的描写给我留下了深刻的印象。索氏回答说，他在莫斯科红军街还有一套住宅，夫人和两个女儿、三个外孙住在那里。说着他从书架上取下短篇小说集《在同一个屋顶下》，翻到书的最后一页，写下了莫斯科的地址，并在书前的照片下签了自己的姓名。他把书递给我，说："欢迎您去莫斯科的家中做客。"

他站起身来，邀请我们到餐厅去。餐厅比书房大，靠墙摆着一部很大的彩电和几个书架，书架上插着一面三色旗。房间中央的长餐桌上摆着一部打字机和各种餐具。索氏打开一瓶自制的盐渍西红柿，给每人的盘子放了一个，又给每人斟了一小杯柠檬酒，然后提议为大家的健康干杯。

两个小时不知不觉地过去了，我和布罗夫向索氏告辞。在楼下的门厅，索氏换了一身装束：头戴皮帽，身穿猎装，足蹬高筒皮靴，牵着他的爱犬，俨然是一个猎人，看上去仿佛年轻了许多。在院子里，布罗夫为我和索氏拍了一张合照，我也为索氏和他的爱犬拍了一张照片。索氏把我们送到林间公路上。临别时，他握着我的手，再一次表示了访问中国的愿望。

我回国后不久，"'92 湖南国际烟花学术讨论会"的组织者来我家，要求推荐两名俄国学者与会。我介绍了索洛乌欣和布罗夫的情况，他们当即表示同意，并委托我给索氏和布罗夫寄发了邀请书。他们收到邀请书后，决定赴会，给我拍了一个电报。遗憾的是，由于会期临近，他们已经来不及办理各种手续了。

我相信，索氏的愿望总有一天会实现的。

1993 年